謹以此書

紀念謝玉岑先生誕辰一百二十周年

上海讀書期間的謝玉岑

一九三一年的謝玉岑

苔岑雅集圖
一九二〇年苔岑吟社社館建成時,核心成員在常州北直街祥源觀弄聊園合影。
後排右二書記員謝玉岑,右一書記員謝景安,前排左二發起人吳放。

一九三四年,謝玉岑(後排右一)和海上藝苑名家合影

右一:謝玉岑 左一:張大千

惠蔭園秋禊圖

一九三三年十月一日,謝玉岑在吳門(蘇州)惠蔭園參加秋禊會。合影人:謝玉岑、張大千、陳石遺、金松岑、曹經沅、蔣庭曜、王蘧常、錢仲聯等,共二十八人。

謝養田
（謝玉岑之祖父）

錢蕙蓀
（謝玉岑之祖母）

錢名山
（謝玉岑之業師、岳丈）

費墨仙
（謝玉岑之岳母）

傅湘紉
(謝玉岑之母親)

錢素蕖
(謝玉岑之妻)

謝稚柳
(謝玉岑之弟)

謝月眉
(謝玉岑之三妹)

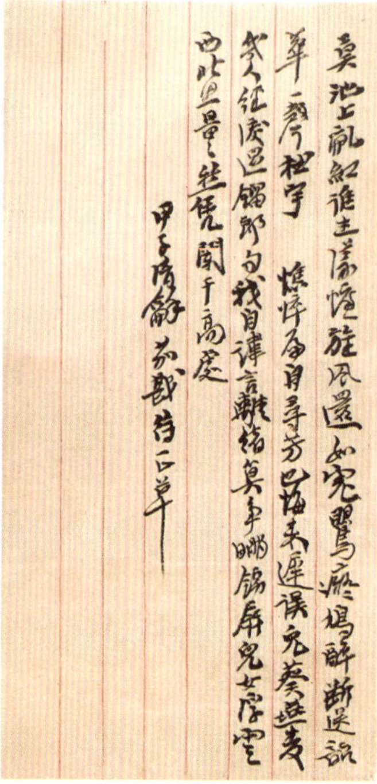
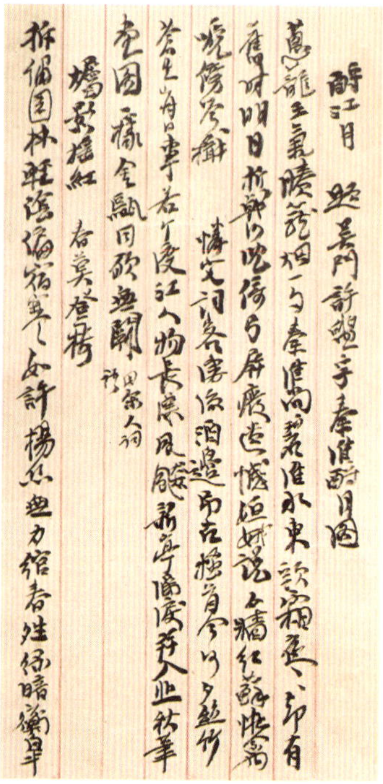
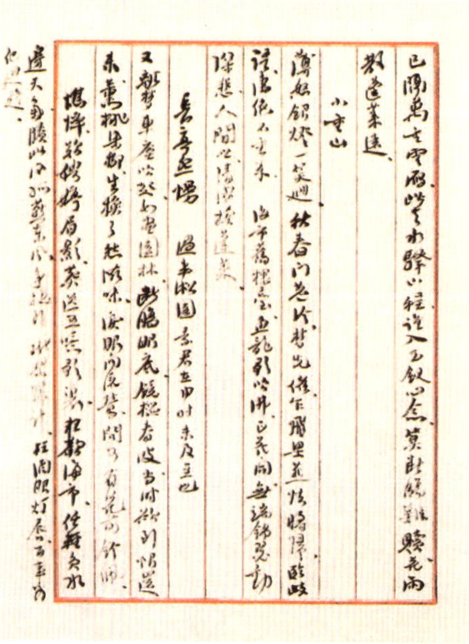
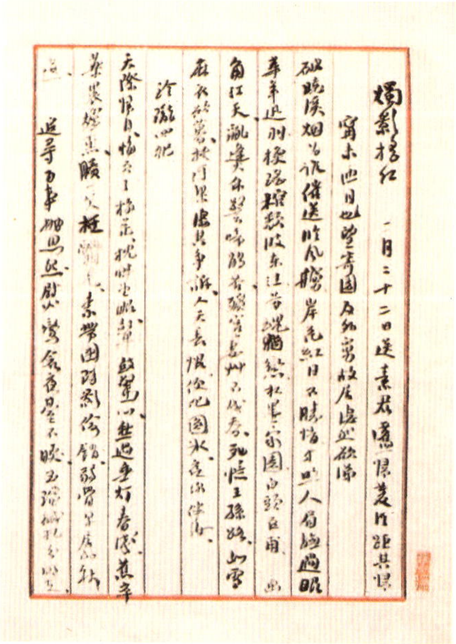

謝玉岑詞稿

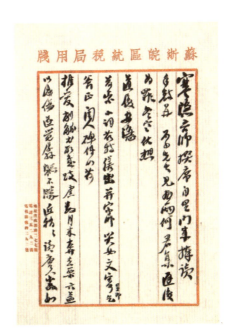
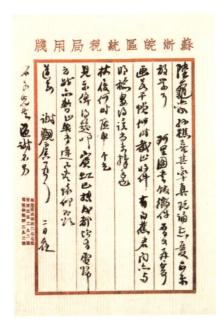

謝玉岑致高吹萬手札

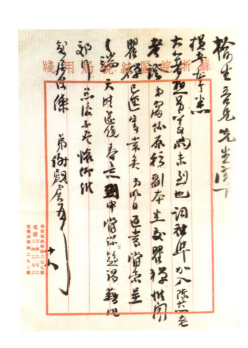

謝玉岑致龍榆生手札

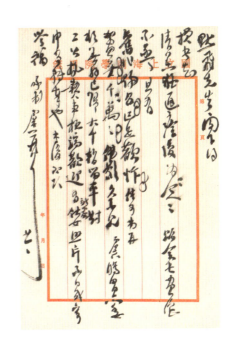

謝玉岑致顧默飛手札

臨齊壺銘軸（絹本）

要攜青杏單衣，楊花小扇；
來聽金荃舊曲，蘭畹新聲。

名磚珍五鳳，古洗寶雙魚。

作品編入《當代名人書林》

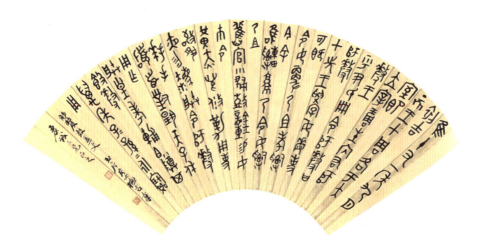

謝玉岑臨《師氂敦蓋》銘文

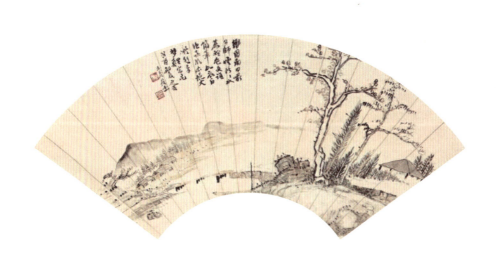

謝玉岑為謝夢鯉作山水扇面

謝玉岑為葉恭綽作畫扇

謝玉岑為張大千作畫扇

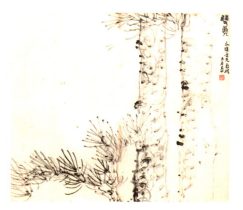

謝玉岑為方介堪新婚作《雙真》圖

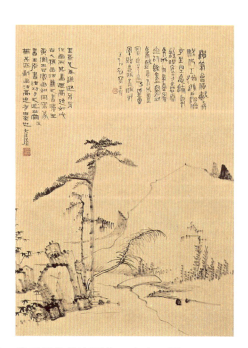

謝玉岑為吳賓臣作《山水》圖

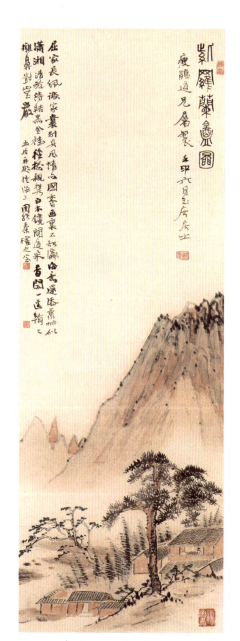

謝玉岑為周瘦鵑作《紫羅蘭庵圖》

謝玉岑五方印章（方介堪製）

耦堪藏畫第一品

不隨班扇捐

孤鸞室發願供養大千
居士百荷之一

耦安所集書畫

耦龕珍藏時賢歌詞書畫妙蹟

謝玉岑題簽《鄭午昌山水畫集》

謝玉岑題簽《大風堂兄弟畫集》

《苔岑叢書》

《玉岑遺稿》

序一

同治十一年（1872年），李鴻章《覆議製造輪船未可裁撤折》說："合地球東西南朔九萬里之遙，胥聚於中國，此三千餘年一大變局也。"光緒元年（1875年），李鴻章《因臺灣事變籌畫海防折》說："一國生事，數國構煽，實為數千年未有之變局！"

李鴻章，晚清"中興四大名臣"之一。德國海軍大臣柯納德稱之為"東方俾斯麥"，日本首相伊藤博文認為是"大清帝國中，唯一有能耐可和世界列強一爭長短之人"。以如此盛譽之身，同治十一年至光緒元年，短短三年，兩次下國運判詞，曰"三千年未有之變局"，足見其時中國面臨問題之繁大。

討論中國近代以降的文化人物與文化問題，竊以為，李鴻章此判詞，是理論原點。離開這一原點，人物與問題的屬性，及其歷史地位與作用，是模糊不清的。

謝覲虞，吾鄉先賢，以號玉岑行，鄉人稱玉岑先生。謝稚柳《先兄玉岑行狀》"是學大進，聲譽日起，尤以書法及倚聲，知名當世。海內名士，多傾蓋與交"之語，是玉岑先生于民國時期藝文界活動的真實寫照。後世論及民國江南藝文，玉岑先生屬必提之人。

作為漢文明象徵之經史子集、詩詞歌賦、琴棋書畫，無一不由漢族文人創傳播遠。江南人傑地靈，歷代才子風流，是中國文化史上不爭之實。若說，唐宋以來，江南才子是漢民族文化的主要承載者，當是史無爭議。謝玉岑是江南才子，亦是有口皆碑。

如是，紀念謝玉岑，於今而言，不僅僅是對一位江南才子風範的追思，也不僅僅是對一位文化大家成就的肯定，而是應該從謝玉岑一生努力奮鬥之所為，一生至死不渝之追求，體察漢民族文化的承載者在"三千年未有之變局"猝然來臨之際，其心路歷程及文化操守，以及其後百年，這種歷程與操守，在漢民族文化發展史上的地位與作用。

變局之變，主要有四：一、經濟力量改變：工業文明取代農耕文明，僅憑《鹽鐵論》之類方法，已經無法有效管理社會經濟。二、國家性質改變：帝國制度與朝貢體系崩塌，現代民族國家觀念取代儒家"天下"觀，"外儒內法"的統治失去合法性。三、文化體系改變：經史子集等主流文化迅速衰敗，物理、生物、經濟、軍事等科學門類成為顯學。四：倫理觀念改變：三綱五常、禮樂文明體系全面解體，家族式社會形態遜位於政黨社會。

此等變局，於普通百姓而言，也許就是歷史上一次常見的改朝換代，然對漢文化的承載者，其內心之感受，不啻天地翻覆。李鴻章之判，就是漢文化承載者面對這次天地翻覆的切身感歎。

三千年老大帝國，一朝塌陷，無數人開始重新選擇。既得利益者選擇保皇，野心家選擇篡奪，熱血者選擇革命，文弱書生或依附、或鼓吹、或徬徨、或惶恐。王國維自盡，陳寅恪言"心安而義盡"，就是惶恐的書生文化殉節之例。

以文弱書生之質，大勢之前，謝玉岑亦是必須選擇。其擇，竊謂其《題吳一峰壯遊圖》之"謝翱痛哭嚴陵臥，應識江山不入時"句，是其心跡。

時者，變局也。江山，中華文化也。陳寅恪"凡一種文化值衰落之時，為此文化所化之人必感苦痛，其表現此文化之程量愈宏，則其所受之苦痛亦愈甚"之言，是"江山不入時"的準確描述。與王國維一樣，"為此文化所化"的謝玉岑，於變局之中，是必感痛苦、痛亦愈甚之人。謝翱、嚴光，就是謝玉岑痛苦的寄託與象徵。

谢翱，南宋诗人，宋恭宗德祐二年（1276年），文天祥起兵抗元，谢翱任谘议参军。兵败后，避地浙东，与方凤、吴思齐、邓牧等结"月泉吟社"。至元二十七年（1290年），谢翱捧文天祥牌位，登严子陵钓台，以竹如意击石，歌招魂之词。浩歌长哭，一字三欸，成《登西台恸哭记》。哭罢，泣血满纸、竹石俱碎。后世称谢翱此哭为"痛泪严陵，千古一哭"。

严光，字子陵，东汉隐士。汉光武帝刘秀幼时同窗好友。严光高名，刘秀称帝后，亲临严光卧处延聘，未果。又邀入宫中，同床叙旧，再次延聘。严光熟睡，置腿于刘秀腹上，不予理会。后隐姓埋名，退居富春山。留下山水名迹严子陵钓台。范仲淹赞为"云山苍苍，江水泱泱。先生之风，山高水长"。

谢翱痛哭，哭江山易手、神州腥膻。严陵之避，避浊世纷争、洁身自好。变局之中，若非有登高一呼、义旗四起之能者，唯谢、严之选，是谓保身。这种保身，其形，为"苟全性命于乱世"，其神，则是文化保守主义。

变局之中，如何处理外来文化与本土文化的关系问题，中国思想界主要的思想方法，是马克思主义、自由主义与文化保守主义。时至今日，多元文化与民族文化日益受到全球性重视的事实，以及世界物质文化遗产、非物质文化遗产、记忆遗产等文化举措的提出与保护，证明了文化保守主义在工业文明与信息文明社会里的永恒价值。

谢玉岑，是三千年未有之变局中，江南文化保守主义的代表人物之一。1899年，吾郡瞿秋白、谢玉岑两位才子出生。瞿秋白选择了马克思主义，投身革命，叱咤风云，终成一代人杰。谢玉岑选择了文化保守主义，以一己之力，上接唐宋文脉，下开民国词境，成为江南文化的重要传承人。于今而言，两位乡贤的努力，都是面对变局，以自己的才华，作出各自的正确选择，为中华文明之再造、之重光，貢獻生命。

一個民族的存在，是其獨特文化的存在，文化亡了，其族亦亡。一個區域的存在，亦賴其獨特的區域文化存在，其文化亡了，區域亦亡。革命，是華夏民族浴血重生的必要程式，文化，是華夏民族重構社會的歷史資源。謝玉岑一生之奮鬥、畢生之貢獻，一言蔽之，就是保存華夏文脈。

這種奮鬥與貢獻，是一種文化自覺。二十世紀末期，面對全球化的趨勢，費孝通先生提出"文化自覺"的學術概念，其內蘊之首，就是"文化自覺建立在對'根'的找尋與繼承上"。可以這樣認為，謝玉岑先生一生的努力，為百年後中國學術界"文化自覺"的覺醒，樹立了鮮明的路標。

世界古文明，延續至今沒有中斷的，唯中華文明。其中原因，不是華夏民族特別聰明、特別勇敢、特別優秀，是華夏民族的文化傳人，如周公，如孔子，如司馬遷，始終以本族文化的代表者、繼承者、傳播者的身份，在歷史中存在與出現，並引為人生使命，建立了獨立於政治權力之外的文化體系。這個體系，亦即顧炎武所言之"天下"。天下興亡，匹夫有責。因此，貧賤不移、威武不屈、富貴不淫，從而鑄就華夏民族的千秋根基。

革命也夫，大馬金刀、痛快淋漓。保守也夫，青燈黃卷、守殘抱闕。待百年後回眸，於中華而言，兩者居然都不可或缺。

謝玉岑先生是中華變局之中，以"天下"為己任者之一。其出類拔萃之才華，為其保存、接續、發揚中華文化、華夏文脈，提供了條件與基礎。百年過後，品讀先生詩詞文集、賞析先生書畫作品，對先生當年的選擇，可作出定評，即：謝玉岑先生，是二十世紀中國文化保守主義在江南地區的重要代表、中國"文化自覺"的先驅。

或有論曰，謝玉岑之作，尤以倚聲，兒女情深，與文化保守主義、文化自覺有間也。此處贅言幾句：中國文人之情，歷來家國同緣。兒女情深，是移情也者。已知"江山不入時"，又無揮戈反日、"金戈鐵馬、氣吞萬里如虎"之才幹，只能存謝翱之心、嚴陵之志，退守書齋，將一腔家國深情，移向兒女篇什。況"關關雎鳩，在河之洲"，本是中華正聲，花間倚聲，亦是華夏根脈。

考玉岑先生言行，其言如《致高吹萬函》："自三代以來，睿聖明哲之士所以殫思慮、苦心志，而祖述維繫之道，與夫數千百年間典章風物之寄，其果可一日不存於天地耶？……觀虞少孤失學，體復多病，孔門朽木，恐鮮裁成。然遠辱齒及，敢不勉策駑駘，就正有道！"其行如出任苔岑詩社社董、參加虞社、組織蜜蜂畫會、發起藝海回瀾社，辭世前還與張大千等建立九社，凡此種種，無一不是謝翱月泉吟社與嚴光釣臺歸隱之餘響。

中華文脈不絕，玉岑先生及變局中無數與玉岑先生一樣，以保存、繼承華夏文化為己任的中國文人，文心秉燭、藝海回瀾，百年後靜評，其人其舉，功在千秋也。

2019年，謝玉岑先生冥壽一百二十周年。裔孫建紅，搜羅扒剔，成此書稿，實屬不易之事。並囑在下為序。序者，敘也。當"紀言以敘之，述意以導之"，此本非易事，況以後學淺陋之識，何以敘前賢萬一。勉力為之，以示敬意。

乙亥立夏 張戩煒謹識於尃鑪居

序二

曩讀兩當軒之"似此星辰非昨夜,為誰風露立中宵"、"秋深夜冷誰相憐,知君此時眠未眠"之句,其眷眷情深,或有不明所以者,余答曰:此固因循多方,然亦得諸吾常江山之助也。蓋江南風物人情,旖旎可親,殊不類朔方之冷峻拙重也。昔龔定庵以浙人而生"天下名士有部落,東南無與常匹儔"之歎,亦以吾常多才學情兼濟之士而振響於東南也。故明清以降,此間率多奇士,於詩詞一途,甚者有"情郡"之雅譽,知者咸謂得之宜也。

今偶讀《玉岑遺稿》王師子序,彼引謝公玉岑之語云:"退之論文主氣,謂氣甚則言之短長咸宜。余則以為情不可少。韓潮蘇海,起訖千里,氣也。然幽溪曲港,亦足移情,詎非天地間佳景?何可偏廢。文章如此,畫與金石亦如此。畫之妙者,尤系乎有情。宜於詩詞中抽繹情思,可以詩入畫,可以詞入畫。"余始恍然有悟,蓋吾常之情,若韓潮蘇海之盛氣固自不免,若幽溪曲港之僻地景致,亦系乎人情,胥可於詩詞畫中一發之。因知吾常之情,實不拘一格,兼大小而有之者也。

玉岑公乃民國間吾常翩翩之佳公子也,其詩詞率多天才英發,卓犖不凡者。余檢讀其遺稿,於情之一字,根觸至深。若"癡情還是自癡情,情到癡時倍悵神"、"欲忘情處未忘情,多少春愁訴乳鶯",若"情債好還空有淚,藕絲欲斷恨無力"、"幻成木石情方死,乞到因緣佛不靈"云云,非深於情者何能有此等情至之語。此非所謂幽溪曲港者耶!壬申二月,妻素葉病逝,玉岑公悲情難抑，頻與素葉夢遇，因有詩記云："夢裏啼痕射月闌，醒來猶自苦汍瀾。平生膽怯空房住，腸斷城東渴葬棺。""苦憑飄忽夢中雲，賺取殷勤衣上淚。起來檢點珍珠字，月在牆頭煙在紙。"真語語嗚咽，不忍卒讀矣。

武進謝氏一門，遙承東晉謝安、謝靈運之餘緒，文采煥發，兼擅多藝，稱譽光赫一時。玉岑公追想前朝，亦往往情難自已。嘗有詩云："康樂漸吟述德詩，故家文字擅清奇。草堂舊有青山在，淒絕烏衣巷里時。""康樂祠前修禊約，吾家春草滿池塘。""把臂他年林壑去，憑君認取謝家山。"以雅接王謝風流自任。東晉謝家亦曾以功業煊赫名垂青史，玉岑公明乎此，早歲頗有志經世之學，嘗賦詩自明其本志云："閉戶年來氣未舒，鵬飛何日展天衢。據鞍草檄平生意，愧殺書窗獺祭魚。"其魄力雄大，令人氣壯。

然玉岑公既家世漸趨委頓，復身逢亂世，"已見銅駝臥荊棘，幾聞奇士出菰蘆"，"同是青衫潦倒，只天涯、君去更飄零"，遂不期然而生河清無日之慨，因安頓性命於江湖，幾不問世事。其《放如齋詩序》云："士君子懷瑾握瑜，孰不欲拾青紫、求富貴，以建功名於天下哉？苟不幸而不獲，則鹿門偕隱，梁鴻舉案，亦庶幾享室家兒女之樂耳。"故中歲後其詩詞多寄跡江海山林，若"乘槎未許封三島，買舸終期住五湖"，"三年醫國空藏艾，五畝求田欲種桑"，皆自道心志也。此後遁跡藝文，輾轉蘇浙滬間，與張大千、黃賓虹、吳湖帆、夏承燾諸君時相過從，書畫亦饒得名聲，"平生不好貨與色，猶恨書畫每成癖"，"藝術之樂，令人心死"，其沉醉書畫之意，在在可感。題畫詩詞亦精妙異常，為時所稱。"畫卷黃花燈下影，虛堂春草夢中篇"，雖題贈公展之語，亦自況也。

"聰明"二字，在他人或心追神想不已者，而在玉岑公，則深畏之如將不盡。蓋聰明者敏悟恒異於常人，哀樂遂亦過於常人。於滄桑疊變、世亂亟亟之世，其苦痛自亦倍於常人。故玉岑公屢有"滄海幾曾能不變，聰明只是休重誤"、"兩字聰明生負我，一彎眉月盡牽人"之歎。其論雖似無端而來，而實深契其衷曲者。"故園便是逃名地，蹤跡何須問水鷗"，故園天挺玉岑公之才，亦殷勤慰藉玉岑公疲憊之心、羸弱之體。"情郡"常州，果然情意馥郁，令人動容。

自來素心人多雅意寒梅，蓋梅之幽韻冷香有不可形容者。玉岑公既與諸子立梅花吟社，復於袁中郎"國色名花世豈少，只緣無此秀丰神"之句心有戚戚。因直言："僕平生愛梅，以為梅冷且秀，其佳處自在軟紅之外，不當與塵俗同論。而古來詠梅者，徒與群卉爭一字之褒貶，豈梅花知己？"故其欲效仿放翁，化身萬億，為"一樹梅花一玉岑"耳。此人境耶，抑詩境、畫境耶？余已渾難明辨矣。

玉岑公雖以詞名，然馳驅詩詞書畫諸界，各具崖略。論者謂其詩清麗似漁洋，沉俊類定庵；詞則在清真與夢窗之間；四六由袁簡齋而上追徐孝穆、庾子山；其書篆隸真草，無體不工；畫則為張大千譽為文人畫之範式。竊以為知言。真才人伎倆，不可方測矣。

嗚呼！以玉岑公之才華卓異，而久寂寞於碌碌塵世，此亦玉岑公所謂塵之俗也。戊戌七月，余初識玉岑公嗣孫建紅君於無錫，其眉宇純和、言語溫潤、舉止清雅，甚有乃祖之風，因結交焉。去歲末，建紅君擲函舍下，以《謝玉岑集》告竣，付梓在即，命余製序以弁其首。余雖不敏，亦豈敢有違，因草此瑣碎之言聊以塞責耳。

是為序。

己亥四月　溧陽彭玉平

目　錄

卷一　詩 …………………………………………… 1
　青山草堂詩 ……………………………………… 2
　題集、題畫詩 …………………………………… 31
　聯語 ……………………………………………… 68

卷二　詞 …………………………………………… 81
　白菡萏香室詞 …………………………………… 82
　孤鸞詞 …………………………………………… 100
　題畫詞 …………………………………………… 115

卷三　文 …………………………………………… 125
　周頌秦權室文 …………………………………… 126
　墨林新語 ………………………………………… 175
　題作 ……………………………………………… 185

卷四　手札 ………………………………………… 189
　竹如意齋手札 …………………………………… 190

附錄 ·· 235

一、玉岑遺稿·序跋 ···································· 236
符　鑄　夏承燾　王師子　張大千　陳名珂
陸丹林　唐玉虬　謝稚柳　王春渠

二、紀念、傳略、年譜 ································ 243
悼武進謝玉岑覲虞 ······················ 金松岑 | 243
玉岑遺著將出版感題 ···················· 葉恭綽 | 243
哭玉岑（四首） ························ 錢仲聯 | 243
減蘭 ·································· 夏承燾 | 244
鷓鴣天·吊謝玉岑 ······················ 龍榆生 | 244
玉蝴蝶·悼謝玉岑 ······················ 唐圭璋 | 245
謝覲虞 ································ 苔岑社 | 246
謝玉岑 ································ 詞學季刊 | 246
謝覲虞 ································ 張惟驤 | 246
先兄玉岑行狀 ·························· 謝稚柳 | 247
謝玉岑小傳 ···························· 錢小山 | 249
謝玉岑先生年譜 ························ 謝建紅 | 251

三、謝氏家集 ·· 270
謝夢葭　謝玉階　謝香谷　謝養田
錢蕙蓀　謝君規　謝仁卿　謝仁湛

參考文獻 ·· 436

跋 ······································ 鍾　錦 | 438

後記 ···································· 謝建紅 | 439

卷一 詩

(三百二十一首，1917—1935)

青山草堂詩

南下次金陵
憔悴京華若個知，忽收古淚又南馳。
重尋賸水殘山地，已負橙黃橘綠時。
鼻底塵清知里近，道旁岥薄悔歸遲。
風流早識無人重，多事輕吟述德詩。

注：錄自《玉岑遺稿》卷二，1917年作於常州。刊載1924年12月17日《新武進報》，有注"丁未舊作"。據考證，應"丁巳舊作"。

南歸
不愛長安雪似花，南行千里興偏賒。
金陵一宿歸來候，半郭青山日未斜。

金陵夜泊
六朝金粉舊風流，一夜笙歌出石頭。
休問南天正多事，莫愁生小說無愁。

注：以上二首錄自《武進苔岑社叢編》戊午（1918）創刊本，1917年作於常州。

綺語焚賸（十六首）
癡情還是自癡情，情到癡時倍悵神。
兩字聰明生負我，一彎眉月盡牽人。
曾懷玉杵求仙約，可奈銀牆隔絳津。
淒絕王昌舊消息，却將愁病誤芳春。

相思兩字竟如何，情到深時便着魔。
恨道無緣誰作合，諱言好事或多磨。
蠶絲抽盡難消恨，蠟炬燒殘淚更多。
檀點年來心幾許，涼宵風露望銀河。

欲忘情處未忘情，多少春愁訴乳鶯。
未斷紅絲心一點，燒殘綠蠟夜三更。
怕從紫蝶求新侶，可許青鸞續舊盟。
恨極瘦殘眉與骨，由來福薄是書生。

相逢意外倍淒涼，寂寞闌干帶恨長。
到眼乍疑昨夜夢，灰心重認舊時妝。
綠楊池院衫光好，青粉宮牆燕語忙。
如此良辰爭過去，巫山愁煞楚襄王。

鳳凰何處憶吹簫，枉對庭階歎寂寥。
情債好還空有淚，藕絲欲斷恨無刀。
痴心願禮菩提樹，愁思難憑子午潮。
淒絕藍橋迷舊路，落花風裏黯魂銷。

落花何處泣殘春，情緒人前訴不清。
喜切正錐今日恨，形疏轉悔昔年親。
迷離蝶夢無聊想，宛轉蠶絲未了因。
數遍愁紅與恨翠，可憐心事不堪論。

不須燕子引人行，韓令當年住畫堂。
豈為猜嫌避行跡，也因風語暗羞郎。

人前俏掩簪花字，簾底初驚巧樣粧。
往事愛教問嬰武，一思尋處一心傷。

雄蜂雌蝶自相思，一樣聰明一樣痴。
紅藕香中新臥病，青油壁上舊題詩。
纏綿欲化雙飛鳥，撩亂難開百結衣。
最是不堪回首處，燈紅酒綠夜闌時。

翡翠簾櫳繡幀深，輕攜姊妹笑談頻。
敲棊作意停纖指，羞客偏教掩翠嚬。
渦暈雙迴紅上頰，銀屏半掩俏藏身。
如煙如夢今難覓，隔斷紅牆又幾春。

豆蔻春風怯不支，最玲瓏處最嬌痴。
畫堂燈火隨孃小，綺閣添粧對鏡遲。
薄暈正宜紅燭下，回眸却趁背郎時。
劉楨此日倉狂甚，醉倒筵前不自知。

當年消息不堪論，花下重逢又斷魂。
吹亂綠雲新挽髻，抛殘紅淚舊啼痕。
嬌痴容止羞難畫，磋頓因緣玉未溫。
半晌相看無一語，傷心何處着溫存。

門對耶溪秀色新，雲鬟半挽乍含顰。
個中消息全憑母，暗裏耽心總避人。
準擬鳳巢棲一世，又教芳信誤三春。
心灰無奈還回首，怕證塵寰木石因。

碧海青天思不禁，夜闌人靜酒初醒。
幻成木石情方死，乞到因緣佛不靈。
舊約好尋空慰藉，微懷無賴太伶仃。
可能有日隨鸞使，重射當年孔雀屏。

愛從香閣讀書來，珠箔屏風面面開。
逗出笑聲新罷繡，描成鞵樣錦初裁。
羞他簫史留心避，悟到風情恣意猜。
偷得鳳鞋窗下視，銷人魂是最初回。

簾底闌珊月色寒，蓬瀛何處寄瓊翰。
碧蓮心苦誰曾解，玉藕絲纏欲斷難。
檢點狂懷原負負，却憐芳訊誤般般。
鮫綃濕透胡威絹，我當酬恩一例看。

年來消息久浮沉，清減羅衫恨不禁。
鴻影深藏難入夢，芳名提處便關心。
連朝相遇狂何遣，數日難逢恨又生。
求醉求癡求不得，個中情味耐思尋。

注：以上十六首錄自1917年7月26日至30日武進《晨鐘報·艷藻》，署名"蓮花侍者"，1917年作於常州寄園。

綺語焚賸（十二首）
乘涼團坐小窗頭，低弄雲鬟不解愁。
多少同行佳姊妹，愛渠脈脈笑渠羞。

小小年華怯不支，聰明不待上頭時。

含情悄立關心處，欲語羞郎又故遲。

閑拋脂粉學臨池，靜界烏絲寫妙詞。
愛煞畫眉窗下過，墨香和笑出簾絲。

盤將蘭朵作宮粧，生就芙蓉一段香。
此日壽堂初拜母，仙鄉纔識是仙鄉。

荼蘼花好上頭餘，爭蹴香毬笑不如。
愛煞仙家風度好，不將蓮瓣約雙趺。

詩文生小識檀郎，阿母言辭暗解藏。
偏有寶兒憨姊妹，慣將連理笑無雙。

扶將宿醉態迷離，曉起粧臺側面窺。
只是茜紗濃似霧，欲描模樣太依稀。

畫堂簾幕幾經過，今日相逢正奈何。
何忍竟忘當日事，醉心言語入心多。

晝長院靜日遲遲，愛向紅窗聽詠詩。
花影乍移簾半捲，闌干還記立多時。

欲尋機石訪仙槎，入眼風花總是差。
萬種銷魂無着處，晶簾咫尺便天涯。

靈犀一點可通靈，話到因緣太不平。

我是夢中傳綵筆，好描眉樣待雲英。

萬縷情絲一線牽，碧蓮紅豆太堪憐。
無雙應惜無雙士，玉鏡溫家待五年。
　　注：以上十二首錄自1917年8月1日至3日武進《晨鐘報·艷藻》，署名"蓮花侍者"，1917年作於常州寄園。

秋夜
畫檐寂靜雨初收，風透晶簾半下鈎。
花影似羅蟲似織，月明庭院不勝秋。

湖上
滿身花氣晚風吹，小立羅衫漸不支。
十里柳堤人去後，一湖清影月來時。

雨霽
萬里長天一望空，碧雲黃葉叫征鴻。
山村雨過秋容瘦，寂寂柴門落照中。

送表兄伯澍東渡
送君東去浪沄沄，萬里長遊自不羣。
壯士有心甯惜別，江郎何事賦銷魂。

寄仲章日本
風雅年來日日衰，廣陵散絕事堪嗟。
何當海外蓬萊島，猶有詩人憶謝家。

鼎元詩來勸余學畫，賦此即寄

流涕新亭日下時，感君詩意獨相知。
故鄉為報桃源好，歸去青山作畫師。

贈曉湘

少年豪氣識元龍，立雪名山却乍逢。
惆悵送人春燕子，我來君去又忽忽。

注：以上七首錄自《武進苔岑社叢編》戊午創刊本，1917、1918年作於常州寄園。伯澍、仲章、鼎元、曉湘皆為名山先生弟子。

哭許佛迦（四首）

買醉金尊海上來，異鄉情好感鄒枚。
他年載酒錢塘去，忍道山陽作賦才。

曾索塗鴉尺紙貽，臨川敢避大忙譏。
揮毫終悔遲時日，掛劍千秋季札悲。
（君曾索予書，書成未寄而君死）

滄桑劫後事憑遷，寥落騷壇太可憐。
流涕曉風殘月句，誰人仙掌弔屯田。
（君有《紫盦詞草》）

抱玉長懷刖足愁，憐君壯志未曾酬。
平生文字無人識，此去應登白玉樓。

注：以上四首錄自1918年12月13日武進《晨鐘報》，1918年作於常州寄園。許佛迦係詩人上海商校同窗三年的同學，不幸早年離世。

謹題鄧春澍世叔四韻草堂七律四章

論畫談詩妙擅場，天機紅日出扶桑。
虎頭三絕風流盡，南國新傳四韻堂。

濁世先生自掩關，淋漓元氣見毫端。
丹青亦有滄桑感，潑墨知愁一角山。

球琳翰墨感垂頒，一例逃禪豈等閒。
寫到筆花香絕處，忽驚春滿鄧家山。
（先生山水之餘，復恣意畫梅。）

康樂慚吟述德詩，故家文字擅清奇。
草堂舊有青山在，淒絕烏衣巷裏時。

（余家舊有青山草堂。先大人在日，極詩酒賓朋之盛，今則燬於火矣。十年前事，家國滄桑，根觸下懷，詩以及此。）

注：錄自1919年3月23日武進《晨鐘報》，1919年作於常州寄園。1935年5月28日《武進商報》刊載，題作"謹題四韻草堂七載四首，呈春澍世叔先生斧正"。

虞社消寒雅集，和鷗侶韻

憔悴江村又此時，小窗風雪凍絲絲。
短梅已見春前蕊，長句猶孤海內知。
吳市賣燈人說早，東都埋硯我憐遲。
年華九九還須惜，莫漫新亭起遠思。

注：錄自《玉岑遺稿》卷二。1920年冬，詩人參加常熟虞社雅集而作。

俞鷗侶（1900—1930），字鷗侶，彭城俞氏十四世孫，虞社創始人之一，武進苔岑社社員。

綺懷焚賸（八首）

晝長茶熟颺煙絲，最憶紅窗聽詠詩。
花影遲遲簾卷處，闌干曾此立多時。

華堂簾幕幾經過，眼底星辰可奈何。
何忍竟忘當日事，醉心言語入心多。

偶拈蕉葉題仙句，自試簪花寫妙詞。
愛煞畫眉窗下過，墨香和笑出簾絲。

春來紅豆又生芽，十載相思計本差。
愁絕琴聲花影夕，屏風咫尺隔天涯。

空懷鸞背弄瑤笙，阿閣珠簾遠萬層。
兩字聰明生負我，一彎眉月又牽人。
可容彩筆題花片，聞說銀牆隔玉津。
淒絕王昌舊消息，却將愁病誤芳春。

雄蜂雌蝶自相思，一樣聰明一樣癡。
紅藕香中新臥病，碧芸窗外舊題詩。
纏綿欲化雙飛鳥，撩亂難開百結絲。
最是不堪回首處，燈紅酒綠夜闌時。

碧海青天思不禁，紫姑蚓畔月初成。（成句）
幻成木石心方死，乞到因緣佛不靈。
大藥中山樽慰藉，小窗春雨夢飄零。
蒼蒼可許狂生祝，願射當年孔雀屏。

垂楊庭院瑣春陰，如水池臺月又沉。
　　鴻影深藏難入夢，芳名提處便關心。
　　紫蘿囊愧平生意，綠綺琴停隔座音。
　　求醉今生渾未得，情天滋味耐思尋。

洞房紅燭，戲語舊情，不禁莞爾，成二十八字，書綺懷草後
　　密語殷勤到夜闌，芙蓉顏色怯春寒。
　　十年辛苦相思句，贏得雲屏剪燭看。

　注：以上二題九首錄自1921年7月9日《禮拜六》第117期，與《晨鐘報》所刊《綺語焚剩》有多處異同。詩"密語殷勤到夜闌"收入《玉岑遺稿》卷二，題作"密語"，1919年作於常州。詩人與錢素蕖成婚前後，多有以署名"白蘭茞香室主"發表作品。

謹題秉鈞姻丈先生遺像，姻愚侄謝覲虞拜贊
　　猗歟先生，矯矯不群。
　　嵇琴阮酒，狂者留名。
　　勝襟橫霓，高譚出雲。
　　珍此琳琅，璀燦精神。
　　玉關前塵，金鹿餘情。
　　渺矣千古，山高水清。

　注：錄自《苕岑叢書·放如齋詩鈔》辛酉（1921）年刊，1921年作於常州菱溪。

　秉鈞即錢秉鈞。

寄吳劍老，用劍老自述韻（二首）
　　憔悴蘭成早倦遊，劇憐猿臂未封侯。
　　少年縞帶三千客，昨夜星辰十二樓。

老去久傳陽柳句，興來猶典鸘鸘裘。
故園便是逃名地，蹤跡何須問水鷗。

壇坫東南此霸材，龍文漫說等駑駘。
不逢海客酬機石，應共胡僧話刼灰。
梁苑星霜隨夢過，蕪城烽火逼人來。
欣聞師曠猶音樂，長願江樓聽落梅。

注：錄自《苔岑叢書•江東雲影集》辛酉年刊，1921年作於常州菱溪。

吳劍老，即吳放（1864—1932），字松龕，一字我才，號劍門，常州人，居常州北直街。曾師事王先謙，官至中書科中書。辛亥革命後歸里，於1917年創建武進苔岑社，持續十餘年，影響頗廣。著有《吳劍門詩集》《衲蘭龕詞》等。

松龕雪鴻八景題詠

紅陵城上看紅霞，天與黃金鑄歲華。
珍重故園一輪好，魯戈莫管亂如麻。（龍城朝旭）

冷眼羞將萬事觀，西神巒翠撲襟寒。
故家也有人椎結，也儗雙棲此卜椽。（梁溪賃廡）

雲遙吾谷一鐙深，遺蹟蕭家說重尋。
山色飽餐書飽讀，乞天來許作紅蟬。（虞麓讀書）

不見蘭旌與桂旄，江湖無賴劇魂銷。
廿年剩有憂時淚，洒向秋風咽怒潮。（吳門載酒）

銅駝陌上幾曾經，幾度興亡此歷亭。
東海栽桑成底事，湖光終古只青青。（歷亭訪古）

晴川高閣倚崔巍，更有琴留伯氏臺。
淒絕庭闈成宿草，畫圖我欲刺船來。（晴川艤舟）

車如流水酒如川，古月分明照大千。
誰按曉風舊時曲，青衫老去柳屯田。（珠江夜月）

雄關天險喜登臨，馬後桃花識壯心。
休笑買貂圖出塞，幾人詞賦重黃金。（瀋陽走馬）

注：錄自《苔岑叢書·雪鴻緣》壬戌（1922）年刊，1922年作於常州菱溪。

辛酉除夕（二首）

風雪江村逼歲除，年華無賴度鹽菹。
乘槎未許封三島，買舸終期住五湖。
已見銅駝臥荊棘，幾聞奇士出菰蘆。
黏紅貼翠尋常事，愁絕迎年酒一盂。

寂寂青山帶水長，濯纓何計問滄浪。
三年醫國空藏艾，五畝求田欲種桑。
剪箔又看圖彩燕，祀神渾欲廢黃羊。
故人天末猶羈旅，翻對寒梅說異鄉。

金陵懷古

新亭幾輩識殷憂，南下張帆我欲愁。

　　　　膡水殘山空六代，金蓮玉樹亦千秋。
　　　　枉傳王氣開南國，猶剩寒潮咽石頭。
　　　　紅板綠楊歌舞地，不堪商女說風流。
　　注：以上二題三首錄自《苔岑叢書·同岑集》壬戌年刊，1921、1922年作於常州菱溪。

壬戌重九前一日訪周怡庵丈吳門，同遊某遺老園，賦此為別（二首）

　　　　出門久已拋西望，此地猶容一夕鳴。
　　　　衰世衣冠渾土賤，窮途歡笑亦河清。
　　　　無多佳會憐風雨，有限才名怯送迎。
　　　　安得從公結鄰住，相過擁鼻作吳聲。

　　　　山川我媿何能說，刼後名園此重登。
　　　　天半駕鵝喧木葉，風前樓閣動觚稜。
　　　　敢誇倒屣迎王粲，却喜乘舟共李膺。
　　　　世亂不堪留後約，搖鞭回首暮雲凝。

　　注：錄自《玉岑遺稿》卷二，1922年作於蘇州，刊載1923年12月16日《新武進報》。

　　周怡庵即周企言（1868—1937），字葆貽，別號怡庵。其子周有光，現代著名語言學家。

和曼士桃花落後重遊淞園之作（四首）

　　　　搖碧樓臺柳又絲，半淞明鏡剪春姿。
　　　　人間別有滄桑事，錯認崔郎感舊詩。

　　　　淺水濃陰又一時，酒痕紅褪鬢邊枝。

恩恩花絮如雲淡，那許宮鶯海燕知。

曾薄微之賦會真，洛川羅襪毀無因。
清波重照春虹影，可有桃鬟解向人。

十載癡狂我悔耽，研魚箋鳳太清寒。
天花歷亂維摩地，何似枝頭自在看。

戲書拙作駢語
閉戶年來氣未舒，鵬飛何日展天衢。
據鞍草檄平生意，愧殺書窗獺祭魚。

注：以上二題五首錄自《玉岑遺稿》卷二，1922年作於常州菱溪。曼士即王春渠（1900—1989），字春渠，號曼士，常州人。

呈古歙程筠甫前輩，即題其《香雪盦詞賸》
銅琶高唱咽歌屑，文物昆明等刼塵。
亂後零縑成幸草，尊前殘客悟勞薪。
九歌雲蜺原傷楚，三徑松蘿好避秦。
聞說婆娑饒老興，南樓長祝月華新。

注：錄自《玉岑遺稿》卷二，1922年作於常州菱溪，刊載1924年12月17日《新武進報》。《苕岑叢書·同岑集》壬戌年刊收入此詩，題作"題古歙程筠甫前輩《香雪盦詞賸》"。

程松生，字筠甫，安徽歙縣人。1891年中舉人，官至內閣中書等。苕岑社社員，時年66歲。

郡中同人擅鐵筆者，丁君松仍外，得馬君允甫，喜賦兩贈（四首）
六書初啓變蟲魚，繆篆胚胎肇刻符。

試向瑯琊驗真乳，少年擲筆上雲衢。

（古文至秦始壞，區別八體，各相為用。至其所謂繆篆書供刻符摹印者，實即上蔡玉筯法也。）

　　我謂鼎彝具印法，布白揖讓尤高騫。
　　泥金小字倘垂質，崑崙為溯凡將篇。

（三代鐘鼎文字，法度極與古璽相合，薛宗婦彝、楚公鐘其尤著者。）

　　漢宮鑄印挑秦矩，遞嬗誰能緬二京。
　　江海鏘鏘聚東箭，晚清人物邁朱明。

（有明一代，摹印最劣；清末名家，上追秦漢，卓然中興。）

　　吾常健腕數老鐵，苦鐵而今更擅場。
　　星宿源頭一川水，手扶虬鳳共翱翔。

（吾常趙老鐵穆甫出儀徵吳讓之熙載門下，治印能融合秦漢六朝，凡符璽、陶器、磚鏡、瓦當之法，當世惟吳缶老足與抗衡。兩君多才，庶幾冶二鐵於一爐焉。）

　　注：以上四首錄自《玉岑遺稿》卷二，1922年作於常州，刊載1925年6月15日《新武進報》。

　　丁君松仍，生平不詳。馬君允甫即馬萬里，字允甫。老鐵穆甫即趙穆父（1845—1894），字牧園，晚號老鐵，常州人。早歲受業於吳讓之，後獨樹一幟。工篆刻金石，著有《趙穆父印譜》。

溪橋初夏雜詠（十首）
　　晚山濃抹髻螺青，布穀聲幽倚樹聽。
　　自是江鄉足生意，水楊盈尺即娉婷。

　　乳鴨新黃色最嬌，晚陽如赭下溪橋。

柳陰看策烏犍立，何處好風吹洞簫。

竹牀石几靜無譁，長日惟消一餅茶。
怊悵輕雷無雨意，淺波開瘦水萍花。

夜半聞衾夢不成，秧歌微動桔槔鳴。
蘇門枉擅鸞凰嘯，艱苦多應愧此聲。

樓外清溪十里餘，銷魂溪水滯雙魚。
米鹽瑣瑣家常話，淚濕銀鐙索寄書。

卯角年華樂最真，水天閒坐話星辰。
舊情何止溫千遍，却笑蛾眉苦怨人。

亦有魚蝦富水濱，一畦豆綠擅清芬。
夏長自喜盤飧儉，門下無煩䱷議文。

師友平生負美譽，臨風空展寄來書。
心香最是王官老，隻字分明照乘珠。

薄暮鵝鳧逐水忙，蓼枝菱蔓亂橫塘。
野荷空好無人惜，惆悵臨風發晚香。

籐牀一架自如如，客散林亭萬籟虛。
猶有流螢媚幽獨，綠陰如海照攤書。

注：錄自《玉岑遺稿》卷二，1923年作於無錫戴溪。其前八首收入《滬瀆同聲集》，詩題"茹闇詩鈔·溪橋消夏八首"，詩句有異同。

溪橋初夏雜詠（三首）

青門瓜晚未清甘，蘆橘微嫌識齒酸。
可奈孤懷愁內熱，一杯灌腸蔗漿寒。

唏髮空誇枕水濱，五湖遊屐尚因雲。
年年馬蹟楊梅熟，辜負流螢語比隣。

幽人三五綠蘿間，名有清狂禮數刪。
莫笑微言雜農園，更誰能稱好溪山。

注：錄自1925年8月2、3日《新武進報》，1923年作於無錫戴溪。共十三首，前十首與上類同。詩後有荔亭徐雯語："毗陵苔岑社友後起之秀者，當推謝君玉岑，余忘年友也。玉岑早失怙，得外舅錢名山先生指授，品端學粹，迥異時流，而尤邃金石之學，故書法亦駸駸而入於古。今值其祖母錢太夫人七十壽辰，讀錢名山先生一序，知謝氏代有聞人，剝極而復得玉岑昆仲以文學世其家，即天所以報謝氏，亦天所以報錢太夫人也。太夫人之德允彰，太夫人之壽無量矣。爰製小詩，以當侑觴，即請指正。（詩略）"

苦旱

幾多風日竭溪河，亂後天災可奈何。
辛苦五更民力瘁，桔槔風裏聽秧歌。

注：錄自《玉岑遺稿》卷二，1924年作於無錫戴溪。

安陽題壁（二首）

脚底風雲任卷舒，遙山西指即吾廬。
劉郎莫怪輕離別，蹤跡何曾出五湖。

自笑書生百不堪，槃槃腰脚怯躋攀。

妝臺亦有春峰秀，何事辛勤蠟屐看。

注：錄自《玉岑遺稿》卷二，1924年作於無錫。王巨川《再記謝玉岑》引此二詩，題作"安陽書壁•山隸無錫太湖濱"。

谿橋三十四均答嚴大伯僑見懷，并謝橫山探梅之招，時乙丑律中中呂之月

老聃標和光，知足固不辱。委蛇同其波，毋乃傷溷濁。

靈均誓南征，八龍邈求索。悲哉不可招，巫陽語空縟。

至人忍磨涅，蛾眉閔謠諑。龜筴有短長，醉醒信難卜。

嗟我早多病，端居苦伊鬱。弱齡遭大故，莽莽憂患縛。

豈無平生親，勸勉每穿鑿。人事競煊赫，少年異哀樂。

獨念白駒詩，前賢緬芳躅。誰其維縶之，或愧苗與藿。

四年遠城市，靜臥陽山麓。曾是慕幼輿，千巖與萬壑。

微尚庶云宣，長茲保誦讀。保此復奚求，春山擢晴綠。

鳴禽拂其羽，水石盪琴築。搴芳下女遺，循蘭擷空谷。

東鄰素心人，羌時就春服。醰醰太古驩，靄靄停雲矚。

相思嚴夫子，好我更何篤。握手千秋期，高情燠寥廓。

矜彼鸞鳳嘯，慚予久柙腹。析疑復賞奇，安得過從數。

日者胡塵飛，濆洞戎馬足。南風起沈陰，閭閻倏江陸。

朱門豺虎蹲，林岫聞野哭。方知吾曹生，抱甕亦奇福。

會慶廬舍全，不道旻天酷。哲人無怨尤，吾詩信可復。

穀旦縱云邁，嘉招意猶渥。碧雲期美人，重言惜花落。

花落可奈何，紉佩寶金玉。持此感中腸，虛信古不作。

注：錄自《玉岑遺稿》卷二，1925年作於無錫戴溪。

聽雨寄海內同人（二首）

聽雨幾人共，高樓戍鼓傳。
驚心投筆諾，雪涕渡江年。
花絮正無賴，溪山殊可憐。
閉門陳正字，坐惜老紅顏。

天地忽濃綠，春光入混茫。
幽憂幾風雨，沉醉一滄桑。
佳日老櫻筍，吾謀愧稻粱。
斯文感蕭瑟，還爇一爐香。

注：錄自《玉岑遺稿》卷二，1925年初夏作於常州，又見詩人詩稿。

永嘉雜詠（六首）

江心潮落渡船忙，桃柳攔街舉國狂。
康樂祠前修禊約，吾家春草滿池塘。
（永嘉春日，節名攔街福，士女咸華妝過市。）

山田長物薦黃柑，牆外辛夷簇粉團。
更喜梅開先嶺上，一枝乞傍鬢邊看。
（永嘉氣暖，九月間有辛夷及梅。）

閒行休沐日初西，角飲高樓酒力微。
多謝解圍施步障，尋常恩怨屬蛾眉。

細雨芳園酒似潮，春裘寒倚此嬌嬈。
紅桑早識能三變，多事花叢廣絕交。

退筆如山墨似瀧，白鵝臨水粲成行。
　　阿婆三五耽塗抹，多事銀箋貴洛陽。

　　雁山仙府何曾到，空號看山住一年。
　　便數清遊愧先德，慧根何敢望生天。
　注：錄自《玉岑遺稿》卷二，1925、1926年作於浙江永嘉。

素君寄書皆深夜所作，天涯夢醒，寒月在窗，遠念故人猶在筆研間也。賦此謝之（二首）

　　夜闌針黹苦辛勤，薄倖長遊不救貧。
　　多謝夢回一闌月，故鄉猶伴未眠人。

　　迢遞瑤瑲剪燭裁，銷魂玉臂對清輝。
　　君懷那識春如海，方信頻宵少夢來。
　注：錄自《玉岑遺稿》卷二，1925年作於浙江永嘉。1935年5月21日《武進商報》刊載，其第一首前二句作"榆糜慚恨負螺鬟，海角風花幾處春"，第二首第二句末字作"暉"。
　素君即錢素蕖。

海行聽雨，有懷素君（二首）

　　鏡海闌干一碧鋪，雨珠看蹴浪紋舒。
　　燈前添個風鬟坐，便有情懷似五湖。

　　鄭重蘭言惜別殷，桂旄何計遣飄零。
　　擁衾聽雨尋常事，不信今宵夢不成。
　注：錄自《玉岑遺稿》卷二，1926年作於海上。1935年5月21日《武進商報》刊載，題作"丙寅春日海行遇雨有懷"。

再和煒卿櫻花詩，並謝曼士（三首）

柔腸惱亂費矜持，慚愧榴花醉已遲。
絳蠟錦茵春自好，容他野鳥背人飛。

彈指華嚴金碧迷，平鋪雲錦粲霞衣。
諸天色相原何礙，始信摩登戒已非。

瓔珞明珠綴絳紗，紅妝胡帝出仙家。
題詩自笑林逋隘，一世低頭萼綠華。

注：錄自1935年5月22日《武進商報》，1925年作於常州。

壽胡復孫先生六秩晉一（代）

通德聲華發古馨，故家天護一衿青。
山饒奴婢千頭橘，醉閱春秋五百蓂。
廣廈久傳劉翊惠，蒲輪待訪伏生經。
隱君吳市人知否，便是天南老壽星。

老去靈襟靜擘牋，吟成笑口鬥清妍。
前塵桑海餘鴻印，後起門庭喜象賢。
三徑槃阿閑歲月，一家雞犬小神仙。
襄陽耆舊晨星好，鄭重瑤觴挹綺筵。

注：錄自1925年5月7日《新武進報》，1925年作於常州。

聞玉虬南旋，悵懷曼青，賦寄京師（二首）

出門團扇障元規，米貴長安作客悲。
彈罷冰弦試回首，莫教驚見雁南飛。

年少空傳作畫師，枯蟬冷抱幾能飛。

金門自古還難飽，畫石何妨煮療饑。

注：錄自1935年5月22日《武進商報》，1926年作於常州。

煒卿即錢煒卿，曼士即王春渠，玉虬即唐玉虬，曼青即鄭曼青，四人皆為名山先生弟子。

夢因寄詩並索塗雅，賦此却寄汴垣（四首）

幕府才華錦不如，況饒詩筆落珍珠。

旗亭金粉還多少，曾賭黃河一曲無。

落日中原買鬥鑱，又驚鼙鼓逼江來。

勸君一劍抛詞賦，河嶽今期出霸才。

魏宮不見大樑存，賓客千秋說報恩。

今日江湖無俠骨，為澆樽酒過夷門。

慚愧臨池說擅場，東西塗抹亦戡傷。

解衣盤礴真餘事，何用雲箋貴洛陽。

注：以上四首錄自1935年5月22日《武進商報》，前三首收入《玉岑遺稿》卷二，題作"寄夢因汴垣"，1929年作於上海。

許夢因《寄謝玉岑》二首："壯歲為文驚老輩，惠連俊秀故無慙。十分絢爛歸平淡，他日便成龔定厂。""上溯鼎鐘兼瓦當，下窺魏晉俛齊梁。縋幽鑿險真難事，拜倒青山舊草堂。"

許夢因，生平不詳，有編《高級中學國文》六冊，正中書局1935年版。

與葉楚傖詩札

頗老善遺猶躍馬，沛公如廁竟成龍。

道存屎溺知非誕，尉薦還須酒一中。

月之一日，汪公被狙擊，楚傖方有事於便旋，未預斯難，詩以賀之。

注：錄自上海中天拍賣有限公司2007龍城之夏書畫拍賣會第616號"歲寒三友書法 紙片 設色紙本"，詩作時間不明。

葉楚傖（1887—1946），江蘇吳縣人。詩人、報人、政治活動家。著有《楚傖文存》《世徽樓詩稿》等。

七月一日聽玉筍清唱，即席賦贈

曼聲銷得鬢成絲，陶寫中年幾輩知。
也有繞梁三日思，禪心飛處更矜持。

丹成何處覘瓊裾，持偈維摩慨索居。
輸與麻姑弄狡獪，雨華筵上落珍珠。

劫灰幾度起昆明，京國笙歌正有聲。
舞罷回波添一笑，輸它冷眼看公卿。

一聲迸驪座中寒，玉裂珠跳夜未闌。
早識鄉親有蘇簡，絕裾我悔出長安。

注：錄自上海鴻海拍賣有限公司2006年秋季藝術品拍賣會第358號"詞稿單片 紙本"，詩後有跋語："俚詞錄奉吹萬吾師加斧，玉岑未是稿"，1930年作於上海。1930年詩人有致高吹萬信札云："小詩新成，錄供一粲。玉筍即京中票友蔣君稼，吾常竹莊先生猶子。諛之者謂高出梅畹華，其實亦未必耳。"

可人（四首）

可人庭院水般清，梁燕匆匆幾度經。
多事為他行竹馬，春來苔綠鎮關情。

十二疏欄掩畫堂，薄蟬蘭鬢亦時妝。
眾中禮數遲迴避，平視應憐此日狂。

耳根奇福費矜持，上□清圓七字詩。
紅透闌干涼透月，人生禁得立移時。

銀牆迢遞望氛氳，消息無端隔五雲。
一自歲星成小謫，瑤池環佩不輕聞。

海上偕江陰陳茗舸過某校書妝閣，校書亦澄產也

畫閣玲瓏媿見招，鄉親蘇小未應嘲。
紅桑早識能三變，多事花叢廣絕交。

注：以上二題五首錄自1935年5月21日《武進商報》，詩作時間不詳。其第三首次句原報缺一字。

答范九即次孤桐館韻

傾倒非今日，捫詩比飲醇。
鏗鏘古大呂，突兀海三神。
夙願東南畝，長鑱一兩人。
逢君才見絀，狂語任天真。

注：錄自《王个簃詩稿全集·霜荼閣詩》之《玉岑疊秋桐館韻賦此酬之》詩題，大象出版社2016年版。詩作時間不詳。

病起憶永嘉舊游，口占六絕句，自歸滬已五年矣

江心潮落渡船忙，桃柳攔街舉國狂。
康樂祠前修禊約，吾家春草滿池塘。

（江心寺在甌江對岸，游衍常至。康樂祠經鶴亭、鐵錚兩丈修葺後，有司閽可供茗荈。）

黌舍常傳月下歌，清游前夢墮銀河。
絳紗弟子才如海，檻鳳吡鸞可奈何。

（蔡生死後，蘇生猶繫杭獄。）

二月春風鼓瑟希，小西湖水與雲齊。
藏書樓下盟心語，南海魚天憶李頎。

（懷孟楚廣東中山大學。孟楚方有書來，招游中大，不知故人之不可用也。）

清奇三鴈數東甌，秀髮青衫麗句搜。
才子敢隨黔夏後，八聲檀板播甘州。

（黔夏為瞿禪舊作《八聲甘州》，頗為浙生傳誦。）

退筆如山墨似瀧，白鵝臨水粲成行。
阿婆三五耽塗抹，多事銀箋貴洛陽。

江田長物是黃柑，欲薦新荔白玉盤。
却稱牆東梅破萼，秋風先見故園花。

（瀕海氣暖，深秋偶見梅放。）

注：以上六絕句錄自1930年11月9日《武進商報》，1930年作於上海。《謝玉岑詩詞集》卷三選錄其二、三、四計三首，題作"永嘉雜詠三首"，其三首與《玉岑遺稿》卷二所收《永嘉雜詠》重

複。然其一注語與《永嘉雜詠》所錄全異，其六則完全不同，今此六首全錄，以供參考。

李孟楚（1898—1963），溫州瑞安人。畢業於浙江省立一中，曾任教廣州中山大學等。著有《墨學傳佈考》《老子古注》等。

題韓步伊女士遺書，應瘦鐵徵

水榭漚波夢未溫，忽開遺卷射啼痕。
南朝風度東京筆，坐媿書空是鈍根。

注：錄自1930年11月6日《武進商報》，1930年作於上海。韓步伊即錢瘦鐵之妻。

春渠祖母趙太君八十壽詩（四首）

幔亭仙樂起清泠，阿母窗開月滿庭。
六十年來成一笑，秋雲重照鬢絲青。

撤環女有北宮賢，後起欣看范研傳。
指點紅桑說滄海，故家今見女媧天。

大母婆娑已八旬，黃羅小女掌珠新。
試傾春酒開湯餅，百歲便看五代人。

鳩杖如龍菊似山，溪頭斟酒一酡顏。
錦堂晚景如仙好，笑看當年燕子還。

酬友人見懷韻（二首）

抵掌吾與汝，高樓酒試傾。
美人原有待，餘子幾成名。

浩刼簪裾地，浮生邱壑情。
不勞思往事，蠻觸夢中爭。

十年珍敝帚，感子獨心傾。
江漢終移壑，葅蒲媿盜名。
漫言龍有性，還笑石無情。
去去湖雲闊，扁舟宿鷺爭。

注：以上二題六首錄自《玉岑遺稿》卷二，1931年作於常州。《酬友人見懷韻》二首刊載1935年5月23日《武進商報》，題作"酬百熙，用見懷韻"，其第一首末句"蠻觸夢中爭"作"昨夜夢蟻爭"。

過龍華蘭舍，賦示祝雲

平生最愛龍華樹，何事遲來葉盡芟。
塵面觀河原易皺，病餘行路益知難。
茫茫家國天終墜，寂寂絃歌歲欲闌。
漫道埋憂不痛飲，相逢猶喜勸加餐。

注：錄自《玉岑遺稿》卷二，1931年作於上海。

贈佛影

識君初讀君詩好，零落桃花任眼前。（君約看桃，至已盡矣。）
少日心期何落寞，近來長句亦雕鐫。
相求尚有朱（大可）聞（野鶴）早，撰杖誰如衛管妍。（君多女弟子）
滄海也知終滅頂，酒闌容易莫潸然。

注：錄自《玉岑遺稿》卷二，1932年作於上海。刊載1932年9月13日《金鋼鑽報》，詩句有異同。

八月三日記夢（二首）

夢裏啼痕射月闌，醒來猶自苦汍瀾。
平生膽怯空房住，腸斷城東渴葬棺。

薄鬢飛蓬尚許親，肯將貧病怨長卿。
人間痛哭今無地，片晌應憐萬劫心。

注：錄自《玉岑遺稿》卷二，1932年作於上海。係妻子素蕖病逝後，詩人的二首悼亡詩。

和潭秋韻，并示丹林

十年貞疾成樗棄，哀樂恩恩盡劫灰。
豈有河山化金碧，枉餘名字障風埃。
治生人道不龜手，成佛誰當未易才。
多謝新詩誇勝境，結廬何日剪蒿萊。

注：錄自《玉岑遺稿》卷二，1932年作於上海。陸丹林《哀念玉岑社兄》引此詩，末句作"待攜雙屐便依皈"。

祝善子五十初度

眼前人物數壇坫，位置誰在羣峰巔。
大風叱咤九萬里，梅花壽考一千年。
丹青餘技走虎豹，笠屐佳話矜鬚髯。
壯遊記送江入海，難兄難弟皆神仙。

注：錄自《玉岑遺稿》卷二，1932年作於上海。

懷大千宣南

半年不見張夫子，聞臥昆明呼寓公。
湖水湖風行處好，桃根桃葉逐歌逢。

嚇雛真累圖南計，相馬還憐代北空。
衹恨故人耽藥石，幾時韓孟合雲龍。

注：錄自《玉岑遺稿》卷二，1934年作於常州。1935年1月7日《中央日報》刊此詩，題作"寄大千居士"，末二句作"一笑殷勤乞縑素，看歸齋壁合雲龍"。

送徐雪月女彈詞赴都集玉溪生句

今朝青鳥使來賒，聞道閶門萼綠華。
唱盡陽關無限疊，錦帆應是到天涯。

自有仙才自不知，回頭更望柳絲絲。
清聲不遠行人去，芳草如茵憶吐時。

郢曲新傳白雪英，可憐才調最縱橫。
閶門日下吳歌遠，雛鳳清於老鳳聲。

玉琴時動倚窗弦，驟和陳王白玉篇。
翠袖自隨回雪轉，衹應江上獨嬋娟。

注：錄自1936年5月9日《晶報》，詩作時間不詳。

題集、題畫詩

【題集詩】

題友人詩卷

獨裁長句播長安，感事蒼涼萃百端。

猶怪悼亡詩思薄，却饒綺夢憶江南。

注：錄自1935年6月7日《武進商報》，詩作時間不詳。

題《蘊廬詩草》

餘事誰將健筆扛，嶺南詩老識潘汪。

如今更有傳家學，一卷重開獨漉堂。

注：錄自陳荊鴻《蘊廬詩草》卷首題辭，詩作時間不詳。

陳荊鴻（1903—1993），字文璐，號蘊廬，廣東順德人。早歲在上海與康有為、吳昌碩、黃賓虹結為忘年交，有"嶺南才子"之稱。及長歷任粵港各大報社編輯、社長、院校教授等職。著有《蘊廬詩草》《蘊廬文稿》《蘊廬書畫》等。

題《朱其石印存》

驂靳陳（巨來）方（介堪）矜法度，輸君健筆走龍蛇。

若論兩浙人才盛，藝苑應書後八家。

其石吾兄以畫苑名手，從事印學，今有印譜之輯，皆平生精粹之作，可與秋景庵、師慎軒方駕齊驅者矣！癸酉夏日，玉岑居士謝覲虞并記。

注：錄自《朱其石印存》卷首手迹，1933年作於上海。

題《芝蘭草堂印存》

獵碣迂回能朴茂，封泥安雅亦開張。

匆匆皖浙成芻狗，此事方知法後王。

題鴛湖影事圖袖卷

畫裏清波去不回，新詞又起華山偎。

墜天竭海尋常甚，却笑騷心作許悲。

注：以上二首錄自汪大鐵《空穀流馨集·詩編》，詩作時間不詳。

汪大鐵，號大鐵，無錫人。民國著名印人，趙古泥弟子，多才藝，且富收藏。

題《逸梅小品續集》

筆粲奇花舌咒蓮，燈前酒畔話蟬嫣。

我開一卷堆盤鯖，何用何曾食萬錢。

注：錄自《逸梅小品續集》，1934年作於上海。

題張風《古木高士圖卷》

抱琴差有弦中味，得意相尋紙上音。

三百年來猶一脈，陽春白雪未消湛。

大風堂拜觀題詩，玉岑居士。

注：錄自饒宗頤《虛白齋藏書畫解題》，1929年作於上海。又見萬君超《大千三十·張大千一九二九年交游考及其他》，浙江人民美術出版社，2019年版，第156頁。

張風，字大風，號升州道士，清代畫家。

【題畫詩】

為石渠作山水便面並題

芙蕖萬朵在胸間，一任浮雲自往還。

把臂他年林壑去，憑君認取謝家山。

注：錄自《玉岑遺稿》卷二，1922年作於常州。

蔣石渠（1898—1979），名庭曤，字石渠，武進東青人。名山先生弟子，與詩人友善。

為陸丹林作《淞南吊夢圖》並題

墮夢飄煙跡已陳，畫圖辛苦怨三生。

移情海水天風曲，別有叢鈴碎珮聲。

注：錄自《玉岑遺稿》卷二，1930年作於上海。

題自畫水仙

大千遠去浮丘哂，鄭大相逢亦自奇。

壹賦洛川千古誤，淩波羅襪至今疑。

庚午長夏，午昌屬寫水仙花，本不能畫，畫成廼別增根觸。憶玉溪《水天閒話》一詩，即書于尚，然小關令狐公案也。玉岑居士時客海上龍華鬢舍。

題成，意有不盡，再占二十八字，午昌當能會此。六月六日，耦安居士又記，訪午昌歸來久殹。

注：錄自香港蘇富比拍賣有限公司2015年秋季拍賣會第1345號"1930年作 水仙 鏡框 水墨紙本"，1930年作於上海。

送大千居士東行

蕉萃江湖思不窮，舊遊魂夢負孤蓬。

圖成別有秋涼意，門外君家起大風。

注：錄自成扇，1931年作於上海。時張大千赴日本參加中日書畫展覽會，詩人為之送行而作。成扇一面有詩人作畫並詩，署款"嫩僧"；另一面有詩人行書詞二首：首句"未捲龍鬚添鏡奩"與"雁帖寒雲欲下遲"，詞後署款："小詞錄呈大千詩人教正，謝覲虞"。此成扇，今由王春渠侄孫王金聲收藏。

自題畫梅便面

舊恩百計負牛衣，瘦褪眉黃事亦非。
誰信夢中環佩悄，凍鮫微月見湘妃。

注：錄自《玉岑遺稿》卷二，1932年作於上海。

畫扇贈公展

平生每恨無兄事，海上逢君敢並肩。
畫卷黃花燈下影，虛堂春草夢中篇。
心期久已憐貞疾，歌哭何堪送盛年。
把臂圖中賦招隱，敬亭山色倘依然。

注：錄自1933年1月29日《金鋼鑽報》，1932年作於上海。

自題扇面

平生不解畫，助興畫師友。友張天下才，鄭子亦無偶。
昕夕共笑謔，弄筆忘蛙醜。大千每譽我，謂似道人垢。
黃山幾千丈，畫派落明後。夢寐山未登，畫卷常薜苫。
一瓣竊黃山，当令聞者嘔。魏塘春將歸，楊花飛硯右。
籬燈夜未眠，揮豪記芳候。長松縱信歡，落落眉宇瘦。
持贈北征人，留我江南舊。

  靜盦十兄先生督畫，不成筆墨，壬申三月，玉岑居士。

注：錄自《四川博物院•張大千藝術館》展品（扇面），1932年作於上海。

自題畫扇

草似臣髭柳似眉，旧座澹墨是耶非。

輕舟載得春愁重，莫放東風出釣磯。

賓臣先生謬賞此扇，敢以奉贈。師子道兄大畫家督畫并題，玉岑居士，壬申三月。

注：錄自王春渠藏品，1932年作於上海。今由其外孫張海平收藏。

自題渴筆山水

渴筆曾傳戴與程，化工猶遜石濤僧。

平生空念扶風語，眼底方憐虎未成。

大風堂賓坐，以餘墨寫此為戲，真不成畫。賓臣先生乃盛賞索貽，豈非青眼耶？壬申初冬。玉岑。

注：錄自香港蘇富比拍賣有限公司2013年秋季拍賣會第1140號"1932年作 渴筆山水 鏡框 水墨紙本"，1932年作於上海。

瘦鵑道兄屬製《紫羅蘭庵圖》為題（二首）

屈家長佩謝家囊，別具風情亦國香。

畫裏不知瀛海意，還添叢竹似瀟湘。

清游待結黑金社，種樹親攜白木鑱。

問道采香開一迳，朝朝擁鼻對靈巖。

注：錄自崇源國際拍賣（澳門）有限公司2006首屆澳門藝術品拍賣會第193號"1932年作 紫羅蘭盦圖 立軸 設色紙本"，1932年作於上海。其一刊載1933年8月29日《金鋼鑽報》，有異字。其二收入《玉岑遺稿》卷二，略有不同，詩云："好遊待結黑金社，種樹初攜白木鑱。羨殺幽香開一徑，朝朝擁鼻對靈巖。"

自題畫

坐臥黃山仰大清，森嚴戈甲數弘仁。

平生空念扶風語，下筆方憐虎不成。

漸江合倪黃為一，於黃山派中法度最謹嚴，特變化少遜石濤耳。臨大風堂藏漸江冊，繫以小詩，奉若飛道長方家正之。壬申初冬，玉岑遊戲。

注：錄自北京保利國際拍賣有限公司2007春季拍賣會第1670號"巨石茅舍 成扇 設色紙本"，1932年作於上海。

自題山水畫

鄉國南田最可師，雲溪溪水薦輕卮。

更誰簡筆如衣白，絕世風流憶大癡。

題奉夢鯉宗兄。癸酉初夏之吉，玉岑居士。

注：錄自上海鴻海拍賣有限公司2011年春季藝術品拍賣會第213號"山水扇面 設色紙本"，1933年作於上海。此扇面編入《玉岑詞人悼感錄》。

題畫扇·大千補魚舟、茅亭

淺水平沙合有村，釣絲無賴漾游雲。

故人還在烟村外，九十春風鎖黛痕。

玉岑并詩。

注：錄自無錫文苑藝術品拍賣有限公司2006年春季古玩書畫藝術品拍賣會第1278號"山水 行書 成扇 設色紙本"，1933年作於上海。詩人畫山水，張大千補魚舟、茅亭。畫扇背面乃張大千書法，署款："癸酉四月既望書於大風堂下，蜀人張大千"。

自題畫扇

似此雲泉樹，生居黃巖天。

奇影落人世，悔作畫圖傳。

烟霞先生正之，謝玉岑。

注：錄自北京傳是國際拍賣有限公司2005年春季拍賣會第144號拍品"山水人物扇面"，作品時間不明。

小詩奉題春澍世叔勝游圖

畫馬師群馬，古法良可思。天地具萬態，一一丹青資。
斧劈與披麻，妙手自得之。鬼神不緘祕，猶恨人莫知。
鄧公好遊覽，畫法何恢奇。晨看黃巖雲，暮漱泰山雪。
茂林襮幽趣，春秋有佳日。野王無聲詩，子瞻幾緉屐。
閉門還臥遊，煙霞落東壁。我來讀公畫，識公意不閒。
冥契造物心，豈在驪黃間。縮地具大力，萬里宛目前。
何用苦梳渲，皓首憮荊關。

注：錄自《勝游圖詠》（鄧春澍作，上海西泠印社1928年版），1926年作於常州。刊載1935年9月7日《武進商報》，詩後附"春澍先生按語云：'玉岑生平所作五古絕少，此詩寧不在陶謝蘇黃間耶？'"

寒之友畫會讀畫絕句（三十首）

僕不解畫而好與畫史游，寒之友集會，羅列名作，泰半相知之什。玩誦鼓舞，發為吟詠，不關月旦，聊志因緣云爾。

篆法漏痕垂詰屈，詩情日色上芙蓉。
个宦樸茂英賓秀，各有天才繼大聾。

（汪英賓、王个宦，皆吳缶老入室弟子，而畫筆不侔，蓋一則擷其中年之神，一則守其晚年之法，所謂真卿、誠懸，各得右軍一體也。）

酒酣落筆王師子，雪箇天池一葦杭。
妍澹幾人求迹象，遊心海日出扶桑。

（杜子環嘗云："我作圓光時，心游海日，遐想扶桑出日，蒼蒼涼涼，故脫略筆墨，使妍淡無跡。"師子作畫喜淡，而精力不懈，讀者當會其游心之遠也。）

方壺渴筆石濤神，鐵杵金剛腕下驚。
一自天都落蕭壁，幼輿丘壑足平生。

（鄭午昌山水法方壺、石濤，好以渴筆爭長，着紙如錐畫沙。秋間以《天都峰》見贈，品品也。）

海上坐憐行路難，看梅煑菜未能閒。
何時許辦雙腰笛，吹入山陰道上山。
　　（菘梅亦午昌作，君山陰人。）

紫芝一曲引修齡，猿鶴天機照眼青。
多謝空山傳俊語，勝他栗里讀山經。
（瘦鐵數畫皆神似苦瓜，而《采芝圖》長跋述黃山故實，清響泠泠，尤為可愛。）

黃海松濤瀉冰雪，天平秋紅醉霜葉。
風流二婿矜筆墨，何必多買幾緉屐。
（瘦鐵黃山歸所作，多攝山中勝景。今雪泥會中《天平》一畫，寫眼前景物，亦清真可愛。"風流二婿"，孫伯符對周公瑾語也。）

森嚴邱壑自填胸，家法營邱皴染工。
若以丹青例戎馬，李波小妹更雍容。
　　（李祖韓、秋君兄妹青綠山水，清麗俱古法。）

難弟難兄有二張，金釵十二足張皇。
馱鈴只笑虬髯遠，為譜紅妝出塞行。
（善孖新畫虎十二幀，拈《會真記》語題之，可謂新穎。大千遠遊未歸，聞方自東省赴扶餘，入高句麗，且有量珠之樂，虬髯客真風塵健者也！）

善孖虎癡工畫虎，虎卿字虎更呼龍。
劉郎英氣消沉盡，閑看風雲小立中。
　　（善孖虎與虎卿墨龍，可謂二難並。）

平生畏友獨推馮（鐵年句），月旦符郎句最工。
可惜俱韜畫雲手，不教魯殿見天龍。
（馮曰厂畫史，秋間始自北平來，作畫真抉八大神髓，鐵年推尊之彌力。上次秋英會二公所列，俱負一時盛譽，今以匆迫，未見加入，為之爽然。）

南樓人遠清於逝，沒骨誰桃正始音。

欲為謝遲求畫法，閨中應有繡絲人。

（紅薇老人工筆花卉，篤守典型。小妹喜繪事，方擬執贄門下也。）

曼青人冷如其畫，赭墨蕭疏凍未乾。

留與天心驗盈朒，芭蕉纔展月初圓。

（曼青芭蕉月季，胚胎元氣，百讀不厭，為其近作之冠。）

跌宕賓朋三十載，春風桃李看齊開。

藝林倘許爭雄長，綺麗江山此霸才。

梅花霏玉竹抽簪，佳本南田說五清。

記取西堂燒燭夜，沉沉細雨話冬心。

（公展負畫名數十年，門弟子遍天下，所作日益奇橫，所列《五清圖》《歲朝圖》《桂花山茶》等，設色運筆，允堪抗手復堂。此公事冗，畫輒以午夜，余最愛下榻其寓，緣可篝燈讀畫也。）

楫濟川行又一時，耐寒翰墨足幽思。

扁舟便欲迴天地，無那風雲冒筆絲。

畫竹縱衡具草法，雙聯今隸更清遒。

心游二爨通靈廟，遺矩應追海日樓。

（經子淵先生水墨竹石俱有金石氣，字法二爨，絕不矜飾，寐叟後一人。）

清曾好古追巨董，辛壺高潔逼倪黃。

新安更數黃夫子，詩句清泠戛石瀧。

（樓辛壺、秦清曾俱仿古之作，筆墨氣韻，宛然古人。賓虹畫輒有詩，允推三絕。）

點筆生綃狀折枝，萬方儀態足清奇。

夢中自有春風筆，底用輕嗟不入時。

（笙伯先生寫生冊葉不盈尺，而神韻、法度無一不備，且於綺麗中獨饒古味。英賓面乞其畫牡丹冊子，先生笑謂："吾畫不合時樣。"足徵其胸臆也。）

匡廬瀑布天台樹，寤寐雲山著意尋。
一夕煙巒落東絹，閉門驗取屐痕深。

（吾鄉鄧青城丈山水，一師造化，東南名山無不探討，宜其畫之奇肆也。）

長句海內傳坡仙，筆在青籐八大間。
安得旨酒縮項鯿，來醉趙家書畫船。

（半跛社丈能詩畫，好賓客，忝列忘年交。）

蕭家腰鼓謝家囊，按曲吟詩樂未央。
更作疏花媚禪悅，靈山玉磬發清揚。

（清磬山水、蔬果、花石，各俊逸如其人，清氣往來筆端，何可端倪。）

歲朝可慶大吉羊，幽花富麗濯錦江。
更鋪翠蓋軒紅裳，花間安穩睡鴛鴦。

（萬里《荷花》《錦葵》《歲朝圖》，皆風神絕世。君與新夫人方賃廡海上。）

畫蟹畫魚誇馬大，甌江長物動鄉情。
滇南亦有思歸客，紙上家山著意營。

（甌東馬孟容畫蟲魚花鳥，放筆奪真。"扁舟我正夢江鄉"，君自題畫魚句。滇中畫史如丁六陽、馬企周，所作山水，多蜀中奇境，殆亦樂操土風之意。）

祖研青瑤繼若波，青霞能事獨誇多。
俱拋鏧悅爭絹素，大海珊瑚一網羅。

（此次閨秀所作極多，如顧青瑤、吳青霞、趙含英、沈倩玉、潘浣薇，合之虞、奚、張、湯，都數十人，而小妹月眉亦濫竽其間，洵為盛事。）

一角瑤池籀法窺，缶翁晚歲自渾奇。

清疏偏愛梅松石，想見吳興下筆時。

（汪英賓、王个簃，俱為缶老入室弟子，而畫筆不侔，蓋一則擷其中年之神，一則守其晚年之法，所謂真卿、誠懸，各得右軍一體也。《瑤池一角》《芙蓉松石》《雙梅》，二君出品。）

封泥私印搜羅遍，布白奇葩小篆通。

開母三公神倘遇，好將柔筆樹南宗。

（介戡治章既工矣，近好作小篆，溫柔有致。）

西神殘客文章伯，餘事書空第一流。

斟酌鼎彝搜版碣，六朝風度勒銀鉤。

（西神先生各體俱擅。會中臨六朝墓志小屏，工整停勻，真銀鉤也。）

漢官鑄印祧秦篆，遺矩誰能俪二京。

兩浙鏘鏘聚東箭，百年人物邁朱明。

（近代鐵筆名家多浙人，自八家後，安吉吳缶老出為一代宗師。會中所列，如樓辛壺、經子淵、朱其石、方介戡、王个簃，俱浙籍。瘦鐵蘇人，而師承缶廬，亦是浙中一脈，可謂盛矣。）

謝馬俞楊各擅場，三千彈指發輝光。

永祈佛力消塵劫，靜保華嚴草木香。

（會中指畫出品獨多，如公展、孟容、清馨、寄凡，皆各當行出色。佛象亦夥，一亭、董叔、瘦鐵、雪泥、寄凡、峪口等，不下數十家。）

寫生妙手合推張，山水虞奚出四王。

更為詞林誇璧合，家風重說馬江香。

（張時敏女士花卉，虞澹涵、奚屠格女士山水，各有獨到，足張異軍。而馬萬里湯夫人眉蒨《群雀》《金魚》二幀，秀逸生動，譬之江香，可為適合。會中夫婦璧合，如錢瘦鐵、韓步伊、何卍廬、顧青瑤、萬里、眉倩，真不讓趙、管在前。）

注：錄自1929年1月14日至16日《申報》，分三期刊載共三十首，題作"藝苑寒之友集會讀畫絕句"，1929年作於上海。《玉岑遺稿》卷二收入前二十四首，且與《申報》所載多有異字。

1929年1月9日至14日，寒之友社第一屆畫展在上海寧波同鄉會館舉行，展出社員作品五百餘件。

五柳先生像

先生何許人，門外柳成陰。

不戚戚貧賤，無懷葛天民。

午昌造象，瘦鐵補柳，玉岑戲節先生自傳語成詩。

注：錄自北京翰海拍賣有限公司2003大型藝術品拍賣會第17號"五柳先生像 立軸 設色紙本"，1931年作於上海。

五柳先生即陶淵明。

題溥儒摹李香君像

沉醉江山又苦兵，桃花故國粉痕新。

重溫三百年前夢，墮淚王孫筆有情。

心畬先生山水高潔，北地所推，不意其仕女又姚冶如此，才人固無不可也。玉岑居士題。

注：錄自佳士得（香港）有限公司2013年秋季拍賣會第1381號"1931年作 摹李香君像 鏡框 設色紙本"，1931年作於上海。

題徐悲鴻為張大千三十四歲畫像

畫樹當畫松，龍鬣張天風。畫人當畫冉，虯姿吐長虹。

豈以頰上毫，丹青易為工。庶幾褒與鄂，毛髮塗不同。

韋老畢偓少，直榦千載崇。凌煙與麒麟，圖者無凡庸。

張侯天下士，峨嵋家青穹。遠數軼轍美，近見鬚眉龐。

解衣一盤礴，墨雨霏鴻濛。冉張既愯怒，冉垂亦雍容。
伯自虎錫名，季應虜為龍。避之循邱壑，林樾何蘢蔥。
又如闢武庫，戈戟森千重。大江蕭葦闊，秋野禾黍芃。
沾溉山雨白，拂拭巾褽紅。頗聞唐太宗，曾識虬髯公。
又聞李一妹，不逐扶餘東。美人豈不愛，何日雲相從。
粉白與黛黑，要是為世雄。我愧潔白皙，鬢鬢素不豐。
蒲柳望秋零，二毛歎固窮。念昔張子房，運籌帷幕中。
貌不稱其志，遐舉隨赤松。奈何三十年，小官猶轉逢。
東方千餘騎，上頭推群公。空傳秦羅敷，矜誇夫壻頌。
受天者不全，視彼盲與聾。

敬題大千居士皓象，壬申大雪，玉岑居士海上。

注：錄自謝建紅著《玉樹臨風·謝玉岑傳》，第260頁圖片，1932年作於上海。

題畫梅

當年陸放翁，願化身千億。

即此無憂林，何必十方佛。

壬申冬夜憶慧樓，雪泥畫梅，大千補成，玉岑歡喜題詩。

注：錄自嘉德四季第19期（2009）拍賣會第510號"探梅圖 立軸 紙本"，1932年作於上海。

題白牡丹

錦幄初啟白霓裳，法曲清平數擅場。

一夜江南動春訊，瑤臺沉醉月如霜。

小留香館主人清賞，十九年元月。楊素素贈，謝玉岑題詩，謝公展畫。

注：錄自嘉德四季第45期（2016）拍賣會第561號"謝公展1930年作 白牡丹 鏡心 紙本"。此詩乃謝公展手錄，詩作時間不明。

題畫雞

花石爛如此，江南尚鼓鼙。

不須愁夜永，壇上汝南啼。

<small>香凝、師子、大千、善子合作，贈想想女士。玉岑題記。</small>

注：錄自嘉德四季第30期（2012）拍賣會第167號"大吉圖 立軸 紙本"，詩作時間不明。

題畫（二首）

種瓜非五色，結壺非千金。

胡為兩少年，筆底饒秋聲。

時人作瓠皆尚大，興來偏畫小葫蘆。

懸匏五石果何事，一樽早悔浮江湖。

<small>丙寅秋九月，與曼青同客春江，合成此圖。越一載，丁卯七夕後二日，再賦此詩，時與曼青別亦經年矣。</small>

注：錄自《謝玉岑詩詞書畫集》，1927年作於上海。

題畫

酒闌送別瀟瀟雨，乞寫秋華各黯然。

明日行舟向三峽，好攜拳石壓波瀾。

<small>考祥先生將回蜀中，十月四日集西堂作畫贈別，孟容畫雁來紅，曼青畫牽牛，玉岑題詩並記。冷月立石，公展寫菊。</small>

注：錄自書影圖片，1928年作於上海。

饒欽止（1900—1998），字考祥，四川重慶人。書畫世家，著名藻類、湖泊學家。

題畫

各有生花筆一枝，秋影搖搖斗夢絲。

他日賓朋念江海，酒闌相對數花時。

注：錄自1928年11月13日《申報》，1928年作於上海。

民生《餐英盛會記》："又張紅薇畫黃月季，吳青霞補老少年，曼青補牽牛、菊，既成，公展興豪，又加秋海棠三五朵，益覺楚楚有情。玉岑題詩曰（詩略），此畫即為玉岑取去。"

題畫·試仿散原老人體

提攜人海如椽筆，抉剔冰天不老心。

霾夢巖阿添瘦影，枝頭便聽怒龍吟。

注：錄自《謝玉岑詩詞書畫集》，詩作時間不詳。

散原老人即陳三立（1853—1937），字伯嚴，號散原，江西修水人。近代同光體詩派重要代表人物，國學大師陳寅恪之父。

題畫·張善孖寫牡丹，馬萬里補杜鵑花

亂翻珣玉佩，爭舞鬱金裙。

東風吹不盡，何必洛陽春。

辛未歲寒，玉岑居士漫題。

注：錄自北京榮寶拍賣有限公司 2014年秋季藝術品拍賣會第457號"張善孖、謝玉岑 百花園"，1931年作於上海。

題《歲寒舊侶》

松拂虬髯竹曳裾，紅妝一妹是仙姝。

世人却笑終皮相，便道風塵俠士圖。

渭莘、琴軒、希仲，玉岑居士題詩，并書尚。

注：錄自北京中漢拍賣有限公司2014年秋季拍賣會第196號"歲寒舊侶立軸 設色紙本"，1931年作於上海。

題畫

十年樹木秋心冷，兩戒玄黃醉眼寬。

擾擾雞蟲一彈指，偶然根觸上豪端。

注：錄自四川嘉寶拍賣有限公司2013年春季中國書畫拍賣會第56號"1931年作 草蟲 小雞 鏡片 設色紙本"，詩作時間不明。

馬萬里錄此詩，後有自識："辛未建子月，謝玉岑詩，無瓊居士馬萬里畫。"

題畫

一竿兩竿煙雨，十年廿年功夫。

休問酒邊心緒，扁舟猶是江湖。

注：錄自上海嘉泰拍賣有限公司2006秋季大型藝術品拍賣會第173號"1935年作 渭水月色 立軸 設色紙本"，詩作時間不明。

孫雪泥《渭川月色圖》上有孫氏書此詩並識語："乙亥六月，雪泥寫玉岑句。"

題畫

美人臨鏡掃煙鬟，淡染江南雨後山。

更有秋風搖翠篠，激波誰解珮珊珊？

蒿士、大千合作，可謂雙絕，玉岑居士題。

注：錄自北京長風2011春季拍賣會第448號"1932年作 秋水渡舟圖 立軸紙本"，1932年作於上海。

題灌木樓圖

畫卷重尋尚友圖，近傳星象聚三吳。

雨餘煙結千章木，猶似王郎大草書。

亞農先生所居灌木樓，屋外叢樹蔽天，坐臥樓中，吟詩讀畫，視如神仙。壬申臘八，偕大千居士來吳門，與湖帆、恭甫、子清、伯淵同集斯樓，縱觀前賢名跡，而孟津書畫尤多。因戲廖其居曰"覺林"，於是湖帆、大千合作此圖，子清加小橋流水，恭甫綴石燈一龕，予為賦詩並記。武進謝玉岑。

注：錄自蘇州博物館藏品，1932年作於蘇州。

題《歲寒三友》扇面

寒交耐冰雪，空谷葆天真。

眼前湖海士，譚笑亦三人。

壬申中秋，藹士、師子、大千為丹林畫，玉岑題記。時同集大風堂雨中。

注：錄自北京匡時國際拍賣有限公司2013春季藝術品拍賣會第1561號"1932年作 歲寒三友 楷書五言詩 成扇 紙本"，1932年作於上海。

題《歲朝吉祥》圖軸

作畫如作書，古人不我欺。篆籀梅詰屈，狂草松奔馳。

壺鐺與雜具，錯落款識遺。眎白以當黑，虛實何神奇。

便如見摩崖，褒斜楊犍為。金石兼刻畫，要是畫者師。

純艮人不解，橅擬空駢胝。題此浮大白，六法壹管窺。

壬申秋九月之吉，玉岑。

注：錄自《武進書畫》第106頁，江蘇人民出版社，2009年版，1932年作於上海。

題《松崖高士》扇面

黃山蒼松稱蒲團，西來我佛同雲龕。

主人高臥松風寒，一夢直接天四禪。

當年清湘此掩關，丹青更奪江南山。

遠公漸師亦靳驂，後數百載誰能參。

眇諦合證經錫蘭，八法六法下士慚。

大千午昌聿爛漫，洗眼雲海宇宙寬。

此筆不使同松傳，藝域終見淪榛菅。

題詩均通寒刪覃，謝公擁鼻吳語艱。

<small>午昌畫松，大千補成，玉岑戲題，時癸酉夏四月，大風堂燈下。</small>

注：錄自上海朵雲軒拍賣有限公司2004秋季藝術品拍賣會第1527號"癸酉年作 松崖高士 扇面 設色紙本"，1933年作於上海。

題月眉工筆花鳥（四首）

芙蓉花鴨

映柳依荷最可憐，秋霜花底擢歌妍。
江湖安得無風浪，便辦西陂打鴨船。

芙蓉乳鴨

襁褓乳鴨作鵝黃，玉盌芙蓉下曉霜。
但使五湖齊化酒，萬家沉醉鬱金香。

紫白菊小鳥

劍氣珠光迥絕塵，東籬昨夜露華新。
枝頭啼鳥還相喚，門外應來送酒人。

山茶鸚鵡

誰將畫派溯南田，真諦惟應靜裏傳。
佛土花寒參識慧，仙禽語妙驗清圓。
妻憐多孕拋瑤研，弟愛清遊費水錢。
風雅故家零落盡，對君新稿一欣然。

注：以上四首錄自《玉岑遺稿》卷二，1929年作於常州。1930年10月9日《武進商報》刊載此四詩，題作"題小妹月眉工筆花鳥"。

月眉即謝月眉（1904—1998），詩人之三妹。

題月眉蔬果扇面

故家文獻數應稀，供奉當年彩筆霏。

流出清波洗塵俗，瓣香終覺近雲溪。

南田草衣舊居雲溪，與吾家鬲一衣帶水耳。玉岑居士題記。

注：錄自香港華輝拍賣行有限公司2013秋季精品拍賣會（二）第259號"蔬果扇面 鏡心 設色紙本"，詩作時間不明。

題月眉玉簪雙蝶扇面

楚楚秋來意，遺簪著眼驚。

玉京金闕迥，何計報雙成。

題三妹月眉畫筆戲占，即奉默飛詩人方家雅正，玉岑居士，時壬申七月望日。

注：錄自敬華（上海）拍賣股份有限公司2009年春季藝術品拍賣會第159號"1932年作 玉簪雙蝶 扇面 設色紙本"，1932年作於上海。

題畫扇·月眉畫紅梅，大千補竹石

聰明弟妹耽詩畫，能事吾應愧篆書。

可惜山妻拋筆硯，故家風雅不推渠。

注：錄自《謝玉岑詩詞書畫集》，詩作時間不詳。

錢瑨之《謝月眉的畫例》云："在家中舊物中，原有姨母畫的一張扇面，裱好鑲在鏡框裏。上面是她畫的一枝紅梅，旁邊有張大千補的石頭，上端是舅父玉岑很長的篆書題記，主要內容是一首詩：（見上詩）這是我回憶起來的一首七絕。"

略擬漸江上人《寒林圖》，贈頤淵社長戲賦

誰叩營丘畫裏期，舊游人物亦依稀。

江山寥寂斜陽遠，立盡寒鴉不忍棲。

注：錄自藍天國際拍賣有限責任公司2004春季藝術品拍賣會第346號"書畫集錦 成扇 設色紙本"，1929年作於上海。

經亨頤（1877—1938），字子淵，號石禪，晚號頤淵。浙江上虞人，近代教育家、書畫家，寒之友畫社發起人。

為百熙題一亭、瑤笙合作《梅鵲圖》
開圖忽訝香成海，蒼莽江山覺有情。
擁雪倘能容獨臥，買春直擬與兼金。
乾坤已定廻黃局，語噪猶占換世音。
黃沈自然推大手，付君珍惜為沈吟。

注：錄自1929年6月22日《武進商報》，詩後有按語："百熙按：玉岑素嗜西江，此詩不啻散原手出"，1929年作於常州。
百熙即章百熙，一亭即王一亭，瑤笙即程瑤笙。

題允甫貽百熙白荷花扇面
月曉風清最有情，馬郎筆底自傳神。
搴裳便有淩波意，重見當年解佩人。

注：錄自1929年7月9日《武進商報》，1929年作於常州。
馬萬里（1904—1979），字允甫。名山先生弟子，書畫篆刻家、美術教育家。

楊柳枝，為焦桐題指畫楊柳
雲和消息幾沉淪，金璽南屏老夢痕。
俄頃華嚴一彈指，無人知道是春深。

題蘇生中常畫（三首）
墨竹
筆底清風四月寒，雪堂原擅翠琅玕。
嫩枝雛筍安排後，便許淩雲刮目看。

胡蘆

翠蔓清陰自絕塵，中流何必論千金。

故園窗底新秋見，定有中宵絡緯聲。

紅梅

千年老龍幻瘦鐵，鐵幹花開耐冰雪。

東風搖搖保顏色，志士有心視此赤。

注：以上二題四首錄自1935年5月23日《武進商報》，詩作時間不詳。

焦桐即蔡焦桐，生平不詳。常有詩文發表於《武進商報》，有《桑海撫聞》等傳世。蘇中常即蘇淵雷（1908—1995），字仲翔，浙江平陽人。早年浙江十中學生，後譽為"文史哲兼擅，詩書畫三絕"。

題張君綬水墨山水圖

天風久絕成連操，重展生綃一斷腸。

畫裏起無三峽水，可憐望帝不思鄉。

注：錄自《蜀中三張·張善子張大千張君綬畫集》（上海大東書局1929年版），1929年作於上海。

張君綬係張大千之胞弟，字畫俱佳，婚戀不諧，19歲蹈海而亡。

午昌繪枯木菜根立幅，將以易米助賑，為題一絕

樹老餘生意，菘肥發晚香。

眼前堪一飽，殘墨是仁漿。

注：錄自《玉岑遺稿》卷二，1931年作於上海。

題鄭午昌畫

吳宮有眼終須沿，湘水無情吊豈知？

怊悵畫師憂國意，海風吹動鬢絲絲。

午昌自號絲鬢散人，詩中調之。玉岑題於呵凍會，時辛未歲闌。

注：錄自上海嘉禾拍賣有限公司2013年大眾鑒藏拍賣會第518號"1931年作 秋水孤舟 立軸 設色紙本"，1931年作於上海。

題鄭午昌畫菜根（二首）

生涯農圃賤，滋味菜根長。
眼前聊壹飽，殘墨是仁漿。

澹泊畫中味，淒涼貧士心。
清湘與八大，價值空連城。

辛未秋大水為百年所未有，午昌畫此將以易米抶人，為賦兩絕，不敢謂非仁術殹，玉岑居士。

注：錄自上海泓盛拍賣有限公司2007秋季拍賣會第349號"1931年作 菜根香 立軸設色紙本"，1931年作於上海。

題鄭午昌《蠶食桑》圖

蠶食桑，蠶食桑，蠶食不足畏。要當桑自疆，綢繆下土慎莫忘。明年春風葉發時，饗蠶成繭早抽絲。

注：錄自蘇富比（香港）有限公司1995年秋季拍賣會第203號"1931年作 蠶食桑 立軸 設色紙本"，1931年作於上海。

題王一亭《秋豔圖》

筆力縱衡鼎可扛，遍階秋色爛天章。
大聾已逝山陰遠，一老誰憐鬢亦霜。

注：錄自《謝玉岑詩詞書畫集》，1932年作於上海。原載香港蘇富比拍賣有限公司2004年春季藝術品拍賣會第653號"1932年作 秋豔 立軸設色紙本"。

王一亭（1867—1938），名震，字一亭，號白龍山人、梅花館主。上海周浦人，書畫名家、實業家、慈善家。

題韋丹心女士遺畫

墨褪煙和淡，天慳夢早殘。
眼前陵變谷，何況畫中山。

自在長老屬作《丹楓翠羽》

十載斜陽樹，相逢在故鄉。
祗憐頂湖夢，翠羽未成雙。

丹林得曼青畫鵝，漫賦一章

曼青狡獪喜畫鳥，自誇太極通大道。
於陵吐此鶃鶃肉，猶覺煙波能浩渺。
海上畫家君少年，新羅白陽或可到。
此語勿告張大千，聞之虯髯應絕倒。

丹林得曼青畫未署款，屬居士記之，漫成長句。為鄭生一吹法螺，如酬吾功，請煮鵝肉。壬申三月坐大風堂。玉岑居士。

注：以上三首錄自1935年5月28日《武進商報》，1932年作於上海。

自在即陸丹林，字自在。

題鄭曼青草蟲冊四首

欲辨官私計總差，前朝遺恨戟沈沙。
書生熱血無多在，猶向清溪式鼓蛙。

明珠滄海數華年，錦瑟分明五十弦。
猶是秋聲聽不得，不成眠處欲霜天。

誰傳湖水網西施，只覺花光映酒巵。
一樣心情各惆悵，春風無賴動垂絲。

蠻觸真憐歲月寬，堂堂一枕警槐安。

　　　曳裾誰道牙琴貴，又見蜂衙早晚參。

　注：錄自嘉德四季第21期（2010）拍賣會第1287號"草蟲花卉冊冊頁紙本"，1932年作於上海。

集大風堂，與大千、曼青合作歲寒圖，寄瞿禪湖上

　　　三日不相見，古人以為言。吾與瞿禪別，奄忽將十年。
　　　湖水一葦杭，欲往何遷延。豈無塵事累，乃與病為緣。
　　　猶恐一朝見，少日非華顛。去年海上劫，性命幸苟全。
　　　今年歲云暮，北望仍烽煙。蹈海何足惜，失學祇自憐。
　　　安得湖上廛，與君共簡編。竹葉斟美醞，梅花躡飛仙。
　　　邵（潭秋）清而唐（玉虬）豪，相惜皆夔蚿。偃仰冰雪懷，
　　　揖讓庠序賢。作畫寄此意，息壤從君傳。

　注：錄自《玉岑遺稿》卷二，1933年作於上海。

題馬萬里《古柏八哥》

　　　彭籛壽八百，畫圖蘄千齡。
　　　花氣篆吉羊，鳥語知陽春。
　　　吹笙更進酒，結綬還拖紳。
　　　與君占氣象，南極是明星。

題馬萬里《百齡衍慶》

　　　葉攢綠玉珮，花舒琥珀光。
　　　千齡與萬歲，同醉紫椴觴。

題馬萬里《百齡歡慶》

　　　娑婆樹作天龍舞，上下禽翻般若黃。

可似香山老居士，耆英會上壽無量。

萬里道兄屬題，玉岑居士。

題馬萬里、胡汀鷺合作《羨魚圖》

秋花淨無塵，秋池夕陽明。

遊魚自躍蟲則鳴，花間窨寐太古情。

何為猛獸來崢嶸，殺機倏忽彌八紘。

憂傷展側不敢聲，強吞弱肉理則云。

眼前一卷天演論，世界擾擾何由平。

注：以上四首錄自《馬萬里畫集》，廣西美術出版社2013年版。第一首作於1930年，其他作於1931年。

題馬萬里《歲兆圖》

嘉果璃葩紛欲然，馬郎筆底自神仙。

未悉多謝天如意，春色今年勝舊年。

注：錄自《萬里人生——紀念馬萬里先生誕辰100周年》，詩作時間不詳。詩末落款："觀虞戲題"。

謝公展、汪英賓合作《梅竹雙清圖》

門外風饕雪虐，眼前茶熟譚酣。

誰信飛塵廣陌，分明車馬江干。

壬申十二月十八日雪中偕英賓、丹林過西堂，英賓、公展合成此幀，梅古竹逸，非近百年間筆墨，真當與《暗香》《疏影》渭川千畝詩同誦也。玉岑居士傾倒拜題。

注：錄自嘉德四季第39期（2014）拍賣會第761號"壬申作 梅竹雙清 立軸 紙本"，1932年作於上海。

題渭莘畫萱花、松樹折枝

草草青藤花數枝,眼前便有北堂思。

小人有母蒼松健,春酒歸來獻一卮。

注:錄自《謝玉岑詩詞書畫集》,1928年作於上海。

葉渭莘(1887—1982),浙江杭州人。工人物、花卉,筆墨豪健、落紙灕脫。久居上海以字畫為生,為近代海派代表人物之一。著有《葉渭莘自書詩稿》《葉渭莘畫集》等。

題渭莘山水

竹掩簾櫳柳展圍,家家初試芰荷衣。

江村夏日無閒思,靜付癡雲鎖翠微。

題渭莘寫《右軍籠鵝圖》

筆法山陰啟李唐,黃庭一卷自堂堂。

江湖我愧耽塗抹,何處南豐竊瓣香。

渭莘寫《柳塘幽禽圖》索題

鷗鷺江湖志已違,十年塵網負荷衣。

故人異日如相見,認取楊枝似翠眉。

按特刊議輯之初,曾函常州徵謝君玉岑稿。書來,言俟稍瘥報命,並以不能臂助為歉。越十餘日,以淹忽聞,哲人之遽萎,不亦痛哉!因檢玉岑曩為葉君所題詩,錄付手民。識玉岑者讀之,當不勝人琴之感也。

注:以上三首錄自1935年5月10日《金鋼鑽報》。第一、二首詩作時間不詳,第三首見常州博物館藏品,1932年作於上海。題詩乃用篆體,署款為"壬申秋日苦愁中題此。孤鶩。"

題海上某畫師墨梅(二首)

翠羽羅浮繫夢思,翦燈未讀畫中詩。

逃禪人遠冬心逝，重見生香筆一枝。

酒醒何處月明時，此是橫斜水上枝。
忽憶柴門空谷裏，有人清瘦亦如斯。
注：錄自1935年5月23日《武進商報》，詩作時間不詳。其一又見周企言《企言隨筆》，乙亥（1935年）孟秋刊印。

題江秋澗臨大癡《富春山圖卷》
春波猶似尊中綠，已看浮生隔釣竿。
老輩風流天際遠，眼前筆墨好山川。
注：錄自呂學端輯《謝玉岑集外佚詩遺文》，未注明出處。

題賀天健畫
柳染青袍俊，禽疑白鶴仙。
衣冠高一世，應是永和年。
注：錄自北京榮寶拍賣有限公司第52期中國書畫精品拍賣會第222號"1931年作 羲之有鵝圖 鏡心 設色紙本"，1931年作於上海。

題陳元澧橅元人本李易安《酴醿春去圖》
寵柳嬌花寒食，雲鬟霧縠風流。
賭茗畫堂何在，陽關千遍難留。
癸酉春暮，玉岑居士題於怵先室。
注：錄自淳浩拍賣有限公司2014秋季藝術品拍賣會第188號"李易安造像立軸 設色紙本"，1933年作於上海。

為惺齋題孫原湘、席佩蘭夫婦畫卷
珍偶鷗波舊有名，吳山楚澤亦含情。

衡量琴隱圖中筆，玉笛梅花一樣清。

惺齋先生介夢苕盦主索題雙真畫卷，同時於吳湖帆四歐堂見吾鄉湯貞湣暨董夫人合璧梅花便面，故詩中及之。癸酉大寒呵凍，玉岑居士。

注：錄自西泠印社紹興2015年秋季拍賣會第652號"山水 蘭花 手卷 設色紙本 水墨紙本"，1933年作於上海。該卷引首"雙真逸均"四字篆書乃詩人所題，落款為"惺齋先生屬，謝覲虞"。

題雪泥《泛棹圖》

載酒江潮醉眼寬，蕭蕭蘆雪接天寒。

垂虹重過如相問，倘有吹簫髻兩丸。

注：錄自1932年1月22日《申報》，1932年作於上海。

燕子《讀畫瑣紀》："……第六日詞壇健將謝玉岑來參觀，見雪泥所畫《泛棹圖》，乃題詩云（詩略），吐屬絕似楊鐵崖，洵佳作也。"

孫雪泥（1889—1965），字翠章，號枕流。上海人，《良友畫報》編輯、美術家。

題吳一峰《壯遊圖》（二首）

緉客遊蹤落九州，丹青祇恨未能收。

殘濤各解煙雲好，小臥黃山已白頭。

無盡春江數大癡，圖畫消息探天池。

謝翱慟哭嚴陵臥，應識江山不入時。

一峰道兄山水力追古昔，不以時人塗澤為能。兼好游衍，自富春歸後，便思聚糧再出。行見自南而北，盡寰宇之勝，亦即盡畫苑之秘。出視此卷，賦詩誌佩。壬申六月，玉岑居士孤鸞室。

注：錄自《吳一峰年譜長編》手迹圖片，第53頁，四川美術出版社2018年版，1932年作於上海。

題吳一峰《富春遊卷》（二首）

一峰道兄山水力追古昔，不以時人塗澤為能。既自富春謁釣臺歸後，便思聚糧再出。行見自南而北，盡寰宇之勝，亦盡畫苑之秘。出示此卷，賦詩誌佩。

霞客遊蹤遍九州，丹青祇恨未能收。

殘（髠殘）濤（石濤）各解煙雲妙，小臥黃山已白頭。

無盡春江數大癡，圖畫九萬問天池。

謝翱痛哭嚴陵臥，應識江山不入時。

注：錄自1932年8月6日《金鋼鑽報》，1932年作於上海。因與上詩題不同，且有異字，故錄之。

題善孖《黃山蓋鶴松軸》

蓋鶴松如鶴有翎，千年石幻羽衣輕。

高人畫裏閑舒嘯，世上爭傳子晉笙。

瘦鵑詞人粲正，玉岑弟謝覲虞戲題，時客海濱。

注：1931年作於上海。張善孖畫落款為"辛未冬日"。

題善孖《黃山蒲團松軸》

數遍千松與萬松，曉雲秋啟玉屏風。

蒲團一坐人間世，已入華鬘小劫中。

黃山蒲團松，瞿山、大滌常寫之，千載才數尺，真天地之奇也。玉岑題詩。

注：1933年作於上海。張善孖畫落款為"癸酉夏五蜀人虎癡張善子寫於網師園之月到風來亭"。

以上二首錄自《中國近代繪畫叢刊·張善孖》，雅墨文化事業有限公司2014年版。

題善孖《荷塘棲禽圖》

曉露初晞萬柄荷，許家園子動吟哦。

高人自今寫邱壑，比似蓮峰更若何。
善孖黃山歸寫此，並述許氏擅干遊中芙蓉之美，為占小詩。辛未初冬，玉岑。
注：錄自香港蘇富比拍賣有限公司2006春季拍賣會第128號"荷塘棲禽立軸 設色紙本"，1931年作於上海。

張善孖斑豹

不藏南山霧，猶飲西江流。
所志豈果腹，將湎墜天憂。
國難泣神鬼，山林亦同仇。
文采不足矜，所貴奮戈矛。
中原有志士，激起光神州。
龍驤與虎豹，髯畫炳千秋。

注：錄自1932年1月27日《申報》，作於1931年。

題善孖畫虎

紙上如聞叱吒聲，傷時涕淚一縱橫。
畫師老筆猶扛鼎，何況君家子弟兵。
大風堂弟子多有過人才藝，故詩中及之。

注：錄自1934年4月28日《金鋼鑽報》，1931年作於上海。
1941年1月《良友畫報》第162期刊張善孖《怒吼》一圖，載此題詩，與《金鋼鑽報》所載稍異，引錄如下：畫虎如聞叱咤聲，傷時涕淚一縱衡。冉師老筆猶扛鼎，何況君家子弟兵。善孖畫虎可謂軼群絕倫，其門下頗有能步趨者，故並及之。辛未冬，玉岑居士題。

題張善孖《春城策騎》

秦臺仙侶舊乘龍，風鬟雲蹄一笑逢。
塵世近傳戎馬盛，李波小妹故雍容。

注：錄自香港蘇富比拍賣有限公司2004年春季藝術品拍賣會第553號"1933年作 春城策騎 立軸 設色紙本"，1933年作於蘇州網師園。

題張善孖《松梢雙猴圖》

高山不騫，流泉不竭。陶公之松，羅含之宅。
枕石漱流，吟風嘯月。我負子戴，亦佩與黻。
左擁右抱，無懟之色。是丈夫之威儀，秉君子之至德。
康虞永保，更千歲而為蟾；了姓必昌，聚闍婆而成國。

<small>師子道長兄令贊，玉岑居士。</small>

注：錄自香港蘇富比拍賣有限公司2004秋季藝術品拍賣會第647號"1932年作 松梢雙猴 立軸 設色紙本"，1932年作於蘇州網師園。

題善孖《馬》

畫馬還應愧馬雄，西來天籟自虖風。
騰驤敢怨江湖闊，多事楓翻塞火紅。

題張善孖《江南飲馬圖》

江南桃李舒，春意盈可掬。
莫問長城窟，飲水此間足。

題張善孖《長松掛猿圖》

長松吐翠雲舒舒，仙靈來駕白鳳輿。
朱巾赤幘朝帝居，朝三暮四人間愚。

題張善孖仿新羅山人本

酡顏槲葉愛西風，佳侶黃山頂上逢。
行路近慚書劍賤，也思歸去事猿公。

題張善孖《春社醉歸圖》

鄉社人歸柳色新，醉忘南北尚聞身。
王孫祇覺多情甚，風裏詩篇故國春。

題張善孖《仿宋人猿圖》

玉壘浮雲變未窮，空傳詩句怨秋風。
聽猿莫下巴江淚，尚有飄零塞上鴻。

題張善孖仕女圖

花草吳臺跡已陳，猶從水墨播芳塵。
畫師老去風懷減，倦筆閒情賦里人。

張冉獨居吳門，自耽翰墨，丹青不知老將至耳。玉岑居士海濱拜觀題記。

題張大千山水圖

怒濤走萬壑，天風懾一指。
老夫無姓名，少虜豢龍氏。

題張大千擬大滌子畫

南朝女兒歌莫愁，南朝天子稱無愁。
湖風湖水圖長留，只放降幡出石頭。

題大千擬大滌子山水

誰賦當筵行路難，依然萬水更千山。
牙檣錦纜重重過，却有漁人一舸閒。

癸酉黃梅節雨窗，玉岑居士賦詩。

題張大千《蘆花淺水》

長揖大滌虜石溪，眼底蒼翠羅新奇。
蘆中人語大可思，食魚胡用彈鋏為？

題大千長松人物

抱膝誰為梁父吟，簡書魚鳥久銷沉。
大裘廣廈尋常甚，慚愧長松百尺陰。

題大千山水

散髮曾登最上頭，天都始信又經秋。
上人枉有生蓮缽，彈指輸君小九州。

大千居士游黃山歸，其畫縱橫漸江、二石，而參以造化，遂覺前賢亦畏矣。癸酉夏五月，玉岑題記。

題大千《黃海三十六峰》

清奇畫派誇黃海，深淺秋山幻錦裙。
我憶蓮花似巫峽，幾時神女夢行雲。

癸酉夏日雨中，玉岑戲題。

題大千山水（三首）

江上鱸魚日未斜，北來風色雜霜笳。
邊城欲問龍堆雪，怊悵青山紙上遮。

斜陽村道柳毿毿，游屐秋風客興酣。
空說太平無惡歲，即今米價賤淮南。

百二秦關刼火餘，越吟辛苦怨江湖。
畫圖已入高秋意，鷹隼還能一擊無。

鄉居舊作題大千《元人詩意圖》

雨餘螺結四山青，聞有輕帆出洞庭。

自是江鄉足生意，水楊盈尺即娉亭。

<small>此去年鄉居舊作，境與畫侔，遂書於上，玉岑居士。</small>

注：以上十八首錄自《大風堂兄弟畫集》，1933年7月刊印，1932、1933年作於蘇州網師園。《題大千山水（三首）》第二首第二句"游屐"，《玉岑遺稿》卷二作"遊俊"。

題大千仿漸江山水（二首）

著屐曾登最上頭，屏風玉蕊看經秋。

上人枉有生蓮缽，彈指輸君小九州。

瘞鶴褒斜一葦杭，摩崖天骨獨開張。

叢殘市井黃山畫，誰乞君家換骨方。

注：以上二首錄自《玉岑遺稿》卷二，1929年作於上海。1935年5月31日《武進商報》刊載此二首，其第一首末句"豫指輸君小九州"，其第二首首句"瘞鶴褒斜一葦航"。

題大千臨石濤山水卷

江雲顛倒墨磨陳，眼下幽棲得未曾。

怊悵海田成底事，不須苦念石濤僧。

湘水清泠湘樹秋，大風狂撼古今愁。

迷陽莫慢悲行路，猶有溪山許臥遊。

<small>己巳三月十日坐大風堂，大千道兄出眎臨石濤卷命題，為賦兩截，弟觀虞。</small>

注：錄自北京保利國際拍賣有限公司5周年秋季拍賣會（2010）第2980號"1929年作 臨石濤山水卷 手卷 設色紙本"，1929年作於上海。

戲題大千居士畫冊

曾記汀洲採白蘋，重來垂柳怨逢迎。

春山眉黛橫波目，還說江南曲裏情。

注：錄自中國嘉德2010秋季拍賣會第1178號"為黃凝素作山水花卉集錦冊頁（八開）水墨 設色絹本"，詩作時間不明。

題張大千仿石溪筆意

清明纔過又重三，乞取春風與破顏。

猶覺林亭有秋意，要添紅粉對青山。

壬申重三，仿石溪殘道者筆意為此，玉岑為賦詩並記。大千居士張爰。

注：錄自香港蘇富比拍賣有限公司2006春季拍賣會第49號"1932年作 茅堂讀書圖 立軸 設色紙本"，詩作時間不明。詩乃謝玉岑所作，張大千抄錄並識。

題大千《浣衣圖》

浣衣衣帶寬，送郎郎跡遠。

望盡海西頭，應是江南岸。

注：錄自謝玉岑《大風堂萍聚記》，1929年作於上海。

題大千便面《楊梅》

枇杷飽後楊梅熟，櫻筍江南又一時。

畫裏分明紅豆色，近來此物亦相思。

注：錄自鄭逸梅《瓶笙花影錄·悼玉拾零》，1932年作於上海。

題大千為畫《天長地久圖》

平生不好貨與色，猶恨書畫每成癖。

因貪生愛愛更憐，陶寫哀樂難中年。

季公健筆任誅索，醉我河山酒十千。
　　金剛黃山買無價，驅使清湘走八大。
　　尺綃親許剪春波，當日歸帆此中掛。
　　百年真見海揚塵，獨往空惜江湖心。
　　風鬟霧鬢誇絕世，玉簫吹斷紅樓春。
　　還當移櫂入銀漢，乞取天荒地老身。

注：錄自《玉岑遺稿》卷二，1932年作於上海。見原圖，第三句應為"醉我何止酒十千"。

題大千《黃山慈光寺圖》

　　慈光寺前霜色浮，青林江樹一川秋。
　　大風畫筆名山集，都付浮生臥榻遊。

黃山山水甲於南國，吾師名山錢先生兩游，歸有詩文記之。自恨羸弱，攀登無力，讀大千此畫，山翠撲人，益深蠟屐之慕，為題小詩。若夫畫筆之高秀絕塵，入清湘之室，則此盡世知之，無俟喋喋耳。

注：錄自李永翹《張大千全傳》上卷第98頁，1933年作於上海。

題大千《黃水仙花》

　　黃水仙花最有情，賓筵談笑記猶真。
　　劇憐月黯風淒候，賞花猶有素心人。

注：錄自《謝稚柳系年錄》第30頁，又見張大千作品圖片，詩作時間不詳。1936年初，謝稚柳應張大千之邀，赴網師園聽歌賞梅，大千作《黃花水仙》贈稚柳，並抄錄玉岑詩一首於圖上。

題大千畫仕女雜稿

　　二月橫塘雨似絲，朱門何處燕歸時。
　　玉溪錦瑟篇成後，猶有閒情付柳枝。

注：錄自上海瑞星拍賣有限公司2012年秋季拍賣會第438號"書法 扇片水墨紙本"，1933年作於上海。此乃玉岑行書扇面，落款"癸酉首夏，玉岑居士謝大"，前另有玉岑《長亭怨慢•大千魏塘寓中見飛鷺作》一詞。

題大千《鍾馗降福圖》

降祜迎祥，虬冉一媚。
十萬橫礴，遊戲人海。
玉岑居士拜贊於大風堂。

注：錄自中國嘉德2005秋季拍賣會第1912號"癸酉作 鍾馗降福圖 立軸設色紙本"，1933年作於上海。

題大千仕女圖

梧桐金井雨餘天，紈扇羅衣鎮自憐。
欲向秋鴻託消息，錦江猶有浣花箋。
玉岑居士拜題，鈐印"孤鷲"。

注：錄自《現代名畫集》第一冊，1935年1月第一版，1934年作於上海。

題大千畫荷花

一花一葉西來意，大滌當年識得無。
我欲移家花裡住，只愁秋思動江湖。

注：錄自誠銘國際拍賣（北京）有限公司2005首屆拍賣會第514號"張大千 荷花世界 立軸 設色紙本"，詩作時間不明。此詩張大千曾多次題畫，注明"玉岑句"。

聯　語

【篆書聯】

聊園草堂聯

世正薄風騷，喜見槃盂追復社；

此別有天地，漫將淚涕向新亭。

聊園瀟湘秋雨舸聯

胸中何可無千晦，門外分明是五湖。

注：以上二聯錄自1935年5月21日《武進商報》，1922年作於常州。《聊園草堂聯》刊載《苔岑叢書•聊園楹聯金粉匯錄》壬戌（1922）刊本，"槃盂"作"敦槃"，"淚涕"作"涕淚"。

琴軒先生屬篆

桂濯莫辭三百曲，梅花小壽一千年。

十二言聯

獻九如圖百壽，有萬熹祝三多；

學五車才七步，月下分花四時。

嶠若吾兄方家屬正，癸酉高秋玉岑謝觀虞集商貞卜文字，時客海上。

注："九如"出自《詩經》，意"福壽綿長"。"五車"典出《莊子》，意"學富五車"。

嶠若即顧嶠若，名山先生弟子。

集古贈夢蓮先生

令妻壽母佳侯燕喜，彤矢攸勒為國虎臣。

注：以上三聯錄自《常州運河楹聯》第217—220頁，鳳凰出版社2014年版。其二1933年作於上海，其一、三聯作時間不詳。

五言聯

能作大人賦，靜參黃庭經。

茄闇謝覲虞

注：錄自書聯圖片，1923年作於無錫戴溪。

藕船先生稀齡壽聯

九老高風，竹杖棕鞋，其人多壽；

四時清興，房山潭水，此境便佳。

注：錄自《苔岑叢書》丁卯（1927）戊辰（1928）彙編，1927年作於常州。

七言聯

隋珠趙璧合神異，蘭苕翡翠相鮮新。

逸泉硯弟吉夕，玉岑居士書賀。

注：錄自張大千門人曹逸如後人藏品，為曹逸如新婚作賀聯。

八言聯

研几精嚴，琴書調邕；積學為寶，酌足富言。

鴈秋先生屬篆，玉岑謝覲虞。

注：錄自《謝玉岑詩詞書畫集》書影圖片，聯作時間不詳。

十言聯

張琴和古松，拂石安茶器；據梧聽好鳥，放鶴入孤雲。

文卿先生方家雅屬希正。庚午春莫，謝觀虞集句。

注：錄自《謝玉岑詩詞書畫集》書影圖片，1930年作於上海。

八言聯

佳節黃花，高樓燈火；詩篇春草，舊夢池塘。

方脩吾兄索書，觀虞。

注：錄自《近代名聯一百種》，聯作時間不詳。

八言聯

游魚鳴禽同吾真樂，高花深柳及時清歡。

庚午春暮，謝觀虞篆。

注：录自私人藏品，1930年作於上海。

八言聯

如履薄冰，好是懿德；以祈甘雨，迄用康年。

葆祥先生屬篆。辛未小雪，謝觀虞集詩經。

注：錄自常州博物館藏品，1931年作於上海。刊載《名人楹聯墨蹟》第223頁，上海書畫出版社1999年版。

十言聯

佳為魏武五言，盧生九字；已過雁天萬里，魚籥三更。

壬申初冬，玉岑謝觀虞集古器款識。

注：錄自常州博物館藏品，1932年作於上海。

八言聯

芳樹千章，祖父所種；舊書萬本，子孫是遺。

清榮先生屬篆。癸酉十月，玉岑謝觀虞。

注：錄自書聯圖片，1933年作於上海。

題《歲寒舊侶》

取友不當，在天池清湘復堂下；

吾法自得，之關河林野典冊間。

渭莘吾兄畫史屬寫即正，二十年夏，武進謝觀虞篆於海上寓廬。

注：錄自北京中漢拍賣有限公司2014年秋季拍賣會第196號"歲寒舊侶立軸 設色紙本"，1931年作於上海。

集宋詞楹帖，贈陳荊鴻

幾番黃菊，相逢龍山重九；今夕新妝，乍倚眉目初三。

注：錄自《蘊廬詩草·寄謝玉岑滬上》第28—29頁，聯作時間不詳。

集宋詞，贈蔣君稼

要攜青杏單衣，楊花小扇；來聽金荃舊曲，蘭畹新聲。

玉筍詞人歌聲動海內，自券遊歸里，遂令世有少陵"此曲祇應天上"之感。屬書長聯，為點竄宋人長短句成二十字，猶不勝繞梁思也。新紀元十有九年，嬾尊者并記于周頌秦權之室。

注：錄自常州博物館藏品，1930年作於常州。

上聯集宋代詩人湯恢《二郎神·用徐幹臣韻》"青杏單衣，楊花小扇，閒卻晚春風景"句。下聯"金荃"，指晚唐詩人溫庭筠《金荃詞》。"蘭畹"，指北宋孔方平編《蘭畹集》。金代詩人元好問《贈答張教授仲文》有"疑作金荃怨曲蘭畹辭，元是寒蟲月中泣"詩句，後常用"金荃蘭畹"喻作長調小令。

集古彝器款識贈朱其石

水閣動秋陰，冰簟紗衣閒聽雨；

幽亭入平楚，斜陽煙柳乍逢人。

偶集古彝器款識得之二十四字，頗桹觸戴溪舊遊。於時離溪橋煙柳，遂已七年，從遊諸子，一角星散。南皮有返車之歎，北面無函丈之尊。撫事懷人，都成陳跡。遠舉此聯，思貽同好。

　　其石道兄耽書畫，擅金石，鑄印融會秦權漢壺依六法，用以贈之，將求吾書之失。倘秋涼有閑，更進以聯中境界，寫入丹青，構攝煙雲，商量鷗鷺，感舊圖成，亦天涯盛事矣。辛未夏六月，耦庵居士謝覲虞並記於海上求寡過齋。

　　注：錄自錢小山《甘州》詞序，1931年作於上海。

　　以上二聯刊載錢璱之《青氈雜記·謝玉岑的兩幅對聯》，常州日報社2016年6月版。錢氏云："此聯主體是用的鐘鼎文，上下題款雖用楷書，但包含了不少古體字、異體字，現在我一律改成簡化字了。作書時間是1931年，與上述一聯時間差不多，這時謝公書藝已臻成熟，而且名滿江南了。但此聯的內容卻充滿了懷舊之情，回想在武進戴溪的生活和學生，也表現了對當時上海'十里洋場'的某種厭倦。聯語很雅致，又是集古銅器銘文的字，內容形式渾然一體，藝術境界是很高的。1944年，即此聯寫成後14年，亦即謝公逝世後9年，朱其石先生拿出珍藏的這副對聯要我父親（錢小山）題詠，父親特地寫了一首《甘州》詞，其中有'多謝摩挲翠墨，道曾經劫火，未化雲煙'等句，但時至今日又幾經浩劫，不知其尚在人間否。"

七言聯，贈幼昭三叔

　　曾從北海交賓石，貪慕東坡住顧塘。

　　幼昭三叔授句令書，二十年夏，世小侄謝覲虞篆。

　　注：錄自北京誠軒拍賣有限公司2016年春季拍賣會拍品，1931年作於上海。

　　上聯"北海"指"北海賓石"，即漢代北海名士孫嵩，字賓石。漢桓帝時，趙岐避仇逃難，藏於北海孫嵩家，後趙岐舉薦其為青州刺史。"北海交賓石"意指患難之交。下聯出自趙翼詩句。當年，蘇東坡流放海南回到常州，賃居顧塘橋堍孫氏館（藤花舊館），並終老於此。由此常州前後北岸、白雲溪成為文人嚮往之地。乾隆四十八年（1783年），趙翼歸里後購房於前北岸，有詩句"無端失計移城市，貪慕東坡住顧塘",意指"顧塘"為文興之地。

八言聯,贈李笠

社鼓城風,斜陽平楚;單衣冰簟,水閣梅陰。

雁晴老哥學人命書即正。壬申夏四月,玉岑弟謝觀虞集古籀文字。

注:錄自北京誠軒拍賣有限公司2007春季拍賣會第446號"壬申 集古籀文八言聯 立軸 水墨紙本",1932年作於上海。

十二言聯,贈顧飛

人瘦綠陰濃,正殘寒、初御羅綺;

酒醒明月下,問後約、空指薔薇。

默飛詩人正篆,集吳夢窗、姜石帚。甲戌花朝玉岑謝觀虞海上周頌秦權之室。

注:錄自北京匡時國際拍賣有限公司2014迎春藝術品拍賣會第1031號"1934年作 篆書十二言聯 立軸 紙本",1934年作於上海。

上聯集吳夢窗《菩薩蠻•落花夜雨辭寒食》"人瘦綠陰濃,日長簾影中"句,和《西河•陪鶴林登袁園》"海棠藉雨半繡地,正殘寒、初御羅綺"句。下聯集姜夔《玲瓏四犯•聞簫鼓感懷》"酒醒明月下,夢逐潮聲去"句,和《解連環•玉鞍重倚》"問後約、空指薔薇,算如此溪山,甚時重至"句。

十言聯,贈唐熊

蝯守栗林霜,鶴翻松磴雪;河穿高闕塞,山壓晉陽宮。

吉生道兄方家正之,玉岑謝觀虞集梅村五言。

注:錄自西泠印社2017年秋季拍賣會"中外名人手迹專場暨長言聯書法專題",聯作時間不明。

唐熊,字吉生,安徽歙縣人。家學淵源,書法蒼古,畫宗八大。曾任上海圖畫美術學校教員、校董,上海美專國畫教師、天馬會主要成員等。

書聯並跋，贈繼武

幸有兩眼明，多交益友；苦無十年暇，盡讀奇書。

繼武同學好風雅，耽金石。作畫師南田，自寫性靈，不以酬酢。尤擅古樂，能歌古京腔，酒酣神王，引吭抗聲，乃令文酒之宴無車生不樂，僦居海上，不邇市囂，而門以內宛然有江湖之致，自號曰市隱，此殆歸熙甫所謂不靜其外而靜其內者矣。授句屬書，並記所以知君者，還希教之。中華建國第一辛未玉岑弟謝觀虞篆於客寓之求寡過居。

注：錄自江蘇滄海拍賣有限公司滄海明珠2013秋季藝術品拍賣會第150號拍品，1931年作於上海。聯語非詩人自撰，因有長跋，故錄之。

金文聯，贈朱大可

尊前初啟金盤露，湖畔還酥玉帶羹。

大可詩人方家雅正，戊辰冬月，弟謝觀虞集彝器古識。

注：錄自《近代字畫市場實用辭典》第403頁書影，1928年作於上海，刊載《謝玉岑百年紀念集》。

大可，即朱大可（1898—1978），字大可，浙江嘉興人。詩人、作家，朱其石之兄，著有《古籀蒙求》《歷代名人小簡》《耽寂宧自選詩存》等。

八言聯，集石鼓文

射雉麋簡車于深柳，罟鯉鰻安舫出大淵。

庚午春暮，謝觀虞篆

注：錄自私人藏品，1930年作於上海。

十言聯，集石璽文

野雪凍莆柳，斜星綴平楚；秋風厲鷹隼，落日散牛羊。

天健詩畫家兩正，二十年夏弟謝觀虞玉岑集古璽款識。

注：錄自私人藏品，1931年作於上海。

【隸書聯】

五言聯

棗粟珍山果，禾粟豐田疇。

注：錄自《常州運河楹聯》第217頁，聯作時間不詳。

五言聯

江流裹華外，山勢掩楊陰。

龔璱人於南碑最推《鶴銘》，所謂飛升有術，此權舉也。居士幼好金文，十五年中未能臻溫穆凝靜之境，亦正欲從隱居間飛升術耳。辛未初冬，玉岑居士并記。

注：錄自藏品，1931年作於上海。

七言聯

子雲文品豐年玉，長吉歌辭大地仙。

乙丑新秋，玉岑謝覲虞集漢。

注：錄自藏品，1925年作於常州。

七言聯

畫檻倒縣嬰武嘴，鑪煙閒裊鳳皇兒。

桂榮先生屬書，覲虞。

注：錄自藏品，聯作時間不詳。

十言聯

郭令公歷中書二十四考，廣成子居空同萬八千年。

壽生表赤大人屬書，庚午春莫，謝覲虞集古。

注：錄自江蘇匯中拍賣有限公司2019年春季藝術品拍賣會第24號拍品，1930年作於上海。

十言聯

風雨適重陽，籬間花怒放；雲山懷六代，帛門柳未衰。

師子集武梁祠聯屬書，擬漢八分之最不整齊者。觀虞。

注：錄自藏品，聯作時間不詳。隸書聯語，篆書題識。

師子，即王偉（1885—1950），字師子。

十四言聯

高閣俯滄江，看帆影飛來，酒杯在手；

小樓環古堞，聽書聲起處，明月當頭。

絛甫先生所居得湖山之勝，茲以成句屬書，相望乃在天上也。觀虞並識。

注：錄自西泠印社2017秋季拍賣會"中外名人手迹專場暨長言聯書法專題"，聯作時間不明。

題步伊女史隸書聯

珍偶漚波舊有名，忽開遺卷動淒馨；

南朝風度東京瀍，我媿蝸牛壁上行。

步伊夫人擅漢分，又能作晉人小楷，故其所書別饒風味。瘦鐵兄珍其遺墨，屬為題記。庚午雙十節後一日，武進謝觀虞，時客龍華。

注：錄自韓秀隸書聯圖片，1930年作於上海。

書聯云："有萬夫不當之氣，無一事自足於懷。"落款："戊辰正月，步伊女史韓秀。"此下聯右下角有詩人書聯並識。

韓秀，號步伊女史，錢瘦鐵之妻。

贈朱苣甘隸書聯

名專珍五鳳，古洗寶雙魚。

癸酉九秋為苣甘吾兄隸，孤鸞。

注：錄自《謝玉岑詩詞書畫集》書影圖片，1933年作於上海。

朱苣甘（1912—1966），名棠，字苣甘。浙江吳興（今潮州）人，畢業於滬江大學商學院後，在上海經營絲織業，拜張大千為師學畫。喜收藏字畫古玩，與藝林名士往來頗多。

贈葉渭莘
文采家聲懷午夢，江湖幽思入清湘。

注：錄自1935年7月18日《金鋼鑽報·玉岑遺札》，1933年作於上海。

贈張大千
苦中作樂，忙裏偷閑。

注：錄自《玉岑詞人悼感錄·陳名珂哀玉岑》，1934年作於上海。

草隸書聯
種竹疏池，卜築新開帛社；虖鷗盟鶴，耦耕舊約青山。

琴軒書畫家屬集長聯，壬申夏六月，揮汗以草灋作此，玉岑居士興到之時。

注：錄自上海中天拍賣有限公司2009常州精品書畫第81號"十言聯 屏軸水墨紙本"，1932年作於上海，刊載《謝玉岑詩詞書畫集》書影圖片。

【挽 聯】

代挽吳門某太君聯

勤儉原拯世良方，女誡即邦猷，洴澼豈徒不龜手；
空玄有傳家絕學，微言昌盛業，文采還應起鳳毛。

<small>母有遺訓付梓主勤儉，其先世某君，著《空玄學論》。</small>

挽虞山俞君實方伯

海水鼓天風，刺船忽斷成連操；
觚棱成大夢，汗簡誰蒐麥秀辭。

<small>方擬偕江陰陳茗舸晉謁，未行而赴至。公有踐春詩，極殷頑之痛。</small>

注：以上二挽聯錄自1935年5月23日《武進商報》，1924年作於無錫戴溪。

挽高吹萬母李太夫人

懷清台高，以風百世；
通德門大，來會千人。

注：錄自呂學端輯《謝玉岑集外佚詩遺文》，1928年作於上海。高銲《留芬集·殞落詞壇一曙星——謝玉岑百歲誕辰紀念》，有提及此聯。

高銲，即高吹萬之孫。

挽謝介子

彈指歷三千大千微塵，夢裏黃冠，歸去靈山應索笑；

（介子歿後，公展夢其為茅山道士作羽衣。）

嘔心在五湖西湖吟卷，尊前白紵，重來井水畏聞歌。

（介子輯《西湖吟嘯錄》《五湖吟嘯錄》）

挽錢瘦鐵夫人韓女士

碧落佩聲迷，草草離筵，鶴背天風吹短夢；

黃山靈藥盡，依依畫卷，龍宮枕石割秋波。

（夫人能書畫，歸錢君二十八月而卒。黃山採藥客，錢君自號也。）

注：以上二挽聯錄自1930年11月6日《武進商報》，1930年作於上海。挽謝介子聯又見謝玉岑《西堂說夢》一文，謝介子係謝公展之弟。挽韓女士聯又見燕子《錢瘦鐵夫人追悼會》一文（1930年9月11日《申報》）。二聯皆無括弧內注語。

挽妻聯

烽火警閭閻，此去原知是福；

姻緣即煩惱，他生何必重逢。

注：錄自《謝玉岑詩詞集》，1932年作於常州。

挽虞山俞鷗侶同社母太夫人

松柏見歲寒，廊廟幾人媿母；

盤敦聚江左，湖山遲我登堂。

挽伍叔儻夫人

碧落佩聲遙，鶴背天風吹短夢；

黃門詞筆麗，鯤弦哀曲怨華年。

叔儻出儀徵劉申叔門下，詩學六朝，掌教廣大，去秋悼亡。

挽永嘉夏畹蘭女士

嘔心直同李長吉，未嫁還憐葉小鸞。

女士為吾詞友癯禪先生妹，畢業永嘉女師，以勤讀得肺疾，婚期前一月死，其未婚夫陳君純白，能詩文，亦吾黨翹楚也。

挽陸殿揚母金太夫人代

惟母是識時傑，教育所施，先閫以內；

有子負人師望，聲華既被，滿江之南。

注：以上四挽聯錄自1935年5月21日《武進商報》，聯作時間不詳。

代挽全椒汪佩丞先生（二）

空玄達老莊，一臥南園齊萬物；

出處賅夷惠，幾人東海看三塵。

問學從吳摯甫、譚復堂，文獻數衰朝，薪火誰傳廣陵散；

談兵如杜牧之、陳同父，滄桑淪壯志，邐廬悲署達蒙軒。

汪公遜清入詞林，從吳摯甫、譚復堂學古文，以條陳兵事，先後受李、段兩合肥知。民國以來，改官南都，老居滁上，愛老莊學，於所居南園，辟隙地，建達蒙軒嘯傲其中，合肥當國，手書"道在邐廬"四字贈之。

代挽李錫祺廳長夫人

庸行重事姑相夫，逾艱苦，涉康莊，榆狄副徽音，南國驚心簪素奈；

大德由仁民及物，是慈悲，即解脫，鬉華完小劫，西方善果證菩提。

夫人信佛好施與，病革前，有屠者驅一豕過其門，悲鳴不去，夫人聞之，遂出金令贖豕，豕果不嗥，人以為此殆有善因緣也。

注：以上三挽聯錄自1935年5月22日《武進商報》，聯作時間不詳。

卷二 詞

(一百三十二首，1916—1934)

白菡萏香室詞

（1916—1931）

醉花陰·贈許紫盦

湖海元龍樓百尺。寥落屠沽客。十載醉江南，拍碎銅琶，多少傷漂泊。　　送君風冷離亭笛。煙蓼秋江闊。滄海易沈淪，記取重逢，未必如今日。

注：錄自《苔岑叢書·紉秋軒詞鈔》，庚申（1920）刊本，1916年作於上海商校。1916年夏，許紫盦畢業離校，急欲有所發展，詞人為其送行而作。此詞是可考知詞人最早的詞作品。

許紫盦（？—1918），字佛迦，浙江錢塘人。詞人早年在上海商校同窗三年的同學，有《紫盦詞草》《懷瑜館詩詞》。其生平及與詞人交誼，略見詞人《哭許佛迦文》（載1918年12月14日武進《晨鐘報》）。

春醒十憶詞十闋，代唐鼎元作（七首）
滿庭芳
仙曲聲中，霓裳影裏，嬌痴初展輕嚬。向郎索解，笑聽又含嗔。忽地伴羞悟到，黯無言、低首回身。春無賴，芳心太冷，不受繡羅巾。　　輕盈攜女伴，夕陽歸去，芳草如茵。還低聲道渴，著意情殷。待把玉魚消熱，又蔗漿、嫌冷須溫。泥人甚，留髡嬰武，可解說銷魂。(四)

滿庭芳
蟬鬢輕盈，蛾眉新畫，簾前賈氏宜人。含羞心事，攜得碧螺春。端為相如病渴，贈香茶、多少溫存。休痴絕，低低解語，團扇笑王珉。　　此時渾憶得，向他輕索，一紙傳神。道綺羅夢醒，懺悔前因。願得焚香此後，對畫圖、日伴真真。空相許，青鸞踪杳，尚少一停雲。(五)

沁園春

鳳閣深深，花影搖搖，篆息微微。問秦娥夢好，緣何不許，何郎燭暗，底事難棲。欲叩芳懷，偏差花信，消息巫山路訝迷。真無奈，這流蘇如霧，斷送儂伊。　　憐他愁倒羅幃。更說著、明珠雙淚垂。道羅敷今日，不堪做主，玉簫來世，願化雙飛。一點冰心，千重密誓，天帝痴聾可許之。渾難信，有愁城如海，爭出泥犁。（六）

蝶戀花

梔子簾櫳鐙寂寂。隨姊輕盈，還把鴛鴦織。底事剪刀聲忽歇。碧闌干底驚生客。　　情態依稀猶似昔。只覺眉痕，約略添春色。更笑偷傳春信息。莫愁道有明珠結。（七）

蝶戀花

紫衫行過蘿門碧。門外桃花，穠艷仍如昔。偏奈美人無處覓。紅牆馬上千重隔。　　刻意憐春還自惜。聞說閨中，兒女情如蜜。但得名花身有適。崔郎辛苦原何必。（八）

南歌子

梅帳香如霧，蓮腮淚似珠。今生忘得此時無。最是羅衫半臂、褪紅酥。　　釵影依人處，刀環密約初。纖腰不肯任郎扶。為泌香泉清沁、飲相如。（九）

南歌子

水月禪房靜，雲林繡幪垂。蓮花座下乞慈悲。到得絕無人問、問如來。　龍篆分明是，書生莫浪猜。古人不見祝英臺。一樣銀塘夢破、雨聲摧。（十）

注：錄自1917年7月19、20、21日武進《晨鐘報·艷藻》，以署名"玉岑舊稿"發表，約1916年作於上海商校。前三首應刊於18日，然常州圖書館報缺。四、五首原報詞牌"金縷曲"，誤，應"滿庭芳"。

詞人時與唐玉虯交好，同情其情事，為其代作詞。

唐鼎元（1894—1988），字玉虯，唐荆川十四世孫，為名山先生早年弟子。

百尺樓

浴罷晚涼初，待月人歸後。花逕依稀笑語聞，嚦嚦鶯聲逗。　羞澀避檀奴，薄暈眉梢透。方寸心情萬種嬌，愁煞雙紅豆。

偷聲木蘭花

春來願祝春長好。無奈春歸今又早。雨雨風風。愁煞階前一片紅。　陽關舊是消魂候。此後銷魂魂不彀。草綠天涯。何處紅牆燕子家。

注：以上二首錄自《武進苔岑社叢編》，戊午（1918）創刊本，1917年作於常州寄園，與自署"蓮花侍者"《綺語焚賸》同時。

南樓令

晴綠晚來天。鈿雲試卷簾。報新池、荷葉田田。底事五銖衣帶瘦。長日地、悶懨懨。　門外水如天。相思紅豆牽。便何如、同上紅船。欲與伴禪天女說，怕愛極、不輕憐。

注：錄自1935年5月21日《武進商報》，1918年作於常州寄園。

蝶戀花·荷花

一霎春來春又去。獨下春山，離緒悲難訴。腸斷東風飛不住。美人身世渾如霧。　　同病祇教憐柳絮。寂寞簾旌，沒箇商量處。舊約飄零今後□。愁心點點成紅雨。

注：錄自1935年6月11日《武進商報》，1918年作於常州寄園。詞後有記者按："以上蔡焦桐先生交來，原稿第二闋'後'字下為'真'字，必譌，故闕。"案，疑作"误"。

醜奴兒

當年舊事重重記，綠滿輕戹。紅放花枝。荳蔻年華月上時。　　而今心事渾無據，夢裏相思。壁上題詩。消息爭教嬰武知。

注：錄自1935年6月11日《武進商報》，1918年作於常州寄園。

滿江紅·題玉虯憶昔詞

一管生花，寫多少、相思艷語。是一例、蓬飄身世，藕牽情愫。碧玉難償珠十斛，黃金空鑄愁千句。算悲歡、離合古難全，生生注。　　紅不了，桃花雨。飛不了，楊花絮。儘春來春去，是誰做主。滄海幾曾能不變，聰明只此休重誤。買吳鉤、歸去事猿公，君應悟。

洞仙歌·題《苧蘿記韻詞》，為玉虯賦

銀牆一抹，對海棠朵朵。倚遍闌干月西墮。算空拋紅豆，未展丁香，怪百計、總難貼妥。　　黃金爭築屋，我尚飄蓬，畢竟藏嬌願相左。若說訂刀環，十載春風，守不嫁、汝南原可。但汝意、難呼怕重來，早燕子斜陽，桃花門鎖。

邁陂塘·秋塘聽雨，懷人渺然，寄玉虯燕北，用招南歸

者池塘、雨荷風蓼，恩恩又換時叙。洞庭木落多愁思，況恐美

人遲暮。嘑又住。儘瘦影、闌干絮斷秋蜇語。瀟瀟何許。指艇子蒲叢，官蛙聲裏，隔在斜陽樹。　懷人意，却感蒹葭白露。天涯那客何處。分明宋玉江南侶。落拓新豐無主。（君近作《感懷》有"地老天荒一馬周"句。）君信否。道戎馬關河，合擅登樓賦。梅花香度。記有約歸來，山中杜若，盼切崇蘭渡。

注：以上三首錄自《苔岑叢書•紉秋軒詞鈔》，庚申（1920）刊本，1920年作於常州。詞人時在常州菱溪，已與錢素葉成婚。

百字令•中秋前二日答江陰金企岠世兄見憶，并呈粟香前輩

清輝盈手，隨長天一雁，多君持贈。帶水迢迢山脈脈，說著故園秋訊。羅帕分柑，（張孝祥《秋懷》："羅帕分柑霜落齒"。）冰壺薦鞠，（夢窗《重九》："半壺秋水薦黃花"。）薄暮登臨興。風流落帽，江山豈任孤另。（有重九登高之作。）　舉頭又訝高寒，團欒鏡裏，怕有滄桑影。三代古歡千載鶴，（與君三代通家。）多賴老人星省。舊夢烏衣，新愁葛陂，秋士才憐盡。陸沉何誣，蓬瀛也看成燼。（時有陸沉之謠並日下大火事。）

注：錄自1925年3月23日《新武進報》，有注"謝玉岑舊稿"，1920年作於常州。金粟香与金企岠为父子。

南浦•送玉虬重赴津門，時在寄園賦

狂歌未了，怪匆匆、樽酒又離亭。蟲語亂和潮起，風笛咽愁心。同是青衫潦倒，只天涯、君去更飄零。算夜窗剪燭，河橋折柳，舊恨曾平。　莽莽乾坤風雨，說重逢、幾度此園林。聚便何如不聚，聚散只如萍。辛苦百年事業，大江濤、東去可能停。儘銷魂前路，啼鵑淒絕莫教聽。

注：錄自《苔岑叢編•紉秋軒詞鈔》，辛酉（1921）刊本，1921年作於常州寄園。

燭影搖紅

拆繡園林，輕陰釀得寒如許。楊絲無力綰春晴，綠暗蘅皋暮。池上亂紅誰主。漾簾旌、風還如虎。鶯癡鳩醉，斷送韶華，一聲杜宇。　　憔悴扁舟，尋芳也悔來遲誤。兔葵燕麥幾人禁，淚濕劉郎句。我自諱言離緒。算爭瞞、錦屏兒女。浮雲西北，思量愁凭，畫闌高處。

注：錄自《玉岑遺稿》卷三，1923年作於無錫戴溪。刊載1925年3月23日《新武進報》，《南洋雜志》1926年第4期，又見詞人詞稿，題作"燭影搖紅·春莫登樓"。

甘州·戲詠紫玉簪

又西風雁背晚霜濃，輕寒暮霞邊。恰瑤階小立，相逢一笑，移傍雕奩。寂寞貧家椎髻，來借一枝妍。只恐低敲處，人隔江天。　　原稱吳宮小字，奈要他長命，休易成煙。褪蝶衣瘦粉，誰與訴華年。忍錯認、零鈿賸釧，擁秋心、劍氣共矜嚴。枕函墮、薦輕羅護，燈照無眠。（《漢武外傳》：七月七日以紫羅薦地，然百和香，懸九光九微之燈，以候王母。）

注：錄自《玉岑遺稿》卷三，1923年作於無錫戴溪。

解語花

別來幾日，園林又見，春光如此。海樣離愁，也被花枝勾起。花間況有如弓月，可似那人眉子。只多愁多病，料應不似，那般憔悴。　　算流光彈指。爭都難記，竹馬青梅情味。安得春風，吹轉十年年紀。分明翠墨銀鈎手，換了寒燈鹽米。待幾時有願，凌雲賦就，吐閨中氣。

注：錄自《玉岑遺稿》卷三，1923年作於無錫戴溪。刊載《虞社叢書·萍緣詞選》1923年刊本，又載《南洋雜誌》1926年第4期。此

詞牌"解語花"有誤，詞牌應為"陌上花"。

1923年1月起，詞人應無錫戴溪橋朱氏西席之聘，設硯教書。

南樓令

虬箭響初殘。歸橈驚夜闌。理殘妝、還啟屏山。縱道有情春樣暖，也涼了、藕花衫。　薄暈起渦圓。偎肩恣意看。更關心、泥問加餐。指點天邊蟾月說，今日可、放眉彎。

注：錄自《玉岑遺稿》卷三，1923年作於常州菱溪。

木蘭花慢·珊兒彌月，賦懷素君

喜一天曉色，曾畫否、翠眉峰。想經月懨懨，者番梳洗，環珮猶慵。相攜縱添雛鶴，怕梅花不似舊時紅。指點晴暄庭院，也應說著征鴻。　藍橋鄭重乞相逢。往事記重重。怎未到封侯，一般輕別，著此惺忪。劇憐報伊何計，況萬千翻累慰飄蓬。私檢客中腰帶，新寬說與卿同。

注：錄自《玉岑遺稿》卷三，1923年6月作於無錫戴溪。刊載1924年8月13日《新武進報》，署名"藕花庵主"，時詞人在無錫戴溪橋教書。是年農曆四月初十，詞人長子謝伯子生，乳名枝珊，名寶樹，字伯文，號伯子。詞人為其滿月而作。

金縷曲

壽劍門姨丈六秩，即題《聊園誌盛集》，用《彈指詞》壽龔芝老韻。

集就三千卷。看光芒、斗南高燭，塵氛俱遣。天許園林矜綵筆，翠墨筵前猶泫。算領袖、吳箋蜀繭。東至青牛南去鶴，好江湖、不共蓬萊淺。弓月上，顏酡展。　苔岑秋洗巉巖顯。問摩崖，延年可用，銘刊蝸扁。金粟香浮笙吹沸，壽到仙家雞犬。怕賣藥、名高難免。何處詩人湯沐邑，要鏡湖、一曲求封典。庭堅桂，從公剪。

注：錄自《苔岑叢刊·紉秋軒詞鈔》，癸亥（1923）刊本，1923年作於常州。

劍門即吳放，是年六秩。其妻傅蘋香與詞人之母親傅湘紉是堂姊妹，所以詞人稱吳放為姨丈。

疏影

甲子上元後八日，吳門金松岑丈招飲虎邱冷香閣觀梅。松丈有詩，賦此奉和，并寄吹萬丈閑閑山莊。

荊榛堂宇，問何人彈指，幻成金碧。竹外岩前，一笑相逢，春光暗逗瑤席。分明姑射神仙侶，更著個、羽衣清絕。（松丈自號鶴望，詩中所謂"可容留鶴伴蕭閒"是也。）待夜深、喚起涼蟾，可要一枝橫笛。　還溯舒王（鐵雲、仲瞿）前度，風流百許載，此意誰惜？物換星移，終古吳山，看過幾番香雪。槃敦小壽應千歲，只多事、麻姑休說。漫矜誇、何遜揚州，一樣驚人詞筆。（謂松岑、葦齋、吹萬諸丈。）

注：錄自《玉岑遺稿》卷三，1924年元宵節後作於常州。刊載1924年8月12日《新武進報》，署名"藕花庵主"。又刊《藝林叢刊》1925年第21期，《南洋雜誌》1926年第4期。

因金松岑之邀，詞人與鄧春澍、唐玉虬等同往虎丘冷香閣觀梅。詞人致王巨川信中有云："一行以廿二到蘇，廿三上虎邱。梅花已放，俗塵不侵，雖臺榭無多，而憑闌小憩，亦儼然香雪海矣。主席除松公外，尚有七人，外路到客亦有十餘人。如金山高吹萬喬梓、雲間姚鵷雛、海上黃賓虹等，東南之彥，連翩畢集，不可謂非難逢之盛。然猶有不足者，以座中少從者及瘦丈耳。聚散不定，良覿匪易，可勝悵惘。"

金天羽（1874—1947），字松岑，號鶴望，江蘇吳江人。高吹萬（1879—1958），名燮，字時若，號吹萬，江蘇金山人。費樹蔚

（1883—1935），字仲深，號韋齋，江蘇吳江人，柳亞子表舅。瘦丈即沈瘦東（1888—1970），名其光，上海青浦人，苔岑社社員。與詞人書信往來密切，著有《瘦東詩鈔》《瘦東文拾》等。

綠意·春暮送客

晴皋又碧。對峰螺壓鏡，年年悽絕。燕翦心情，幾日斜陽，瘦了春衫顏色。柳陰小立渾如夢，算甚處、曾聞鵾鳩。剩相逢、水畔楊花，舊舞玉鉤簾額。　　依約故人雞黍，清遊怨不再，鈿車油壁。殘客天涯，世味涼紗，催去馱鈴何急。山河儘有閒風雨，付猿鶴、牢愁自說。記溪頭、薺菜齊花，隔浦紅蘭應擷。

注：錄自《玉岑遺稿》卷三，1924年作於無錫戴溪。刊載1925年4月28日《新武進報》，《文藝捃華》1934年第1卷第3期。

高陽臺·雨後溪堂小坐，有懷茗舸、怡厂

泉歇跳珠，山掀拭黛，雨餘萬綠婆娑。煙卷斜陽，澹痕偏逗微波。溪橋盡有閒愁思，勸垂楊、颭景休拖。又恩恩，沙際禽歸，蛙鼓如鼉。　　年年送客真何計，也江湖水長，忒自蹉跎。夢裏銀豪，可能不負雙蛾。重逢莫問黃河句，怕旗亭、萬一輸他。寄相思，蘋葉菱花，惜取顏酡。

注：錄自詞人詞稿，1924年作於無錫戴溪，刊載《南洋雜誌》1926年第4期。

茗舸即陳名珂（1892—1972），字季鳴，號名珂，一號文無。江蘇江陰人，近代書法家、詩人、廣陵派琴人。著有《文無館詩詞鈔》等。怡厂即周企言（1868—1937），常州城區人。早年仕宦於浙江、河北、山東、安徽等地，與謝仁湛為詩友。辛亥後，回鄉執教，創辦存粹專修學校。晚年主持蘭社，致力《詩經》研究。精於詩詞創作，有《怡庵詩葺》等行世。

蝶戀花（二首）

煙靄春城寒惻惻。鬥草湔裙，偏又芳菲節。柳陌人歸天未夕。羅屏剛上桃花月。　　夢境昨宵誰記說。紅索秋千，燕子曾相識。一笑翠螺雙掃葉。眼波消得三生渴。

門巷流鶯藏碧樹。草色裙腰，舊是經行處。修禊亭臺天尺五。水邊何事聞簫鼓。　　有分扁舟湖海住。小扇楊花，奈換年時緒。袖底遺鈿衫上雨。酒醒明日春無土。

注：錄自《玉岑遺稿》卷三，1924年作於無錫戴溪。刊載1930年《国学叢選·詞錄》第17、18合集，有題記"清明感舊，覡公索賦"，又刊《文藝捃華》1934年第1卷3期。

覡公即董粹曾（1889—1981），字覡庵，三唐石齋主人，江蘇常州人。曾任《武進商報》記者、編輯、主編，上海《新聞報》駐常州特約記者，民國時期常州圖書館館長。著有《惲南田年譜》《董覡庵詞存》等。

臨江仙（二首）

門外新涼無計避，單衾熨夢依依。漸移銀浦井欄西。起看蟾魄墮，偏值雁行低。　　聞說蘅蕪新院廻，雲羅錦字淒迷。簾櫳早晚好添衣。為郎雙翠萼，彌惜鏡中窺。

未捲龍鬚初錦褥，新涼薄似人情。嬾雲無賴動微陰。觥船思鬥虎，箏柱罷調鶯。　　雞黍故山虛後約，天涯誰續題襟？寒莎叢桂漫心驚。分明三語掾，輕換五噫聲。

注：錄自《玉岑遺稿》卷三，1924年作於無錫戴溪。第二首刊載《國學商兌》1933年第1期，有异字。

疏影

秋月在壁，索夢不成，有懷冷香春遊，賦寄鶴望、吹萬兩丈。

一番蛩語。又梧廊秋到，曲闌深處。月炫煙紅，如水罍更，禁得幽修如許。羅襟未澣年時酒，爭已老、看花前度。判相思、翠羽金樽，都付露階燈戶。　　也擬繫船重到，俯波高閣外，幾層秋樹。雲散題襟，軒檻西風，疥壁可留吟句。江天不礙吹橫竹，怕容易、清商換譜。恨無情、綰夢楊絲，幾綰芳塵得住。

注：錄自《玉岑遺稿》卷三，1924年作於無錫戴溪。刊載《藝林叢刊》1925年第21期，又見詞人詞稿。

陌上花

繆貞女，江陰西石橋人。咸豐庚申之變，轉徙至姬山，罵賊而死。後六十年，客有過姬山太子之廟以扶鸞為戲者，女忽降乩，自言其事如此，并賦詩若干章。詩多雅音，楚楚哀思，其鄉之人將彙付梨棗，以光梓乘，彰潛德焉。

紅桑枯後，青山猶護、貞魂凝處。埋血年年，聞有土花堪據。叢鈴碎珮風前淚，吹下紺塵如雨。是人天、不了煩冤心事，鶴歸愁訴。　　詩篇誰解惜。江陵腸斷，一樣木蘭歌句。（用唐人事。）寒蝶荒燐，（詩中語。）可抵銅駝塵土。蟲沙浩刼今番又，算也空王難度。寫椒漿、還乞莊嚴永閟，青溪祠宇。

注：錄自《玉岑遺稿》卷三，約1924年作於常州菱溪。刊載1925年3月30日《新武進報》，又見詞人詞稿。

水龍吟·湖上阻風，賦示昇初

湖天日暮蒼然，叩舷忽醒魚龍睡。瀉空波影，霎時亂鳥，風帆何際。半壁殘山，百年喬木，這般雲水。待驚濤綰起，神州回首，陸沉恨，還難洗。　　莽莽浮生如此。念逃秦、買山原未。菰蒲淚濕，望中誰擅，過人才地。舊日豪情，短篷剩欲，換營雙鬢。要幾時重得，荒雞孤鐵，共床頭理。

注：錄自1925年8月12日《新武進報》，1924年作於無錫戴溪，刊載《南洋雜誌》1926年第4期。

昇初即奚昇初（？—1940），名旭，字昇初。無錫戴溪人，行醫，名山先生弟子，與詞人友善。

賀新涼•挽俞君實方伯

淒絕琴川路。指晨星、天南耆舊，凋零堪數。諫草詩棠何日事。還說東華塵土。誤芳草、吟邊故宇。北闕舻稜西山蕨，泣殷頑、此意空千古。垂死望，中興負。　　衣冠汐社人爭睹。況年來、漁樵同混，采芝杖履。爭便水仙成絕操，一霎海風翻舞。也我悔、刺船來暮。（去年上元擬偕江陰陳季鳴往謁，阻雨而止。）息壤縱留遊約在，怕春光、換了西州樹。橋公墓，雲戀護。

注：錄自1925年8月1日《新武進報》，1924年作於無錫戴溪，刊載《南洋雜誌》1926年第4期。

俞君實即俞鍾穎（1847—1924），字君實，晚號城南漁隱，晚清詩人。著有《歸田集》《學圃老人詩文集》等。其長子俞鷗侶，與詞人友善。

憶舊遊•秋懷

纔寒深幾日，風葉烟林，直恁蕭騷。絲柳長堤曲，認鬧紅一舸，猶繫塘坳。看遍芰深苔淺，花事剩魂消。只粉月無心，黃昏依舊，來上虹橋。　　無聊。試凝望，有幾家樓閣，曾按瓊簫。怕便文窗掩，也瞞人秋思，偷遞眉梢。也有雲屏翠袖，帶水未迢遙。悵櫓雁驚心，又聞客動煙外橈。

注：錄自1925年3月23日《新武進報》，1924年作於無錫戴溪。

菩薩蠻·題宏廬惲七《懷蓮集》（二首）

鬱金堂外雙飛燕。春來悔入橫波眼。小別乍魂銷。木蘭江上橈。　茶爐溫綺夢。一夜燈花凍。漏盡得知無。起裁錦帶書。

裁紅刻翠尋常事。靈緣飽爵還堪喜。閒過鳳頭釵。妝臺心力差。　團圞天上月。綽約春山色。關了碧窗紗。窗前紅杏花。

水龍吟·送惲七舜彞北上

江南秋正無憀，故人悵又搖鞭去。銷魂南浦，驚心北斗，幾番凝佇。雁背笳哀，荻邊壘壞，淒涼如許。怕白雲遮斷，斜陽紅裏，回首換，新亭路。　縱說功名腐鼠。奈生愁、美人遲暮。十上書篇，千金詞賦，百年肯負。我亦長安，爪痕記易，五噫歌句。把青衫檢點，劇憐猶染，庾郎塵土。

注：以上二闋三首錄自1935年5月23日《武進商報》，1924年作於常州。

龍吟曲

篋中得惲七宏廬病榻見懷詞若干首，泫然賦此，時距其死已六閱月矣。

黃壚醉後華年，幾番彈淚斜陽裏。平蕪山掩，墓門草宿，王孫歸未。（君去秋避亂死海上。）指點庭槐，斷腸舊識，婆娑生意。（詞來曾依韻和之，有"指仲文庭樹亦婆娑"之語，疑其不祥，未寄，不謂果爾成讖。）判沉吟千萬，隔江杜宇，聲聲喚、騷魂起。　還說烏衣身世。苦嘔心、何嘗是計。摩訶池上，慵愁祇有，病梨能記。太息流鶯，朱門怕又，春光滿地。只重來安得、當筵才調，擊珊瑚碎。

注：錄自《玉岑遺稿》卷三，1925年作於常州。刊載1925年4月16日《新武進報》，詞序云："篋中得惲七舜彞病榻見懷詞若干首，展誦泫然，時距其死已六閱月矣。賦此并寄令弟楫川津門。"

恽寶衡（1902—1924），字舜彝，號宏廬，排行七，江蘇武進人。著有《懷蓮集》。《恽氏家乘》卷四十四載："寶衡，字舜彝，光緒壬寅四月十九生，民國十三甲子九月廿二卒，年二十三。葬潘橋鄉前亭山新阡。"

甘州

乙丑避兵初返，與玉虬、孔章、曼士、曉湘、桐花、易卿集玉波酒樓。於是玉虬、桐花皆將遠行，傷時惜別，難已平言。

又一番桑海酒樓寬，風吹聚春星。對綠波樽影，斜陽柳色，戍角催沉。言買貂裘遠去，誰是少年心。一樣坐中侶，換了旗亭。　　避地不堪重記，付念家山裏，幾許春聲。縱燕歸能說，殘刼尚驚人。也漫間、龍蟠虎踞，黯江南、王氣久無靈。離雲冷、掩銀燈處，怕各沾巾。

注：錄自《玉岑遺稿》卷三，1925年正月作於常州。刊載1925年4月15日《新武進報》，《南洋雜誌》1926年第4期，《国学叢選》1930年第17、18合集，《文藝捃華》1934年第1卷第3期。

玉虬即唐玉虬，孔章即陸孔章，曼士即王春渠，曉湘即程滄波，桐花即錢靖遠，易卿即錢易卿，皆為名山先生弟子。

垂楊

梁溪梅園，有梅千許株，傍山帶湖，為南中佳處。兵亂後，聞花多摧折，存者亦憔悴不勝矣。行往吊之，賦此為券。

春愁無際。算登臨遲我，一舟煙水。翠蕚瑤林，恩恩不信都憔悴。華鬘世界魚龍地。問誰令、樹猶如此。賸招魂、萬頃湖雲，冷夜深環珮。　　畫閣幾時來倚。怕玉笛傷心，銅仙垂淚。半壁滄桑，夕烽滿目猶殘壘。貔貅小隊黃金轡。抵多少、探春游騎。生憐萬疊湖波，愁不洗。

注：錄自《玉岑遺稿》卷三，1925年作於常州。刊載1925年4月4

日《新武進報》，詞序有異同，又刊《南洋雜誌》1926年第4期。

虞美人

前詞方就，友人書來云蕉萃摧殘之語皆傳聞失實，不足憑信。園中三日東風，固已春光如海也。感喜交集，重倚此解。

湖山翠擁明璫好。么鳳還能道。無情祇恨角聲聲。一樣繁英如海、別驚心。　吹香嚼蕊年時慣。隨例刪恩怨。人生漫說不相逢。曲裏分明依舊、十分紅。

注：錄自1925年4月4日《新武進報》，詞序中"前詞"即《垂楊》，1925年作於常州。刊載《文藝揢華》1934年第1卷第3期，題作《虞美人·憶梁溪梅園花事》。

菩薩蠻（七首）

江陰蔣鹿潭《水雲樓詞》有此調《子夜歌》若干闋，類情指事，怨騷之遺也。詞客不作，人間何世？感為繼聲。

搖天星斗魚龍戲。燒燈子夜春城沸。不見汝南雞。空誇壇上啼。　高樓蕩子婦。獨宿霜華苦。一笑寤遙烽。曲闌腸斷紅。

翠翹金雀雙鸂鶒。博山鵲尾沉香烈。斜柱抱雲和。熏籠長夜何。　開簾驚鵲旦。起視明星爛。多露割眸酸。雲車風馬喧。

獸環魚鑰莊嚴地。錦茵却任烏龍睡。銀漢又星辰。春風搖夢痕。　雁高魚在水。寫破紅箋字。何處燕飛斜。應非王謝家。

舞鸞顛倒屏風上。女龍雌鳳皆惆悵。春色早成塵。休勞妒尹邢。　長干傷別墜。驚見遺鈿翠。樓下報花殘。樓中曲可闌。

紅牆不隔天千尺。海風夜裂湘靈瑟。槎路指狼星。青蛇匣底鳴。　　高丘傷睇眜。佻狡鳴鳩喜。安得起潛龍。銀灣廻怒淙。

南園滿地風和絮。曉鶯殘月知誰主。齲齒更愁眉。背人秖自啼。　　金鈴珠絡索。可奈浮雲惡。弱柳不勝風。無端惹亂紅。

愁紅恨紫無消歇。翠幢誰放東風入。曉枕訝相呼。惱人青鷓鴣。　　房櫳金屈戌。整頓羅襦立。斂手謝東鄰。彈碁亦自能。

注：錄自《玉岑遺稿》卷三，1925年作於常州。

蔣春霖（1818—1868），字鹿潭，江蘇江陰人。能詩善詞，以"詞人之詞"著稱，傳世有《水雲樓詞》四卷等。

菩薩蠻（二首）

盤龍寶帶空箱疊。鬧妝猶鬥長安陌。翠額本清妍。君心自不憐。　　試裁明月扇。倘念寒灰怨。日暮賣珠回。塵奩掩淚開。

斜陽不暖寒鴉色。玉顏淨洗殘脂白。一夜井梧風。葉飄辭漢宮。　　瑤池悲穆滿。黃竹歌聲短。漫信海天寬。枯桑塵土乾。

注：錄自《玉岑遺稿》卷三，1925年作於常州。刊載1935年5月14日《武進商報》，有注："时乙丑天中前五日"。

燭影搖紅·小西湖晚眺，湖在永嘉城南

老柳寒雲，荒隄誰送輕鷗到。亂峰無語湧秋魂，紅葉喧殘照。獨倚西風側帽。鼓霓裳、水仙夢繞。家山何處。付與黃昏，斷鴻聲杳。　　憔悴征衫，有人剛念涼生早。淚痕鍼線證微波，不信湖名小。何日蘭舟同櫂。伴參差、月殘風曉。淒涼奈又，時節恩恩，籬花黃了。

注：錄自《玉岑遺稿》卷三，1925年秋作於浙江永嘉。詞人應

伍叔儻之邀，於1925年8月赴永嘉執教省立浙江十中。

鷓鴣天

雁帖寒雲欲下遲。瑤瑲無計避相思。頡頏燕已迷新巷，深淺花還妒宿枝。　　珠絡索，玉參差。心情無復舊絃詩。閉門黃葉兼烽火，浮李沉瓜又一時。

注：錄自《謝玉岑詩詞書畫集》，1925年秋作於浙江永嘉，刊載1935年5月22日《武進商報》。

南浦·丙寅仲夏，臨發永嘉，賦示諸生

一雨落桐花，掩斜暉，心事頓成秋院。易急採菱歌，青嶂晚、雲湧暝潮初轉。啼鵑猶喚。江山未覺風流遠。回首池塘青遍處，（春草池在舊中山書院，即今校舍也。）一夜離情都滿。　　何時社燕還逢，說賺人詞賦，長卿應倦。鷗訊墮魚天，夢痕在、舊譜蠻洲東畔。鼓聲不管。鹿車安頓眉顰暖。只恐明朝桃李豔，又惹看花腸斷。

注：錄自《玉岑遺稿》卷三，1926年作於浙江永嘉。時詞人受上海南洋中學校長王培孫之聘，即將離開永嘉，為浙江十中師生作。

滿庭芳

蕪湖小西湖荷葉如雲，花已盡矣。

倦岫搖雲，荒波閣雨，江程又逐愁深。垂楊迓客，才拂帝京塵。有多少天涯雁侶，長空下、孤影先驚。還悵望，橫塘亂葉，一水漲秋陰。　　亭亭。空說著，湘皋聞佩，水殿敧星。任西風偷換，夢裏河繩。無恙金人盤在，奈漢宮、哀曲難聽。迴橈別，採菱歌晚，明日隔層城。

注：錄自《玉岑遺稿》卷四，1931年作於上海，又見詞人詞

稿。刊載《詞學季刊》1935年第2卷第4號，詞序有記："辛未秋日"。上片"有多少天涯雁侶"，按譜，應六字句，擬刪"有"。

《夏承燾致謝玉岑信札箋釋》第五十六手札云："大著蕪湖荷花詞極佳，每讀兄作，低回歎賞外更無言說。"

阮郎歸・聞歌（二首）

偶傳涼信怯清歌。桓伊可奈何。長街車轉疾如梭。廻腸得似他。　　沙上跡，夕邊酡。鷗程幾處過。鏡臺萬事誤蹉跎。華燈避眼波。

珠燈纈露管催霜。蠻謳初繞梁。舞衫如水洗年光。秋宵怎樣長。　　揩倦眼，厭啼妝。行人官道旁。酒闌客散只尋常。尋常還斷腸。

太常引・月下聞笛

雲羅香霧幾回看。眉樣比彎彎。燈火正屏山。却不信、今宵倚闌。　　這般庭院，這般花柳，吹笛太清寒。牆外和應難。也舊譜、霓裳怕殘。

注：以上二調三闋錄自呂學端輯《謝玉岑集外佚詩遺文》，詞作時間不詳。

《阮郎歸・聞歌》（二首）刊載1933年9月28日《武進商報》，其一下片二句是"鴈程幾處過"，其二首句是"燈唇幻夢管催霜"，末二句是"酒闌雲散只尋常"。《太常引・月下聞笛》又見詞人詞稿，詞後有記"舊稿"。以詞意而論，三闋歸為《白菡萏香室詞》。

孤鸞詞

（1932—1934）

燭影搖紅

二月二十二日，送素君厝葬菱溪，舟中望寄園，悽然欲涕。

破曉溪煙，為誰催發臨風艣。岸花紅日不勝情，才照人眉嫵。過眼華年迅羽。換瑤棺、頹波東注。芳魂應戀，水墨家園，白頭臣甫。　　畫角江天，亂烽休警啼鵑苦。殯宮萋草不成春，死憶王孫路。如雪麻衣欲暮。抵河梁、淒其爭訴。人天長恨，便化圓冰，夜深伴汝。

注：錄自《玉岑遺稿》卷四，1932年作於上海。刊載《國學商兌》1933年第1期，又見詞人詞稿。

1932年5月25日《申報》刊載此詞，序云："二月念一日，送素君喪過菱溪，距其歸寧，未匝月也。舟中望寄園及外舅故居，悽然欲涕矣。"

木蘭花慢

二月廿三日至上海，方知是日為清明也。

斷腸才送別，又攜淚、客中行。換瘦影春衫，迴潮單舸，夢裏平生。他鄉乍驚花爛，擲流光、不信便清明。璃笛愁心欲碎，鈿車廣陌初塵。　　簾旌。梁廡與追尋。人海賸飄零。算餘生擔得，青山埋骨，白日招魂。憒憒夜臺釵燕，蹴箏弦、眉樣可成春。百歲幾禁廻首，長宵開眼從今。

注：錄自《謝玉岑詩詞書畫集》，1932年作於上海。1932年5月9日夏承燾《天風閣學詞日記》有記此詞。

玲瓏四犯

天際歸舟，悔負了梅花，樓畔望眼。鼕鼓驚心，愁過垂燈春淺。憔悴藥裹爐熏，賸一笑、枉酬相見。說帶圍、珠影偷銷，病骨早屑秋燕。　　重逢百事拋恩怨。熨鴛衾、夜臺爭暖？玉璫緘札分明在，隔了萬重雲雁。此去水驛山程，可入瑤釵心念。拚斷腸難續，花雨散，蓬萊遠。

注：錄自《玉岑遺稿》卷四，1932年作於上海。又見詞人詞稿，有异字。

長亭怨慢·過半淞園

又離夢、車塵吹起。罨畫園林，斷腸眼底。鏡檻春波，當時欲到恨還未。薰桃染柳，生換了、愁滋味。彈淚向流鶯，問可有、花前鈴佩。　　憔悴。歎娉婷眉影，斷送五噫歌裏。狂歡海市。忍輕負、水邊天氣。算此後、孤燕東風，怎提到、玳梁歸計。枉酒眼燈唇，百事為他廻避。

注：錄自《玉岑遺稿》卷四，1932年作於上海。刊載《詞學季刊》1934年第1卷第3號，又見詞人詞稿。1932年5月25日《申報》刊載此詞，序云："車過半淞園，憶素君在申時欲遊，竟未果也。"

半淞園，為上海南部一處私家園林。

小重山·遣悲懷

薄怒銀燈一笑廻。秋春門巷冷，夢先催。乍飛梁燕怯將歸。臨歧語、悽絕不重來。　　海市舊樓臺。魚龍歌吹沸、報花開。無端錦瑟動深悲。人間世、清淺換蓬萊。

注：錄自《玉岑遺稿》卷四，1932年作於上海。刊載《詞學季刊》1934年第1卷第3號，又見詞人詞稿。1932年5月23日《申報》刊載此詞，詞後自注："不再來，素君離申時語也。"

雙雙燕

海濱苦雨，匝旬未已，垂楊結霧，宛然愁態矣。

麯塵剪霧，望隔雨紅樓，殢寒偏峭。啼鶯如夢，惱亂柔絲空嫋。鏡檻當年曾到。問持比、眉顰可老。采毫奩底親描，麝墨煙痕今渺。　　芳草。天涯信早。又笛裏關河，暗烽斜照。長亭歸晚，頭白啼鳥能道。賦咽江南哀調。曳裾誤、羊裙年少。更看孤館陰沉，濕絮離心爭掃。

注：錄自《玉岑遺稿》卷四，1932年作於上海，刊載1933年7月27日《金鋼鑽報》。《國學商兌》1933年第1期刊載此詞，序云："雨後垂楊綠暗，結霧霏煙。"

1932年5月9日夏承燾《天風閣學詞日記》云："接玉岑上海函，寄來悼亡詞六首，皆哀感悱惻。囑予為題其《菱溪圖》長卷，紀其送素君夫人葬也。"

疏影

河梁杏葉。顫燕釵誤了，綵繩消息。榆火新煙，行處樓臺，不分去鴻相識。嬌紅依舊春如海，祗忘却、空階暗碧。算年年、淒雨江城，悔向踏青人說。　　繡轂香車何處。鎮寂寥還傍，夜橋吹笛。天半歌雲，銀蒜珠塵，欲挽東風無力。垂楊輕薄尊前舞，奈曲裏、龍堆早雪。賸安排、團扇青衫，心事圖中尋覓。

木蘭花慢·感事

顫清歌玉樹，夜星爛、最高樓。任曙誤銅龍，雲迷錦雁，舞倦還留。綢繆。鈞天殘夢，賭東風帝子自無愁。衫影初低蛺蝶，胡塵漸迸箜篌。　　神州。春事百分休。天意付悠悠。只巢燕飄零，黃昏闌角，銀鑰誰收。應羞。辭林紅蕊，逐春波自在又東流。草木本無情思，明年休望枝頭。

注：以上二首錄自《玉岑遺稿》卷四，1932年作於上海。《疏影》刊載《國學論衡》1933年第2期，《木蘭花慢·感事》刊載《詞學季刊》1935年第2卷第4號。此二詞1935年收入葉恭綽家刻本《廣篋中詞》，又收入葉恭綽主編《全清詞鈔》（1975年香港中華書局）。

錢仲聯《近百年詞壇點將錄》云："玉岑《疏影》《木蘭花慢·感事》二闋，遼海揚塵時之詞史，後一首本事，即余《蝴蝶曲》所詠者。"

渡江雲

宿大千魏塘齋中，曉枕聞布穀賦。

柳長春漸短，未荒農作，啼鳥客先驚。淒迷孤枕，戀窗紙微陽，淺夢似前生。當年已倦，看花眼、何況而今。迴暖風、薔薇偷絆，紅紫付閒庭。　　飄零。眉塵梁案，翼隻潘詩，占藤蕪一逕。誰更憐、譚筵湖海，障扇星辰。清遊薄倖真無計，便淚枯、腸斷何憑。晴溪草、暗愁一夕如薰。

長亭怨慢

魏塘大千庭中見飛鷺作。

夠妝點、晚春畫稿。榆柳陰陰，破空烟皎。照席離波，斜陽小院坐來悄。風鬟霧縠，稱金縷、尊邊好。未老五湖心，閒却越絲吳櫂。　　擾擾。隔斷磯可見，車馬軟紅塵道。隨陽逢雁，怕輕信、秋謀粱稻。縱說是、後夢鷗通，只槎路、青天爭到。誤霜信嬋娟，還守鬧紅江表。

注：以上二首錄自《玉岑遺稿》卷四，1932年作於浙江魏塘。《金鋼鑽報》1933年7月11日，《國學論衡》1933年第2期，《詞學季刊》1935年第2卷第4號均刊載《長亭怨慢》。

詞人《高士之居圖》扇面自題云："壬申春暮，訪大千居士魏塘，清談永日，不離藝事，布穀喚人，楊花點席，不知陽春之將老，流連忘返，戲圖此扇。"正好與二詞對應。

遺佩環

六月二十三日，晨醒不能成夢，念明日素葉生辰矣。悽然賦此，即題大千居士為畫白荷丈幅上。"睡老鴛鴦不嫁人"，畫中錄天池句也。

客庭月落。向枕邊驚失，粉衣如玉。未冷秋河，不信星辰，比似淚珠難掬。倦情欲逗遺簪訴，怕單舸、輕離原錯。負亭亭、江上開時，睡老鴛鴦人獨。　十幅留仙裙皺，早西風私警，凌波心目。青鬢菱花，一夢輕塵，暗裏華年如彀。拗絲藕盡心蓮苦，賸刼後、枯香都薄。付韋郎、今日迴腸，未抵翠蛾雙蹙。

注：錄自《玉岑遺稿》卷四，1932年作於上海。1932年7月29日《申報》刊載，略有異字。

甘州·玄武湖打槳歸賦

又招邀鷗鷺過江來，秋思入斜暉。有六朝舊識，燕邊波鏡，雁外山眉。打槳依然煙水，未覺素心違。只是臺城柳，搖落長堤。　此地當年陣戲，對蕭蕭蘆葦，猶偃旌旗。怎樓船偷警，王氣近來非。也休說、滄桑彈指，便芙蓉、悴盡不成衣。晚風起，漾湖蘋散，何處淒迷。

注：錄自《玉岑遺稿》卷四，1932年秋作於南京。

小重山·過滬東舊居

誰信廻車阮籍狂。眼前行不盡、似愁長。尋常門巷動滄桑。征裘影、小立怯斜陽。　舊夢苦思量。瓊樓高十二、起釵梁。綠陰青鳥幾時光。辭柯葉、一夕月如霜。

注：錄自《玉岑遺稿》卷四，1932年作於上海。

月下笛•曾允元體

鼓浪浮花，亂雲啓、晚晴樓閣。弄春絃索。似長宵、雨懷惡。柔桑約略無多土，付陌上、飆輪驟轂。只婆娑蠻舞，羽衣疊破，無端淒角。　簾箔。闌干曲。有久咽簫心，未凋劍萼。歌離吊夢，好是碧衫鸛雀。人天也識消恩怨，奈恩怨、而今說著。思歸切。欲和南飛句，遠樹正綠。

注：錄自《玉岑遺稿》卷四，1933年作於上海。《金鋼鑽報》1933年6月19日，《國學論衡》1934年第3期，《詞學季刊》1935年第2卷第4號刊載。又見詞人詞稿，詞題："月下笛•雨後"。

曾允元，字舜卿，號鷗江，宋代詞人。

蘇武慢•春日過菱溪作

煙約郊長，風欺帽側，車外疏林慵繡。銀箋陌上，翠櫬橫塘，不是那時攜手。故黛落鬟，一夢雲屛，幾禁回首。枉教人傳說，青梅賭笑，紅牆橫斗。　也準備、百不思量，思量況在，地老天荒時候。長波掩市，迸入離腸，一樣醉春如酒。珍重舊家，只有枝禽，許他廝守。臘寒香薄倖，還傍綺窗暗透。

注：錄自《玉岑遺稿》卷四，1933年作於常州菱溪。刊載1933年6月23日《金鋼鑽報》，詞題："蘇武慢•過菱溪感逝作"。

三姝媚

<small>偕春渠、小梅、子健太湖看梅賦。</small>

鏡浮雲貼翠。趁春晴招邀，層樓同倚。萬樹寒香，背亂山吹角，東風何厲。未浣緇塵，誰解道、甲兵能洗。一夢鷗邊，清遊誤了，十年才地。　雪點夜潮初起。傍嫩柳夭桃，算他憔悴。曲裏相

逢，早江城明日，墮情隨水。不是滄桑，也抵得、湖波成淚。漫約渡頭芳草，畫舟重樣。

注：錄自《玉岑遺稿》卷四，1933年作於常州，刊載《詞學季刊》1934年第1卷第3號。

高陽臺·坐雨作

冷雨淹春，淒煙冪夢，東風抵死難晴。一寸相思，簾波頹卷樓陰。玉龍解道緗梅怨，喚魂歸、不到孤衾。夜瀟瀟，殘鼓銅街，淚眼飄燈。　　人間依例繁紅好，又賸桃嫁杏，俄頃春城。水際搴芳，長條忘却離襟。枝苔賸有寒禽戀，守行雲、倦了絃琴。鎮相看，萬劫諸天，一夕三溟。

注：錄自《玉岑遺稿》卷四，作於1933年。

遺佩環

三月七日坐滬西兆豐園，緗梅未盡，玉樹已花，宛然春好矣。

試春遊早。喜街塵暫隔，屐隨青到。小柳迴塘，幾日鳴禽，淒變故家吟抱。梅邊小立猶吾土，說能寄、孤根便好。只去來、亂蝶嬌鶯，不管韶華易老。　　淺薄綵幡風信，又飽霜瞞過，萋萋芳草。粉膩珠堆，一樹依然，可憶玉階圍繞。何曾夢著烏衣事，便夢也、漸非年少。送晚陽、搖曳林梢，明日晴陰休道。

注：錄自《玉岑遺稿》卷四，1933年作於上海。刊載《燦爛》1935年第1卷第2期和《詞學季刊》1935年第2卷第4號，詞牌作"解佩環"。又刊載1935年5月14日《武進商報》，詞有稍異，詞序不同，云："三月七日，坐滬西兆豐園，緗梅未盡，玉樹已花，宛然春好矣。彭元遜《遺佩環》，萬紅友謂即白石《疏影》也。惟《疏影》為仙呂宮，宜用入聲韻，而彭押去聲為不同耳。茲援彭例，故仍其名。"

曲遊春·雨後

一雨長宵驟，念故山應報，梅鈿狼籍。籠袖吳棉，怎淒陰不禁（去聲），柳芽抽碧。簾放新煙入，愁又在、清明寒食。守屏山、盼盡平蕪，可有鈿車相識。　　海市。嬉春如織。對淺畫樓臺，倦妝林樾。未到花飛，任豔塵濺麝，畫羅鬥靨。絃管催啼鴂。天自把、年芳輕擲。只寂寥、瘦沈腰圍，爭教護惜。

注：錄自《玉岑遺稿》卷四，1933年作於上海，刊載《文藝捃華》1934年第1卷第6期。

燭影搖紅·清明

消受餘寒，春裘徙倚東闌樹。故園陳約舊東風，誰換新抔土。過了禁煙百五。暗紅銷、燭痕淚沍。畫屏孤望，一雨滄江，綠迷歸路。　　別久瑤華，哀絃怎與殷勤訴。也拚倦眼不看花，花外鶯還妒。持謝紅嫣翠舞。守鸞塵、鏡臺早許。鵑啼咫尺，莫誤尋常，巷簫街鼓。

注：錄自《玉岑遺稿》卷四，1933年作於常州菱溪，刊載《燦爛》1935年第1卷第2期。

臨江仙

門外波新似酒濃。燈前酒面映波紅。廿年事老糜空記，九曲程遙螅可通。　　吟短夢，怨東風。荒溪又上月如弓。聽詩人逐驚波逝，腸斷潘郎句柱工。

注：錄自1933年6月28日《金鋼鑽報》，1933年作於常州。又見《珊瑚》，1933年第3卷第9期，詞牌"鷓鴣天"，是。首二句"門外春波酒樣濃。燈前酒更映波紅。"

玉樓春（二首）

畫屏山上愁來路。今日送愁何處去。一春虛費鳳韡心，日日西園風更雨。　　天涯芳草慵難賦。繡筆金荃荒舊句。綠窗繾綣夢中情，忘了流鶯枝上語。

十年不認溪南樹。轉眼青迷寒食路。梨花空解雨中啼，楊柳分明風際舞。　　好天未改顏如故。天自多情人自苦。十三絃柱淚痕深，白日春湍流不去。

注：錄自《玉岑遺稿》卷四，1933年作於常州。刊載《珊瑚》1933年第3卷第9期，其一又刊載《金鋼鑽報》1933年7月8日和《詞學季刊》1935年第2卷第4號。

玉樓春

夜夢素葉，泣而醒，復於故紙中得其舊簡，不能無詞。癸酉七月十七日。

羅衾不耐秋風起。夜夜芙蓉江上悴。苦憑飄忽夢中雲，賺取殷勤衣上淚。　　起來檢點珍珠字。月在牆頭煙在紙。當年離別各魂銷，今日銷魂成獨自。

注：錄自《玉岑遺稿》卷四，1933年作於常州。刊載1935年5月14日《武進商報》，詞牌名"木蘭花"。

臨江仙·望月

欲買貂裘慚壯句，恩恩雁滿關山。斷腸絃柱不堪彈。舊情寒月在，後約錦書殘。　　萬里雲羅千尺浪，絳河凍合無端。他生夢裏更眉彎。有情輸蠟燭，欲寄淚痕難。

注：錄自《玉岑遺稿》卷四，1933年作於上海。刊載《珊瑚》1933年第3卷第9期，下片末三句"廣寒宮闕有無間。鏡飛如可據，桂樹合教攀。"

阮郎歸·生日坐商院

秋雲無蒂薄垂陰。風搖柳乍髡。闌干幾日望新晴。殘蟬三兩聲。　湖海約，夢魂驚。華年又一程。縱饒百歲也虛生。為他知未曾。

注：錄自《玉岑遺稿》卷四，1933年作於上海。刊載1933年9月9日《武進商報》，是年夏，詞人受聘國立上海商學院執教，並兼文書主任。

浣溪紗

十二雕闌十二簾。秋河初落夜懨懨。已涼還暖自家憐。　璃葉螺痕空對影，錦書鳳紙欲成煙。人生何處是當年。

注：錄自《玉岑遺稿》卷四，1933年作於常州。趙元禮《藏齋詩話》下卷有云："吳梅村《偶成》云'世間何物是江南'，謝玉岑《浣溪紗》詞云'人生何處是當年'，讀之真使人有惘惘不盡之意。"

玉漏遲·歸鴻

海天秋訊早，捲簾望極，新霜催軫。故宇煙迷，去日情懷漫省。自古江南離別，付社燕、低徊金粉。斜行字，鷺汀鷗渚，一番廝認。　為誰曲引平沙。黯紫塞黃埃，淚珠淒迸。明月無情，照過萬千瘡影。燈火長門人去，恨雪壓、瑤瑠都盡。西風急，一翼冥冥何定。

注，錄自《玉岑遺稿》卷四，1933年作於上海，刊載《文藝捃華》1934年第1卷第6期。

高陽臺

車行見殘荷被岸，秋雨方淹，悽然有作。

枯翠淹雲，零珠驟雨，田田都付荒灣。重見淩波，垂虹照影先寒。不成秋怨羞言語，繞車雷、岸柳髩殘。看夜深，鉛淚淒迷，還瀉金盤。　　揭來湖海憐孤燕，自萬妝鏡妒，一夢天慳。羅襪全家，月明何處人間。遙岑未改浮眉淺，衹淒香、難返屏山。更休提，鈿合蘭橈，被掩文鴛。

注：錄自《玉岑遺稿》卷四，1933年作於上海。

一萼紅

中秋前三日，吳門惠蔭園秋禊。會者石遺、松岑兩丈、纕蘅、大千、石渠、瑗仲、夢苕，凡二十八人，用白石韻。

水堂陰。倚雲根岸幘，露粟映斜簪。旅雁傳聲，山蛾斂黛，秋色何事冥沉。人意共、清商早換，聆高唱、暫寂雨中禽。（石遺酒後高歌。）池館風流，河山塵壒，呼喚登臨。　　還說東南賓主，自渡江烽火，節序驚心。萬感吳鉤，五噫梁詠，過時人物追尋。稱（去聲）諨被、亂離情緒，好壺觴、一醉賤黃金。知否蘭亭圖就，畫淺愁深。（大千居士有圖。）

注：錄自《玉岑遺稿》卷四，1933年作於上海，刊載《文藝捃華》1934年第1卷第2期。

惠蔭園，今位於蘇州姑蘇區臨頓路南顯子巷內蘇州十五中院內。始建於明嘉靖年間，初名洽隱山房，清初修整後更名隱園，以"小林屋"洞水假山最具特色。

石遺即陳衍（1856—1937），號石遺老人，福建侯官人。清光緒八年（1882）舉人，有《石遺室詩集》《朱絲詞》等傳世。纕蘅即曹經沅（1892—1946），字纕蘅，四川綿竹清道鎮人，畢業於四川法政專門學校。曾任貴州省政府委員兼民政廳廳長、中央立法常務委員等職。著有《借槐廬詩集》等。石渠即蔣庭曜（1898—1979），字石渠，武進人。名山先生弟子，後畢業於無錫國專，與詞人友善。

著有《兩漢書經說考》等。瑗仲即王蘧常（1900—1989），字瑗仲，號明兩，浙江嘉興人。1920年入無錫國專。畢業後，先後任上海交通大學、復旦大學教授。晚年致力於書法，拓展了章草之領域，人稱"古有王羲之，今有王蘧常"。著有《明兩廬詩》等。夢苕即錢仲聯（1908—2003），號夢苕，江蘇常熟人。1926年畢業於無錫國專，曾任教多所大學。專於詩文詞賦，尤其對明清詩文有深入研究。著有《清詩紀事》《夢苕庵論集》等。白石即南宋詞人姜夔（1153—1208），字堯章，號白石道人，饒州鄱陽人。少年隨父宦居湖北，中年結交詩人楊萬里、范成大，晚年結識辛棄疾。其人精通音樂，能自度曲。工詩善詞，風神瀟灑，清空冷儁兼高雅凝重，有《白石道人歌曲》傳世。

祝英臺近

中秋前訪大千，宿網師園，賦懷長公善子，即寄皖中。

斂山青，堆葉紫，罨雨夕闉路。池館招邀，秋事頓如許。分明舊日賓筵，淮南雲遠，只黃了、小山叢樹。　布帆住。相期散髮吟商，何處滄江暮。暗水荷廊，越網憐修阻。夜深風起西窗，有人同聽，還說著、病懷良苦。

注：錄自《玉岑遺稿》卷四，1933年作於蘇州。

網師園，蘇州著名園林之一，今位於姑蘇區帶城橋路闊家頭巷11號。1932年至1937年，張善孖、張大千兄弟借寓於此。

清平樂（六首）

自予製《珍珠簾》詞為鼓娘方紅寶張目，海上勝流繼聲咸起。如符瓢庵、趙葦佛，排日傳箋，有子陽旗鼓之意。臥病里門，此樂久廢，再賦小詞，以質符、趙，兼示丹斧、伯喬、千居、文無。

白門歌舞。曾被青山妒。仗馬京塵天尺五。輸爾冰絃能語。　落花何處相逢。樓臺斜日還烘。怪底瞞人綠暗，近來啼宇都慵。

桃夭杏姹。都遜棠梨雅。幾日江城花欲謝。夢裏寶釵樓下。　　陌頭處處流塵。浮雲轉眼成陰。惜取尊前襟袖，等閒莫問新亭。

　　衾寒燈灺。苦雨添悲詫。多事杏花明日賣。輕薄東風有價。　　十年斷後迴腸。三春病裏流光。莫問新裁樂府，青袍瘦了垂楊。

　　雕鞍朱鞚。南陌勞迎送。收拾歌離兼吊夢。賓客眼前能共。　　逡巡鏡裏腰身。依微鬢畔春痕。消得橫波一注，麻姑東海三塵。

　　河山沉醉。莫惜朱顏改。金縷衣裳珠百琲。熏了水沉麟帶。　　紛紛新曲春燈。沉沉消息青禽。聽到津橋杜宇，怕他歸夢難溫。

　　紅牙乍歇。鶯語花間滑。絃索悲歡原歷歷。唱過幾番人物。　　九衢爭看乘肩。分明擲果翩翩。掃黛要占邱壑，比紅何用詩篇。

注：錄自《玉岑遺稿》卷四，1934年作於上海，刊載1934年4月29日《晶報》。

符瓢庵即符鑄（1886—1947），字鐵年，號瓢庵，湖南衡陽人。1918年起居上海，近代書畫名家，與詞人友善。趙葦佛（1884—1969），字葦佛，江蘇鎮江人。晚清舉人，清末任內閣中書。民國曾任青田縣長等。1949年後，曾任上海文史館館員，編有《宋詞集聯》等。丹斧即張延禮（1868—1937），字丹斧，江蘇儀征人。早歲供職《神州日報》，後負責《晶報》內務，南社社員。善治印，精書法。有撰《雙鷺隱》，輯《敬敬齋古璽印集》。伯喬即吳我尊（1881—1942），字伯喬，常州人。話劇團體"春柳社"發起人之一。著有《杏庵詩文鈔》。千居即宋小坡（1890—1976），別名千居，安徽宿縣人。以經營古文物與古錢幣為業，擅長文物鑒定。文無即陳名珂（1892—1972），字季鳴，號名珂，一號文無，江蘇江阴人。

珍珠簾

聽鼓娘方紅寶歌賦，用夢窗韻，兼索鐵年、小山同作。

壓愁麟帶東風嫋。天涯柳、絃柱流鶯能道。舊曲換江南，信六朝歡渺。賭壁黃河何日事。有殘客、旗亭還到。香峭。折露桃秀靨，稱他嬌小。　　最惜客裏光陰，任看雲卻幻，交車塵繞。未必是雕梁，惹紅襟悽抱。錦瑟華年天樣遠，只夢中、啼眉能笑。付歌鼓消磨，豔晨應老。

注：錄自《玉岑遺稿》卷四，1934年作於上海。刊載1934年3月28日《申報》，又刊《文藝捃華》1934年第1卷第6期，有异同。

方紅寶，女，京韻大鼓名家，師承鼓界泰斗白雲鵬。1934年，與郭筱霞、姚俊英被稱為曲藝界"華北三豔"。1943年，在上海演出，被譽為"鼓界皇后"。代表曲目有《草船借箭》《群英會》等。其人"出入劇場時喜著男裝，每身罩長衫，頭戴美式禮帽，更顯瀟灑倜儻，風度翩翩……一招一式，硬朗帥氣，皆為男角派頭，聲腔亦絕少雌音"（聶芒種《曲壇野聊齋•方紅寶》）。夢窗即吳文英（1200—1260），字君特，號夢窗，浙江寧波人。著名詞人，詞風深雅。鐵年即符鑄，晚清畫家符翁之子。幼承家學，花卉近徐渭、陳道復，書則融合褚、米，各擅其勝。著有《晚靜廬詩文集》。小山即錢小山（1906—1991），名伯威，字任遠，號小山，江蘇常州人，名山先生長子。

清平樂

四月三十日偕小山、稚柳聽方紅寶梅花鼓詞再賦，并索兩君和。

明朝五月。愁向江城說。何處關山無玉笛。隨例落梅成雪。　　羽衣入破驚誇。繁憂羯鼓能撾。一日須來百遍，此情那為如花。

注：錄自《玉岑遺稿》卷四，1934年作於上海。《金鋼鑽報》1934年10月18日刊載，題作"清平樂•聽梅花大鼓"，有异字。

稚柳即謝稚柳（1910—1997），晚號壯暮翁等。詞人胞弟，書畫名家、古書畫鑒定家。曾任國家文物局全國古代書畫鑒定小組組長、上海書協主席等。著有《敦煌藝術敍錄》《鑒餘雜稿》《壯暮翁詩鈔》等。

柳梢青•和默飛新柳（二首）

試暖風狂，烘煙草醒，春到堪驚。紅索柔枝，赤闌低影，幾日晴陰。　　東皇顔色重勻。問可有、眉雲鬢雲。只恐傷心。斷釵碧玉，塵篋羅裙。

病榻眉顰，天涯亭堠，依舊情牽。誰信沉沉，碧城闌檻，不在人間。　　清明寒食年年。鎮聽過、啼鶯萬千。黃已堪憐。況教綠後，帶雨拖煙。

注：錄自《玉岑遺稿》卷四，1934年作於上海。其二刊載1934年11月18日《金鋼鑽報》，1935年5月14日《武進商報》刊載二首，詞人有記："兩詞成後后，低諷淚下，然以王靜安境界之說繩之，則尚恨其隔也。玉岑記於海上孤鷟室。"

默飛即顧飛（1907—2008），字默飛，上海南匯人，傅雷之表姐。少隨長兄顧佛影習詩。1928年拜黃賓虹爲師，專習山水畫。1933年與陳小翠、馮文鳳、謝月眉等發起成立中國女子書畫會，任教於上海美術專科學校。1940年拜名山先生爲師，習古詩詞。晚年爲上海文史研究館館員。有《顧飛畫集》《梅竹軒詩詞集》行世。

題 畫 詞

(1918—1934)

高陽臺·錢唐陸碧峯為繪《深巷賣花圖》，用成此解

修禊人歸，禁煙天老，江南雨又春城。如水流年，小樓一例關情。杏花本是靈山種，爭向今、也逐餳聲。算匆匆，疏影青帘，搖落前塵。　　小桃詞筆年時孄，便持觴我亦，憔悴微醒。縱不天涯，薄紗世味愁人。新飛燕子何須羨，看如眉、柳也青青。悔今生，多事吟詩，容易傷春。

滿江紅·贈碧峰西湖，即題其《癡雲館填詞圖》

福地洞天，看即在、六橋三竺。應羨煞、年華三絕，生涯萬軸。醉裏揮豪天亦笑，花間顧曲人如玉。算少年、翰墨占風流，人生足。　　廻車路，云胡哭？絕交論，奚為續？說逃名有願，傍君結屋。載酒春澆蘇簡墓，攜筇夜訪林逋鶴。把功名、富貴權拋將，詞場逐。

注：以上二首錄自《武進苕岑社叢編》己未（1919）刊本，又刊載《紉秋軒詞鈔》辛酉（1921）刊本，1918年作於常州寄園。

陸碧峯即陸祖耀（1900—1988），字碧峯，浙江杭州人，與許紫盦為中表。室名癡雲館，師從楊葆光、劉炳照。擅書畫，苕岑社社員。

洞仙歌·題友人《苧羅紀均圖卷》

雙攜鶴背，怪天風吹墮。塵劫華鬘冤謫我。者均蓮作寸，拾唾

成珠，相見了、百計如何得妥。　　黃金虛築屋，夢裏藏嬌，夢醒飄蓬奈都左。欲與問刀環，如此晨辰，拚不嫁、汝南原可。只容易、春闌怕重來，伴燕子斜陽，桃花門鎖。

注：錄自1925年3月23日《新武進報》，有注"謝玉岑舊稿"，1920年作於常州。

高陽臺·題吳觀岱繪《晴窗讀畫圖》

就柳安窗，扶花作檻，丹青幻出瓏玲。邱壑天然，園林也雜仙心。枕流漱石騷人事，況而今、南面書城。這分明，仙吏幽居，璚島蓬瀛。　　牙籤玉軸琳瑯滿，有虎頭家世，廚實奇珍。如此乾壺，臥游不負平生。峨嵋秀色匡廬瀑，看漫空、落下煙雲。算幾時，手把芙蓉，來叩瑤扃。

注：錄自《謝玉岑詩詞書畫集》，1922年作於常州菱溪。詞手迹刊載《華夏美術館藏品選集》第78頁，詞後有識語："調寄《高陽臺》，題奉景炎同社先生疋正。壬戌新秋，武進謝觀虞藕闇倚聲。"

吳觀岱（1862—1929），字觀岱，號觚廬，晚號江南布衣。江蘇無錫人。工書善畫，為"江南四吳"之一。詞人有《墨林新語·吳觀岱》撰文介紹。顧樹炘（1899—1970），字景炎，苔岑社社員。

酹江月·題吳門許盥孚《秦淮酹月圖》

蔥蘢王氣，朦朧烟一勺，秦淮尚碧。淮水東頭霜夜夜，却有舊時明月。折戟沙沉，倚弓屏廢，遺憾姮娥說。女牆紅蘚，怪禽嘷傍吟槭。　　憐他詞客淒涼，酒邊吊古，搔首今何夕。絲竹蒼生前日事，若個渡江人物。長漢風飆，新亭涕淚，并入悲秋筆。畫圖一樣，金甌同願無闕。(用宋人詞語)

注：錄自詞人詞稿，1925年作於常州，刊載《南洋雜誌》1926年第4期。

許盥孚（1898—1939），字盥孚，號半龍，江蘇吳江人，受學於金松岑。南社詩人，著有《靜觀軒詩鈔》《話雨篷叢綴》等。

過秦樓·題秋英會同人合作春花中堂，為英賓兄賦

月洗秋清，燈圍星亞，點筆乍看春展。夢中花片，屏上芳洲，草草東風吹滿。評量兮衂棠欄，何處相逢，舊家池館。鎮煙絲狂舞，殢人嬌鳥，和蜂俱亂。　　應想見、南國靈辰，采蘭人去，未隔瑤臺天半。解佩低聞，勻脂淺笑，陌上歌聲剛緩。便付朱堂留春，碧海終塵，黃金難換。更好天良夜，領取金樽休淺。

注：錄自《玉岑遺稿》卷三，1928年作於上海。刊載1935年5月22日《武進商報》，詞牌"惜餘春慢"。

英賓即汪英賓（1897—1971），字震西，安徽人。吳昌碩入室弟子。畢業於美國密蘇里大學新聞學院，回國後任上海南方大學報學系主任、《時事報》總經理等職。"文革"期間，被迫害致死。

水龍吟·允甫出示所繪安石榴大幀，屬為倚聲

晚煙吹散閒庭，輕紅簾薄因人啟。明珠百琲，朱嫣翠裏，十分紈綺。沈醉仙源，靈槎歸路，當年應記。只高樓西北，海波休舞，更不用，鮫人淚。　　羨說徐郎才地。染丹青、天池清麗。夢中綵筆，分明餞葉，朝雲曾寄。金谷瑤情，幾番淺笑，春風又起。便謝階、我亦題詩慚愧，要羅囊繫。

注：錄自《玉岑遺稿》卷三，1928年作於上海。《馬萬里畫集》（廣西美術出版社2013年版）收入此詞，詞後有云："允甫道

兄屬題安石榴直幅，調寄《水龍吟》。戊辰清明，弟謝覲虞並書於挐雲閣中。"圖右側上至下，詞人隸書填詞。圖左側從上至下有題款："乙丑新春閉戶避兵寫此遣悶。挐雲閣主允甫馬瑞圖。"

清平樂·題畫薔薇

暖雲十丈。醉裏相偎傍。水樣流年花錦樣。絆住東風休放。　羅窗幾日陰晴。恩恩後約消沉。原恨黃金笑靨，當年不識街塵。（玉溪詩："十丈紅薔擁翠筠，羅窗不識繞街塵。"）

清平樂·題畫菊

鬢邊香逗。影疊屏山繡。霜飽花腴人病酒，依約華燈時候。　題糕俊約誰提。遙烽雁字都稀。笑語相逢江海，可能盈袖同歸。

浣溪紗·題畫雁來紅、拒霜、秋葵

沉醉西風倚綠幢。砑羅慵試道家裝。幾時來伴水仙王。　鴨腳已遮雲外路，雁書新遞葉邊霜。芙蓉江上是斜陽。

點絳唇·題畫雁來紅、葵

金井秋梧，啼枯絡緯檀心冷。羅衫猶凭。只覺眉黃褪。　酒畔當年，誰把珊瑚贈。多應省。雁邊芳訊。歸約全無準。

注：以上四首錄自《玉岑遺稿》卷三，1928年作於上海。1928年10月8日《武進商報》刊載，詞人觀上海秋英會畫展而作。

阮郎歸·題公展畫菊

茱萸誰宴最高樓。籬邊月似鉤。帶鸞舞罷乍回眸。雲英不解愁。　盈素袖，滿金甌。俊遊人在否。荻花楓葉晚颼颼。潯陽江上秋。（粉帶、雲英、楓葉蘆花，皆菊名也。）

注：錄自1928年10月25日《武進商報》，1928年作於上海。

公展即謝公展（1885—1940），江蘇丹徒人。曾任多所美術專科學校教授。1929年與鄭午昌、王偉等創建蜜蜂畫社。善花鳥魚蟲，尤工畫菊，有"謝家菊"之稱。

鷓鴣天·題畫菊

佳節如雲酒似泉。晚妝扶起夕陽邊。幽花底事新來瘦，寂寞西風不上簾。　　簪素月，貼金鈿。好收景色入秋奩。相看只恐還疑醉，側帽清狂又十年。

注：錄自雲南典藏拍賣集團有限公司2005春季藝術品拍賣會第347號"謝公展 菊花 立軸 設色紙本"。該畫右上角謝公展抄錄此詞，並識語："寫玉岑《鷓鴣天》詞意，謝公展"，據此知為詞人作品，詞作時間不明。

水龍吟·題曼青畫柳蓼吟蟬直幅，為微波閣主賦

仙雲吹散芳洲，夢痕又逐楊絲起。闌干幾處，斜陽未褪，晚蟬猶沸。舞後眉嚬，尊前親見，歸舟何未。只一般疏俊，十分延竚，秋已占，珠簾底。　　漫憶水晶雙枕，換憑高、遙岑凝睇。隔江聽雨，芙蓉開到，無人尋地。縱有天涯，也應悔不，相思恣意。況淺波一抹，鎮催寒蓼，作離人淚。

注：錄自《玉岑遺稿》卷三，1930年作於上海。

曼青即鄭曼青。微波閣主即王春渠，微波閣，其書齋名。

憶蘿月·題畫玉簪、牽牛

微風開了。牆角花叢小。露淨霜嫣秋正好。庭院幾人曾到。　　薄

蟬雲鬢瓏玲。水晶雙枕縱橫。臥看天階夜色，何如昨夜星辰。

注：錄自《玉岑遺稿》卷三，約1930年作於上海。

憶秦娥•題畫蘭、玉簪

風細細。如夢如烟情味。玉作釵梁香結佩。背人初綰髻。　　何處秋江無際。剩有燭兒窺淚。弄粉調脂都不會。芳馨緘欲寄。

注：錄自《玉岑遺稿》卷三，約1930年作於上海。按詞之字句律，詞牌應作"謁金門"。

清商怨•題畫秋海棠

淒馨微動露腳眩。盪秋魂一半。試搯臙脂，是他紅淚染。　　愁風愁雨合滿。護煙綃、晚霞剛展。誤了春晴，綠肥簾乍捲。

注：錄自《玉岑遺稿》卷三，約1930年作於上海。

浣溪紗•題天匠夜窗直幅

如水閒庭怯晚涼。簾波雲影鎮微茫。背人開了夜來香。　　牆外似聞銀作浦，釵邊倘見玉為梁。小屏山遠夢橫塘。

注：錄自《玉岑遺稿》卷三，1930年作於上海，刊載《詞學季刊》1935年第2卷第4號。1930年3月21日《蜜蜂》刊載此詞，題作"浣溪沙•題曼青夜窗畫幀"。1931年2月14日夏承燾《天風閣學詞日記》評云："風光綺媚，如其為人。"

浣溪紗•題大千居士仿戴鷹阿浮槎圖（二首）

萬里逃空一葉輕。秋來長往謝家心。（原題詩有"謝家心"語。）何須歸路問君平。　　賸水未遮南望眼，浮雲猶送北來陰。西風紙上不平聲。

鑿空居夷欲奈何。近憐槎路亦風波。月帔星佩滯銀河。　　密約故箋消鯽墨，空杼斷錦擲龍梭。相思薄倖兩蹉跎。

注：錄自《玉岑遺稿》卷四，1933年作於上海。

戴鷹阿，即戴本孝（1621—1691），字務旃，安徽黃山人。一生不仕，以布衣隱居鷹阿山，故別號鷹阿山樵。性喜交遊，善畫山水。

浣溪紗·題巫峽清秋

井絡高秋隱夕暉。片帆處處憶猿啼。有田誰道不思歸。　　白帝彩雲天百折，黃牛濁浪路三迷。音書人事近來疑。

注：錄自《玉岑遺稿》卷四，1933年作於上海，又見詞人詞稿。詞原迹亦見張大千1928年作品，今藏四川博物館。

浣溪紗·題擁髻美人

偷試盤龍舊日妝。舞衫歌扇出空箱。惱人絃索在東牆。　　春事本同雲水幻，此情可許地天長。為他一日百思量。

西江月·題華山雲海

到此欲驕日月，回頭又失蓬萊。秋風吹出井蓮開。何處長安塵壒。　　雪下玉龍遊戲，月中青女徘徊。眼前憶著錦江來。今古浮雲玉壘。

謁金門·題大千作團扇仕女

風漸煖。只覺起來能倦。飛絮落花春不管。瑤階濃綠換。　　小扇羅紈羞展。雙鳳檀槽爭按。誰說佳期天樣遠。量愁天更短。

注：以上三首錄自《玉岑遺稿》卷四，1933或1934年作於上

海，又見詞人詞稿。

秋蕊香·介子屬題時敏夫人菊花橫幅

弄碧調朱能夠。詠絮吾家原負。莫言容易染秋光，拋了鴛鴦未繡。　柴桑羨說長廝守。祝花壽。醉人肯使教人瘦。簾外西風如酒。

注：錄自1935年5月15日《武進商報》，詞作時間不詳。

浣溪紗·題丹林《紅樹室圖》

賸綵金刀剪未曾。花枝紅豔舊時聞。看翻蜀錦惱行雲。　張翰鱸魚江上賤，劉晨靈藥洞邊輕。秋風消盡少年心。

注：錄自《詞學季刊》1935年第2卷第4號，《晶報》1935年5月26日刊載，詞作時間不詳。

丹林即陸丹林。"紅樹室"為其室名。

月下笛（玉田生體）·題吳湖帆藏《董美人誌》海內第一拓本

吹老巫雲，餘芳誰道，墨華猶護。銀鉤字畫，認取哀蟬漢廷賦。梁臺魯殿匆匆去。歎六代、繁華似露。只夜涼鈿合，女牛能說，當年私語。　終古。垂楊暮。付金盌飄零，滄波三土。哀絃怨柱。斷琴千面何處？年年草綠隋堤道，問裼後、裙鷲可舞？要綵筆、補甘泉，更貌姍姍倩步。

注：玉田生即張炎（1248—1320），字叔夏，號玉田。浙江臨安人，南宋初名將張浚六世孫。《董美人誌》，全稱《美人董氏墓誌銘》，是隋文帝四子楊秀為其愛妃董美人親自所作墓誌銘，書體小楷。吳湖帆所藏為原拓本。吳湖帆（1894—1968），字東莊，號倩庵，書畫署名湖帆。蘇州人，近代書畫大家。

摸魚兒·《紅葉館填詞圖》，為錢二南丈賦

剪金刀、霜天剩綵，酡顏看映如許。斜陽釀出秋江味，中有詩人舊句。聞雁語。可說着、家園烏桕村邊路。清商換譜。只三徑雲荒，五噫歌冷，屈指動悽楚。　　春來事，過了匆匆原誤。煙迷一夕千樹。洛陽柱妒花如錦，都付銅駝塵土。風莫舞。便醉眼、能看殘劫何曾住？江南重賦。對戍角寒鴉，幾家鞍馬，驚繫鳳凰柱。

注：以上二首錄自呂學端輯《謝玉岑集外佚詩遺文》，未注明出處。其一《月下笛》，又見上海圖書館所藏鈔本《襲美集》。

錢二南（1869—1950），字仲良，號梁溪老漁、二南，江蘇無錫人。擅詩詞書畫，齋名"紅葉詞館"。

清平樂·題山水便面

雲戀清峭。雲散天雞叫。五嶽夢中新畫稿。此處合留鸞嘯。　　春歸鶯老花殘。客來鶴怨猿訕。莫信袖藏東海，而今海水都乾。

注：錄自詞人詞稿，詞作時間不詳。詞後有記："舊詞錄奉歟珡吾兄拍正，藕龕"。

浣溪紗·湖帆為季遷畫《溪山環抱圖》

妙筆如仙抗麓臺。溪山無盡鏡奩開。天衣剛稱五雲裁。　　畫裏四時爭草木，眼前半壁足塵埃。閑身應辦釣竿來。

注：錄自北京寶瑞盈國際拍賣有限公司2012秋季藝術品拍賣會第488號"1933年作 溪山環抱圖卷 手卷 設色紙本"，詞後識語：《浣溪紗》，題奉季遷先生拍正。玉岑居士"，1933年作於上海。

王季遷（1906—2003），字選青，別署王千、己千、紀千。蘇州東山人，書畫收藏大家。

好事近（二首）

　　來往老煙波，歌警魚龍成節。夢醒一舟蓑笠，正夜潮噴雪。　百年惟有醉鄉寬，照眼洗明月。月是秦時顏色，奈匈奴未滅。

　　舊曲衹滄浪，何處濯纓人識。仿佛空江煙語，沒飛鴻霜跡。　江東近說酒人稀，欲渡恨無策。縱有明朝風雨，轉蓬自聽得。

　　漁父詞兩闋，和朱希真韻，題大千居士所藏唐六如墨蹟。居士臨六如滄浪圖卷，極能相似，故並贈之。玉岑謝覲虞，壬申歲闌。

　　注：錄自北京榮寶拍賣有限公司第68期拍賣會（2010）第464號"張大千臨唐寅《醉漁圖》"，1932年作於上海。

卷三 文

(三十三篇,1918—1934)

周頌秦權室文

暮春致友人書

　　數聲謝豹，催殘南國之春；一片鷓鴣，落盡梨花之雨。光陰過客，歲叙逼人。廿四番風，早又暮春時節。天涯草綠，人面桃空。紅消香斷，難回倩女之魂；殘月曉風，誰唱屯田之曲。繁華消歇，能不慨然。僕傷春獨臥，小病經旬。怕聽門外錫簫，莫解胸頭愁緒。然而碧城雖老，好日無多；紫陌尚新，遊情可縱。故□約同人，聯茲蠟屐。叙人生之樂事，挹未盡之春光。甕頭有酒，何必金谷之尊；開門即山，盡是錦囊之料。吳峰越水，摘江南風景精英；撫古吊今，壯我輩猖狂本色。執事風流豪放，同是解人。勞卿行趾，其來上賈島之驢；覆我佳音，幸毋忘子卿之鴈。

徵同人東林看鞠小簡

　　某啓：清飆朗月，佳日如斯；老圃疏籬，秋容幾許。念昔人白衣送酒，詩成瘦蝶風前；翠屐尋花，雨濕印龜岸上。我輩鍾情，豈容寡興。則有東林禪寺，去寄園里許。二梵花宮，便是晉家之精舍；九秋菊事，爭推魯國之靈光。蓋青鴛白馬之場，擅舞鳳儀鸞之美。今者聞風莖月朵，降仙已滿銀臺；雲布星羅，選色渾同金屋。故某徧招同儕，訪此花神。雲淨山塘，消受茲芒鞋布襪；波清水郭，敝屣他紅蓼青蘆。得句揮豪，試泛蘭英於戶牖；開樽暖酒，還燒紅葉於山廚。來即悠然，醉堪頹倒。飄飄神往，豈讓淵明籬下之高風；姍姍來遲，或有思訓夢中之粲者。君等煙霞適意，風雅縈心，凡此狂遊，定獲同志。惟望棹移夜月，乘興而來；莫教簾捲西風，與花同瘦。是為啓。虞再拜。

致姑蘇友人告至鄧尉書

僕平生愛梅，以為梅冷且秀，其佳處自在軟紅之外，不當與塵俗同論。而古來詠梅者，徒與羣卉爭一字之褒貶，豈梅花知己？然恨才拙不能為廣平一賦，遂同具《離騷》之憾。迨後讀袁中郎"國色名花世豈少，祇緣無此秀丰神"句，不禁拜倒，以為言我欲言，真知林家娘子者，而僕亦遂可不作矣。今者有客自鄧尉歸，言羣玉山頭，早已雪堆開滿，冷香幽韻，迴非人世間所有。頓憶素好，不禁斫然。因擬於□三日艤小舟，至姑蘇城外，然後雇一蹇驢載風雪、攜酒榼以去。倘日暮酒酣，興猶未已，則當趁素璧初上，放腳即樹下以眠，月明林下，斷不敢希羅浮之遇，唐突仙人。第恨不能學放翁，化身萬億，一樹梅花一玉岑耳。足下聞之，得毋嗤其愚否？鄧尉歸舟，或當便訪姑蘇，一攬三吳秀色，間叩高軒，覓幽人清話，不知閣下肯為徐孺子下榻否？無忽此日。虞頓首。

注：以上三文錄自1918年11月13日武進《晨鐘報》，署名"玉岑謝覲虞"，1918年作於常州寄園。其一作於暮春，有一處缺字，以"□"代之。其二、三作於秋。此三文為今所搜集先生發表的最早文稿，可領略其弱冠時的性情。尤其三，難怪后人譽其"梅仙"。

新建梅花吟社小引

空山落葉，三更掛月之村；古樹苔花，一抹凍雲之地。冰痕剛碎，種玉誰記前身？泉影飛來，問鶴難言舊事。時則青陽節轉，綠萼仙來，香霧鋪庭，輕綃剪綵。石闌浸月，橫斜竹外之枝；寒磬敲雲，明滅山中之夢。讀籬落水邊之畫，冷艷堪餐；入殘鐘斷角之天，吟魂欲化。於是藤杖倚雪，桐帽簪花。弄影而鴉嘴徂來，織字則龍鋤飛去。吹碎一枝玉笛，李薯曾偷；撫來滿樹雲羅，放翁合化。金尊臥倒，林間翠袂如聞；玉宇闌寒，天半羽衣亦笑。更招勝侶，遣茲良宵。入坐欽斷金之朋，高詠發聯珠之唱。推敲門外，立損蒼苔；斟酌心頭，刻殘綠蠟。風簾銀燭，妝痕寫上筠窗；冰鏡瑤釵，雪魄招從花管。筆再呵其墨凍，琴三弄而春穌。鬥綠醑以飛聲，走紅牋則吟閱。春雲繞盌，仙露淋豪。探古搜奇，無詩不瘦；裁霞嚼雪，有句皆香。是直皷將東閣豪情，催作北枝開放也矣。客有感夫鴻爪雪泥，者番合記；雞鳴風雨，今日何時。借寒花鍊冰雪聰明，惟松柏知歲寒心事。廼聯吟社，并剌芳名。寫冷趣於半天，傳風騷之一脉。素心同抱，舊雨無嫌；古調堪彈，焦桐自賞。松陵盛昔，敢希作者之風；節操標今，願儷君子之末。繁華易歇，恐姹紫之先零；山澤頤光，祝冰姿之無恙。

虞也敢言舞蔗，實愧濫竽。喤引強成，蛙鳴欲廢。恐後者驚為陳迹，披鷳頭留鄧尉之圖（鄧春澍先生為繪《梅花結社圖卷》）；倘天涯願受斯盟，執牛耳來葵邱之會。

注：錄自呂學端輯《謝玉岑集外佚詩遺文》，未注明出處，1918年作於常州。此年先生與鄧春澍、唐玉虬、錢煒卿等六七人組建梅花吟社。

哭許佛迦文

孟冬中旬，佛迦死且二十日，其中表陸子碧峰始以其噩音來告。又越十日，謝子乃揮淚抽管為文以哀之，而使巫陽招焉，曰：嗚呼！君果死邪，君果奚為而死也？碧峰之書則以君為不遇鬱鬱而卒，君竟死於不遇鬱鬱乎？不遇鬱鬱之足以死人哉？嗚呼傷矣！君好禮多才思，尤敏於事。平素有大志，日常念陸沈之無日，民生之不得安也。怒然有漆室之歎，嫠婦之悲。及念天下治亂，繫乎有人，則又慨然有舞劍聞雞、挽戈揮日之思。顧視夫天下貧病，倉廩空虛，知為國不能作無米之炊；於是決然以理財為急，獨致力於夷吾管氏之書，而益多用世之想矣。君以甲寅入商校，丙辰夏業卒，學成而出，急欲有所表襮，遂悉調平日所慮得失及郡國利病成萬言，手長書而叩當事之門。顧時方尚勢利、重閥閱，輕新進之士，以少年短經驗，不得用。丁巳留春申半年，終不得志，欲北游燕魏，列抵諸侯，以親老不敢遠遊而止，怏怏返浙。今春有裘禹銘者，君與余之同學也，亦以濁世憤不得用，自山陰走西子湖靈隱為僧。君知之，與江陰陳玉書勉勸之歸。君貽書予曰："多才如裘子，尚以不得用而依古佛，甯不令人短氣。然事真不可為，吾亦且閉戶填詞終歟！"書中辭意多抑塞，似不能盡曉。然讀其詞則又惻豔纏綿，在綠肥紅瘦之間，殆屈靈均牢騷憔悴之思，一寓之美人香草者邪。予因為書力慰之，而舉《易》"遯世無悶"及《孟子》"養氣"之說，以廣其意焉，并曰："士君子讀書明理，貴乎守道，是以合則用，舍則藏，無所強也。今日何日，非君子固窮之時乎，非舍則藏之時乎？何為戚戚乎，錙銖進退，顧效卞和之愚，兩刖足不悟，尚抱玉痛哭也。且時事信不可為，吾輩亦當求心之所安。君處武林之勝，春秋多佳日，正可學韓王載酒騎驢，逍遙湖上，迎青山而送白日。以樂觀當時，又何為自苦多愁也。"乃此書去尚未得覆，而君已長辭，使下走之言終未克獲益於故友。而天下抱不遇之感，與君有同病之悲如裘子者，且當為君涕泣傷心而無已矣。嗟呼！世風之微久矣。小人突梯、脂韋之徒，競媚趨進，糞壤充幃，既不知人世有羞恥事。而士君子抱卓識，走山林，不肯喔咿嚅唲以與雞鶩爭食而受物之汶汶者，又憂傷憔悴，不得為《易》之"無悶"，為《孟子》之"養氣"，終且以鬱鬱損其天年，是又悲不勝悲者也。雖然，君誠古之人矣，君事親孝，與人謀忠，見有貧苦流離者，則惻隱之情見乎顏表。每以好理人事為同列詬病，目之曰痴。顧君終不懈，曰："吾盡吾心，詬何足慮？且痴名亦大不惡。"君先娶吳，早死，君深悼之，故劍之思，未嘗一日去懷，有王維三十年不娶之意。然君單傳，吳無出，不能無續，於前歲重婚於姚，非君願也。然君死竟無嗣，傷矣！故夫就君之才與德觀之，使君不死，其他日所到，甯可限量？且君能不負父母，不負朋友，不負妻孥，即知君他日之能不負天下也。今日之人誰有心肝，視天下國家如越人視秦人之肥瘠，途窮日暮，逆施倒行，其視君之不負良心者能不愧死也耶，能不愧死也邪！

予與君交四年，別一年，四年之交不可復續，一年之別，遂爾千秋，天長地久。誰謂與君交祇四年之短，而別如是之長也，嗚呼！他日重過滬江，訪舊時遊跡，黃公爐在，邈矣山河。再欲與君登酒家樓，望黃歇浦，酒酣而賦四聲，快意而談得失，朝聽潮而夕聽雨者，自非夢中，豈可復得也？君去千年，我思終古，君亦果何以為情哉？君擅倚聲，詞雖不逮古作者，然其合者亦庶幾入宋人之室矣。君今已死，不知其家人知為之珍藏護惜否耶。則佛迦雖夭不夭，雖死不死，當於此一編遺草卜之矣。雖然，陵谷遷矣，昨白雲而今蒼狗，世事之變幻有不可測如今日者乎？則天下且未可知，吾又安能為一故人悲哉，吾又安能為故人之零星翰墨悲哉？嗚呼傷矣！

注：錄自1918年12月14日武進《晨鐘報》，1918年作於常州寄園。許佛迦係先生讀上海商校同窗三年，交友四年的同學，不幸早年離世。

代徵懷瑜館詩詞題詠（謝玉岑、陸碧峰同啓）

是書為杭州名士許子安遺著，其自稱懷瑜館者，蓋懷其夫人吳瑜璧君而名也。孫子荊"情生於文，文生於情"，殆無以過之。今同人擬付梨棗，而以為不可不代徵一言以垂不朽。倘承海內文豪閨秀不吝珠玉，無論詩詞歌賦序跋等，均所歡迎，一月截卷。寄常州東門白家橋錢祥生交謝玉岑收，來卷務求真名姓，用別號不收。是啓。

注：錄自1918年12月30日武進《晨鐘報》，1918年12月14日作於常州寄園。

吳劍門先生詩集序

　　蓋聞戴盆仰望，寧覩七曜之光明；引領暫闚，詎識重淵之奇怪。管中觀豹，空道斑斕；馬上看山，不知項背。火齊木難，豈貧士所能名？龍鬻覼裘，語裸民而莫喻。則觀虞遑敢論先生之詩哉！先生三生詞隱，一代清才。家住江南，花月夙鍾靈秀；名傳冀北，宮商久擅篇章。蓋當終、賈之年，已挺機、雲之質。以烏衣之門第，號黃絹之才人。可詩齋頭，仲瑛千吟自富；讀書臺下，昭明萬卷曾窮。五色吞雲，映日而腸胃之文可見；三篇唾地，詩成而金石之聲欲流。而況雅致風騷，緣情綺靡。玉臺體豔，寫麗句以催粧；金屋念賒，譜香詞而紀韻。雕瓊鏤玉，自呼則翡翠蘭苕（有《蘭苕翡翠盦文》）；刻翠剪紅，婢倚則曉風楊柳。虎僕之銀豪舞處，鸞牋之麝墨爭飛。握靈蛇逕寸之珠，作清角一聲之奏，此先生之才調自高也。至夫躢躋行程，驅車遊戲。天涯芳草，千里王孫；古驛西風，一鞭殘照。則久倦著書於仰屋，遂思遊覽以肆情。於是之楚而鸚鵡藏騷，適粵則荔枝停棹。巫雲一賦，求詞客於郢中；黃鶴千年，悵仙人於漢浦。晴川秋好，尋琴上伯氏之臺；易水風寒，提劍入荊卿之市。攬轡過黃金臺下，釃酒而吊昭王；看花遊朱李泉頭，把卷獨憐吳質。北窮漠北，壯吟懷於金戈鐵馬之場；南極越南，挹詩思於綠水青山之所。虎嶂是夷國往來之地，感此淒涼；燕雲為英雄馳逐之區，助其磊落。攀山蠟屐，幽峻必登；蹋水褰衣，凌雲在望。蟲魚萬化，探奇則句滿囊中；蒼翠千重，寫景則烟生腕底。陸龜蒙筆牀茶竈，常隨行李而行；杜少陵玉壘浮雲，更慨古今之變。此又先生胸次之豪，遊蹤之廣也。史遷汗漫，文發天下之奇；張說謫遷，詩得江山之助。迨夫茂陵遊倦，彭澤人歸。句復耽佳，老當益壯。創為高格，掃兒女之繁聲；陶寫性靈，歸織穠於平澹。白傅從情苗流出，張郎是花骨裁成。合是詩人，細雨騎驢之客；欲知歸處，扁舟黃葉之村。然而工部家貧，維摩多病。兼之神亡虛鑑，眼喪青矑。月已藏雲，花真隱霧。觀者咸謂其豪華久慣，憔悴何堪。廼先生盲目而不盲心，謀道而不謀食。塞翁失馬，憂樂何關；師曠喪明，音樂倍進。儘容高臥，北窗之歲月方長；何損豪情，東閣之梅花無恙。得句則乞妻代錄，蝴蝶夢清；當歌而命子相扶，杏花客醉。柴門剝啄，高譚來風雨故人；竹舍幽閑，結社召月泉勝侶。銅缽擊處，聯成唱玉之歌；青鳥銜來，半入題襟之集。新詩僧和，籠寺壁之紗；短曲伎謳，貰旗亭之酒。三十功名已去，忍重題彈鋏吹簫；一生狂態依然，肯孤負琴心劍膽（有《劍膽詞》）。人非賣藥，婦女皆識韓康；鼓辨回撾，舟次盡驚王應。此宜其陳芳國裏，生喚詩王；香山座中，群推教主。斲削者衆，而班狄擅絕手之名；援琴者多，而夔襄專清聲之號也。況也黃鐘瓦缶，斯文疲喪難言；白雪陽春，古調不彈已久。即有妄譯風雅，亦多郎官宓獵之羞；忍教技絕華陽，誰續亭下《廣陵》之散。則先生一編大集，直撥秦灰於垂燼，扶大廈於將傾。巋然魯國靈光，允矣後生泰斗。又豈特軼徐淩庾，吐沈含任，奴僕《選》《騷》，衙官屈、宋而已哉！

觀虞獻庭堅之桂，幼拜先生；趨孔鯉之庭，夙欽父執。然往溯珮韘嬉戲之日，實負家禽對客之誇。何意身異門人，每傍琴尊之座；聲慚雛鳳，辱頒珠玉之辭。茲以高弟唐肯企林輯先生先後詩刊木，更蒙命序，敢辭讕語？謹述生平。市上之《呂覽》既懸，席次之蔗竿寧舞。嗟夫！詩葉長流，禪鐙自續。貴洛陽之紙，行當看海內爭鈔；寶帳裏之篇，恨不得枕中獨祕。我愧百年手澤，鑿楹多未讀之書；公看一瓣心香，即此是可傳之缽。

注：錄自《玉岑遺稿》卷一，1918年作於常州寄園。《武進苕岑社叢編·同岑文選》下冊戊午（1918）創刊本收入此文，題作"姨丈吳劍門先生詩集後序"。這是先生為姨丈吳放《劍門詩集》作的後序，刊於卷末。該序落款"歲在著雍敦牂涂月，姨甥玉岑謝覲虞謹拜撰"，作於戊午十二月，時先生二十歲。《劍門詩集》已收入

《民國詩集叢刊》第一編第五十四冊。

唐肯（1876—1950），字企林。早年從吳劍門遊，後就讀日本中央大學法律科，加入同盟會。回國後歷任河北、江蘇等地縣知事，為民眾辦好事不少，尤重視文化教育，且親編教材。能詩善文，工書畫，精鑒賞，富收藏。曾與李叔同合演話劇《茶花女》，分飾男、女主角，一時傳為佳話。

上父執高少卿大令書

蓋聞貴賤死生，交情乃見；吊憂慶喜，昔人所難。是以闤闠之喻，拾子解釋於田文；葛練之裙，到概懷慚於劉竣。寒暄辭好，空盟白水以旌心；雅素交殘，誰撫諸孤而下泣。人心翻覆，信古如斯；世路險巇，況今叔季。何意先生懷羊舌之仁，哀任昉之子。赤貧勞念，辱掛魚書；紫石遠頒，累分鶴俸。遂使吹同竹管，寒谷之禾黍皆溫；潤等西江，涸轍之枯鱗得活。延陵掛劍，不負徐君；右宰陳觴，終賴成子。玉牒書良朋之道，斗南同仰高風；金蘭成先父之明，地下亦呼知己。信夫義可薄於雲天，誼不渝於霜雪也矣！先生北海鳴琴，閭邱製錦。潘岳河陽桃李，自有春風；召公陝服甘棠，合留美蔭。錢塘一葉，蒲邑三稱。行見喬木鶯遷，天池鵬展。三年底績，天下稱劍客為冠；一等選升，循吏入竇融之薦。迢遞雲山之仰，欽遲金玉之姿。

觀虞弱冠無才，髫齡失怙。一生孤露，風飆驚黃口之年；三逕荒涼，身世感烏衣之舊。加之咸陽發炬，楹內書焚；新宮告災，滎陽宅熸。聊租小屋，等於越舲；吟對青山，誰知遠志。衡門有草，曲突無煙。然而陋巷一瓢，琴歌未改；茂陵四壁，詞賦依然。三年願讀父書，百世期繩祖武。重闈猶健，喜忘憂萱堂後之花；幼弟堪偕，借春草夢池塘之句。就商肯同於陸績，負米聊愧於曾參。至夫三年海上，負笈而遊；一月燕臺，攬轡以過。終以世味齷齪，憐鷦寄之難安；風雨飄零，傷雞鳴之欲絕。遂仍返旆歸來，閉門戢影。依憑緗帙，致志篇章。謁楊震於關西，立程門之夜雪。螢窗雪牖，敢忘刺股之勞？閱史披經，務以鉤玄為念。陋如駑馬，猶當奮十駕之勤；鈍比鉛刀，方期淬一割之用。而況金人淚墮，天下如斯；銅狄塵迷，人間何世。興懷飛虎，欲登祖逖之舟；聽到荒雞，每舞劉琨之劍。凡茲肝膽，敢瀆融明。素紙易窮，丹忱不盡。所念滋蘭九畹，紉佩永在茲心；銜玉雙環，報恩期于何日？劇憐解縶，未拜荀昴之華堂；翹首秫生，猶乞山公之啟事。

注：錄自《玉岑遺稿》卷一，1919年作於常州寄園，以署名"觀虞"刊載1919年3月18、19、20日武進《晨鐘報》。此文敘述了先生弱冠之前的悲歡生平，也反映了其當時的世界觀，對研究其一生具有重要的參考價值。

高少卿，生平不詳，與先生之父親謝仁湛有金蘭之交。

糜家塘塾師毛某恨史序

蓋聞踰牆穿穴，登徒子有好色之名；濮上桑間，衛宣姜有宣淫之號。南國射人之蜮，《洪範》實書；中冓有茨之牆，風人所刺。故凡鳳凰之曲，芍藥之詩，跡雖近於風流，理實關於名教。塾師毛某者，方干後世，羅隱前身。倚馬千言，却少驚人之貌；求凰一曲，偏多療渴之方。曼倩工偷，陽侯善竊。且也不見絕於鄭畋之女，遂欲為羅氏之夫。郎君有援琴之挑，女子無投梭之拒。蓋自此而西廂明月，夜夜長圓矣。然其振木鐸於三家村，於今二載；掌教刑為羣小長，已近三秋。宋玉憐香，正則有風流之弟子；鬼谷多術，張儀原詭譎之門人。於是感陌上之花開，羨樓頭之春暖。暗中摸索，翹高足以為步趨；月下微行，叩玉扉而傳謦欬。夫子既為私覿，顏回亦且拾塵。莫逆於心，相視而笑。傳竊玉之衣缽，作偷香之袂襟。駕已等乎齊驅，事豈同乎聚麀。及夫好事多磨，彩雲易散。投木瓜於牆外，誤中阿婆；脫犢褌於齋中，却驚童子。閨闈不飭，巫山之雲雨方濃；鄰里多言，黑海之風波驟起。則下逐客令於糜邑，兒女情長；作城下盟於東青，英雄氣短。遂使悼鴛鴦之夢破，風雨長離；嗟鸚鵡之分飛，音容隔世。書空多恨，援翰寫愁，成塾師《恨史》一卷，遠示鄙人，并索弁語。

嗟乎！世維不張，人心失古。奈何螺蜮之譏，出諸衣冠之士。且也老馬十歲，猶號騮駒；一妻耳順，尚呼娘子。視哀駘佗離而目亂，與逢頭攣耳而魂消。儻言道德，固見絕於孔聖人；即詡風華，且遺譏於楚大夫。能不言之齒冷，聞焉絕纓者耶？所念過不憚改，言善當從。自此思易色之言，以制心為戒。學楊秉之不惑，師顏叔之有節。庶幾不遠而復，沈溺無多。則凡此卮言，敢當棒喝。自愧琉璃硯匣，我非作序徐陵；猶希滄海年華，君懺作情元相。

注：錄自1919年5月29、30日武進《晨鐘報》，1919年作於常州寄園。署名"蓮花侍者"，乃先生成婚前後發表詩文署名之一。

祭玉虹樓費公文

烏虖！太玄人去，荒涼楊子之亭；魯國風微，寂寞靈光之殿。桑田滄海，浩劫讖於魚羊；身否道窮，君子化為猿鶴。晨星渺矣，安式典型？碩果不存，永嗟耆舊。維靈王謝風儀，斗牛靈秀。觿辰玉映，蘭筋卜驥足之騰驤；綺歲蘭芬，駒齒決龍文之遠到。少陵熟精《選》理，青蓮本是仙才。五言驚座，紫豪挾風雨飛狂；十歲裁詩，丹穴訝鳳皇聲脆。蓋早已體擅長城，人欽雄伯。而況孔融客滿，李膺門高。陳家孺子，巷多長者之車；許氏汝南，月旦文章之士。結璜珩以贈友，流河潤而周貧。腦滿腸肥，壯士高歌之會；黃金白璧，少年結客之場。是又禮緣義起，薄富貴於浮雲；文以情生，憫孤寒於一體。萬間廈廣，何求照白水之心？一葉陰濃，或已干青雲而上者矣！若廼弱冠早舉秀士，壯歲遂登賢書。故及平津閣敵，志士乘時；碣石宮開，才人委贄。則方謂淩雲賦好，九霄傳封禪之文；三月榜開，一日騁看花之騎。何意寬裳博帶，空淹谷子之九經；黃紙紅綾，難換鄭虔之三絕。長安米貴，一時喧春草之吟；鐵硯無靈，千佛缺名經之記。於斯時也，業已歎時運不齊，文章憎命矣。及夫把一麾於江海，期百里以弦歌。聽鼓應官，大才小試。然而瀟湘南浦，誰憐作宰之難；不如蘿薜北山，竟作遂初之賦。我之懷矣，世豈知之。乃念道德如雲龍之莫測，人文具黼黻之神功。不乘萬里之風，合闡百家之奧。藜羹五鼎，遂隱几以著書；矮紙斜行，思構亭而撰述。丹鉛萬卷，書城勝南面之榮；黃閣十年，宰相笑春明之幻。蓋凡竹書匏史，《八索》《九丘》，山海草木之奇，金石蟲魚之祕。銀編玉字，火搜蝌蚪之文；禹碣堯碑，藻耀龍鸞之冊。無不詳加披輯，曲與證明。辨子夏之三豕，飽齊王之千蹢。青州世子，能識女郎；藍田玉人，獨知冠幘。可謂博矣，詎不猗歟！更也陽冰稱倉頡後身，曹喜好務光書法。體精大小，求篆籀之源；藝盡古今，窮漢秦之邃。吳季子之觀樂，寓曲直於銀豪；張長史之會心，悟低昂於舞劍。池波盡黑，退筆成山。鰲頭肆《碧落》之奇，蠆尾擅《黃庭》之格。一時冠冕，群稱太湖精靈；三昧優遊，自識烏巾處士。洵乎崔元伯是當代模楷，胡孔明為一邦絕妙矣！嗟乎四海淪胥，微言放失。爭鳴衆喙，競異國之驢唇；敞屣斯文，嗤故家之龍爪。青緗赤軸，傷同秦政之焚灰；烏琢雞碑，泣共金人而辭漢。雞鳴欲絕，誰憐風雨晦冥；鳳軫難調，行見《廣陵》散絕。則方期虎賁入座，永睹遺型；西蜀造車，能言奇字。摩挲銅狄，指末學之南針；嚢鑠是翁，高人間之北斗。彌縫絕業，倒挽狂瀾。而孰知逝水不留，東暉云宴。哲人木壞，名士山青。《潭帖》今在，思江左而神傷；《繁露》書存，睇山河而淚下。

　　烏虖悲矣！觀虞通家舊好，久懷孔李之情；姻婭新聯，更列葭莩之末。蓋生小似翁之雛鳳，便王郎卿婿之閨人。每述殷情，因聞舊事。知憐道韞，揚謝傅之齒牙；言愧茂漪，負鍾公之筆法。他日羊曇門外，花樹成醉後之春；此時臧質堂前，絲竹盡傷心之韻。嗟乎！應恨鯫生生晚，未醺北海之千鍾；幸教大篆書成，敢竊南豐之一瓣。山河永矣，帷幕淒然。因荇藻之薄奠，用以陳辭；降蘭佩之餘芳，所希來格。烏乎哀哉，宓維尚饗。

注：錄自《玉岑遺稿》卷一，1919年作於常州寄園，刊載《苔岑叢書·聊園文鈔》己未（1919）年刊。

費久大（1859—1919），字鐵臣，一字惕臣，號當仁，別號玉虹詞隱、玉虹老人，江蘇常州人。費念慈之侄，錢名山之岳父。光緒二十年（1894）舉人，官至湖北省候補知縣。熟識周秦彝鐘鼎金文，工書法，字古拙。能古體詩，亦善填詞。著有《玉虹樓卮言》《玉虹樓雜著》等。

金粟香先生八秩壽言

紫桑秋好，黃花占晚節之香；銀浦天高，金粟燦月中之樹。飛雲履就，列高座於香山；絳雪丹成，買玉壺於滄海。八公矍鑠，桃麗於顏；四皓相羊，芝採成曲。此蓋大圭不琢，完乾坤渾淪之文；黃鐘為宮，得陰陽敦厚之氣。是以風期寂若，士仰靈光；道宇嶷然，天留碩果也。粟香先生忠勳世裔，孤介家風。東箭南金，冠冕一時之望；淵渟山峙，汪洋萬頃之懷。少即多才，壯而學仕。以名士身，現宰官相。杜牧之一麾出守，看扶筇鼓缶而迎；呂大忠萬言上書，致挽粟飛芻之利。石湖南去，集就鵁鶄；太白遷來，詩吟黃鶴。于是安仁臥處，祗見花光；宓子歌時，便聞琴韻。珠璣錯落，荊潭賡唱和之辭；鼓吹流連，漢上紹題襟之集。風雅縈心，佳乎吏矣。而況志虞衡於范帥，搜草木風土之微；記表忠於蘇髯，揚蘅芷松筠之烈。更有虞卿著述，鴻寶秘書。流傳未廣之篇，竹素未鑴之什。一罍鼎上，寸爪雲中，無不捐我朱提，壽之梨棗。棲塵秋瑟，或調待絕之朱絃；入珮龍淵，或煥已沉之紫氣。是誠於文章之囿有博施濟衆之心，翰墨之林著繼絕存亡之績。發幽光潛德於人間，有感激涕零於地下者矣。及夫掛冠陶令，寄興田園；誓墓王公，陶情絲竹。還鄉水潔，採藥雲深。隱士衫寬，愚公谷好。灌園抱甕之志，書謝鶴頭；北山移隱之文，諾署鳳尾。五株柳色，兩部蛙聲。則又迦陵竹枝，雲溪樂府，雲林高唱，水繪佳詞。運韜面之靈襟，大有著書之歲月。但是排巢拉許，允當擊壤明時；春韭秋菘，自望合餔佳日。何意玄黄睚刺，日月雰虹；海水羣飛，浮雲變幻。迴黄轉綠，煙塵生金闕之嗟；毀瓦畫墁，荊棘淪銅駝之歎。又能不曲江細柳，興野老之悲歌；咸陽衰蘭，下金人之涕淚也哉？於是先生獨負冰心，不渝筠節。作杜門之卓茂，效攜家之蔡勳。捧露盤荒，曾老抱東都之感；黍離野遍，遺黎傷周室之遷。標勁節於嚴風，見雅操於歲暮。許家月旦，蓋不徒文字所歸；郭氏林宗，又洵足人倫之表矣。茲也歲逢涒歎，玉鳩欣杖國之辰；節際中秋，璧月皎懸弧之旦。龍駒雛鳳，看門內之賢多；瑜珥瑤環，占閨閭之星聚。眉壽淩夫霜雪，志氣轢於雲霞。誠哉當代之完人，允矣一鄉之榮事。同人等久瞻北斗，同祝南山。天上星辰，認白榆於南極；磯邊短笛，壽玄鶴於東坡。誰言舉酒者稀，敢繼揚觶而語。記此日摩挲銅狄，幾曾經陵谷之移；願他年歌詠金花，重復進期頤之頌。

注：錄自《苔岑叢書·瀟湘秋雨舸駢文鈔》壬戌（1922）刊本，署名"謝觀虞"，1920年作於常州。《謝氏家集》收入謝仁卿《壽金粟香丈七十》、謝仁湛《壽金丈溎生七十》詩二首。

金武祥（1841—1924），字溎生，號粟香。江蘇江陰人，出生於武進羅溪外祖父謝宅。著名詩人、藏書家，與謝祖芳、謝仁卿、謝仁湛、錢名山交好，"桂林山水甲天下"出自其筆下。

保粹齋印存後序

《保粹齋印存》者，前輩屠元初先生萃平生所得印章，擇其尤者拓以行世，所以昭芳規、眆後學也。心珍棗植，鏤陳氏之元山；石凍桃花，傳米家之秘玩。雖雕蟲類一時之遊戲，而搏兔見全力精神。麝酒雲香，猗歟美矣！概自秦易古文，始別八體，刻符摹印，遂與篆籀殊塗，然制作精麗，秦漢號為極盛。珊之琢之，所以美其文者至矣；金之玉之，所以美其質者至矣。其與夏鼎商彝並垂後襈，良有以也。迨至今日，世際艱虞，時丁屯否，一切文物萎薾頹朽，不復振起。蓋自疑其學為無用也，而孰知夫一國文物之所在，即一國精神之所寄，俾我東土光明，廣照大千，神州舊學，不遠而復，是則殆先生保存國粹之心乎？抱殘守闕，遠紹旁搜，信可謂少得而難能者矣。茲者石選百方，帙分二冊。其上冊羅給事綠衣之匣，拾陳思白玉之章，往哲之什也；其下冊法精鳥跡，巧邁雞碑，先生少年之作也。在君子撝謙之旨，謂方將附驥以傳；而旁觀蠡測之辭，知別有及烏之愛。琳瑯金薤，錯落天章。人好雕鐫，斯真圭臬。

觀虞望洋空歎，入室無才。雖上蔡好秦相之書，而下里愧巴人之和。過蒙厚愛，屬進訒辭，一孔之談，無當大雅。洛陽書出，行看其不脛無翼而行；福地藏來，請寵以黃玉綠純之冊矣。歲在辛酉暮春之月，姻再姪謝觀虞謹跋。

注：錄自屠掄輯《保粹齋印存》辛酉（1921）刊本，1921年作於常州。

屠掄，常州先賢，生平不詳，與先生有戚誼之親。

放如齋詩序

放如齋詩詞兩卷，同里錢秉鈞先生遺著，而其哲嗣青塵兄將梓以行世者也。余與青塵有僑札之舊，故得受而讀之，而不禁有所感焉。先生少負清才，有奇氣，顧輒不得志於有司，中年喪偶，益復潦倒。於是舍鄉里，負琴劍，走幽并燕冀者三十餘年，盡奇山大野之險，激憤角哀筯之壯。故其為詩有磊落抑塞之風，而得江山逸宕之致；詞則悱惻頑艷，又一歸於至情，誠可謂少得而難能者矣。然而高車大馬，鄧禹笑人；冷炙殘羹，太阿負我。憂能傷人，循至壯而困，困而終以死也，其遇又豈不哀哉？嗟夫！士君子懷瑾握瑜，孰不欲拾青紫、求富貴，以建功名於天下哉？苟不幸而不獲，則鹿門偕隱，梁鴻舉案，亦庶幾享室家兒女之樂耳。有抱玉之憤，而益以鼓盆之戚，激阮籍之狂懷，成唐衢之痛哭，凡此零練斷素之遺，何莫非灑淚傷神之剩耶！古人云：詩窮而後工，人固何不幸而以詩鳴哉？世亂亟矣，滄桑疊變，青塵維先澤之遺亡是懼，於是排比成篇，以付梨棗。孝思不匱，鑿楹有人，是亦足以為先生慰乎？空山木落，風葉有聲，斗室蛩吟，若助愁思。援筆書此，即弁書端，返示青塵，得毋淚下。辛酉重九，玉岑謝覲虞序於白菡萏香室。

注：錄自《苕岑叢書·放如齋詩鈔》辛酉刊本，1921年作於常州菱溪。《錢氏菱溪族譜》卷十四載此文，題作"放如齋遺稿序"，文中多處有異文。

祭外姑費安人文

於戲！五緯周移，天上有忽沉之星象；百年旦暮，人間無不散之慈雲。微乘除何以見造化之機，維今古不能逃彭殤之痛。然而宴罷三山，則宜返上元之駕；身膺五福，則庶殺下土之悲。奈何聖善之躬，不享期頤之壽。補天綵石，皇媧之助方資；吹竃罡風，主婦之菑竟驗。婺光遽寢，娥霸長寒。此則路人於焉捐佩，鄰舂所以輟歌者乎？而況十年卵翼，兩世程蘇；久感劉依，曾經孔鑄者哉？

惟安人綺紈華冑，詩禮名門。稟靈和之源，表圭璋之德。婉孌象於圖史，溫共協於珩璜。綺歲賁章，笄年耀采。於是我外舅名山夫子以吉士之述，為黃姑之聘，三商在戶，百兩迎之。然而東都豪富，薄珊瑚為常珍；梁溪清寒，惟縹緗是長物。人皆以為左家嬌女，不耐辛勤；鮑氏閨中，難甘澹泊。恐事人之不謹，虞婦順之難修。不知孟光椎結，詎出貧家？少君挽車，自成懿德。故及見桃李花穠，不害肅雍之度；棗修晨獻，無非孝敬之忱。而後尊長愛其柔嘉，戚鄰驚其容止。我安人則起居靡懈，肅肅袿褵；井臼躬操，雍雍筐筥。調環珮而和娣姒，擁箕帚以事高曾。喜慍不形，虔恭彌篤。無疾言，無厲色；有令德，有壺教焉。鄉里稱之，門內化之。而況色養承歡，既無忝閨中之範；樂貧偕隱，又克成夫子之名。栗里風高，鹿門人羨。

蓋我夫子李泌神聰，陸機異稟，萬言倚馬，列宿羅胸。抱膝為《梁甫》之吟，隆中管樂；釋褐獻《淩雲》之賦，天上麒麟。以蘇頲之年，射蘭成之策，成癸卯進士，觀政秋曹。於是朝政變置，疆場騷然。陳宣室流涕之策，海內皆驚；抗熙寧新法之爭，世人欲殺。然而國已如狂，天胡此醉！社稷為重，執戈之衛誰先？名號雖存，毀冕之徵已見。塞源拔本，毀瓦畫墁。有披髮於伊川，知百年而為戎矣。上書不報，下澤遄歸。揮日無戈，買山且隱。憂時屈子，雖無術以廻君；去國梁鴻，幸有人之舉案。此則我夫子於己酉出都，遂有終焉之志也。及夫蒼鵝出地，青犢興菑，日月零虹，鼎鐘淪覆。指銅駝於陌上，晉社遷移；懸隻眼於國門，吳宮竟沼。則又攀髯莫逮，晞髮堪傷。為獮為梟，莫釋堯城之痛；江花江草，皆成野老之悲。乃以蹈海之心，載礪焚山之節。桓君山心存王室，淚豈千行；管幼安跡削遼東，樓真萬古。然念采薇匪易，茹荼寧甘？終竇之傷，實易起夫摧謫；賢達之節，每難得之閨闥。假使牛衣之泣無休，豈不冰蘗之心益苦。而安人實能恭敬無違，倡隨弗替。抱慇含忠，勉遂有天之志；攜鉏荷插，不辭遷谷之愚。方之舟之，爰居爰處。比得肥遯无悶，憂患相安。固知志士襟期，無勞麗澤；而此遺黎歲月，端賴彌縫。此則凡悉纖往日之勞，皆足見松柏歲寒之誼。鬚眉何讓，士夫所難。行且見支機之石，與處士之星齊明；補屋之藘，共故侯之瓜俱貴。白頭四皓，愧一老於山林；彤管千秋，齊修名於松菊者矣！

既我夫子復慨夫微言放失，異學憑陵。將天之未喪斯文，念吾黨得毋狂簡。爰將鐘鼓，求我童蒙。於是鳴鼓三通，從遊五百。博文約禮，擷雒鈎河。固已人傲羲皇，門成鄒魯。則安人又中饋親操，酒食是議，內助之力居多。東道傳餐，彌廣諸生之業；阼階饋食，克美君子之儀。八簋所陳，左殽右胾；一日之內，夕膳晨餐。故能使五花之館，皆成桃李之陰；一瓢之賢，亦飽宮牆之德。式飲式食，何有何無。此凡獲親循夫子之門，蓋莫不備悉女宗之惠。缺妻共恪，餉隴上之耕；周母賢明，具州人之饌。方諸往哲，殆無愧焉！至若隱德耳鳴，高情雲上。體巽順撝謙之節，得睦姻任卹之風。則早又三黨欽賢，九宗沐德。撫故家之孤女，媞媞者賴以成人；憫女嬃之失心，申申而贍其舉火。東眷西眷，饋食無虛；道北道南，嘻嗝不作。然有長河之九里，則流潤何難；無廣廈之萬間，則庇寒匪易。假使陶資可積，何妨齊券皆燔？彼夫道廣八廚，財豐九藪，擁狐白而解綈袍之贈，食方丈而為簞食之遺，拔毛之利雖乎，舉手之勞何費？即云市義，尚屬礦仁。必也顛沛無違，匍伏能捄。胼手胝足而無憾，分多割少之能為。然後齊桓遺冠，可無慚夫宿義；蕭王推食，洵足徵其赤心。則我安人之好施，豈非誠為難能而可貴者乎！倚竹身寒，猶卹無衣之族；執戟人餒，還噓待哺之鴻。甑任生塵，釵無妨拔。甚且仲由敝其裘馬，人已感夫推誠；微生慣乞鄰醯，道不嫌於傷直。積施頻年，負責累百。則彌留之前，我夫子且未之知也。嗟乎！杜老不貪，肯識金銀之氣；魯姑急義，非沽慷慨之名。誰謂緘口之如金，恐亂臣心之似水。然循至禮成克己，憂已傷人。鹿盧在胸，卷葹先瘁。蓋及夫召巫請禱，家人方共祝其平安；而桂熱膏煎，病榻已自傷其不起。青山猶好，先寒百歲之盟；玄髮未凋，已返九霄之駕。嗚呼哀矣！

溯安人自結褵以迄屬纊，承事致敬，臨喪盡哀，無不有脊有倫，如幾如式。故能內成五教，外副六珈。少長洽其惠和，遠近仰其慈愛。洵乎宣文絳帳，無慚當代之宗；宜其蔡約高門，永食彼穹之報。享仁者壽，得聖之和。又詎料年未登五韡，而金骨遽銷；疾未謁三醫，而玉棺已下。且夫香山老矣，白髮誰憐；纖素宛然，黃羅未脫。人世之悲哀若是，蒼蒼之慘酷胡加！其果仁義迂闊而難為，報施有時而亦爽也耶？但念有涯者生也，不朽者名也。此日黃門志痛，已成感逝之篇；他年青簡流芳，即入高人之傳。此誠壽之大者矣。何必定以蘭茝之馨，易椿喬之歲哉？又況薛家三鳳，盡見文章；劉氏諸姝，無虧禮數。會當見顯榮褒大，高歐《表》於彭城；濟美揚芬，紹鍾型於鞶帶。則不報於其身而報於其子孫，通德之門又方興未艾者乎！

至夫觀虞者，孫郎拜母，幼即登堂；簫史入秦，長而充贅。婚姻永好，薰沐偏多。恕嵇康之疏曠，愧禮實缺於晨昏；憂衛玠之清羸，念恩有同於顧復。惟是賃廡依舊，投筆何曾？刻楮難真，繫匏無用。美桓家之眷屬，空說乘龍；笑羊氏之毿毿，實慚舞鶴。嗟乎！韋皋可託，知九原之眼猶青；裴寬無才，憐一領之衫尚碧。何日雲龍風虎，成名是報母之期；此時蓀壁椒堂，無處覓歸魂之所。人天渺矣，帷幕淒然。冀謦欬之可聞，憑几筵而來格。嗚呼哀哉，尚饗！

注：錄自《玉岑遺稿》卷一，1921年作於常州。刊載《錢氏菱溪族譜》，題作"祭外姑費太安人文"，署名"三十五世，子婿謝觀虞玉岑"。又刊1925年8月22日《新武進報》。

費安人即費沂（1878—1921），字墨仙。費鐵臣之女，錢名山之妻。

呂蟄盦先生七十壽序

夫壽者無方之富,耄期所以酬深仁;名者不朽之基,竹素所以顯盛業。無疆之算,克致詎假夫靈丹;不翼之聲,自飛何關夫讒鼎。是以扇起鳳騰蛟之譽,則宇宙沛其精神;永丹文綠牒之傳,而彭聃遜其緜亘。寧若林類百歲,略無行事之聞;絳縣六身,僅侈干支之隱。飾佺喬於走肉,榮草木以華年,即享鶴齡,終同蝣晷也哉!則有商顏綺季,魯國靈光。際大千道喪之秋,見上九獨懸之果。鄭班詩禮,垂虎觀之師承;枚馬詞章,緬兔園之賓客。如我蟄盦先生者,有足述焉。

先生東海華宗,南陽舊族。午也可用,壽州宰相之稱;點爾何如,鳳山雩沂之樂。戴逵則江南處士,上應星辰;繁仲則襄陽書生,世傳門戶。鄒子輿之三樂,得賢父兄;謝安石之兩階,羅佳子弟。明徵餘慶,篤生達人。先生少號通贍,生而秀徹。長吉七歲,便賦高軒;臨川十年,能吟燈壁。張成都之經史,我饒為之;王僧孺之篇章,日誦靡已。斯已老宿推為小友,溫文稱其家兒。枕菲既豐,光輝乃烈。弱冠以第一人補博士弟子,壬午舉孝廉,己丑除中書。紀瞻為秀才第一,黃童是江夏無雙。劉平原之四行,光祿所推;董江都之三策,諸儒之表。一佛出世,片玉潤岡。永淳文詞,畫省擅三臺之選;西京製作,禁垣高九閣之音。方謂強臺可以力臻,弱水不難楫濟。鳳樓得月,花管書雲。施學士之冰銜,盡帝京之春色矣。不知文章憎命,造化弄人。阮籍迴車,羅隱下第,此又知者所為惋惜也。然而富貴天也,難強而求;學問息焉,可積而厚。斗牛之氣夜煥,經鬱而彌光;桃李之下成蹊,無言而自逸。北溟之徒以六月息,南面之席可十許重。子雲筆札,長安號其英華;樂天詩篇,宰相識其姓氏。實又名流飛耳,薄海推襟。倒屣先迎,擁篲爭致。東平奏議,待李育行文;元子謀猷,望郗超入幕。田歆之辟一名士,樓護之重五諸侯。直藩松公,東閣延賓,西階陳饋。

楚元設醴，獨崇穆生；衛國揚旌，斯招君子。掌其記室，凡垂十年。屬以青海不庭，翠華大去。見郊扃之戎馬，慨荊棘於銅駝。返旆倉黃，遄征夙夜。杜少陵之傷亂，最憶田園；庾子山之避兵，偏聞鐘鼓。南下值宮保盛公之聘，復居幕府。時公方膺朝命，主訂商約。丹圖慎書約劑，白水重昭誓言。以折衝樽俎之詞，奠操握奇贏之利；以魚鳥簡書之重，收敦盤珠玉之功。則修辭酌義，先生之功實多。故其後盛公建鐵道、刱輪局、開煤礦、營鐵廠，出入都鄙，測量山川，先生無役不從，無謀不與。上下交乎，賓主盡美。宜其鄭公郵驛，版牘之屢登；王粲荊樓，因依而不去。雖迺滄桑世易，文武道窮。信陵罷相，夷門之監常從；魏其故侯，灌夫之交未替。東山密坐，必有車生；南皮後車，時載吳質。久留潁上，同作寓公。逃小刦於紅羊，看浮雲於蒼狗。金花銀燭，羊公好客之娛；側帽銅題，習池春遊之什。入襄陽耆舊之傳，開柴桑義熙之年。心共冰寒，身隨雲懶。自此且著書翫古，不復出也。纂述一生，積稿盈尺。崔豹手抄八千紙，韓氏文成一家言。加以嫻於乙部，長在史才；累讎官書，入觀柱室。則以兩京郡國山川，侯王秩次，考訂之最詳也，有《漢令長考》《釋地》各若干卷。十蘭箋地理之志，凡申八例；可廬屬令長之考，胡止東京。以蔚宗作史，表志無聞也，則有《補後漢書諸表》；以端臨考錢，甄錄未廣也，則有《制幣叢話》。更念康樂述古，祖德為先；征南癖經，譜第斯尚。昭宗風於弈世，法惇史之編年。則有《先衡州君年譜》《先文清公年譜》。旁搜遠紹，握槧懷丹。覆簣為山，猗歟偉矣！他若執手而答河梁，抽豪而賦素月。春風杜曲，平橋斜日之詞；秋思夔巫，玉壘浮雲之變。懷人憶事，倮色揣稱。寓家國隆窊之悲，於詠歌流連之際。所謂神明之律呂，情性之風標。如《小紫薇館詩文集》《珊影詞》者，又足追正始之元音，挹黃初之餘韻矣乎？凡此觥觥大集，渺渺余懷。孔昭一篇，千駟之所不易；文勝十笥，百氏之所咸羅。《呂覽》懸諸國門，梅詩繡之蠻布。漆園所云博大真人，工部合在陳芳之國矣。而且吉羊止止，閨闈雍雍。白首相莊，雖見膠鸞之績；丹山嗣響，早聞雛鳳之清。負牀之孫辨鐙盞聲，佐餕之婦有林下氣。喜此家人之協吉，彌增小隱之優遊。所以故人江海，時尋雞黍之盟；佳日春秋，無間巾車之出。多文為富，美意延年。此又不僅以田相小車，安期大棗，傲人間之金紫，誇平地之神仙已也！

入此歲來，已七十矣。將以清和之月，介壽寓廬，禮也。洗北海之尊罍，獻南山之頌禱。同人或欣同里，或屬通家。捧袂曾欽，希轄敢後？是用揀張魁碩，靳勻康虔；盡斥誇毘，力排崖岸。以盧牟之述饌，抵手仇之謨觴；藉揚摧之生平，為眉梨之左券。永錫難老，其在斯乎！太歲六十年周天，六十年周甲，瑤笙寶瑟，看重歌鹿鳴而來；大椿八千載為春，八千載為秋，白苧烏紗，請大書鵝溪之絹。

注：錄自《玉岑遺稿》卷一，1928年作於上海，刊載1928年7月18、19、20日《武進商報》。

呂景端（1859—1930），字幼舲，號塾盦，又號藥禪。常州人，出身名門，清光緒八年（1882）舉人。官至內閣中書，文章蜚聲海內，詩詞工麗秀逸，對歷史頗有研究。晚年辭官居上海，在盛宣懷幕中負責文案。著有《藥禪詞稿》《藥禪室隨筆》等。

大風堂萍聚記

尊者羸弱，困於病。竭來海上，見世之所謂玉帛狗馬、男女之奉，無量衆生顛倒反側以求之者，舉不足以當其意。於是歸發《維摩詰經》讀之，欲自匿於釋氏寂滅之域，易其名曰尊者。然久之苦嬾鈍無所得，則又時時出從畫史游，所至陳縑素，乞圖繪。蓋凡同人之畫，尊者見之無不愛，愛之無不求丐布施以去。固有厭其誅求為虞叔逃者，而尊者歸駝其橐，其已盈矣，顧私心猶以為未足。說者曰：以佛法論，是犯貪戒，不能證上乘法。然而尊者方樂此不疲，固未嘗知祇園之有黃金也。比歲以來，海上畫史之居，尊者歆其門最密者為鄭曼青、張紅薇、方介戡之薇雪廬、符鐵年之去矜齋、王个簃之吳氏缶廬、謝公展之西堂。西堂則尊者又常下榻其間。曩有詩曰："絕憶西堂燒燭夜，沈沈細雨話冬心。"蓋詠實也。惟自識蜀中張善孖、大千二髯，則又舍之數子者而數數過其大風堂。

髯好客，好金石書畫。大千又好治酒食，能短衣入庖廚治二十人食，盡川中之美。尊者不受禪律，逐酒肉，故嘗愛其海參蝴蝶、桃漿二簋，屢欲為文記之。海參蝴蝶者，炙餛飩俾脆，然後調海參入之，汨與炙合，發為甘芬，則坐客之朵頤栩栩為莊生化矣。曩嘗與公展、瘦鵑、英賓同席。三君謂飽啖此，雖病不惜。盤中罄，英賓則且出刲鄰坐之簋，以為笑樂，足徵其美也。桃漿者，夭桃之膏，出枝幹間，體液而凝，其色如琥珀，其味如銀耳，其性能潤肝肺，已熱中，和橘瓤煮之，其清醇乃如甘露，是惟產蜀中。蜀中之桃，不盡有漿，則桃漿以罕而益貴。海上諸遺老，曾農髯雅嗜之。凡曾食於曾氏者，尤能辨此味也。

疇昔之夕，尊者以大千將之扶桑，曼青將之蘭陵，要曼青、介戡、午昌復集大風堂。座中不期遇者為公孫長子。道誼之交，脫略形迹，抵掌以往，呦呦為論難。午昌、曼青各具奇思不相下，尊者亦敷廣長舌說無上法。獨大千囊括無一言，奮筆為尊者作畫二：一墨荷，一佛像。佛像鉤勒清疏，絕肖大滌子，題曰："己巳三月，為某居士造佛一軀，所願書劍平安，金石同壽。"墨荷則純師八大，通其神明。又為介戡作獨立仕女一，尊者贊曰："北方有佳人，遺世而獨立。"為劉貞晦丈作《淞隱閣校書圖》一，清波煙柳，小閣歸然。尊者贊曰："有江湖之思。"尊者平生愛水居，舊有詩曰："自是江鄉足生意，水楊盈尺即娉婷。"海上塵囂，正苦無一枝楊蘸大士瓶中水，滌衆生垢濁。大千縱韜其舌，安得不出其手遍種此江潭樹哉！曼青久不肯徇尊者意作畫，尊者前所謂虞叔者，曼青固自珍其玉與劍，不欲逢尊者之貪者也。而是夕興酣，乃復破格一為墨荷直幀，戲仿八大，不類而風神自秀。與大千合作梧桐菊石，則亂个山之真矣。夜深，善孖赴他約猶未歸，其家中稚子多與大千狎，不之畏，垂髫扶膝者乃逐逐雜賓客間。善孖小文郎心奇、心德，抱矮紙索午昌、曼青畫。紙多垢浣，蓋二髯所棄，然察之咸乾隆時物，施水墨獨宜。尊者笑曰："陳王門下廝養卒，亦天下豪傑矣！"是日作畫尊者外，計二郎所得為最多。善哉！二髯畫之美，舉世盡能言之矣，而不知其太夫人雅擅丹青。其昆弟若干人，俱乘母教通繪事，特名為二髯掩耳。而今其諸郎在髫齡，又已嗜畫如此，他日必有成就，何其世德之美也！以畫世其家昌其宗，恒河沙數衆生，又果何為營營擾擾，以彼易此乎？

是夕尊者於壁間見書畫可愛者尤多。如大千之仿清湘黃山一角，自造象，雨荷；善孖之馬、虎，仿梅瞿山丈幅水墨山水雙鵝，石濤之梅竹，八大之花鳥十二幅，臨禊帖，鄭谷口之八分書，皆曠世之寶也。谷口書出自漢劉熊，而超逸飛舞，莫可端倪。石濤、南阜、板橋與之同軌，而不能與之並轡，誠足令人展對忘倦。

臨別，大千出畫冊屬題。冊蓋大千為琉球歌者春娘作，共十餘幀。有蔬果，有蕉，有竹，有鶴，有芙蕖，有浣衣者。同人題詠殆遍，以紅薇居士題竹之"蒼茫莫作柯亭想，留待知音管仲姬"二語，蘊籍風流，最能得詩人之旨。餘則午昌、曼青俱佳。尊者亦題浣衣一圖曰："浣衣衣帶寬，送郎郎跡遠。望盡海西頭，應是江南岸。"則卑卑無遺音矣。

嗟夫！藝術之樂，令人心死。然而大千、曼青行矣，江南草長，群鶯亂飛。人海浮萍，何時復集？後之視今，得無有俯仰陳跡之歎？此尊者所用低徊惆悵，不能自已者也。

注：錄自1929年3月31日《申報》，署名"嬾尊者"，1929年作於上海。

昌明藝專觀光記

　　王一亭、吳東邁兩先生創辦之昌明藝術專科學校，已於日前開學，并陳列古畫及教授作品，公開展覽。承國畫主任王君个簃之招，故於吾校中國文藝學院開學盛會中蔡子民方娓娓演講之時，逃席而出，驅車造門，時方卓午。群聚庭中，一亭先生方據案畫達摩像，揮灑風生，不俄頃而西來一葉已奕奕紙上。中國近年畫事日昌，然多偏重山水花鳥，畫人物者絕罕，自吳觀老下世，瘿瓢一脈《廣陵散》絕，遂使白龍成歸然靈光，夐鑠哉是翁！佛像成後，姚虞琴、呂十千相繼畫松竹，十千松成，董叔為題句於上。董叔詩文卓絕，出其餘事作書，剛健婀娜，兼而有之，有晉人之風度，而去其側媚；得北魏之骨幹，而殺其傖荒，惜長逃醉鄉，作書畫彌嬾矣。是日所列君書甚多，則破格也。入校第一室中，張昌老墨筆花卉四鏡屏，此吾在東邁寓中屢見而欲為率更臥者，蓋其運筆用墨，純得古人論書"龍跳虎臥"、"錐畫沙"、"印印泥"之法，走筆則夭矯不可逆測，落墨則厚重不可推移，一菘一芋，如先秦之鑄權量。吾嘗於全國美展見玉梅盦所藏八大丈幅墨荷，其奇肆而端重，神妙正共此絕肖，如翁庶乎可言八大。吾因又聯想及中國文藝院壁間所張曼青畫墨菜硃砂萊菔，神氣亦在乎千百年上，作畫惟此不見粉黛、不多幾筆之製，最易見人本領耳。昌明樓上俱為古代名作，吾以匆遽未登樓，然就樓下所見，已如春暮看山，青紫萬態，不必山陰道上，正自顧盼不暇。个簃《丹桂》一幅，於樹根後以淡赭作小石，樹陽又著墨竹數莖，桂與石之渾苞，墨竹之挺秀，尺幅之間，胸襟畢現，詫為觀止。水墨桃花俱以碑版法入畫，古味盎然。昌老弟子不多，自師曾、玉盦、苦李下世，吾所知者惟个簃、英賓篤守師法，最可敬佩，吾曾有詩曰"个簃朴茂英賓秀，各有天才繼大聾"，朋好皆以為知言，然今日未見英賓畫，殆在樓上耳。又無錫胡汀鷺，聞有精品冊子陳列，亦以在樓上未見，僅見其廊下為馬萬里所作四屏。汀鷺以詞人作畫，酸鹹迥與人異。東邁篆隸屏，虎賁中郎，令人想見昌老，校額即為大筆，樸厚耐人尋味。輪扁之言，臣不能喻臣之子，臣之子亦不能受之於臣，藝術之事，誠非口之所能言，而吾於東邁先生之克傳家法，又疑夫子之教其子亦有道也，可為嗢噱。

注：錄自1930年3月10日《申報》，1930年作於上海。

籌賑書畫會上海集件的一點小報告

因為馬山災荒，要想開一個書畫會賣了錢充賑。這件事我們在正月半前雲溪書畫會將近閉幕的時候，已經曉得了。有一天，我們同誦孫先生、馬萬里在大慶園吃夜飯，大家高興，說何不到上海去徵求些書畫回來加入陳列，給愛美的朋友換換口味。因為我本來在上海，所以便第一個自告奮勇，將徵集的職務，擔任了下來。但是我到了上海，直候到二十號，方才接著我們老夫子錢名山先生擬的徵集啟事。這天裏，剛巧蜜蜂出版社在四五六食品店開第一次聚餐會。上海書畫朋友，像鄭曼青、鄭午昌、楊清磬、謝公展、謝介子、錢瘦鐵、李祖韓、張善孖一班人，大家到會的。我便將啟事帶在身邊，臨時發表，請他們簽名捐助。結果，一刻兒工夫，已捐着了二百多件。鄭曼青先寫了個五十件，此外也有十件二十件三十件的，可真算得樂善好施。但是我曉得書畫家有一個流行毛病，就是懶。隨你送了錢的畫件寫件，他們也是畏如蛇蠍，不肯動筆。我想這隨手簽的件數，一時興奮，是靠不住的，所以我另外再積極徵集。承海上諸老輩的熱忱，朱古微呀，曾農髯呀，王一亭呀，他們都簽名答應了寫件和畫件。又承莊通百先生、程滄波、馬萬里諸位的幫忙，大家分頭進行。在這四十天中間，果然被我們弄到了四五百點作品。雖然有許多人不履行簽定的件數，或者有些竟延宕著不肯交件，還有人有事離開上海了，便是我們應該竭誠感激這許多藝術家。他們允許代我們做這純義務的工作，犧牲著可寶的光陰，為我們同鄉馬蹟山災民請命，這是要永遠紀念的。而且尤其是我們徵集的人，一次一次會面，或電話的去催件，還要親自登門立等動手，真有些對不起人家，又應該向人家道謝，而附帶道歉。現在四月一號，這大規模的籌賑書畫會，是要開幕了。我聽見常州由思緘先生、春澍先生、誦孫先生、李復稔先生和我們老夫子諸位籌備和提倡，也收到了六百多件畫，預算的一千張券，差不多已經搶完。雖然說大家是念著慈善性質，格外踴躍一點，但是一半也因為有書畫作贈品。從愛美觀念上鼓動，這多是我們值得歡喜的，崇拜的。但我想海上許多書畫家，他們多具十二分的熱心，才捐助作品。他們的作品，有的是山水，有的是花卉，有的是人物，有的有顏色好看底，有的淡墨的、高古的，不大通俗，這是當然不能劃一。除了一亭先生、農髯先生、古微先生、閻甘園先生，謝公展呀、胡汀鷺呀、王師子呀、張善孖呀，這幾位我們常州人是崇拜久了，拿到了他們的作品，是不會不寶重的。此外或者抽籤的人，抽著了一張不曾請教過的上海名家，一張不大好看、高古清淡派的畫；或者寥寥數筆的字，便不起勁，將這張畫或字糟蹋掉了，這未免辜負了書畫家的盛意隆情，也似乎差我們徵集的人難以為情。所以我在這未抽籤之前，要請買券的各位慈善家注意、認清這次會並不是簡單的書畫展覽會。這出品的各位藝術家，是對我們只盡義務，而沒有權利的。諸位抽著的字或畫，不是像普通出錢買的點綴品，是做好事的紀念品，是陰功積德的一張收條，拿回去總要寶貴一點。我如今再將許多出品藝術家的地位，和出品價格，簡單的介紹一下，這也算是我們應該的一種報告罷。

朱古微先生，是當代做詞的第一把交椅。他的字，是因道德學問而格外貴重的。他在上海，生意忙得十二分，平時寫字，十二分矜貴。這次他是因為同我們錢老夫子有交情，所以破格寫了兩副對，題了兩張中堂。這中堂一張六尺五清圖，是張善孖的泉石，馬萬里的赭松，王師子的墨松紅梅，胡汀鷺的竹。一張五尺十分春色，是馬萬里的牡丹紫藤，王師子的玉蘭紅梅，張善孖的海棠山茶，胡汀鷺的蝴蝶花月季，謝公展的蕙蘭玫瑰。你想這樣大尺寸的畫，還要合這樣幾位名角，都是精心結撰，外加朱老前輩的題字，這張畫是不是要值五六十元。只恐怕出了錢買不到。人家不是因為慈善，真不高興這樣麻煩的。

鄭孝胥先生，是亡清的太傅，依舊在天津守候著這位宣統皇帝，每天到南書房進講，可算得竭忠盡智。但這一來，上海扇鋪收的寫件，卻擱下了不寫來，這回本想候他櫻花開時，到上海來賞櫻花，捉了他寫。但我恐怕我們開會趕不及陳列，所以託朱古老寄去轉求。果然他加快寄來了四副對，這又是一樁令我們喜出望外的事情。

曾農髯先生，今年七十歲了，而且時時生病。我們勉強要捐他作品，真是萬分說不出口。結果，仍舊請朱古微先生，代我們時時去催，因為他倆是"望衡對宇"的緊鄰。現在他對寫來了，還外加畫了一張畫。他一副六尺對，要十六元六角，畫格外貴了，他的畫，是高古異常，所謂文人畫，士大夫畫，不能和尋常的畫史並論底。

閻甘園先生，他到過我們常州，他常說受我們常州人熱烈底歡迎，非常的可感。所以那一天，我們在鄭曼青辦的中國文藝學院碰着了。我請他捐助馬蹟山災會，他就自己寫了五件，還和他夫人趙雲閣寫了三件。他這次作品中，有石鼓，有草書，有龜甲文，有三公山畫的山水，是橅仿八大、石濤的，他是關中一個大金石家，大收藏家。他所有的金石書畫，約有三四千件。他說，他對於歷代雕塑佛像，最有研究。我勸他何不著一部專書"出而問世"，他還是謙謝不遑。所以他的字畫，是有金石氣的。趙夫人也寫隸書，也畫山水，可合得古人一句話，"同心一袜"了。

無錫胡汀鷺，我們常州人最歡迎他底作品，他筆清骨秀，佈局新奇，但又異常嫵媚，所以可說是雅俗共賞。他曾經拿朱古微做的詞，一句一句，畫成一部小冊頁印出來。詞的境界，最是抽象，所謂"杳渺之思"，是捉摸不着的，他偏能體會出來，所以看見的人，沒一個不五體投地。但是他無錫開了一隻蝕本的小學堂，每兩星期，又要到上海昌明專科文藝學院上課，還要賣畫，敷衍開門七件事。他畫的生意忙，弄得一天到晚，不得空閑，所以我嘗說他是勞工神聖。他說他本來有一顆圖章，刊這四個字，因為有人說太新，所以不大用。畢竟這一次，他這勞工神聖，又逃不掉替我做勞工了。他捐了十五件：有四尺，有三尺，有二尺，有扇；最精的是一張梨花上躲著隻小鳥，梨樹下面，又加一枝桃花，奇特得非常；此外柳燕呀，柏竹壽帶呀，楓雀呀，博古呀，蜀葵洋牛呀，沒有一張不新鮮有味的。

謝公展也捐了十張，一張五尺菊花條子，可值到幾十元。此外梨花雙燕晚香玉立軸，菊花冊頁，梅花冊頁，二秋圖立軸，海棠立軸，多是精品。這位先生自視甚高，平時介紹畫件打他折扣，是不高興的，何況我們現在淨揩他油，所以要曉得交情是應該比物質看得重。我們要格外寶貴人家的畫，不要說兩塊錢得來是便宜底話。

黃賓虹先生，是南社一個老名士，他二十幾歲便頑書畫金石，真是名滿海內，現在自己辦神州國光社。日本人西洋人，凡是愛討論藝術，或喜歡買古董的，到了上海，沒一個人不要去拜訪他。一班賣舊書畫的人，拿到了字畫，先要請他沽價。他可算是一個鑒別家、收藏家、考古家、書畫家、文學家。他字是寫鐘鼎，畫是明朝人筆法。他平日說，看畫看到國初為止。以下是"自檜無譏"。從這句話，我們便可以曉得他的目光和筆墨底好壞了。他是最受廣東人歡迎，一年廣東人總要作成他五六千塊錢書畫生意。這次他捐了許多作品，真是不易得的。

金山高吹萬先生，也是南社老社員，但是後來因為南社中如柳亞子等，提創白話文，他便另外在金山辦了一個國學商兌會。他和吳江金松岑、陳佩忍，上面說的黃賓虹先生，前江蘇省長陳陶遺，還有新任江蘇省政府主席葉楚傖，民政廳長胡朴安，都是最要好的朋友。但他家住在泰山腳下，自己蓋了一坐閑閑山莊，良田美池，桑柘十畝，閉門讀書，不出來做官。他的字是寫的劉石庵和翁松禪，因為他不賣字，所以尋常要求他字，是辦不到。這次他也高興，寫了十多件來加入真算異數。他來信還說"我的字是不值錢"。咳！這不值錢的不賣錢的字，纔真有價值呢。

王師子先生，在我們常州開書畫會，他加入過好幾次了，總是賣了一空，可見我們常州人對他的畫，是很合脾胃。他的畫清麗有致。他與胡汀鷺最好的朋友，然而一些面目不同，不過氣息淡雅，却也可稱匹敵。這次出品極精，小軸中如杜鵑、牡丹、雀菊、楓鳥、水仙，大軸如梅花八哥、丹桂雁來紅、丹楓八哥，無一不好，字寫鐘鼎，尤其古拙可愛。

馬允甫畫格外畫得精進了，他因為是春天，他一氣畫了近二十張梅花，但是張張不同，他的畫是上海諸畫家作品中最有春氣的一人。本來春氣是一種好氣息，何以人家多不畫呢？就因為畫春氣，嫣紅姹紫，一不小心，便要重濁和俗氣，所以大家遠而避之。允甫他的畫，却偏偏總要像十八九歲大姑娘，裝得輕盈華貴。天然是春色動人，却又一些不俗，這真是化妝名手，可以佩服。我有時和他說笑話："你的畫春氣何以獨多？大概是因為你和尊夫人同居，所以'春色滿園關不住，'"隔夜的春風漏洩到畫上來了。他也是無詞可解，只有一笑而已。

還有我們同鄉老前輩書畫成家，但是不大到常州，簡直常州看不見他們作品的,這次却被我拉了兩位,一位是陳容民老先生,一位是徐涵生老先生。陳老先生是頑外功的,他在路上走路,總是靠著牆走,不敢碰著路人,因為一不小心,我們撞在他這銅筋鐵肋上去,是要不妙的。我小時聽見人家講,他從前有辮子的時候,他一運氣,能夠把辮子豎在半空,像扁旦一樣。他有這樣的工夫,他的字自然格外有力了。他用墨最好看,最濃,他非自已研墨不可,所以客人去拜訪他,他總是在家中磨墨。大致這也是他老人家運動和練習內外功的一種精神表示吧。他字說是寫李北海,其實是米襄陽出身,真寫得又厚重,又流利,好算先正典型了。

徐涵生先生,他也練過外功,不過他的拳脚軼事,常州人不傳說罷了。他是博通經史,三教九流無所不曉,所到的地方又多,廣東廣西都有他的足跡,他畫山水,是要壓倒四王。寫草書是跳過王覺斯、倪元璐章草,可算當代一人。從前許世英做安徽省長,因為傾倒他的書法,所以請他去當秘書。近來他老先生,精神興會沒有從前般健旺了,書畫也懶得動筆。這次因為桑梓關係,所以寫了不少對和屏條、中堂、扇面。

還有張廣仲先生,寫北碑最擅長。馮夢華常常說:"海內能書者,無出其右。"他也是我們同鄉,不過一逗在安徽,我們常州人幾乎不曉得同鄉中有這麼一位書家了。這次由莊通百先生去轉求到了許多書件,這又是我們值得歡迎的。

這一次女作家很多,除了閻甘園先生夫人趙雲閣女士以外,像我們同鄉有奚屠格、蔣屠時兩女士,他倆都是蕭屋泉先生的得意門生,所以山水畫得雄厚蒼古,平時是不容易看得見的。此外楊雪玖女士,是上海城東女學校長,是王一亭先生高足,已故畫家楊東山的侄女兒。他山水是畫石濤和尚,而較他華麗一些。這次出品中,一張梅花山水,一張楊柳鳴蟬,多是精品。丹徒丁毓英,篆隸學的曾農老。杭州鮑心荃,花果學的吳昌碩。韓步伊女士,是錢瘦鐵的夫人。瘦鐵分書，我最喜歡他是有古趣，我推他分書是海上第一。但他却要說他楷書寫不過他夫人呢。吳青霞有一張無量壽佛，還有趙半跛先生合的幾張花鳥，也都精的。永嘉馬孟容，他同張紅薇女士、鄭曼青三個人，是同出一位老師門下。紅薇先生，他因為是女太太，心思細，所以畫了工筆一派，融合著惲南田、蔣南河、華新羅，當代畫工筆花鳥，可算得只有他一人了。鄭曼青畫境高超得很，又走近了白陽一路。馬孟容他喜歡日本院體派，所以寫生最像，畫動物真像活的的一樣。這一次出品十扇，有蟹，有魚，有蟲，有蟬，有小雞，寥寥幾筆，把動物的神氣，都切實地描寫了出來，真是有趣。

錢雲鶴老畫師，誰都知道他是畫《申報》插畫的前輩。他現在年紀老了，他令郎在新聞界地位很高，他把家交給兒子當了，他常常同了老婆、子孫、兒孫女，到城隍廟吃吃茶，自己畫畫畫，當做消遣。有時高興，在這樣桃紅柳綠、惠風和暢的春天，他還要用紙糊了一面風箏，在空場上放風箏頑。有一天，他從閘北一放，放到天通庵，到天一影片公司前面，這面風箏，給影戲明星杜宇的兒子但小春要了去。你們想他這老少年，興致好不好。可是他畫人物，工細清逸，從不像小孩子般，插人家爛汙。他仕女最好，上海各派畫，多有新人才，可是人物仕女，竟其"寥若晨星"，便要推這位老先生了。這次他給我催之又催，居然仿仇十洲，畫了一張《銅雀二喬圖》。這房屋之工整，鈎勒之挺秀，真無人能辦啊。

注：錄自1930年3月31日至4月4日《武進商報》，1930年作於上海。常州圖書館所藏該報缺最後一期，此文為所搜先生以署名"謝大"發表的第一篇白話文，可謂意義非凡。先生有"謝大"印章。

昌明畫風之我聞

王一亭、吳東邁、王个簃、諸聞韻創辦之昌明藝術專科學校，開學以來，成績斐然，知者類能言之。惟世多疑昌明僅以闡明吳昌老畫派為主旨，範圍不廣，則就愚所聞有大不然。昌明教授，除東邁、个簃、聞韻為昌老一脉而面目尚如有不同外，他若一亭、十千、笙伯、虞琴、仲山、天綬，各有專長，流派迥異。婦依昌老者固未嘗故步自封，尊仰昌老者尤不欲強為迎合。下期並加辦西洋畫系，網羅益廣，絕無門戶，事實彰彰，詎耳食之言所能眩誤。且愚尤有進而言者，昌老之畫，卓絕千古，已享大名而去，而世之學昌老者僅以闊筆塗抹為是，亦屬取貌遺神。蓋昌老之畫，既有詩义作其氣，金石植其幹，而在中年致力，於名家畫派無不涉獵，緣博返約，自成一家，方成晚年面目。則已如蚕之成繭，蠭之有蜜，求其所以為繭，所以為蜜，因未嘗無油油之桑、英英之花也。世人學其為繭與蜜，而遺其桑與花，豈非失之千里。故今昌明奄有眾派，旁搜博採，雖似不篤守昌老之法，而實即緣昌老當年所進之途。見仁見智，任學者自為歸納。如此方是真正學昌老，真真認識昌老，即謂之闡明昌老，亦何不可。

注：錄自1930年6月11日《蜜蜂》第10期，1930年作於上海。

吳昌老，即吳昌碩。

魏塘賓筵小記

張善孖、大千兄弟之太夫人七十壽，在魏塘大千寓廬稱觴，海上同人往祝者甚多。太夫人工畫信教，不事鳩杖，腰脚康健，而膝有五男十七孫，泰半精通文藝，有聲於時。曾孫肇基，墮地方七十日，黃羅承歡，芳蘭繞砌，海屋之盛，一時無兩。壁間書畫如林，皆海上相知之作：畫如一亭之梅花壽帶，賓虹之福地洞天，午昌之岳頂慈雲，紅薇之菊鳥，曼青之柏，師子之水仙，樓辛壺之山水，吟詹之海屋添籌，皆足當一時之選。而个簃一畫，尤為恢奇，紙脩可一丈而強，與拙作山水小幀不二尺者，同為越規逾矩。不才素不能畫，重違善孖、大千之意，初繪一松蘭長幅，蘭實無錫胡汀鷺所加，持示善孖，遽稱其蘭，則床頭捉刀人洵有人知其英雄也。後又為小幅山水，集平素習見午昌、大千、曼青，用筆錯雜淩亂，不成為畫，詅癡符豈敢示人，引太君破顏而已。聯語雅多可誦，彊村師曰："宣文絳帷，女宗矜式；郗母綠鬢，上壽期頤。"蘇戡先生曰："履節安居，陽春長日；嘉謀生福，麟子鳳雛。"諸貞長師曰："几杖大年，慈筠佳蔭；尊罍曼福，畫樹長春。"潘蘭史先生曰："慈竹長春，綠開畫幌；嶺梅乍放，紅點萊衣。"謝無量先生曰："海上慈雲，多福多壽；益州名畫，難弟難兄。"錢振鍠先生曰："壽如松喬，宴樂以喜；保我金玉，光明見祥。"羅更兄曰："南樓老人，長繩繫日；西園公子，健筆凌雲。"王禮培先生曰："三蜀通才，比肩騰踏；一門清課，承母歡娛。"朱汝珍先生曰："晉國高年，筵登海藻；僧繇妙筆，采映陔蘭。"譚澤闓先生曰："萱閣耆齡，霞杯益壽；蘭陵二妙，采筆承歡。"俱莊重典實。張丹斧先生曰："太夫人享康寧上壽，兩公子是書畫名家。"曼青聯曰："數令子真蜀中三傑，願阿母看兒輩古稀。"味永語巧，惜上聯較弱。公孫長子兄曰："有子半名流，大可壽；登堂拜阿母，我獨親。"是孫周舊誼，非吾輩所及。餘如王病三、楊晢子、喻志韶、魏弱叟、王饒生、馬宗霍、朱大可、王秋湄諸先生，聯語極佳，惜不能憶。春酒畢獻，主客訪梅道人墓，遂攝一影，盡歡而歸。記此永矢勿諼矣！

注：錄自1930年12月23日《申報》，1930年作於上海。

西堂說夢

下走來海上，多識名畫師，尤以謝公展、介子昆仲之西堂，過從為密。昔年介子養疴太湖，每下榻其齋中，公展阿予所好，輒以畫相酬贈，及介子來復鬭角小詞。今年春，介子以體弱，習太極拳頗勤，予亦苦多病，從葉大密師學此，顧懶散，不敢過勞頓。每至西堂，見介子蹲蹲而舞，未嘗不訝其進之太猛也。曾幾何時，介子下世。暑後白里中來，見公展對人惟垂淚，予以孱軀，不能勝黃壚之痛，西堂蹤跡亦浸疏矣。日者公展忽束招，相見甫執手，遽以夢昔，其言初聞暮幽怪，迨詞畢而恍然仙佛因緣之說。雖近代科學日昌，而西方之士不廢神鬼之說。公展之所見，公展可以自殺其哀，掌夢之神，不我欺也。

公展夢中所見，似在江灣某氏園。園固公展兄弟所常至，春間鼠姑開最盛，有名，其兄弟聯吟詞所謂"重來應索牡丹詞"者也。惟夢中所見，為秋而非春，蓋若丹楓萬樹，峰巒無際，一逕修邃，介子黃冠羽衣而速客，則又不盡類某氏園。公展驟念介子已死，握手欲哭，而介子殊落寞，因稱所居為茅山，所修為神仙業，云茅山有諸神人像偶圮污，昔年公展太夫人朝山見之，為之重裝者凡三軀。歸而生公展、介子兄弟三人，其長兄早死。公展十年前大病幾殆，幸已逾刼，而介子乃不能復留塵間。故歸山中反初復，無復塵世骨肉留戀之思。公展之夢既如此，於是介子之聰慧多才，以迨夭折，皆宿根，皆定數，無可強為，夢足徵之。予并念公展既亦仙山中人，何其畫之莊嚴微妙，乃如我佛所說極樂國土，七重欄楯，七重羅網，皆是四寶。金沙布地，樓閣亦以金銀琉璃玻瓈硨磲瑪瑙而嚴飾之，蓋且將自茅山而入四禪天，非娑女婆世界中物矣。故予輓介子聯曰："彈指歷三千大千微塵，夢裏黃冠，歸去靈山應索笑；嘔心在五湖西湖吟卷，尊前白紵，重來井水畏聞歌。"即用公展夢中本事。歲首公展以所作畫陳列示人，聲譽日隆。其精神固亦足使介子附以不朽，而不知介子本未之死也，吾與公展之哀俱可釋矣。賓筵小集，重過西堂，瓶花欲然，壚香未盡，介子之像飄飄乎淩虛欲仙，吾不敢見黃壚而逃，方將以玄言為可味，公展仍能阿余之好為之揮灑作畫乎？則西堂之樂，方興未艾也。（却酬）

注：錄自1931年2月8日《申報》，署名"藕盦"，1931年作於上海。

謝介子（1898—1930），江蘇丹徒人，謝公展之弟。擅詞章，偶作畫。供職《申報》館，民國十九年八月初十卒。葉大密（1888—1973），名百齡，號柔克齋主，浙江文成縣人。1920年代中期曾在上海創辦"武當太極拳社"，教授楊式太極拳，先生因體弱多病，有從之學經歷。

記名畫家馬萬里先生

馬瑞圖先生，字萬里，武進人。早孤，童年獨好藝事，富庋藏，終日繙帋，獨得懸解。後從江都梁公約先生遊，梁先生於詩書畫有三絕之譽。君昕夕撰杖，盡得其傳。弱歲遊大江南北，遇川山勝處，輒留連不忍遽去，或於奇山異木，乘興寫真，以為笑樂。歷任京滬各藝術專門大學校教授，遍交南中名畫師，如石門吳待秋、衡陽符鐵年、虞山陳迦盦、梁溪胡汀鷺、句容王師子，相與質難，無間寒暑。他如蕭尼泉、謝公展，則拳拳服膺，乃以師事，蓋交契尤深也。所業日進，海內稱美。山水宗梅道人、石田翁，而能另闢蹊徑，自成家數。花鳥初為包山，後喜矯健，亦似天池、復堂。蓋其所作，麗而不俗，清而不薄，一花一木，獨饒生意。例以曾滌生之論文廼為陽剛，吾嘗謂世之畫花卉者務袪塵俗，乃不得不矯為疏曠奇僻，於五聲多成商，於天行為秋冬，或者盤薄滃鬱，亦類朱夏，惟得春為難。此因春氣，發揚絢爛，偶一鄙倍，便墮下乘，故皆遠避之。君獨能於春和之中，不掩矯越之致，非氣清骨峻，不克臻此。所以梁公約題其畫曰："處處春風繞筆吹"，曾農髯丈亦品之為"觸處春生"，老輩相賞，正有同見耳。間喜為篆分，在曼生、汀洲之間。治章法秦漢，深自矜貴，不輕示人。詩聲調風韻撫新城。印有《萬里書畫集》《萬里墨妙》《萬里畫屏》《萬里鳥獸蟲魚冊》《紫雲僊館印存》若干卷行世。

注：錄自1931年4月6日《上海畫報》，1931年作於上海。

大風堂送別小誌

此次中日展覽會在日本展覽，海上收藏家及藝術家出品甚多，并有參觀團體東行，宣揚國藝，關係誠大。同時大風堂主人張善孖、大千昆仲亦携其眷屬，以自費於十八日乘笠置丸東渡。善孖近以畫事日繁，兼有及門指導之苦，入寢每遲，臥後輒覺舌津枯竭，醫生誠須節勞，故赴日將以靜攝遊衍為主。扶桑山水，針勞藥倦，預計盤桓兩月。於中日展覽會固為新舊畫出品人，然不擬加入團體酬酢徵逐也。所携壓裝畫卷有趙松雪、唐六如山水，石濤花卉人物及二君近作精構若干幅，可謂千辟之劍。大風堂收藏及作品負海內外盛名，雞林遠播，又不俟今日耳。江南二月，春水綠波，將見飄飄二髯與海帆齊渡，不翅同舟李郭，望若神仙矣！（不受酬）

注：錄自1931年4月19日《申報》，1931年作於上海。

記墨稼廬

畫家王師子，新遷寓狄思威路麥加里九號。小樓一椽，明淨不囂，昕夕潑墨，畫益超秀。吾嘗論師子之畫為淡而有神，麗而不俗，朋好以為知言。日者師子囑書榜額曰"墨稼廬"，叩其義，與麥加聲相同耳。因戲為之記曰：師子新僦居滬北之麥加里，自榜其堂曰"墨稼廬"，諧聲也。筆硯可耨，吾舌幸存，稻稼有孫，傳世勿替。君方以藝事享大名慶有秋，其一室嘯傲之樂，雖世之所稱萬鍾千駟，亦何以加之。麥加，墨稼，莫加矣。放筆為記，亦諧意耳，茲即書以示世之知師子者。

注：錄自1932年1月24日《申報》，1932年作於上海。

亡妻行略

妻錢氏，名亮遠，清光緒二十六年庚子六月二十五日生。生之日，庭中白蓮花，其王父因字之曰素蕖。民國八年己未十二月來歸，越壬申三月十一日即世，凡歸余一十四年，而春秋三十有三。

吾謝氏自高曾以來，與錢氏世世為文字交。吾大父又贅於錢，吾大母於妻為祖姑，吾父、吾嗣父生於外家，與吾外舅名山先生愛好逾弟昆。妻家菱溪，去縣城東五里，所居面河。瀕河東南望，兩橋環束者曰大小白家橋。白家橋以北，闤闠雁列，而妻居為最雄。居西百餘武有園，曰寄園，具花木臺榭之勝，為吾祖舅、外舅讀書款賓客之所，而外舅勝國後又於此中課弟子不出者二十年。吾家自大父遷居城中，而妻曾王母在堂，吾王母歸寧，吾每侍側。垂髫見妻，聞婚姻之議，私心不能無向慕。及吾遭二父喪，從外舅受業，主妻家。時吾年十有四，妻年十有三，而婚議以星家言中阻。其後吾遊海上，厭夫世之閨襜有浮華靡曼之習，不樂就婚他族，終婿於錢。然妻漸長，感人壽之促，百年旦暮，常有哀思，欲撤環瑱侍父母以終，來歸非其志矣。

妻生而聰慧。吾外舅生男女子七人，妻為長。劬學樂道，讀書不倦。既從吾外舅多聞古今忠義理亂之蹟，致力溫公《通鑒》尤勤。吾外舅有書名，妻以家學亦好書。初為顏柳，肖吾外舅，後從其外祖玉虹樓費先生受筆法，則又為雲峰山下碑，而行押書乃肖費先生。費先生邃書學，為鄉國所推。其論執筆，一以安吳包氏為歸。為榜書雙鉤懸肘，方寸以上書鵝頭搦管，行草書撥鐙轉換，篆隸中指尖頂管，虛掌運腕，悉以授之外孫女，自擬於漢蔡邕以筆勢授女琰，以為至樂。惟妻自有井臼女紅之司，兒女之累，疎筆硯，終年不握管，其書可留者絕少，則固妻平昔之所痛心也。

辛亥吾家兩遭大故。癸丑草堂火，藏書復燼。吾大母、吾嗣母、吾母煢煢撫孤，十年中門庭若冰雪。自妻來，期而生女子子荷錢，再逾年而生男子子伯文。吾大母始開口有笑容，而妻亦溫恭好禮，能得重闈歡。吾初贅於菱溪，未幾外姑歿，妻撫其弟妹，主中饋，不得常居吾家，而春秋佳日，歲時伏臘，每一歸省，滿堂融融。其後妻為其弟娶吾季妹，而吾長妹亦婿外舅猶子。於是錢謝交益親，戚黨稱說，比於古之朱陳焉。

妻貌端厚而體不充，然耐勞苦，亦不數數病。讀書刀尺輒以夜。自來歸，凡生男女子六，存男子子三：伯文、仲邁、叔充；女子子二：荷錢、荷珠。而血氣漸衰。

自荷珠生，吾方執教龍華，舊疾咯血作，昕夕以快郵叩吾外舅，商榷藥石。妻聞之大憂，皇皇至不能舉步，私禱於神，不茹血肉。吾病及瘳，而妻殷憂失營養，獨憔悴不勝。逮又生叔充，方乳，癰出頰輔間，口不能張，凡四閱月瘡始合。去年春，吾寓滬東，偕妻來司炊飪。小樓居五人，米鹽瑣瑣，常恐乏絕，亦終日無歡容。十月中，吾大母生辰，妻復有身，乃議送之歸。歸一日而荷珠、叔充病幾殆。妻於是體益罷。越一月，余又歸省，見妻嗽，瘠甚，目無光，色槁腹重，步履若蹩，握手悽然。時妻猶撫兩兒睡，每夜起抱兒溺。吾歸居異宮，實未能盡知妻之困頓。又以產前病，俗謂產即愈，未以為危也。歲闌滬難作，炮火燭天。孤客遠地，方有陸沉之恫，未得時時念妻。而其間尚兩得妻函，皆自言病苦。今年二月，女弟書來，云妻產一女，健飯，喜欲狂。繼又得書，謂女不育，妻亦病。猶以為無患。而此後女弟書言妻病輒不詳，惟速吾歸。吾以車梗，舟行有刧越之警，體不勝，且戀海上一枝，故遲遲及三月三日得電急行，兩宿至家，而妻病已篤。耳聾、便泄、盜汗、喘欬、肺翕張，不思飲食，殆知其不能起矣！

自吾歸迄妻死，可一來復。病中妻猶為吾計往復舟輿之資，為吾數行期，為吾言病累堂上，心不安。問疾者至，必肅坐，溫語酬酢，一如平常。惟叩以病，轉言無所苦，則又其精氣銷亡，即感覺之官亦失所司也。三月十日，妻言骨痛，始反側為不安狀。夜，子欲起更衣，強抱持之，畢事而神昏汗下，面如蠟。吾懼而號，吾母、吾嗣母、諸女弟咸集，妻復甦，視兩姑，以深夜臨視，猶再三謝，并及吾。及姑去，速吾寢，稍遲，怫然若不悅。然吾入他室，方就枕，而環侍者驚呼，則妻已氣絕矣。妻死時，諸兒女方酣睡，吾憐其嬌小，不忍命之起，默然獨撫妻髮，視其頹然若入睡，不知何為悲苦，何為心靈，惟覺別一世界而已。

嗟乎！妻自來歸十餘年，以吾多病，無日不憂為嫠，今乃先吾而死，為妻之幸耶？其不幸耶！使妻不死，而異日者見吾啟手足之狀及吾諸兒女擗踴斬衰儼然哭泣之哀，其悲苦又何如耶！然吾於妻之死，終不能無悔矣。使妻而不嫁，無兒女娠育之勞，讀書事親，若北宮嬰兒，則可以不死。嫁矣而無終寶疾疢死生之憂，搖精蕩魂，則可以不死。去年來上海，時時言瞀眩，厭樓居亢燥，無樹木清氣之養，使早為之所，則可以不死。海上歸，疲憊枯槁，病象已備見，使急治之，猶可希冀於萬一以不死。然而吾皆不之顧，使之憂傷怫鬱憔悴，免身而病，遂一發至於不可為。則是妻之死，何翅吾坐視其亡而不援手？又何翅吾親死之也！吾貞疾十年得不死，而於妻之死，內疚神明，則此後雖有松喬之壽，鐘鼎之奉，吾又安能得一日之樂，以忘妻垂死之狀也！

妻性莊肅，雖燕息不涉戲謔，自奉儉約，節用好施，於倫常之誼尤篤。自吾外姑歿，居常念吾外舅老，兩妹幼小，來海上，三日不得菱溪書，則憂思形於夢寐。當死之晨，恍惚中言外舅病，而垂絕前頃刻將起更衣，告女傭曰："勿動。吾當思母家事。"嗟乎！使妻有老父而不得養，有弟妹而不得友者誰耶？使妻憂惶拮据十餘年，雖死猶有餘憾者誰耶？

於是妻死，滬上孤軍方退崑山，而大軍北來，雲集姑蘇以上，徵役車騎四出，吾鄉夕數驚。吾不得已，於妻死之十有七日，以舟送其匶暫厝於菱溪錢氏先塋之旁，蓋距吾外姑之墓不百步，而至外舅家纔可一里。庶幾妻之魂魄晨昏猶依庭幃，遂其素志焉。

當吾舟東行過菱溪，望寄園花樹掩映，吾與妻所同遊也。望其居，吾與妻所同居也。門前之路，溪中之水，妻歸寧舟車之所經也。吾與妻於菱溪之有情，與夫外家之厚恩，奚止山之高、水之長，然而吾二人相處之歲月遂已一星終矣。天下之大，高岸為谷，深谷為陵矣。一家之內，少者壯而壯者老矣。外舅之寄園，無賓客弟子之盛矣。菱溪之闤闠，零落不成市矣。曩諸郎之與吾共晨夕者，皆有弧矢之志，出而之四方矣。妻之羣從姊妹，他日垂髮畫眉與妻為初三下九之戲者，亦各有家而抱子若女矣。吾視舟中兒跳踉若不知世間有無母之痛者，而荷錢且十三歲，髣髴初見君之年矣！

追維疇昔，知去日之苦多，而盛衰之不侔如此。則吾之悲又豈僅撫棺垂涕為妻一人而已耶？今者吾入見吾大母、吾母，垂暮撫諸孫，噢咻摩挲，而吾不能使之養；出見吾外舅蒼顏白髮，方有蹈海沈湘之痛，而吾不能使之樂。吾有事畜之任，僕僕道途，而不能一日無內顧之憂，以免於不孝不弟。凡以吾妻之喪之故，妻所繫於吾錢謝兩家者重矣哉！

嗟乎！吾常多病，學殖荒落，文字草草。何足以盡吾妻之生平？且吾曩為詩文喜藻飾，為書喜古文，蟲魚鳥跡，詰屈聱牙，皆非妻之所深喜也。吾今茲將從事三代以後書，齊梁以後文，以求妻之一盼，然而妻則終不可見矣。嗚呼，豈不哀哉！

注：錄自《玉岑遺稿》卷一，1932年作於上海。此文收入《百年文言》（陳永正、徐晉如編輯，浙江古籍出版社2015年版），有陳永正評語："滿腹悲酸，一泄而出，哀聲不絕，難以章句矣。"素蕖亡後，先生有言："報吾師惟有讀書；報吾妻惟有不娶。"且自號"孤鷟"。鷟者，鳳凰也，鳥中至貴也。其號之本意是孤飛，所以其詩詞文多有署名"孤鷟"發表。

讀樓辛壺畫展

中國繪畫，始自羲卦，而文字亦由此生，溯其源，二者相毗而不可分也。故殷虛契文，成周鐘鼎之款識，凡刻畫象形之奇肆者，皆畫態也。武梁畫象，漢瓦洗刻文，厚重古拙者，皆畫意也。雖逮後世，能書之人，亦大抵能畫，名雖不侔，法仍相通。王逸少有一筆書，陸探微剙一筆劃。趙松雪論畫詩："石如飛白木如籀，寫竹還於八法通。"柯九思寫竹，幹用篆法，枝用筆法，葉用八分法，木石用折釵股屋漏痕意。南唐後主畫竹用金錯刀法，黃鶴山樵畫山用大小篆法。此外錢舜舉稱畫有士氣，當辨隸體。而遠徵書家如蔡伯喈、王廙、羲、獻之畫，已見史籍，又不僅趙令穰之擅草書，東坡、涪翁、松雪、華亭之稱二難并矣。挽近之學，急功好利，皆務為人，於是有不知作書，而塗澤其畫，以取悅豪富者，則不得不為玻璃版之山水，絹製之花卉，標本式之鳥蟲矣。此雖有大名，享厚利，祇謂之匠與賈，不足語於士大夫之畫也。然世苟不察，震其能漁利多金而效之，則害且甚於洪水，將泛濫藝苑，滅青年之頂，而淹沒美術之根苗，又不可不辨矣。吾友樓君辛壺，樂道習靜，泊然於世無所營，雅擅書法，八分如王西廬，行書如姜實節、倪雲林，故其山水竹石，無一筆不雅，亦無一筆無士氣。設色之高潔，佈局之變化，皆自書家之布白開闊，骨肉停匀中來。吾嘗欲使其畫多出示人，俾世人知書畫合一之證。今辛壺方於湖社開展覽會，翕然有盛譽，而畫亦不脛而走，益可知名與利之終歸於實，而流俗之畫，的然日亡，可以跂而須矣。

注：錄自1932年10月3日《金鋼鑽報》，1932年作於上海。

樓辛壺（1881—1950），浙東縉雲人。南社、西冷印社、寒之友畫社社員，上海美術專科學校教授等。

大風堂畫展存目序

吾友二張，蜀中美髯。書畫探討，騰譽海宇。

節衣惡食，以實篋笥。廿稔所藏，無虛千百。
唐宋而降，迄於遜清。雪个清湘，枕中鴻寶。
風雨晨夕，行理舟車。出入每偕，有如骨肉。
今茲好遊，舉出易米。將□趙船，易彼蘇屐。
殆似子皮，浮桴散財。譬之白傅，開窗放柳。
雲烟過眼，聚散常理。遷土臨歧，詎復留惜。
惟僕不豪，獨有感傷。念初識君，時廁賓席。
繼與君鄰，復聚筆硯。凡君所畜，摩□軏輿。
上下論列，談笑侔擬。肥馬輕裘，與之共敝。
瀘說空桑，過者生戀。今之所契，逾於三宿。
留既不可，別甯無辭。爰就所張，書其目錄。
氏姓先後，廣袤精粗。窺管測蠡，略具梗概。
題識詩文，淵源掌故。苟有足述，亦不厭詳。
聊抒予情，以存印爪。志在流連，不涉標榜。
香火不昧，見或有期。在昔作者，實繁有徒。
清河畫舫，江村消夏。取精用宏，將以傳世。
則吾豈敢，旨亦不侔也。

　　　　　　壬申十月，風雨之夕，孤鶩戲序。

注：錄自1932年10月22日《金鋼鑽報》，"□"为字迹不清，1932年作於上海。

南巡圖稿

清康熙南巡，為歷史上盛典，《王石谷傳》稱："石谷以布衣供奉內廷，嘗繪《南巡圖》，天下能手駢集，咸逡巡莫敢下筆。石谷至，口講指畫，咫尺千里，令衆分繪，而己總其成。上覽之稱善。"所畫正本十二卷，向藏壽皇殿，庚子之變，為西人掠其五，餘七卷亦不知流落何所。其副本在信侯邸，亦為西人以重金購去。

文物飄零，至足懍歎。手創稿本四卷，係蜀人顧鼇於故宮所得，雖非全豹，亦成碩果，今歸大風堂，在此次書畫展覽會中陳列。本高二尺，每卷長三丈餘，所繪凡人物騾馬、橐駝牛羊、鷄鳧犬豕、宮殿樓觀、城堞村舍、橋樑垣井、堤岸陂陀、阡陌閭閻、龍舟鳳蓋、棧輅車輿、旗幟黼黻、弓矢斧鉞。野則檜柳松柏，梧桐竹箭，桑麻禾黍，走鶴翔鳶。人則卿相文武，販夫走卒，百戲雜陳，簫管備舉，明燈華筵，金尊玉碗，騎者步者、歌者舞者、跪者立者、推者引者、耕者鎡者、水者陸者、負者戴者以千萬計，而一時帝王之煊赫，盛世之熙雍，文物典章之美，於此可見。譬之太沖《三都》，平子《兩京》，遠徵博引，一時無兩。何況用筆佈局，纖悉具見，偶有鉤乙，跡象宛然。南齊謝赫謂畫有六法，二曰骨法用筆，此卷正以未經丹青粉澤，故骨氣洞達，筆法刻露，足為百世圭臬，誠藝苑之至寶，墨林之大觀也。每卷前引首為徐世昌楷書，後有袁勵準、羅俊堪、周養菴跋，南北名人，題詠殆遍。舊王孫溥儒心畬詩曰："河嶽蒙恩草木滋，蒼梧遠勝陟方時。黔黎盡變沙蟲日，欲問堯年鶴豈知。"汪榮寶袞父詩曰："墨痕不逐夢華空，歷歷星雲在眼中。俯視乾嘉猶叔季，更休剪燭話咸同。""風雨昆明幾刼灰，前朝陵廟總煙煤。猶餘西蜀方瞳客，曾見當年八駿來。"（自注：四川開縣李叟珍元生康熙十二年，今尚健在。）楊昀谷詩曰："父老說聖主，漢唐竟罕匹。北極掃昏霧，乃心眷南國。八駿天上來，山川有喜色。"黃賓虹詩曰："九重游幸錦官多，鳳艒龍舟偋阿麼。秦漢風微蚨吊月，南巡圖上望漕河。""玄鳥祥開帝運新，祇今東海又揚塵。漂零粉本王翬筆，騰有煙霞媚古春。"李宣倜釋堪詩曰："江南已入蘭成賦，千里哀鴻劇可憐。猶有巡行烏目稿，仁皇甲子太平年。"曹經沅纕蘅詩曰："遺民望斷屬車塵，刼後江南閱幾春。莫話仁皇全盛日，同光猶是太平春。"譚澤闓瓶齋詩曰："名家意匠出經營，幾輩濡毫畫得成。零落黃籖誰省認，漫將盛典說承平。""十二縹緗久佚殘，牛腰四卷重琅玕。卻緣不入君王眼，翻得人間子細看。"

注：錄自1932年10月28日《金鋼鑽報·大風堂所藏書畫展覽會特刊》，1932年作於上海。

談談大風堂所藏書畫展覽會

我們在上海藝術界中，要多尋幾個書畫高明兼精鑒別的朋友，真是不容易了。不是作品很好，偏對於鑑古毫無興味、毫無把握，便是眼光很不差，而自己不能動手，在普通人心理，手和眼的進步，是應該成正比例的。其實書畫能夠好，或者還可靠幾分天才，說是"生而知之者"，這鑑別一回事，卻絲毫不能取巧，抽象的藝術美不必說，辨別印鑑的真贋，顏色墨澤的新舊，印泥的粗細，那一樣不要學識和經驗？單就紙來說說，有硬黃紙，澄清唐繭紙，內庫紙，明紙，清初紙，麻布紙，皮紙。紙簾的闊狹，質料的優劣，一代有一代的制度，是假借不來，要有一項研究得不精，不客氣就做了假內行。況且中國人天生喜歡冒充，孔二先生他還要託制稱王，假造一部《春秋》頑頑呢，所以董其昌的畫，陳眉公會假，趙文度會假，沈子居會假，不但後人，同時便要假，不但門外，門內還要假，這叫鑑賞的人，多麼難分別呢？

我在上海十年中，認識的書畫朋友雖不少，要兼有上面兩項資格的，除了狄平子、黃賓虹、吳湖帆、張善孖大千兄弟，真也想不出別的人了。我和張大千認識得最早，他的藝術作風，和鑑賞目光，我也曉得格外明晰一些。他自己擅長畫的是石濤、漸江、梅翟山一派的黃山山水，和張大風、唐六如一派的人物，但他收藏卻不限定這幾個範圍。他所有的書畫，當然比不來龐萊臣、程霖生等大資本家，但是他卻能夠"甯缺無濫"，以"少許勝人多許"，就是大千這人太會用錢了，到了經濟鬧恐慌的時候，沒有法子，便賣舊書畫，在一方面說，我們自已喜歡的東西，一天要賣掉他，似乎總有些"英雄氣短"，但是別一方面說，古人的名跡，本來要傳播天地間，根本不能占為私有，那沒"楚弓楚得"，大千也可告無罪了。

今年大千因為他哥哥善孖病了幾個月，一總沒有出門，現在善孖的病好了，他又想出去跑跑。俞劍華從華山回來，說華山好，他就想到西安去，鄭曼青說雁宕山好，他就想到甌東去，這一筆路費沒有地方出，又只好在古人身上打算了！本月二十七日超至三十一日止，他在華龍路八十號開古書畫展覽會，有二百多件出品，除掉八大、石濤是留著不賣、請人欣賞的，此外有"唐太宗草書卷"，"蘇東坡寫詩卷"，"梅道人竹譜卷"，趙子昂寫的手卷、冊頁，畫的山水立幅，黃鶴山樵的山水堂幅，徐天池、陳白陽、陳老蓮、金冬心等精品，可算美不勝收，這多是預備忍痛割愛的。到了這幾天我想參觀的人一定多，看了這大風堂收藏的精，一定會聯想到他兄弟倆作品的美，那就可證明我上面說"兼有兩項資格"的話不是替他吹，我們就可送他一句古人成語"二難并"了。

注：錄自1932年10月29日《申報》，署名"孤鷥"，1932年作於上海。

馬萬里先生小傳

馬萬里，字曼廬，武進人。家富庋藏，髫齡嗜繪事，終日繙帋，獨得懸解。弱冠遊大江南北，遇奇山異境，輒乘興揮灑，藝益進。歷任京滬各藝術專門大學教授有年，山水得宋元人神韻，花鳥兼有包山、南田、天池、復堂之長，蓋世之畫花卉者，以得春氣為難，君獨能於春和之中，不掩矯越之致，殆非氣清骨峻不克臻此。故梁公約先生題其畫曰"處處春風繞筆吹"，曾農髯先生謂為"觸處春生"，老輩推重，豈偶然哉。君間喜為篆分，在曼生、墨卿之間，治章法秦漢，深自矜重，不輕示人。尤擅小詩，聲韻固若新城也。印有《馬萬里寫楊萬里詩意冊》《萬里書畫集》《萬里墨妙》《萬里鳥獸蟲魚冊》《萬里畫屏》《紫雲僊館印存》若干卷行世。壬申十月，謝覬虞撰。

　　注：錄自1932年11月11日《金鋼鑽報》，1932年作於上海。鄭逸梅《馬萬里的藝壇生活》有云："謝玉岑是振鍠女婿，與萬里友善。玉岑工詩文能書，造詣頗深，萬里每有所作，玉岑輒為題詠。壬申年玉岑曾為萬里撰小傳。此為萬里行世第一篇小傳。"

論張大千畫

　　"百花釀作酒一甀，百藥鍊成丹一丸。五味入口取其甘，五色入目取其鮮。五聲入耳取其和，惟貌不獨取其妍。……言之有物餅中餡，裁之成幅機中練。視之無跡水中鹽，出之則飛匣中劍。"此樊山老人論詩長句也。學問藝術之事，源遠則流長，積厚則施遠，是固不獨於詩為然。故吾讀張大千之畫，覺其不可及者，即在博覽深思，牢籠萬象，迥非拘曲下士守一先生之說、自封故步所得比擬。

　　大千曩以善畫石濤、八大有聲，然其畫實不拘拘二家，凡唐宋以降，古人劇蹟，大千苟力之所及，無不兼收並蓄，以求會通。故於黃山諸家取其詭，新安諸家取其雅，吳門取其秀，華亭取其馴；取海岳之厚，取鷗波之高；取方壺、房山濕筆，取鷹阿、垢道人渴筆；取大風之風神，取衣白之氣宇；取南田若仙，取老蓮若俠；取院體之周詳，取寫意之疏簡；取元明，取唐宋，可謂取之不盡，用之不竭矣。而意若以為未足，則大千又嘗受筆法於曾農髯、清道人，通古今書學之源流，故知毛鼎、散盤之博大，五嶽之拱也；楚鐘、齊鎛之紆徐，三江之帶也。知篆之垂為崖，分之達為嶺；隸之蓄為淵，楷之飭為岫；北碑之方折若斧劈，南碑之圓轉為解索；金錯刀用之描，撥燈用之皴；鉤勒之勁若折釵股，點染之凝若屋漏痕。於是而古人"石如飛白木如籀"之說，渺乎小矣。然而古人所矜，宗派法度，無不出於自然。知古人而不知自然，則古人以吾為轅駒，然則吾以古人為魚筌。故大千復好游，家本西蜀，巫山最奇，江水發源，浪游入海，南盡楚粵，北極遼瀋，東至日本，登高麗金剛山、歙黃山，寢饋不去。恍然峨岷三峽之險峻，北宗所出；吳楚諸山之揖讓，南宗以興。而黃山之窮態極妍，漸江得其情，清湘得其變，瞿山、南坪模其形，一松一木，大被後人。於是心摹手追，遊稿屢易，戛戛乎樊山所謂"甑酒熟"、"丸丹轉"矣。則言其過程之悠遠，致力之艱苦，取材之精宏如此，是詎能一蹴而幾者哉？吾知大千深，故於其畫展，不能無所論列，不敢避於阿私。然綜合大體，數其流變，務使觀者知其酸鹹之不同，而一篇一幅之美，可置勿論。即其伯氏病後作風之丕變，與門弟子之好學不倦，皆當別為文張之，亦不著於篇云。

注：錄自1934年4月30日《申報》，署名"孤鶩"，1934年作於上海。

記大風堂弟子

吳子京，浙塘棲人。從大千遊最久，好飲，能圖虎，花鳥專法新羅山人。世之學新羅者，或得其碎，或得其疎。子京獨能窺其茂密厚重之處。尋常不輕作，人或以為得大千畫易，得子京畫難，然以易酒，則不甚惜也。嘗侍善孖、大千游黃山。

范志宣，吳江人。從張善孖學山水，初為四王，近亦致力石濤，筆稍弱而粹然有士夫氣。執教海上垂十年，餘力染翰，鍥而不舍，可貴也。

張旭明，蜀人。善孖猶子行，溫秀若處子。畫筆工秀，走獸、花鳥、人物，一如善孖。山水初為文、唐，近隨大千遊舊京，與諸名宿談，筆漸肆，乃亦為大風。從遊黃山，寫生畫稿皆出其手，大千以為不及也。

晏濟原，內江人，與大千同邑。天才過人，來海上，客大風堂，喜清湘陳人，臨寫即似，大千奇之，始執贄稱弟子。思致狷潔，於古人少所當意，故山水一意石濤，佳者幾可亂真，書法尤肖。偶為八大、瞿山，亦取其與石師淵源不背也。家富古人劇蹟，尤多崔青蚓云。

劉永明，丹徒人。於弟子行中年最幼，及門亦最晚。大千教之書，習《西狹頌》《黑女》極勤。畫筆清拔，可造之材也。

論曰：孔門四科，不以雷同為貴也。夫惟善教育，始能因才施教，亦惟善學者，能博學無方。大風堂弟子甚多，若之數子者，好學深思，得之途轍哉。

注：錄自1934年4月30日《金鋼鑽報》，1934年作於上海。

記畫家張善孖兄弟

張澤，字善孖，一字善子，號虎痴，蜀內江人。美鬚髯，任俠崇義，交游徧天下，曾列軍旅有戰功，淡於名利，旋棄去，客海上，繪畫自給。母曾太夫人，以工筆花鳥負大名於蜀。君早承家學，佩鞿之歲即通繪事，花鳥外，山水比唐六如、鄭穆倩，人物如陳老蓮、張大風，走獸法李龍眠、趙松雪，無不精妙。又喜畫虎，嘗豢虎，朝夕玩其起伏動靜之狀，變化千萬，因以為號。春秋好游衍，與八弟大千游黃山，宿山中數月，山水益浸淫於黃山派。近又登華岳歸，年逾五十，虛懷劬學，藝事日進無已。有《十二金釵圖》《八駿圖》《五牛圖》諸冊行世。作品屢經比、法、德、日展覽曾推獎。

張爰，字季爰，一字大千，善孖弟，行八，美髯，性豪俠如其兄。少從臨川李梅盦、衡陽曾農髯兩大師學書，盡南北宗之勝。以書法入畫，奇肆超逸，不可端倪。山水出入清湘、八大，花卉人物為新羅、白陽。性喜游，兩登歙黃山、朝鮮金剛山，一登南嶽羅浮，新又從太華歸。寫生積稿盈尺。凡所至南北都市及日本東西京，名流皆倒屣。精鑒別，收藏尤富。唐宋元明畫展在日本開幕，君賦詩若干首，論列出品之真贗，美惡綦嚴，日人詫服，奉為南針。偶臨古人畫，輒能亂真，君亦以為游戲，自比於米襄陽。賓筵揮灑數十紙不倦。詩酒聲伎之樂，自謂可以忘死，固神仙中人也。

　　注：錄自1934年12月25日《北洋畫報》，1934年作於上海。此年底，先生從上海返回常州養病。

墨林新語

李蒓客

李蒓客（慈銘）學問風采，振耀朝野，《白華絳跗閣駢文》奄有魏晉初唐各家之長，尤為兒時所喜誦。書法雅馴，於宋近長公、襄陽，并能作篆書，獨恨未見其畫耳。《越縵堂日記》中，有為沈子佩團扇畫山水、作柳橋山閣；為陳雲衢畫團扇作高松飛瀑，重山蒼翠，下隱小亭，間以雜花，此境非近日畫家所知；為朱笏卿團扇畫一夜扁舟宿葦花；為肯夫之子仲立畫摺扇作山菴黃葉圖，其山用大癡淺絳法，則能作山水矣；為從侄畫摺扇二，一為竹外一枝斜更好，一為楊柳雙株；為徐淮康書摺扇，並作梅竹石三友圖貽之，文與可有此本，東坡為之贊，見《鶴林玉露》，則能作花竹矣。

其論畫嘗謂：楊補之自號逃禪老人，又號清夷長者；鄭所南自號三外野人，皆有深意。補之不屈於秦會之，累徵不起；所南宋已後自變其名曰肖曰南，以示不忘趙氏。此皆風晞箕穎，節媲首陽。故補之梅花寄神天外，空枝疏蕊，澹遠如無；所南畫蘭，根不土著，離披散逸，無跡可尋。豈橅規寫矩者所能學步？若國初八大山人朱耷，筆意縱放，已有僋氣矣。

又曰：畫家以煙雲供養，多享大年。亦視其人胸次蕭然，澹於榮利，寄意繪事，寫其天真，無取刻畫細緻，窮其瑣屑，乃能游神巖壑，頤性景光，窮而不憂，仕而不溺。

故倪雲林七十有四，張伯雨七十有二，黃子久八十有六，王元章七十有三，沈石田八十有三，其世父南齋亦八十餘，文衡山九十，其子三橋七十有六，文水八十有三，從子五峰七十有四，陳眉公八十有二，王仲山八十，李九疑七十有一，程松圓七十有九，王煙客八十有九，王圓照八十，王麓臺七十有四，王石谷八十有六，王蓬心七十餘，則其畫之宗尚流派，可以知之矣。

又為光甫畫山水團扇，並題一絕云："五夫市前山水清，百年村樹最多情。幾時同渡娥江去，綠柳紅橋相送迎。"記稱："予先世居上虞五夫鎮，宋時曰五夫市，有遺德廟，先少保齊卿府君，皇祐時所撰碑記尚存，前日書玉言其地山水秀絕，余考唐會昌三年有余球所撰《五夫市新橋記》，言在虞江之東南二十里，亦頗稱其勝概。又有是年所建，及大中四年重建經幢，俱在市之虹橋。又有唐時遺德廟經幢，王梅溪《會稽三賦》曰：松名五夫，自注以為是地即秦皇封松處。余氏記云：昔時有焦氏，家在其地，因孝感上聖而錫名。張氏《雲谷雜記》曾據此證王賦之誤。其地固名區，宜生達者矣。"

又為書玉畫趙李湖荷花圖團扇，稱趙李湖，府縣志作"皂李湖"，亦作"皂鯉湖"，皆字誤，蓋昔有趙、李兩姓居之。書玉世居湖邊，言荷花甚盛，長廣數里，葉高過人，村落皆隱花中。一畫扇而考訂如此其詳，誠非學人不辦，此其畫所以彌可貴也。

宋芝田

陝中二詩人，醴泉宋芝田侍御（伯魯）與咸陽李孟符水部（岳瑞）齊名，李死後，宋遂稱巋然靈光。能作山水，宗法倪黃，一樹一石，皆以筆墨示人，不尚塗澤，高峻推當代第一。華陽林思進（山腴）自稱不能畫，而鑒別過於流俗，嘗語人曰：明末高逸諸公，多精六法，而勝國自道咸後，即寥如晨星。以不肖所見，惟醴泉宋伯魯可與奚鐵生彷彿，其他雖有時名，不過入能品而止，此事之難，殆關世運乎？其實宋之畫，當長揖石齋鴻寶，奚止抗手鐵生而已。

早年作詩，沉著綿麗，雅有唐音；老年筆淡氣醇，和雅平易，遂如其人矣。近作《放言》云："南國酣歌久，西疆杼軸空。財因養兵竭，術到救災窮。幸廣黔敖惠，誰貪汲黯功。頗聞新雨後，陌上有歸鴻。"又云："友邦能急難，萬里汎舟來。義聞傾全國，虛聲等望梅。連檣空有約，縮地竟無才。且喜秋成近，天心若可回。"又《園屋雜興》云："飆輪發自南，飄忽到三輔。大木倏然拔，群飛失其怙。老夫心太平，日與寥天伍。得失無所繫，彭殤亦奚取？有時攜妻孥，杖策涉園圃。穿綠坐磐石，搴紅藉芳塢。一絲蝴蝶風，數點清明雨。即此亦云足，其誰肯予侮。"又《謝人送牡丹》云："歲歲招攜到草堂，開筵勝日賞天香。尊前朋輩今誰在，池上園林已半荒。春去春來衰病裏，花開花落曲江旁。主人自是多情甚，一朵紅雲慰老蒼。"

宋書法在虞、褚之間，今年七十九，猶能作蠅頭小楷、工筆山水，比之文衡翁晚年，方謂百歲可期。乃頃得西安來電，遽染疫下世，海內耆舊，又弱一個。檢視半月前惠書，自稱憂患餘生，牆東避世，東塗西抹，聊送殘年，方知其言之過哀也。林山腴近有《謝宋書畫扇》一詩曰："一封書到雁來時，豈獨文章擅色絲。二百年來畫襌筆，十三行字扇頭詩。唱酬未覺天涯遠，把晤同嗟歲序遲。西望秦雲意無極，松牕寥沉渺予思。"附錄於此，以誌因緣，惟恐清寂翁見此，益興遲暮之感耳。

汪藹士

丹陽汪吉麟（藹士）以布衣遨遊南北，長揖公卿間，厓岸自高，人皆敬憚之。能作梅竹蘭菊，尤以梅花及細竹有名。其畫無所師承，早年寓超山，昕夕徘徊梅下，玩其縱橫交互之態，故畫梅喜繁密，每於一紙寫數百枝，向背左右，揖讓不亂。又喜作直枝，天真閣所謂"梅花取直不取曲，此理世人多未推。詩人獨得梅情性，不畫庭梅畫野梅"矣。

客舊京，義甯陳師曾衡恪見其梅，歎為絕倫，君遂與師曾交，砥礪責難，終日不倦，畫益進。細竹中年，蕭疏清遠，老趣樸厚，得竹之品雅自負，於古人少所許可。黃秋岳（濬）題其畫梅詩曰："師曾垂死示我詩，反覆稱君畫梅好。箠長以尺字如栗，猶有幽香射晴昊。去冬見君鬢鬖鬖，相逢每在南枝南。（始遇在梅郎家。）此士直應冰雪骨，豈止花光同一龕。"又《題畫竹卷用東坡題與可竹石詩韻》曰："森森千畝竹，凜凜一代人。風霜無情物，猶避不懷身。哀哉疾走兒，恣意為纖新。豈知獨立意，善畫固有神。""淇澳為邱墟，秦人遷九有。可憐干霄志，屈節賦梅柳。胸次一華山，誰能負之志。便當吞渭川，肯間釣竿絲。""汪侯老畫師，頓頓儉虀粥。風聞梅格好，廼復擅風竹。師曾亡已久，真賞混珠蓓。吾詩何足重，末技愧畫肉。"可以知其推服之誠也。藹士木訥，口不言人過，而性情高峻，凡大官貴人，以藝事欺世逃名者，皆屏不與通。朋好臭味相投，則朝夕款其門，談樂不去，否則文酒之宴，招亦不赴。

舊京相知，師曾、秋岳外，與姚茫父（華）、羅復堪（惇曧）交最深。茫父有題其畫梅長古曰："君復賦疏影，兩言得梅真。千年道幾變，乃復繁密珍。曾從梅花深處游，千花萬蕊紛向人。祇宜寒月擴清曠，又入淒煙相彌綸。疏密之理豈一定，作者情性各相親。高簡者疏摯者密，畫梅之畫如其人。汪子性情天生篤，狂態不作怒與嗔。一紙到手恐遽盡，筆墨往復屢苦辛。何日寫此意最切，未妨腕脫更手皴。詩人太簡惟兩言，子乃萬筆非同倫。讀子畫卷如臥游，恍然移我空山春。我亦賦詩作長言，求疏終慊一字貧。""簡疏"、"摯密"二語，可謂千古不刊之論，而道君性情，真在高山流水間，足當知音矣。

藹士以畫授梅郎畹華，梅於歌舞之餘，好此不輟，凡梅郎畫梅繁複有法度者，皆藹士捉刀。樊山題藹士畫梅曰："戊辰四月，梅郎蘭芳，持汪君所贈墨梅卷子乞題，此一幅則汪君留為家寶者也。此幀視贈梅者似微不及，蓋彼更精密，筆筆著意，此較容易也。梅郎從君學畫，稱高足弟子，故為梅畫，必十分經意。昔南宋單定軒工書，亦善畫梅，姜白石、郭敬叔並隸門下，嘗畫梅貽郭云：'《蘭亭》一入昭陵後，筆法於今未易回。誰識定齋三昧筆，又傳壁坼到江梅。'觀此知師授其弟，未有不竭盡心力者也。古有得美婦而讓之於兄，起大宅而推之於友者，足徵性情風誼之篤。今汪君以佳畫與人，自留其次者，其意與擇肥應客不同，蓋知蘭芳之愛其畫，甚於其自愛，在己處不若在梅處也。然即此一幀者，同出一人一時之手，相差不過銖黍之間，右軍之《裹鮓》《來禽》，庸必大遜於《蘭亭》哉？"

吳觀岱

無錫吳觀岱，初名宗泰，字觀岱，四十後以字行，晚署江南布衣。少孤，從酒家為傭，性嗜文藝，過潢家觀壁間所張畫，輒流連不忍去。漸與主人稔，每乞假歸，深夜撫寫，遂通六法。壯年遊京師，居同里廉南湖農部（泉）家，農部收藏極富，交遊尤廣，君始得遍覽前代大家真蹟，畫益進，世比之耕烟之於西廬云。君於畫靈襟妙悟，出自天授，故超秀過人，人物初師新羅，後為瘦瓢子，山水出入宋元，歸於石濤、石溪，間作花卉仕女，服膺六，如南田，然不多觀。性高潔，貌清癯，遨遊江湖，皭而不滓。老歸鄉里，以畫自給，春秋佳日，巾車出遊，弟子撰杖，鬑鬑蕭然，望之若神仙。張磊盦（祖翼）比之明末李流芳、徐俟齊一流，裴睫盦（景福）亦謂如倪雲林、張伯雨，非虛譽也。

南湖晚年，客津門，窮益甚，嘗欲鬻夫人所居之小萬柳堂以度歲。君聞之，遽集潤筆所得數千金寄之，雖小萬柳堂終易主，而君死無一錢，世故多其風義。南湖有為君題畫冊兩詩曰："造化為師非想天，流傳名蹟壓耕烟。丹崖拔地一千尺，滄海聞鐘五百年。興到且傾燕市酒，悲來誰識隴頭絃。那堪重躅西城路，寒食招魂憶二賢。""一生低首東園客，配饗新羅更出群。破帽瘦驢塵夢斷，寫經新閣異香聞。圖中丘壑千秋業，腕底波濤九派分。二石精神自來往，莫教過眼等煙雲。"欽倒交誼之深，可以想見。畫中所謂二賢者，良、吳二烈士死於辛亥之役者也。

孫寒厓（揆鈞）有和南湖贈君詩，亦及西城寒食事，詩曰："猶是不忘作寒食，西城坐上幾人存。黔鱸灞岸新詩影，（有贈吳烈士畫，後仍歸南湖。）白鳳濰州殘夢痕。（有仿石濤寫東坡詩意贈良烈士，今不知尚在人間否？）尺幅煙雲方過眼，兩家劍履已埋魂。梅園根觸無窮感，點染蒼黃細細論。"君因為寒厓作《來鶴樓圖》，題云："奉南湖題拙畫詩，獎借實不敢承，感慨正是無盡。夕飲市樓，不覺又大醉，誦重踏西城之句，腹痛如割，迷離顛倒中，歸成此幅，自視絕似河上來鶴樓狀況，勉成一詩奉寒厓補壁，先生亦辛亥西城坐上客也。"詩曰："我是黃爐舊酒徒，忽焉涕淚到良吳。百年舉目看烏過，一醉如泥逐狗屠。忍憶西城作寒食，不忘詩意寫南湖。孤山身世今無恙，畫出君家河上圖。"此又畫苑中一段掌故也。

君書初學石田，晚年喜作草書，近孫過庭，而拙過之。凡作畫，無大小，悉張紙於壁，懸腕揮灑，此用古人畫壁書柱、登高題榜之法。然承蜩解牛，非技精神解，曷克臻此？中年喪偶不娶，故無子，一女適人死。有小婢頗慧，能司翰墨，門人某復竊之逃，晚景乃岑寂可憐。吳中曹太史（元弼）國變後妻死，與人書嘗自稱鰥寡孤獨，萃於一身，如君者正亦類之。歲丙寅，吾師名山錢先生訪君於錫山，歸作長句贈之曰："先生之畫，從心而不踰矩。大山嶔奇，長松飛舞。灑落煙雲，揮霍風雨。不可以迹求，而可以神遇。先生無男復無女。卻有外孫四人，惟先生之恃怙。長年撫摩，中宵噢咻，白髮丈夫，屈為老嫗。嗟哉人生易盡者百年，難得者千古。先生已得其所難，又何為逢人而訴勞苦乎？"此則以彼易此，又曲為慰藉矣。

莊思緘

吾鄉莊思緘（蘊寬）早宦桂中，有知兵之目，為岑西林所重。端午橋（方）總督兩江，聞君名，欲招之，會君過江甯脩謁，端叩以治世所務，君舉"殺人如麻，揮金如土"八字，端懼，遂不敢用。大致君雖非武人，而剛躁頗近之。民國一任江蘇都督後，竟耽禪寂，自署無礙居士，持淨土甚嚴，亦奇也。擅書法，於北碑服膺《清頌》，早年旁薄，實近悲盦。五十後腕廢，不能飛舞揮洒，多習《鶴銘》，遂趨甯靜，饒雋永之致。家藏宋拓《夏承碑》，海內孤本，故間作分書。又喜畫梅，有書意，高曠非俗手可及。能詩，不多作。

嘗與人論里中書家曰："生平所見鄉先生墨蹟，明以孫文介為最，清則以南田始，既後有唐先生宇肩，乾嘉時乃推莊然一、錢魯思兩先生。安吳包氏盛稱黃乙孫榜書，吾未之覩，老輩亦莫能述也。其後李氏昆仲慶來、述來，負一鄉之望，大都帖學甚深，於碑碣多所未見。咸同間家楓南方伯，乃書《鄭碑》；而婉紃張夫人，以女子獨拔一幟，安吳稱之，會稽趙撝叔，尤為傾倒，可謂賞音於此遇矣。其能作隸書而妙肖者，唯族中偲儕比部，於《禮器》《乙瑛》，致力尤深，而世人竟莫識之，甯非怪事。前數稔，汪丈淵若，鬻書歇浦，極一時之盛，身後乃闃然。但淵老中年所作篆隸，大有意味，未可盡非也。儕輩中劉葆真太史氣派極寬，費西蠡姿致尤勝，以其家藏既富，交遊廣博，有以致之，惜皆不永年耳。"其言多平允，惟徵數遠遺皋文、北江，近失玉虹、名山。殆以信筆所書，無關月旦，故未求賅備也。兩女弟，縈詩（閑）工書，北宗《猛龍》，南宗《瘞鶴銘》，與兄同出一源，而拙筆端厚過之。晚年孀居焦山，偶圖佛像，高古如其書。苣史（曜孚）工寫生，初守惲派，後亦參以新意。久居舊京，里中罕覯其畫，三年前曾於扇肆見所作月季便面，賦色鈎勒，遂近南沙矣。歸湘人陳季略（殳），雅擅詩畫，有趙管之目。

陳季略

陳季略（戣），湘人，流宦舊京，後為吾鄉莊氏館甥，所言乃無鄉音。有詩名，畫花卉近白陽，疎枝跌宕，略如其書。見其寄唐丈企林畫菊扇，詩云："自遠俗情何礙瘦，但餐秀色可忘痛。不知潘岳河陽縣，也有霜枝一二無。"唐時宰武清也。又《除夕寄內》詩云："情至不耐別，何當晚景催。又飄三度雪，空想六株梅。昔句旁知狀，新愁驛寄回。今宵兒女拜，應念老夫來。""近悉微疴已，遙期閒事刪。屏風燕爾館，軋翠女床山。手筆一年畫，心香兩地斑。突愁梵唄畔，飛雪上華鬘。""年月有新事，為君子細搜。兒禁朔雪大，女脫蜀江漚。閉戶呼明月，看山憶小樓。一端同去歲，此客尚淹留。""杜老咸陽舍，推排但苦吟。句添詩集尾，燈照酒杯心。箏笛魔無著，羲娥馭互駸。團欒難可鑄，先鑄萬黃金。"

陳含光

真州陳含光（延韡）擅詩詞，工書畫，舊客白門，吟侶題襟，名流倒屣，有佳士之目。書通大小篆，用筆端重，於近人在儀徵、窶齋之間。山水學王叔明，自謂以篆法入畫，嘗見其淺絳山水，儼然山樵也。近任《江蘇通志》編纂，寓焦山，與吳門金松岑丈友善。

松岑有贈君詩曰："我與含光十年別，詩來問我養髯未。我老詩如毛穎禿，聊借吟髯表清異。憶識含光在白下，湖舫春宵花月麗。繞喙亦無氂氂髯，眉宇蕭疏不辭費。詩鄰昌谷詞夢窗，楷法獨得隋人祕。綠楊城郭知非舊，猶挺斯翁徵閒氣。邇來俗尚鮮卑語，坐看風雅遭黥劓。我亦倡狂逐稽阮，毫素深心寄游戲。攝山採藥道京口，乃與清真一交臂。問訊故人驚健在，飢來服食風騷餌。還問君髯可中拈，詩成斷却能疏記。行當擊楫就君醉，瘦西湖畔遲遊騎。"讀此可以知其為人矣。

熊粟海

南昌熊粟海（騰），六十老孝廉，浪遊南北，衿度蕭灑。山水近大癡，而水墨點染，硯潤欲滴。又類華亭早年，頗自矜貴，不輕下筆。江西書畫咸推陳柏平（治）第一，其實陳書學包安吳，風骨不騫，畫亦不及君。吟詠縶富，近作五律，佳者清利，遂入晚唐之室，又不斤斤以守江西宗派為高。其《李家渡旅店遇雨》曰："山色暝然合，到門喧市聲。百憂營一飽，微雨趁長征。京國十年夢，川原百里程。空餘道旁柳，知我去來情。"《京口送友》曰："無端成聚散，此別更堪驚。世亂恩仇重，身危骨肉輕。十年滄海夢，萬里弟兄情。無限臨歧感，霜華鬢漸生。"《彰德旅次寄懷章門送別諸子三首》曰："春陰橫大漠，春思坐愔愔。江上一為別，天涯萬里心。夢痕南斗失，山勢太行深。榻夜聽鐘漏，蒼茫到曉碪。""豈有匡時志，蹉跎又此行。名心經劫死，殘夢入宵明。舊雨寒燈味，新恩寶劍情。低頭戒行李，不敢怨勞生。""已往不堪憶，未來方大難。斜陽滿天地，游子上長安。道遠浮名賤，風高古木寒。平生湖海意，何處著悲歡。"低徊往復，哀而不傷，庶既《三百篇》之遺音矣。

注：錄自1932年8月21日至9月30日《金鋼鑽報》。8月21、22、23、24日刊載"李蒓客"，8月28、29、30日刊載"宋芝田"，9月2、3、4、5日刊載"汪藹士"，9月8、9、10、11日刊載"吳觀岱"，9月14、15日刊載"莊思緘"，9月18日刊載"陳季略"，9月24、25日刊載"陳含光"，9月30日刊載"熊粟海"，共二十一篇，署名"孤鶩"。

鄭逸梅《回憶謝玉岑》有云："我與玉岑相識，尚在吳中秉燭趙眠雲家。既而我在上海主《金鋼鑽報》筆政，玉岑為撰《墨林新語》及《清詞話》，連篇累牘，報刊為之增色。"

附

墨林小箋（唐玉虬）

　　頃讀本報《墨林新語》莊思緘論里中書家一則，謂鄉先生墨蹟，明以孫文介為最，清則南田始，既後有唐宇肩云云。孫為明禮部尚書慎行，立朝以風節著，首論紅丸之案者也。書宗柳公權，嘗為其外祖陳渡草堂作擘窠大書"荊川先生讀書處"七字，今猶存。猶有書《三官經》一石，有晉人風姿，今為吾師錢名山所得。唐宇肩號若營，書法米襄陽。其從兄宇昭，字孔明，號半園，亦工書，與楊二溥、薛弈、白銘，號毗陵前四家。宇肩與薛瑁、楊喬年、白萬，號毗陵後四家。宇昭為荊川冡玄孫，宇肩則荊川從玄孫也。有明鼎革，宇昭隱遁不出，以書畫自娛。惲南田、王石谷，常主其家，世稱半園外史。宇肩父獻恂，號潔庵，國變後棄諸生業，黃冠遁世，與關中李二曲及南田之父遜庵先生為友。嘗渡錢塘，問遺民以江東戰守狀。宇肩承父志，終身不應試，鬻書自給，年九十餘卒。

　　藝事之精，豈非以其品節之高歟？當時半園、南田與宇肩三人名並噪，今則南田之名獨著，半園尚有稱述之者，宇肩則不因思緘氏論書涉及，人且罕知之矣。余故略為箋釋，並為三絕句為三先生贊，以實藝林掌故。"半園才氣蓋山川，諸葛龍川可比肩。豈料市朝移易後，只來石谷與南田。"以上半園贊，當時蘇州陳元素以諸葛比半園。"邈爾黃冠仙鶴舉，猶尋遺老問前朝。低徊折戟沉沙處，嗚咽寒江聽夜潮。"以上宇肩父潔庵贊。"蘇黃米蔡講論微，九十年前萬事非。只有中庭新月好，筆尖自吐首陽薇。"以上宇肩贊。余始讀《墨林新語》，不知為誰氏作，既而以其題箋書法，及其署號"孤鸞"推之，又于字裏行間求之，始知為余至友謝君玉岑新著。玉岑為吾師名山婿，方當綺年，伉儷甚篤，新賦悼亡。觀其署號孤鸞，有誓不重偶，終夜開眼，以答泉臺之意。蓋可傷矣。讀此者，能不益欽其人哉！

　　注：錄自1932年9月21、22日《金鋼鑽報》。

題 作

題自書詞作

僕為詞尚恨太落言筌，不能超乎象外，此讀古人作品不多，體不廣，思不深，化不窮之故也。質之玉虬，以為何如？

注：錄自1935年5月15日《武進商報》，題作時間不詳。

題渭莘畫集

葉君渭莘，家學淵源，佩鞢之歲即擅繪事，長樂交遊，學益孟晉，覃思博覽，一日十駕。山水憙石濤，而遺貌取神，獨得其意；花竹服膺天池、復唐，落筆清潤，如春露方漙，秋霖初霽，海上塵囂，對之意遠。近印畫冊，眾美具備，為書所知，以志鼓舞。二十年夏，藕庵居士謝覲虞拜題。

注：錄自《渭莘畫集》，素月畫社民國二十年版，1931年作於上海。

題陸元鼎《黃山松雲圖》

漸江寫黃山，以振奇之士狀恢奇之境，可謂二難。陸君少年臨古，毫髮不苟，處處得漸江之奇，宜令俗子驚詫。君出大風堂門下，此古人所以重師承歟。庚午陽月，玉岑居士拜觀題。

注：錄自北京海士德國際拍賣有限公司2010年首屆藝術品拍賣會第216號"山水 鏡框 水墨紙本"，1930年作於上海。

題《紅梵精舍圖》

壬申三月七日，佛影、慕飛二先生招同人游黑橋，看桃花，夜宴紅梵精舍，酒後合作是圖。黃賓虹畫精舍，張善子畫三樹，張大千補成，最後囑余題記。是日同游者有江鍾義、黃映芬、黃映宇，先一日來者盛天真、湯國鼎，皆客焉。玉岑居士。

注：錄自《黃賓虹年譜》，王中秀編著，上海書畫出版社2005年版，1932年作於上海。

題合作寫生

壬申三月八日，同遊顧氏紅梵精舍寫生。賓虹蒲公英，善孖梨，大千辛夷，以貽映芬女士供養。玉岑記。

注：錄自嘉德四季第22期拍賣會第389號"壬申作 花卉 立軸 紙本"，1932年作於上海。

題高士之居圖扇

壬申春暮，訪大千居士魏塘，清談永日，不離藝事。布穀喚人，楊花點席，不知陽春之將老，流連忘返，戲圖此扇。

注：錄自藏品，1932年作於浙江魏塘。刊載《謝稚柳系年錄》第22頁，鄭重著，上海書店出版社2009年版。

自題畫扇

以渴筆畫山林，而淪鬱淋漓之致令人不可幾及者，惟垢道人及石溪，然皆出於子久也。壬申長夏雨霽，臨大風堂藏垢道人精品冊子，更設淺色，亦欲其有三梅、子久耳。玉岑居士。

注：錄自王春渠藏品，1932年作於常州。此成扇，今由王春渠外孫張海平收藏。

題五柳先生

大千造像，師子柳，香凝柳葉，紅薇竹，曼青采菊，賓虹種菊，善子補成，奉亞子詩人清賞。廿一年五月，同集雙清樓酒後，玉岑題記。

注：錄自2018年深圳美術館展出作品，1932年作於上海。

題大千己巳自寫小像

虯龍張者，松之髯耶！爰之冉耶！金石固者，松之天耶！爰之天耶！撥爾而怒，作其鱗之而何為？得於蒼蒼者之肖也。是將拏青雲而騰騫，詎能鬱鬱久尼此也。東家丘曰，歲寒然後知松柏之後凋，微斯人之徒吾誰與也。

大千八兄自圖小景於松濤雲海中，鬚冉皆作風聲，此真柳河東所謂灝乎與造化俱矣，不可無贊。弟覲虞。

注：錄自《張大千己巳自寫小像題詠冊》，1929年作於上海。

題大千為晏輝廷造像

是山澤之臞而詩書是腴，年若不足而德則有餘，宜子之多賢，將昌大其門閭。輝廷先生造象，二十三年初夏，武進謝覲虞拜贊。

注：錄自原作圖影，刊載《收藏》2006年第2期，1934年作於上海。1933年張大千在上海為晏濟元先父遺像作《行樂圖》，于右任署端，謝覲虞題詞。

題江南小景圖扇

江南春夏間小景，以細渴筆意寫之，微近楊龍友法。癸酉四月，創華先生屬正。玉岑居士。

注：錄自鄭重《謝稚柳傳》第8頁，東方出版中心2008年版，1933年作於上海。

節臨《楊淮表記》

《楊淮表紀》用筆布白最樸茂奇肆,與《石門》《褒余》瀰乳實同。春渠詞人正之。玉岑謝覲虞。

注:錄自《當代名人書林》,王春渠編,中華書局1932年版,1929年作於常州。

臨函皇父鼎跋

函皇父鼎,布白最具揖讓開闔之致,作大篆,自梅盫道人下世,通此意者遂尠矣。十九年殘臘,武進謝覲虞客海上記。

注:錄自北京誠軒2006年秋季拍賣會第545號"1930年作 臨函皇父鼎 立軸",1930年作於上海。

臨齊壺銘跋

鼎文中齊壺布白最開闔,縱衡不可端倪,泱泱乎信然大國之風耳。繼武吾兄畫家屬摹,即乞是正。辛未秋,覲虞并記。

注:錄自《常州博物館50周年典藏叢書·書法》,1931年作於上海。

臨宋仲溫蘭亭拓肥本

古今言书者以右軍為至善,右軍之書者以楔帖為至善。真迹既亡,其刻之石者以定武為至善。然而紙墨精疏,拓手有工拙,於是優劣分焉。此本紙墨精拓手工在定武中豈非至寶也耶?克书九月廿七日,臨宋仲溫蘭亭拓肥本跋。大可詩人吾兄正,弟覲虞同客海上。

注:錄自朱大可後人成扇藏品,題作時間不詳。

卷四 手札

(九十一通，1923—1935)

竹如意齋手札

與高吹萬書（五十通）

一

吹萬仁丈先生道席：

十年前，於《陳忠裕公集》端，得讀椽筆一傳，沉俊蓊鬱，慷慨動人，便時時有先生之道貌風範縈繞夢寐間。後又稍稍從報章雜誌中見公詩文之流傳於外者，靄如之言，益信其為仁人君子，彌用欽慕。然以雲山間阻，執贄無由，亦惟有中心藏之而已。日者家王母壽，妄介奉賢朱遯老，以文字上干，蓬門之慶，不足以仰煩大筆，冒昧之求，誠滋後悔。何意法書遽降，并有《國學叢選》之賜，於朱丈函中，且承曲為藻飾，受寵逾恒，慚悚曷已！《叢選》已拜讀一過，於尊著數種外，兼闚淵源所及，信今傳後，夫復何疑。時至今日，文學之衰薾，盡人能言，和文白話之禍，淪胥殆遍，而無恥之徒猶且力詆《六經》為偽書，充其意必置古先聖賢於子虛烏有而後快。昔人曰：世事幻如乾闥婆城。方今異說譸張，不幾幾為蛇神牛鬼耶？然竊以為今日之事，謂為文學之浩刼，則誠無疑；謂文學遂遏滅不昌，則無是理也。文以載道，自三代以來，睿聖明哲之士所以殫思慮，苦心志，而祖述維繫之道，與夫數千百年間典章風物之寄，其果可一日不存於天地耶？抑彼無恥盲從之輩，果即足以舉此數千百年來聖賢精神所繫之學術文章而盡毀之耶？明者必有以辨之。是故祖龍燔書，不能止西京之盛；典午板蕩，不能絕六代之文，多見其不自量耳。《中庸》曰：君子之道，闇然而日章；小人之道，的然而日亡。《易》剝之上九曰：碩果不食。彼鴟張紛競，風靡一世之徒，我且將見其的然而終亡矣。而當風雨晦明之時，為墜緒茫茫之拾，留不食之果，於寬閑之野，以待復至者，詎非得公而益信乎！家師錢夢鯨先生，以有清進士，政變後杜門著述，守道不阿，其所為詩文，多睠睠故國之思，亦《黍離》之遺音矣。茲呈新刊三集一部，伏乞賜收。不敢以云報，亦知鄴侯架上，不可無是書也。覲虞少孤失學，體復多病，孔門朽木，恐鮮裁成，然遠辱齒及，敢不勉策駑駘，就正有道。拙製若干篇，繕正另寄，倘不以為不可教而教之，幸甚幸甚！專肅祗頌興居安隱，諸維垂詧，不宣。

教晚謝覲虞再拜，十一月五日

注：錄自《國學叢選》第15、16合集"通訊錄·與高吹萬書"，1923年作於無錫戴溪。此手札係目前搜集先生致高吹萬的首札，從此開啟了兩人十餘年的交往。

高燮（1878—1958），字吹萬，號寒隱，室名吹萬樓。江蘇金山人，近代江南詩文大家、藏書家。金松岑有云："並吾世負文學資性，足推崇者，大江以南得三人焉，武進錢名山，昆山胡石予，金山高吹萬"，故有"江南三大儒"之稱。其作品皆收入中國人民大學出版社1999年出版的《高燮集》。

朱家駒（1857—1942），字昂若，號遯庵，上海奉賢人。1879年中舉人，晚年加入武進苔岑社、上海鳴社、常熟虞社等。著有《聞妙香齋詩存》《稀齡唱和集》等。吳昌碩評其書法"名重藝林，求者踵接"。

【附】

答謝玉岑書

出門多日，越昨返舍。見尊寄書函。啓之，得長箋一通，捧誦再三，令人狂喜。辱承藻飾，慚汗奚如。以不佞之迂頑無狀，偶弄筆墨，聊以自娛。近復以體弱事冗，未遑誦讀。兒女婚嫁，雜沓而至。年增學退，終恐篤老而無成。尊論今世所謂新文學之推測，誠是誠佩。竊謂吾國今日文學之厄，乃文學之士自厄之，非此輩能厄之也。譬之吾身，苟正氣充實，則雖有邪魔皆不足以為病，若奄奄不自振者，則燥濕所侵，風露所襲，便足以死之而有餘矣。彼淺鄙謬妄之徒，其安能厄我文學哉，蓋亦視乎吾人之能自力與否耳。足下文辭斐美，正當英年，而克劬於學，乃不佞所求之而不可得者。而今者文學不亡之朕兆，亦於此可見矣。承賜令舅錢先生《名山三集》，感謝感謝。其初集，前金君松岑贈我一部，已得稍窺其學，今又得此，喜可知矣。弟於錢先生雖未獲識，而識其友金君松岑、劉君脊生，因知錢先生為今之古人也。今劉君已成宿草，讀錢先生集中聞脊生成病之作，不覺愴然矣。大著華藻紛披，讀之目眩，至為企羨。敢望多寄數篇，俾得盡快誦。爕頓首。

注：錄自《高爕集》卷九，第426頁，中國人民大學出版社1999年版，作於1924年。

劉君脊生，即武進劉巽權，徐震之師，其生平不詳。有《劉子遺稿》傳世，卷末有錢振鍠等祭文。

二

吹萬詞丈先生侍者：

客臘奉教，知台端公出，故未作復。頃又拜到初五日大札，并《國學叢選》兩冊，拳拳厚誼，感紉曷已。獻歲發春，伏維尊候萬福為無量頌。高唱《賞菊》諸章，揚扢流連，極一時之盛，柴桑之後，無此樂久矣。庸緩吟諷，謹當奉龢。吳門金松岑丈昨有書來，訂上元節冷香閣賞梅之約，并聞已約從者及海上蓴農、樸菴、仲可諸公。屆時檠敦來會，當占五百里文星聚矣。觀虞得暇亦當侍家師赴約，叨陪末座，捧襼高賢，誠所願也。相見在即，不盡懷仰，尚請春安百益。

教晚謝覲虞再拜，甲子正月初八槃下

家師命筆道謝。

注：1924年作於無錫戴溪。

三

吹萬仁丈先生史席：

冷香捧檄，得挹清塵，幸甚快甚！從者去後，同人等隨小下山過留園小憩，即以七點鐘車冒雨返常。恩遽間未能至棧奉訪，再聆明教，深以為歉。抵常後得鶴望丈書，始知翌日尚承見招，且丈等又有可園觀梅之遊，有孤良約，益用悵然！鄉館開課，已於廿六來戴。垂賜遊記諸種，頃從家師處轉到，湖山秀色，挾與俱來。春日漸長，正可盡情快讀，一編之惠，勝於百兩多矣，拜領謝謝！介子兄屬假《張氏四女集》，茲特奉上。此書知丈覘之已久，惜家師處無副本，否則當与本以相贈。舍下家集，俟檢出另寄。家大母壽序或詩序，統俟尊意酌奪下筆，但使老人姓氏得高文而致千里，於願足矣。恃愛干瀆，憑楮惶恐之至。春寒，即頌起居，不宣。

二月四日，教晚謝覲虞再拜

松丈賞梅四詩，尚未克龢，尊詩計成，肯先示否？君介兄均此不另。

注：1924年作於無錫戴溪。"家大母壽序或詩序"指先生祖母錢蕙蓀是年壽七十，有望吹萬師作題詠詩文序。

四

吹萬仁丈道席：

日上寸緘并《張氏四女集》一部，亮達典籤。春寒漸解，伏承杖履多豫，興時大龢，欣甚欣甚。舍下《家集》頃由里中轉到，奉呈乞收。此書舊桼分贈已罄，此是從友人處索回者，書面墨涴，未及重裝，恩遽之罪，還睎曲宥。抵館已十日，斗室岑寂，頗盼丈詩發其抑塞。草達，藉叩著綏。

小侄覲虞再拜，二月十日，檠下

介子兄均此。

注：1924年作於無錫戴溪。

五

吹萬仁丈先生閣下：

前日掛號寄上《張氏四女集》四冊，頃又寄舍下《家集》兩冊。《四女集》得此間郵局通知，云以夾書札，已為金山郵務處拆開，不知尊處可曾收到，乞就近查訊，庶免遺誤，幸甚感甚。恩達，順頌興居安隱。

小侄覲虞再拜，二月十一

注：作於前札之次日。

六

吹萬道丈吾師侍者：

得十三日手教，以病稽復，罪罪。前寄舍下《家集》兩冊，計亦入答。連日陰雨，春寒不解，杖履如何？大唱諸章，初讀似極隨意，極平澹，而其實字字錘煉，不可增損。昔人所謂"老去漸看詩律細"，洵非晚進所能幾及也。已寄舍親，定知亦為擊節。鶴望丈通訊否？近好讀徐楚金、鄭夾漈書，雖無精到，而吟詠轉廢。金丈賞梅四律，尚未有龢。冷香一宴，徒哺餟矣。《張氏四女集》既係令侄所求，盡可錄出後擲還。君定先生知亦擅風騷，并睎便中紹介尤幸。《國學叢栞》可曾出版？家祖慈壽，蒙允寵以詩文，盥薇待之。耑肅，祇頌著安。

　　　　　　　　　　小侄覲虞再拜，二月廿八

君介先生均此。

注：1924年作於無錫戴溪。

七

吹萬吾師執事：

客臘賜書，於小除夕拜讀。兵鋋擾擾，人同此難，當不以稽復為罪。幸事苟安，令節復屆，名園桃李，春色幾何？杖藜夷猶，想望若天上矣。晚前月到館，小有吟詠，皆饒秋氣，錄呈左右，即晞運斤揮之，萬弗寬假，是所翹企。遯老、鶴望丈皆久不通問，聞鶴望丈有青島勞山之行，未諗可曾首途。杜老傷亂，新著定多，渴盼錄示一讀。太君壽文，能擇尤命寫官書一副本見示尤妙。人事叢脞，學植益復蕪落，微家公其誰與歸？《張氏四女集》，君定兄如已卒業，望便擲還。湘中傅鈍艮先生欽遲已久，近可在蘇？如得師紹介，索其詩詞拜讀，亦一快事。逾分妄干，宓維曲宥。天寒，即頌起居，並佇金玉。

　　　　　　　　　晚覲虞再拜，三月十一，槧下

注：1924年作於無錫戴溪。

傅鈍艮即傅熊湘（1882—1930），字文渠，號鈍安，別署鈍艮，南社社員。

八

吹萬仁丈閣下：

拜讀手示，并惠賜《陳忠裕公集》，欣感無似。一再請求，方媿無厭，轉辱厚貺，何以報哉！法書便面達到，字字皆珠圓玉潤，無一豪獷悍氣，此正是從學問性情中陶養而得，非徒誇退字如山而已也。謹當出入懷裏，奉揚仁風。小詩新成，錄供一粲。玉笥即京中票友蔣君稼，吾常竹莊先生猶子。詆之者謂高出梅畹華，其實亦未必耳。草肅，祇頌道安。

小侄覲虞再拜，初四

注：1924年作於無錫戴溪。王巨川《再記謝玉岑》有云："那年梅畹華南下，他最愛聽他的戲，每次來滬，大都是為著他。他和松岑先師沒有見過，還由我從中介紹，而名山丈的相識，卻少不得他了。"

梅畹華即梅蘭芳。

九

吹萬吾師道席：

常錫往後，奉教遲復，甚以為歉。《國學叢刊》已拜讀，其一并轉舍親矣，屬代道謝。拙函黵淺，未蒙點竄，遂爾錄出，能不為斯編之玷耶？從者去蘇，想晤松丈。有新詩否？家王母壽辰去秋已過，重浼大筆，欲以永輝家乘，當荷首肯。《徵詩啟》浮泛無足觀，且罄。茲呈上舊刊《雙仙小志》一冊，中有家王母割股及兩姑母誕生事，神仙之說，伊古不廢，倘足附於葉午夢之末乎？一俟高文脫稿，再奉雲牋乞書，許之否？春寒未散，雨暘不時，杖履如何？冷香賞梅，盟孚示龢詩有"亂後世人猶白社，尊前無處不青山"，頗覺流麗可喜。至覲虞則雖成小詞，亦多不中音節，祇可等之徒餔餟矣，笑笑。耑肅，祇頌撰安，不宣。

教晚覲虞再拜，初七

注：1924年作於無錫戴溪。

十

吹丈吾師道案：

月初曾肅一緘，并附舍下《雙仙小志》一冊，諒達記室。久不聆明誨，茅且塞其心矣。日得松岑丈書，知已從鴈宕回車，并招天中過吳一敘。得暇或克赴約，頗思於高人眉宇間一覘名山靈秀也。鴈山勝景無窮，而平素常以吾家康樂未臻鴈湖為憾。松丈邁往，當必有過古人處。入夏起居如何？大著定多，乘興還睎頒示一二。小詞數闋錄供一粲，明知下里之音，何足以辱清聽？然念熏都梁者，或不妨偶燒皂莢，可笑，可笑。朱遜老通訊否？節假，明日返常。恩肅，祇頌著綏，諸維垂詧。

小侄覲虞再拜，五朔

注：1924年作於無錫戴溪。

十一

吹萬仁丈吾師道席：

日拜手教并惠賜諸書，適以小極，有稽裁復，歉甚罪甚！書中辭旨殷拳，獎勖兼至，備見大君子誘掖後進之深心。泥首宮牆，謹在北面矣！覲虞衿素羸弱，家貧早孤。六年前奔走京滬，復為時學所囿。比來雖喜讀書，實怯下筆。承詢問所業，愧無以應。前呈拙文，體制卑下，雖施粉澤，不能掩嫫母之醜，尤當見笑於大方家，奈何奈何！尊著各種，灝汗閎肆，鎔萬家於一爐。北海之水，惟有令觀者興歎。庸緩研鑽，當謀請益。《素心簃集》早轉家師，囑代鳴謝。昨寄《名山二集》《錢氏家集》各一部，想亦入詧。承招入國學商兌會，不敢自外，謹奉會費，乞收。短札鴉塗，小詩呫唱，尤睎督正。病肺，恕不多瀆。歲暮天寒，順叩起居，憑楮懷仰，並佇候金玉。

十二月初七槃下，教晚謝覲虞頓首

明日返常，如蒙賜教，乞遞常州東郭錢氏寄園。

注：1925年初作於無錫戴溪。

十二

吹萬仁丈執事：

　　前拜手教，以病遲復，罪罪。小詞惡札，重辱獎借，媿不可言。茲特遵示，重錄奉呈，千乞嚴削。天漸炎燠，山莊消暑，定饒清課。得遜老書，知近與詩人唱酬無間，且一題輒至六七匝，可謂極騷壇未有之盛。倘能專集刊出，與《松陵》《荊潭》媲美，尤當以先睹為快也。虞入夏多病，常以逍遙藥倦，孔門朽木，益恐不足裁成矣。奈何奈何！便面一頁，奉求濡書，能乘興即行揮灑，尤所感幸。恃愛上瀆，不盡懷仰。祇頌撰安，不宣。

　　　　　　　六月初九晚，謝覲虞再拜

復寄常州。

　　注：1925年作於常州。

十三

吹萬仁丈先生道安：

　　昨拜手教，并誦佳什，歆幸無似。吳缶老以篆法作行草，奇古馨逸，可謂前無古人，與公此詩俱足垂千古矣。便面尚未到，意遲一日付郵也。天熱，杖履可曾痊健？荷蕚盡舒，山莊風物，想益佳勝。鶴望丈久不通訊。雁宕紀遊文，未諗可曾削稿？茲有請者，商兌會曩年所刊明季夏、陳二公遺著，《臥子集》已從家師處拜讀過矣，《考功集》則未之見也，無厭之求，不知能得惠賜一部否？再，考功公子存古（完淳），北闈征事發牽連被禍者，聞亦著有《玉樊堂》《內史》《南冠》諸集，曾經王蘭泉侍郎收輯，嘉慶年間與《忠裕公集》同為青浦何氏所鐫。尊刊《考功集》中不知此集可曾附入？原本坊間流傳極尟，尤不知鄴架中有是書否？便睎示及。《明史稿》載存古七歲即能詩，十三歲擬庾蘭成《大哀文》，後又有《細林野哭》詩弔陳臥子，十八遇禍，可謂天生忠義。存古又為嘉定錢旂愛婿，錢亦以臥子事遇禍，與家師惜同宗異籍耳。恃愛多瀆，不盡懷仰，順叩著安，不宣。

小侄觀虞再拜，六月廿二晨

注：1925年作於常州。

十四

寒隱吾師左右：

奉讀環雲，忻聆一是。《屯艮先生集》當即遵示去書預約，惟加入南社，深媿濫竽，遲遲未敢應耳。鶴望丈清明前作閩游，曾有函約家師及鄧君春澍同行。聞擬以海輪至廈門，再轉汽車入漳州。前赴勞山之說，想係友朋傳播失實。春晴，杖履想吉。近作便希賜示一二。有敝邑友人素慕法書，奉上尺楮，奉懇賜揮，款虖緷盦。瀆神，慚悚無已。謹頌道安。

小侄觀虞再拜，廿九

前呈小詞有不協律處，已另改過，另紙奉敬上。

注：1925年作於常州。

緷盦即董緷庵，時任《武進商報》記者、編輯。

十五

寒隱吾師左右：

拜手示并小頁，忻甚。瀘書淵穆，得魯公之神，叔未書不足道也。天驟熱，雨水不降，敝地溝洫皆竭，新秧遲不能插，甚足殷憂。滬事遷延，人以漸懈，恐亦不能得良好結果。山莊初夏風物如何？憑楮神迋，不盡懷繫。此頌起居。

觀虞再拜，天中

注：1925年作於常州。

十六

吹萬吾師著席：

七八月間兩上書，想蒙鑒及。吳越事起，道塗多梗，音問乖絕，高山景行之思，如何如何！日昨返郡得讀《黃華集》，驩憙無量。風雅之盛，於擾攘中聞之，益成跫然足音矣。太君榮慶，遠未申祝，合家驩圖，俟稍澄懷讀書，當獻一文為壽。遯庸老人僅於九月中旬通一函。華亭罹劫頗重，聞了公亦僑寓海濱，未諗近況如何？世事杌隉，殊鮮樂觀，人心散沙，莫可團結，苟安卒歲，斯為萬幸。鄉館停課，約在下月。近讀《禮經》《公羊》，多病不耐深思，過目即忘。顏黃門所謂常保數百卷書，終不為小人，克踐斯言，正匪易事。鶴望丈久不通訊，聞以母病，謠諑盛時亦未去吳。天寒雅饒雪意，吟事如何？耑肅，藉叩起居，不宣。

小侄覲虞再拜，十九凌晨

注：1925年作於常州。

十七

寒隱吾師道几：

拜到《盟梅館詩》兩冊，開緘狂喜，謹已剪鐙讀一過矣。詩才之美，君定言之已備，不敢更贊一辭。惟念比來風騷歇絕，斯文衰蕭已極，而吾師獨能一門男婦，各擅千秋，能不為之歆賀？敝邑自咸同以降，雖不乏能詩才女，然則孤絃獨張，類無曩者倡和之盛。循至今日，益見憚、張、沈、謝。凡玉瑛、采蘋諸前輩之遺風流韻，已蕩焉無餘。此固屬有關氣運，亦吾鄉之恥也。誦板橋老人"室藏美婦鄰誇豔，君有奇才我不貧"之句，聊以解嘲，如何？君定先生詩學極邃，惜虞於其著述所見不多，能有全集賜假一讀否？無金玉爾音而有遐心，謹為賦《白駒》之卒章。耑復鳴謝，并頌起居百益。

晚覲虞再拜，閏廿六，檠下

注：1925年作於常州。

十八

寒隱吾師執事：

頃拜手教并《四女集》，忻甚。前在常甬一緘，附有乞書小箋，未諗可蒙督及。金粟老於去秋干戈擾擾時已歸道山，身後蕭然，遺稿未梓者甚多。刻方於郡中報端為之發表，藉示邦人。海上風潮牽及武漢，中流洶洶，過涉滅頂，叵為杞憂。遜庵書來，示龢馮蒿叟壽詩。老人興尚不淺。久不讀大著，渴想清聲。附小屏，懇錄新著，以寵幽齋。是亦景仰之忱，知不嚴拒。耑復，敬頌道安。

晚覬虞再拜，二十四

注：1925年作於常州。

金粟老即金武祥（1841—1924），號粟香，常州府江陰人。馮蒿叟即馮煦(1842—1927)，字夢華，號蒿庵，晚年自稱蒿叟、蒿隱，江蘇金壇人。

十九

吹萬吾師足下：

七月間曾寄蕪緘并附俚句，想早入覽。久不獲教益，懷仰縈殷。吳趙交兵，天未厭亂，冰雪重苦，不識何時得睹陽春。山莊得天獨厚，南面書城，當能紅塵不到。遜丈久不通訊，近聞浙盧離省，有以大兵集中嘉興、松江之說，未知確否，甚以為念。松岑丈想早離吳。敝邑為滬寧中心，加之逼近陽羨，形勢較為嚴重，所幸蘇年未挫，秩序尚佳，差足告慰。撰述有暇，希惠數行，以釋長想，恩叩不盡，順頌興居安隱。

小侄覬虞再拜，二十四

注：1925年作於常州。

二十

吹萬吾師道席：

　　自五月上一書後，久不奉教益。高山景行，懷仰何似。頃從舍親處轉到惠賜《夏忠愍集》，重辱嘉寵，感不可言。世事紛輪，殳鋋又起，淮徐之間，恐遂不能免浩劫。獨念名山黃花方盛，賦詩張宴，興復如何？有新什能見示否？觀虞七月中以友人之招，遄來永嘉就十中教習事。親在遠遊，既乖乎禮，且好為人師，昔人所戒，匪久計也。松岑丈曾有書勸治經術，頗感其厚誼，惜課務叢脞，未能實行。永嘉山水絕美，且多與吾家康樂有關，南北中三鴈宕，離此去不遠，頗思得暇一遊，則不為虛此行矣。遯老不通問，知定老健，家外舅頗欲奉書左右，恐嫌冒昧，命為先容。《國學叢選》可曾出版？弟先睹為快也。專肅，鳴謝并頌起居，不宣。

晚謝觀虞再拜，九月二十日

注：1925年作於浙江永嘉。

二十一

吹萬吾師侍者：

　　前得家外舅書，知公以《夏存古集》見賜，隨恩恩甬一緘鳴謝，然其時于夏集及集中手示固未見也。頃復從故鄉轉到前後兩惠書，藉諗種切。夏集珍本，重辱割愛，感何可言！吾蘇政局暫定，西湖想已返棹，比來杖履如何？病溫知極委頓，然於滄海橫流之際，天不欲喪斯文，則公決非疾病之能死也。下風翹企，懷不曷已。觀虞客此忽三月，思家頗殷。且課務紛擾，尤為人者多，為己者少，得不償失，終當謀舍去耳。永嘉舊府，屬文學極盛，孫籀廎前輩遺書尤多，就其已梓者，亦有五六種。鄴架中如有未備，可便風及，當即購就奉上，亦墊人之獻也。遯老久不通問，甚念之。家師聞有函奉達，可曾報到？秋涼，諸維珍衛，不宣。

弟子謝覲虞叩首，十月十四日

注：1925年作於浙江永嘉。

二十二

吹萬吾師道席：

春間在永嘉兩上書，未獲垂復，深以為悵。新秋，必想杖履安勝。覲虞暑前仍客浙東，暑後以親老，改就滬事。江海奔走，學植荒落，門牆鑽仰，慚於話言。去年得松岑丈書，勖以經術，始稍稍留意漢儒家法。近讀何劭公《公羊》及吾邑劉吏部諸書，體弱多病，所晉不猛，尚未足為吾師告也。東南幸得苟安，著述之暇，可常出遊？遜庸丈七秩徵詞，定有穌什，能便示一二否？家師去年刻《文約》，近復由門人輩在瑞安為之鑴印詩集，大約七月間可以出書，當代寄呈，外函囑轉，晞詧。虎邱撰杖，忽焉三載，干戈載侵，親炙遂少，《詩》言："中心藏之，何日忘之"，又曰"豈不爾思，室是遠爾"。雲山在望，如何如何！《夏完淳集》恩恩畢業，《大哀》一文，何遜蘭成？方知鏧繡之美，亦志士所應有也。朴庵、鈍艮諸前輩通訊，松岑丈經年不通訊，近僅於永溫曹明甫處見其一詩而已。恩布，不盡懷仰，敬頌道安百益。

晚謝覲虞再拜

《國學叢選》近可有新印否？

注：1926年作於浙江永嘉。

二十三

寒隱吾師侍者：

從寄園轉到賜書，敬聆一是。《此木軒集》得師任刊行，當可廣布。退之云："莫為之後，雖盛不傳。"此後死之責，顧不重於存亡繼絕哉。家岳窮老，有志不逮，聞師高誼，為之距躍。茲已延寫官另錄一部，俟畢事即奉呈。惟詩集猶闕數卷。此外，所著書惟雜著有刊本，餘皆未見，尚煩蒐討也。觀虞三月初到校，教育界經此震盪，益成雞肋。有友人自羊城以某軍秘書事見招，又因體弱親老，不敢遠遊，祗戢謝之。吾師何時蒞滬，千乞示約一譚，但念頻年衣食奔走，學植荒落，孔門朽木糞牆之歎，如何如何！松岑丈通訊否？《天放文集》聞已出版矣。恩布不盡懷企，即頌起居。

謝觀虞頓首，十八

最近兩期《國學叢選》能見賜一二冊否？無厭之求，諒之。

注：1927年作於上海。

二十四

吹萬吾師閣下：

拜手示并大著《橋記》，忻珮不能贊一辭。承教篆法，尤宜書紳。惟秦權量文字種類甚多，無慮數十本，肥瘦各異，然金文類剛勁，與玉筯渾穆之致不同耳。二小軸乘興，伏懇賜書。何時高軒到申，當謀趨謁。秋熱，惟珍衛，不宣。

弟子謝觀虞再拜，十九

注：1927年作於上海。

二十五

寒隱吾師侍者：

拜讀損書，敬聆種種。同時并見姚石子先生致王公培孫書，詢《此木軒集》，亦有采佈之意。何云間君子之多也，可為欽倒。入夏天氣漸熱，頗企師來，一盡風雩之樂。素箋一頁，謹求瀘書。恩復，不罄所懷。即頌起居。

觀虞頓首，五、卅

注：1927年作於上海。

姚石子（1891—1945），字鳳石，號石子。江蘇金山人，民國藏書家、文學家。

二十六

吹萬吾師道案：

中秋返常，得讀手教，歡忭不可言喻。前晤許盥孚兄，即聞丈有樂正子春之苫，至人神全，形體缺損本何足患？況今誦大著，知已杖履依然，此殆山靈相祐，特為向禽五嶽壯遊地矣，可賀可賀。晚在甌一年，苦於多病，三鴈皆惜未能赴。然瑞安自孫籀廎丈師以來，流風未絕，學者甚多。永嘉得鶴亭、半櫻先後提倡，亦文采可觀。得遍與其才者遊，不可謂非遠行快事也。梅冷生久已相契，此外有曹明甫、趙半跛、符山巖者，以寓公擅長詩畫，尤非風塵中人。陳繩夫雖未面，以痂嗜拙篆，遂爾契好，家岳詩集即由此公經手鑴栞，知師故人，彌足多矣。家岳文遜於詩，實為定論。舊稿自政革以來，約得三百餘首，別為五卷，由瑞安刊行，下月可見成書。遯老屬龢壽曲，故遲不敢報，海上與華亭毗近，暇當訪之。近在申就南洋中學事，收入雖不為豐，足以代畊，且校中藏書綦富，課務多閒，尚能鑽研，如二豎不侵，殳鋌無擾，沈潛十年，應有寸就，庶不負家岳暨吾師獎掖之厚意也。《公羊》未卒業，略通家法，媿未能深造。今文之學，自南海多為奇僻之論，遂為世人詬病。其實去聖太遠，祇求通其大指便可，何必強為牽率。若廖平遂以小康大同附會海通，謂魯是日本，中國是齊。齊固不失二伯，而端門王魯，豈遂欲王扶桑耶？是又失之豪釐，謬之千里矣。讀書明理，使無先知，將何以為南針之從？詩類舊籍，當代留意，得當再告。家師聞拜賜書後已有謝簡，應蒙瞥及。松岑丈通訊否？兩載不到吳門，重九友人雖有虎邱登高之約，恐羈課務，不克成行。傅鈍艮丈有無消息？湘變方亟，通訊亦不易。秋涼，諸維珍攝，臨穎神馳，不盡，即頌起居。

晚謝覲虞再拜

敝校在龍華日暉橋，往復極僻，丈到申，可以簡下招，當即趨謁，不敢勞枉顧也。八月二十五日。

注：1927年作於常州。

二十七

吹萬師道席：

自夏間寄奉《此木軒詩》兩冊後，久疏音問（六月中家師曾寄奉一書），伏想動定多祜。南洋早已上課，虞前月即到申，茲寄上上年命書小幀及家師書兩紙，統希詧正。另小配屏兩紙，懇法書新著（字較小，可多錄，尤感）。一能轉請令侄君定先生寫詩更妙。聊志因緣，遂忘其多瀆，如何如何。秋涼，維珍衛，不宣。

弟子謝覲虞再拜，六日

坊間有《此木軒直寄詞》兩冊，見未？似是中國書店。

注：1927年作於上海。

二十八

吹萬吾師禮鑒：

半載不通音問，懷仰之忱，與時俱積。月初薄遊太湖，邂逅賓虹先生，即聞丈有斬衰之喪，以遠未得赴，未敢倉促奉唁。半月中有金陵、維揚之行，返申始悉太君仙逝，前訊非虛。伏誦懿行，感歎惻怛。終天之痛，孰非人子，能不摧心？但念耄耋大年，竹素盛業，古人所謂孝養顯揚其親者，丈固備之，可以無憾。禮不毀傷，猶幸善衛起居。殯期牽率課務，不克臨弔，慚罪萬分。在常寄一聯，計達左右。專肅，祇頌禮綏。

晚謝覲虞頓首

注：錄自王中秀編著《黃賓虹年譜·高節孝李太夫人哀思錄》第203頁，1928年作於上海秋英會後。

二十九

吹萬師道席：

拜手畢并大著若干篇，病榻鼓舞，為之加飯。師文語語從肺腑流出，無一豪裝飾，所以為不可及也。虞病已瘳，惟終日遊戲，不能用心。江湖早衰，不足與於作者之林，良可歎恨！培生校務縈冗，輓聯恩就不佳，囑代錄呈，恕不恭繕。天熱，維起居珍衛，不宣。

弟子謝覲虞再拜，七、一三

注：1928年作於上海。是年，先生有挽高吹萬母李太夫人："懷清台高，以風百世；通德門大，來會千人。"

三十

吹萬吾師道席：

頃拜法書便面，高華溫穆，逼真松襌，感佩之至！此木軒遺著已刊者，刻又從敝校圖書館覓到《四書說》及《詩鈔》兩種。《四書說》為門弟子所刊，道光年重鐫。《詩鈔》亦出門下同里儲敷錫選鈔，然至嘉慶始由錢氏憩南兄弟印行，書尚有吳穀人序。大致此兩書市上流傳亦極少，師如需此，可即郵奉一閱，因此間藏書苟遇相知，亦可藉出也。天熱，維珍衛不宣。陳集已轉巨川，囑代鳴謝。有拙書小屏呈正，另寄。

謝覲虞頓首，初十

注：1929年作於上海。

巨川，即王巨川。

三十一

吹萬吾師道席：

　　草草懼人，久稽問候，殊歉然也。昨自常來，家師屬攜奉《此木軒集》九冊，卷軸既富，益以破損，郵遞不宜，容從者蒞申面呈如何？南洋地僻，課務復煩劇，能在星期見招，俾得從容請業，尤所願企。有友人方君介戡，鐵筆不惡，已屬鑄兩章奉贈，亦俟面奉。比來有無新著？陽春和煦，犮鋌無警，擬蠟屐否？虞體多病，歲首曾作宁遊，刻思輯一詞學教本，蒐討參攷書籍，正感艱苦，削稿尚無期也，可笑可笑。媬達不戩，即頌道安，不次。

　　　　　　　　　　　　弟子謝觀虞再拜，廿三日

注：1929年作於上海。

三十二

吹萬吾師道席：

　　得賜書並法書新詩，感紉無似。杖履在申，知延至二十二日方反旆，則又深悔二十一未能走訪，室遠之譏，云胡可免。前論篆書實切，虞病權量鐘鼎文字斧鑿痕宛然，決非柔豪能盡厥眇，此蓋宜翫其神，不應師其法。十年作書，無雍穆敦厚之致，即受此累。徵師言，亦正思舍去。《石鼓》、《琅琊》、《嶧山》庶幾採書法之崑崙虛也。風起，有雨意。遙企山莊，憑楮神迕，即頌著安。

　　　　　　　　　　　　弟子觀虞再拜，二十九

注：1929年作於上海。

三十三

吹萬吾師道几：

　　頃奉惠書并《浩歌堂集》，感紉無似。時事驟變，戰局迫在眉睫，鄭公鄉不致感黃巾之擾否？甚以為念。佩忍先生遇星期輒來敝校圖書館閱書，師如致函，或由覲虞處轉交，藉作相見之介，何如？配屏已轉家師。家師新得焦袁熹《此木軒集》抄本若干卷，中有八股、古文、詩詞。焦公為清初人，與何義門相識，舊似聞其叢著刊行，詩文刊本却未見過，不知是否未經鐫印？抑印後稀貴，遂少流傳？此公為華亭鄉間人，度師當知其沿革，能撥冗見示否？《松江志》載其事必詳，卒卒尚未查考。家師之意，如果未經刊過，或當設法選印幾種，為謀不朽，師意云何？媰肅，不盡懷仰，即頌起居，不宣。

謝覲虞再拜，十三日

注：1929年作於上海。

佩忍即陳去病（1874—1933），字佩忍。江蘇吳江人，南社創始人之一，曾任孫中山北伐大本營宣傳主任、參議院秘書長等職。

三十四

吹萬吾師左右：

久闕音候，翹仰彌切。入夏維興居康勝。虞病肺三月，校課請人庖代，終日靜臥。刻難漸愈而調護維謹，且延醫打針。草草勞人，有此清閒之病，殊可笑也。去年奉贈兩石章，迄未寄奉，茲特郵去乞收。有新什見示，俾病榻鼓舞，尤所願也。遯庵丈數年不通訊，近狀如何？病中恕不莊肅，即頌道安。

弟子謝覲虞再拜，二十一

注：1930年作於上海。

三十五

吹萬師道案：

晤賓虹、通百兩丈，皆言杖履時時蒞申，并悉僦屋地址，以俗塵牽帥，迄未造謁，為悵為悵！入春雷雨，酒類朱夏。世亂方亟，天災流行，不識山莊猶有疇昔嘯傲之興否？敝邑馬蹟山奇荒，民多奄斃，家師及莊緘三丈等方發起書畫助賑會，收集名人鉅制，陳列售款，海上一亭、農髯諸大師雖竭力提刱，已集四百餘件，而多多益善。師有暇潑墨，能惠助若干件，尤所翹企。陶遺丈一牋，并懇轉去，因不詳其寓址也。文人研池之水，本何足沾溉多人，然苟求心安，則一勺一豪亦菩薩楊枝甘露。凡民有喪，惟思老氏"天地不仁"之說，斯可慨耳。縈縈恩達，即頌起居，不宣。

弟子覲虞再拜，三月三日

注：1930年作於上海。

陶遺丈，即陳陶遺（1881—1946），字道一，曾官至江蘇省省長。

三十六

吹萬老師道席：

拜明教并惠《合肥詩話》，發緘頂禮，無以為喻。虞十五日來以另兼小差，不無會計牛羊之累，不能遠行，故仍臥校園，間五六日一出，返常當在歲尾也。懇件承允賜揮，快慰快慰！天寒盡可從容，不敢迫促，惟仍寄南中為便。家師老態日增，近為西北災開一書畫會，小籌數百金，作字甚多。寒假初思泛棹富春江，訪夏靈峰，然祈寒恐未能成行耳。虞一病經年，不縛帉文史，苦悶已極。近時時從朋好乞書畫，藉以埋憂。費龍丁曾見其橅秦《琅玡》極佳，并聞擅繪事，知与師諗，能得發棠求一便面否？然不亟亟也。墨凍恩復，恕不襲楷，即敏起居，不宣。

弟子謝覲虞再拜，冬至後二日

注：1930年作於上海。是年，先生兼職中國文藝學院教授。

夏靈峰（1854—1930），字伯定，浙江富陽人。同治十二年（1873）進士，被譽為"愛國教育家"。費龍丁，字劍石，上海松江人，生卒不詳。吳昌碩弟子。工書畫，尤善篆摹石鼓，精刻印。

著有《甕廬叢稿》《甕廬印存》等。

三十七

吹萬吾師道席：

　　自常來得讀手示并拜賜書，感紉感紉。《內經》培孫先生留藏圖書館，能許再惠一部，尤所忻企。入秋氣候蒸鬱，伏想道履安勝。侄神經衰弱，仍未復元，半年不讀書，遂成朽木。校課大半請人代，俟秋涼頗思山遊，小舒胸臆。能奉訪山莊一謀載酒，則亦十年來未踐之約也。廣東中山大學欲請金松岑伯南遊掌教，已三申束帛之請。松岑伯以市府未便絕裾為辭，能得師去一函代勸駕否？兩粵比來文物衰蕭，苟得松岑伯為文物之化，則亦國家之福，非特廣大學子已也。恃愛妄瀆，憑楮主臣，即頌起居，不宣。

　　　　　　　　　　　　弟子謝觀虞再拜，八、二三

　　注：1930年作於上海。

　　培孫，即王培孫，上海南洋中學校長。

三十八

寒隱吾師左右：

　　拜賜書並惠《內經》，感紉無似。海上奇熱，今日幸大涼，山莊樂事如何？松岑丈已有復來，南遊期以明年，刻尚未得中大復也。敝校今日上課，恩達，即頌道安。

　　　　　　　　　　　　　　弟子謝觀虞再拜，九、二

　　注：1930年作於上海。

三十九

吹萬吾師函丈：

　　拜手示并邠廬《說文校正》一部，忻感無似。近以作篆，正喜讀段書，得此如南針矣。《此木軒集》得師及石予先生任刊行，所謂生死肉骨，為之欽敬。敝校有鈔手，移錄之事，俟書寄下後與培生商之，如何？松岑丈至滬未得謀面，聞造府之約尚未踐也。專復，順頌起居。

謝觀虞再拜，十三

注：1930年作於上海。

四十

吹萬師道席：

久不獲教言，懷企之忱廼與時積。九月初以病作，復返里靜臥，忽忽兩月餘。刻精神雖小復原，而以歐克司光照知肺部有病，非短期得愈。無三逕可臥，醫戒行役，乃增感喟耳。校事明年將辭去，刻以車梗，故遲遲去申，然三五日內仍將首途也。離申前聞杖履曾到申（聞愛群女校中友人言），本擬走謁，委頓而止。五六年來思一撰杖而不得，白雲天半，仰企而已。有新著否？奉寄一扇及友人轉求立軸一幀，能賜錄詩文俾得展誦，亦快事也。家師新刊《天蓋樓文集》，伴函博笑。恩達，即頌道安。

弟子觀虞再拜，十日

注：1930年作於常州。是年末，先生任職於財政部蘇浙皖區統稅局上海第三管理處主任。

四十一

吹萬吾師道席：

頃至局奉讀手教，敬悉種切。虞以內人下葬，明晨返常，恐不克走謁，深以為悵。松岑丈上星期日來，星三已乘坎拿大王后號去港轉滇。師能早兩日來，猶及晤見也。詩集十八部交人文社何白蕉君轉呈，收到希惠復。恩達，不盡懷仰，即頌道安。

　　　　　　　　　　　　謝觀虞頓首，十七午
　注：1932年作於常州菱溪。"內人下葬"，指妻子柩葬。
　何白蕉（1907—1969），筆名白蕉，上海金山人。詩人、書法家，與先生友善。

四十二

吹萬吾師道席：

　不奉教迄及兩載，今春有陸沉之痛，復攖鼓盆之戚，悲楚不以為人。故雖於賓虹、其石處聞杖履到申，亦未克脩謁。上月以事有蕪湖、首都之行，海上訃文託其石代發，不知乃寄滬寓。頃拜隆儀并法書挽聯，存歿感銘，遠望泥首。惟猶有請者，虞德薄命舛，遭此大戚，復何足言，獨恨文字惡札，不足以傳逝者，欲求椽筆，賜作一傳，俾附大集以垂久遠，則世世子姓感且不朽矣。家師老病，哭女有一文極悽楚，子弟輩見之亦不敢及此事也。有悼亡小詞若干首緩錄呈正。營奠鹿鹿，恕不恭肅。敬頌起居，不宣。

　　　　　　　　　　　　弟子謝觀虞頓首，八日
　注：1932年作於常州。

四十三

寒隱吾師道席：

　拜手教并石予先生詩，快甚！松岑丈歸，此間未有信。近頗思一遊吳門也。白門王東培孝廉畫扇，友人所貽，筆尚閑雅，謹寄上。請賜書大唱，新舊作俱所歡佇。乘興揮灑，先睹為幸。石予先生在申否？新秧漸綠，山莊風物如何？草草不盡懷仰，祇頌道安，不備。

　　　　　　　　　　　　謝觀虞再拜，六、十五
　注：1932年作於上海。

胡石予（1868—1938），字介生，別號石甕、瘦鶴，江蘇昆山人。著作宏富，人稱"南社詩翁"，又譽為"江南大儒"。王東培（1875—1947），名孝烺，字東培，南京人。詩人，書畫家，頗負盛名。

四十四

寒隱吾師撰席：

　　自里門來，捧讀手教，并石予先生見惠兩何君集，遲復為罪。冬寒，伏想道履安隱。前索小詞，茲特繕出，并家師《哭女文》寄呈，即乞斧正。閨人碑傳如荷推愛削觚，尤所感跂。虞數月來奔走栗六，益以感傷，遂覺孱軀不勝。近稍稍讀唐人小品，如陸龜蒙、孫樵，喜其率真，玩誦忘憂，正未敢學耳。珂里圖書館徵件，不日可再寄畫若干幀，何時截止收件？有白蕉君聞亦與明稚婁約談，尚未捧手也。杖履何時涖申？千乞見示，俾得趨叩。賓虹已抵成都，頃有電歸，云戰亦暫止矣。專達，不盡懷仰，即頌道安。

謝覲虞再拜，二日夜

石予先生道謝，不另。

　　注：1932年作於上海。"家師《哭女文》"，即錢名山《哭長女素蘂文》。

四十五

吹萬吾師左右：

　　前寄呈家師《哭女文》并拙詞若干首，又託石予先生轉上圖書館畫五件，想各入詧。歲闌，沉陰不解，國難復迫，如何如何。昨去吳門訪松岑丈，有《天放樓集》二十冊託帶申轉奉，何時杖履到此，務希見示，俾得攜上。近久不得朱遯庵丈消息，尊處可通音問？今年穀賤，農間無生氣，盜賊恐難盡弭。山莊能安枕否？恩達，不盡懷仰，即頌起居。

謝覲虞百拜，六日

注：1932年作於上海。

四十六

吹萬吾師道席：

前承枉過，適值返常，失迓為歉。兩月來腸胃不健，遂疎函牘。頃拜見惠陶遺先生聯，喜出望外。祇領，謝謝！時局如此，南中依然沉醉，海上尤極游觀之樂。杖履何時蒞申？得謀捧手一快談。松岑丈無消息，不知可曾返蘇。虞近悒悒，有小詞皆酸楚，臨池亦無進境。附呈一扇，聊示請益之意，希進教之。恩頌撰安。

謝覲虞再拜，六、一八

有新詩否？昨道遇石予先生，未及談也。

注：1932年作於上海。

四十七

吹萬吾師道席：

去冬兩上書及奉呈家師哭女文稿，計早入督。松岑丈詩集兩包及攝影，前日由石予先生託何白蕉取去，當亦轉到。詩集本廿本，以莊通百索贈甚迫，故斗膽在尊件中取出兩冊，未獲垂允，尤深內疚！春寒，維興居安隱。時事如此，雖長沙之痛哭流涕，於事何補？況農村窮迫，蕭牆之禍，觸處可發，少陵所謂"天地終無情"耳。虞以內人營葬，下星期歸，杖履何時到申？能先期函示，俾得奉手，尤所願也。賓虹自蜀中寄來一畫而未示歸期，亦卒卒未能履也。專肅，祇頌撰安，不宣。

謝覲虞百拜，八日

注：1932年作於上海。"內人營葬"，指先生是年擇於雙十節

前一日，為其夫人營奠。

莊先識（1882—1965），字通百，武進人。留學日本，為常州近代新式教育的開創者之一。著作宏富。

四十八

吹萬吾師道席：

返里兼旬，頃來得讀手示，并山莊攝影、法書便面，發緘歡笑，無以為喻。山莊風物之美，令人極見，柴桑、輞川不過如是。使繪事有成，以圖冊寫之，置之几席，何異親及門牆耶？松岑丈久不晤，《國學商兌》已出版，師何無詩文張之？賓虹留滯重慶，聞候一軍人，歸期不能定。陶遺先生曾於席間一見。石予扇附呈，乞轉。餘暑未祛，維起居保康，不備。

謝觀虞再拜，八月二十

注：1933年作於上海。是年，《國學商兌》創刊，先生時有詩文發表。

四十九

吹萬吾師道席：

別後曾肅寸牋，又寄呈拙書小屏及贈閔冷禪先生聯，計各入詧。秋深，維道履安穩。家大母壽文有興削觚否？萬一不喜為文，則賜一詩寵之，於願亦足也。不情之請，慚悚之至。重九已屆，山莊菊花必盛。朱遯老衰病，遂不通音問，念曩昔與師鬥韻裁詩，步武不讓，真勝事矣。專達，不盡懷仰，順頌纂安，不宣。

謝觀虞再拜，廿五

注：1933年作於上海。是年，先生祖母錢蕙蓀八十壽。

五十

吹萬吾師道席：

前月兩接教言，并陪盛宴，快甚幸甚！秋涼，維杖履清晏。中秋前曾赴松岑丈惠蔭園秋禊之招，去吳門一宿，晤陳石遺、曹纕蘅，猶以師未能來為悵。家祖母生辰，務請賜以詩文以為榮寵，壽期將近，還待裝池，倘蒙乘興削觚，則拜賜之厚，綏桃酈菊復何足數也。閔先生日內在申否？思寫楹帖贈之，仍由山莊轉去如何？恃愛安瀆，臨穎主臣，即頌道安。

謝覲虞再拜，十、十三

注：1933年作於上海。是年，先生任職國立上海商學院。

以上五十通手札錄自《國學叢選》、王中秀編著《黃賓虹年譜》、呂學端輯《謝玉岑集外佚詩遺文》及手札圖錄。手札從1923年至1933年，是先生初出茅廬至成名成家過程的見證；手札皆為武進錢氏寄園文學函授部、浙江省立第十中學校、上海南洋中學、蘇浙皖區統稅局、國立上海商學院用箋，亦是先生一生學習、工作經歷的見證；手札圍繞問學、交友、詩文酬唱而作，一個溫文爾雅、好學敏求卻體弱多病的才子形象躍然紙上。

致葉渭莘書（十三通）

一

昨晚聽雨鬱陶，伻歸得讀法繪，快然叫絕！承畫兩扇，謹當紉寶。昨奉之件，一星期內揮出，仍希見示，以便飭人祇領。弟阻雨久，不出門。今日思訪午昌，恐不能到南海矣。匆上，順致謝忱。

二

不相聞又數日，弟到申將兩旬，以募公債殊慄六，遂未得奉謁。前晚杭州飯店，知兄亦到，然弟以龍華道遠，夜深不便，仍未去也。秋涼畫興如何？有新作否？上星期晤唐吉生先生，知已全愈，能作書畫。有友人欲求寫一四尺屏，又弟兩扇，謹求轉致。需潤幾許？並將酌送，見示隨即奉上。緣手頭既無唐君潤單，又未問伊所住醫院，不得不煩兄發棠耳。小聯兩副，暑前即思寫出，遷延未果。然筆禿氣衰，微愛我者不敢示人也。佇盼指疵。

三

正作書未發，拜手翰並法繪，快甚感甚！弟與瘦鵑無深交，曾兩為文寄去，未蒙披露，故少與之往來。登《金鋼鑽》，候其石來。如兄以"自由談"為上算，則送以一畫，應有效也。不必再請奚燕子做，花錢犯不著耳。

四

前復計達。星期王一亭梓園菊會，兄何以不來？法繪景祥軸已裝出，清健異常，兄畫近信進步也。松慶扇郵上，乞收復。惟午昌畫既草率，大千寫時，已整裝待發，匆匆不成字；殊覺此扇無足留也，公意如何？

五

昨讀手示並法繪壽軸，感紉之至。弟近兼商學院文書事，每日八時後來，下午六時後歸，較小自由。惟上次希仲轉來三扇，不知需寫篆隸，抑行草？仍盼示知，俾即染翰。其石丁內艱，久無消息，恐返里矣。

六

自常來，得手書，甚感。弟星五返常，尊約逾未克踐。在女子書畫會，曾晤希仲，亦未凼談也。天有暑意，益覺流光去速。見康竹鳴題先德畫卷一詞，甚佳。此君詞極有根柢，可佩！並復，順頌大安。

七

前談甚快，不相見又經旬矣。拙稿已交瘦鵑，此文自謂經意，頗有感想，不同泛泛捧場文字，乞糾正。送周畫請早裝成，逕送伊寓，不可失信，此君確是朋友也。高君畫件能設法否？

八

客臘寄奉一函並兩章，計入青眄。翁君處畫有答復未？弟以學校開學，未能返常度歲。廢歷新年，一派笙歌氣象，終日以電影排悶。兄有新畫否？素月社同人相見，為致意。

九

在常奉損書，以俗事率率，未遑肅覆，惶恐惶恐。星期一來，頗有會計牛羊之累，體且不充，欲走訪未能。今日在个簃處，見法繪捐助昌明諸件，翛然意遠，柳燕一幀，尤迫近明賢，何時乘興能照繪一幀見賜否？弟近畏寫八分，有十二言篆書長聯奉貽，因帶常開會陳列，已囑候閉幕寄下，便當轉呈乞正。星期午後，或可造謁，幸勿公出為跂。天寒，池水晨冰，時序潛移，蒼蒼者遂不能祕，宜孱弱之軀，有蒲柳之慨耳！

十

前讀法繪人物及賜兩扇後，無日不思走訪，故稽裁報。顧自畏熱阻雨，久不出門，且晚間精神不充，晨起知公公出，經月以來，良覿坐阻，為可恨也。今日以事須返里一行，旬日內來，或移寓西門，則與公鄰毗，大可過從為樂。佛氏言，一飲啄，有因緣，會合小事，亦不能求速耶。法繪人物，逼似新羅，扇面樹石，有瞎尊者味。記在大千處見公仿清湘尺頁，群詫天才，汪汪千頃波，固非管蠡所能測其淺深也，佩服佩服。葆怡款屏，知經潑墨，謝謝。即交去仔尤感。午昌、瘦鐵見否？有撰句小聯，俟寫呈正："文采家聲懷午夢，江湖幽思入清湘。"

十一

示悉，諸件費神，無以為報，長聯俟賤軀稍牢硬，即集書奉政。茲飭人走領賜件，懇交與。昨日師子見訪，約定今日偕个簃來，介堪亦至，在校吃煨熏，匆匆未及招兄，為悵惘也。秋寒中人，惟興居健練，不宣。

十二

日領麈談，並擾郇廚，快感快感。惟歸而小想，雙十節恐不克出門，北山西路之約作罷，容後另訂期求約也。

十三

前日拜到繪件，以孋病，匆匆返常，遂稽復謝，為歉為歉。今日來，展對墨寶，清氣逼人，能者所至，不可端倪，尚希努力，以副友人。西風天驟寒，秋廼可畏。星期如風日晴朗，當再約定地點一晤。大致个簃來，則在个簃處，否則在馬萬里寓樓亦可，屆時再奉聞。

附：《金鋼鑽報》編者告白：武進詞人謝玉岑，往還多佳士，書翰特雋，世必有珍藏之者。請抄寄賜僕，俾一其集，開會追悼。甯不思搜足壽千古者，永存紀念為愈乎？賜函可由本報館轉。

注：以上十三通手札錄自1935年5月12日、6月12日、7月2日、7

月21日《金鋼鑽報·玉岑遺札，不得見齋藏輯》，作於1933年至1934年間。

致朱其石書（八通）

一

其石哥，弟大病，年內不能到申，兄能作一一寸左右方章否？朱文以工瘦方整為妙，文為"耦堪埋憂慰情之具"八字，於二十三號前交廈門路尊德里廿三號奚昇初帶常，則感紉不已矣。恃愛干瀆如此。

二

一函計達。新賜章妙極，弟病中得有精神，便將收拾藏件，需章甚迫，請兄新正得暇，為治長方兩章寄常，石請代配，不可過大，否則小書不能鈐也。又弟病困頓甚，正月恐不能到申，欲求侯疑始寫一四尺聯，如見逸芬，請告之，尤感。其石知己。

三

手示悉，掛號一函，計達。請兄並治一六七分小章八字，為"勝于金錯刀青玉案"，朱白文聽，與前求章同寄為感。徵件到，即奉寄。其石我兄。

四

其石哥，示悉，掛號函計到。諸印能於一星期左右畢事，請仍飭送廈門路尊德里廿三號奚昇初處，陰曆初十邊，有便人返常也。又添一章，可謂無厭。名山師小病，聯軸俟虎卿畫來併寄，並頌年安。

221

五

其石我兄，兩章精絕，拜謝拜謝。此間有人向弟索兄印譜，便寄幾冊為感。請再為弟治六七分兩章，或寸方，一六字"枚乘七李白三"，"李白三"之"三"字嫌空，可用大寫，如"參"字者；一十字"耦堪寶此過於明珠駿馬"。前存尊處一大長方章，請改刻"青山草堂火後所集文史書畫碑板記"，朱文不必打格，不妨長短參差。臂愈有興，幸即見擲，瀆神不安。

六

其石老哥，前復計達。弟作書尚勉強，故十分潦草，實不能正式寫字也，乞鑒宥。近在病中，喜集花果蔬果扇，請用十六方賜繪果品，加小花亦可。大千每言時下畫白陽，惟兄與曼青。務請速藻，以當忘憂之草，翹企之至。

七

王君帶到印章，妙極，印譜亦到，謝謝。委事已出信，有無把握，不可知也。兄書下月不能題出（弟兩月內恐不能到申），可訪張小姐，向弟後房紙堆中暫行檢出攜回如何？其石老哥。

八

其石哥，示悉。法繪已函囑張小姐檢出，帶至愛群面奉。弟病困，文字不能報命，奈何。花果扇請速賜寄，盼切盼切。

注：以上八通手札錄自1935年7月18日《金鋼鑽報•悼謝玉岑專號》，1934年末至1935年初作於常州。其時先生雖重病在家，卻書函不斷，其八通手札可知也！

朱其石（1906—1965），原名碁，字其石，號桂龕，別號雁來紅館主人、抱冰居士等。浙江嘉興人，朱大可之弟。能吟誦，工书畫，善篆刻，遍交名士，尤為吳昌碩、黃賓虹所賞識。曾與謝玉岑、馬萬里、王師子、張大千等組織藝海回瀾社，往來密切。作品古樸俊逸，綿密流暢，自成一家，有《抱冰廬印存》《朱其石印存》等行世。二十世紀五十年代後，朱氏任某藥廠文書，文藝不得施展，鬱悒之慨，抱病而逝，有挽聯云："是書家，是畫師，是金石鉅子，更欣同客春江常親道宇，浙派數名流，不愧淵源承老輩；有賢婦，有哲嗣，有聰明文孫，只惜未登耆壽遽謝塵寰，裏園懷舊侶，最傷風雨失斯人。"

致顧默飛書（八通）

一

頃自里中來，得讀損書，并惠佳果，感紉無以為答。秋陽猶暵，起居能益康勝否？虞返常，苶苶苦熱，百務俱廢，今晚大可約聚曾、李兩大師，亦嬾不去矣。佛影在申否？專此肅謝，順頌秋祺。慕飛先生吟席，承重玉岑頓首。八、十四

注：約1930年作於上海。

朱大可（1898—1978），江蘇南京人。詩人、文章家。有《古籀蒙求》《歷代名人小簡》《懷人詩二百首》等。佛影，即顧佛影，顧默飛之兄。

二

慕飛先生吟几：

陶樂春奉敬為快。虞以重闈斷七，今日返常，臨發得手書，將承種切。團桃自風雅中來，不同凡味，惟悤悤啟行，不及祇領。約十月後來，再行函告，如何？居喪不出門，多看書，時苦昏眩。讀書於養生之旨實背，如興居違和，還以屏除文字為是。丹林去首

都，馮文鳳君聞亦將南歸。海上塵壒蔽天，使有數頃田，亦思舍此而去耳。佛影有脫離大同說，確否？新秋餘暑猶熾，惟為學保練。承重玉岑頓首。八月十日

注：1932年作於上海。

馮文鳳（1906—1971），廣東鶴山人，馮漢之女。民國才女、書法家。

三

中秋後病喉，返里三星期。昨來得讀手書，重荷存注，感紉感紉。大千游華山已返平（歸申期未定），作風必有大進。小翠與閣下有意執贄其門，極為歡忭，惟此公好游，在申時少，事實上只可函授，至束脩則大可不談。此公脫略行迹，為弟深悉，且彼此可互以詩文質難，殊不必拘拘師弟子之稱也，尊意如何？佛影亦有函在此。專復，祗頌默飛先生曼福。承制謝玉岑頓首。十月廿三

注：1934年作於上海。

陳小翠（1902—1968），別署翠樓吟主，浙江杭州人。詩人、畫家，著有《翠樓吟草》等。

四

前復計達左右，大千日內不歸，已將尊束轉去，定得歡迎也。今年旱災，為江南數十年未有，敝邑亦以災情甚重，非省款可以敷衍，故多方籌厝，刻成立災賑委員會，發起書畫展覽，弟擔任海上徵集。大千昆仲未歸，目前能書畫者甚少，足下如病體痊適，有興染翰，能見惠數幀，不拘大小，弘茲義路，尤為感企。佛影未晤，初寒惟興居保練。弟謝覲虞頓首，十月廿八夜，默飛詩人閣下。

注：1934年作於上海。

五

默飛先生閣下：

手書抵悉，災賑會承允賜畫，感不可言。收件截止期尚有一月，盡可緩緩揮染，如有舊作亦可，尺寸大小俱不拘也。小翠肯為發棠，尤妙。大作極佳，惟兩結及詩字韻俱淒惋，似非青年所宜也。率陳，即頌痊福。承制玉岑頓首。十一月一日

注：1934年作於上海。

六

損書並大作，拜讀快甚。尊詞益謹嚴可佩，只第一首微嫌蕭瑟耳。大千半月後或可南歸，虞不北行。有代大千擬題畫小詞，昨夜子所成，錄供一粲。天寒，維為學保重。承制謝玉岑拜手，慕飛詩人足下。十二月二日

小翠畫已來，謝謝。

注：1934年作於上海。

七

默飛先生閣下：

得損書，知清恙猶遲痊復，為念為念。賑會書畫絕不亟亟，且有舊作號召，已足歡忭，盡可弗再加畫矣，千萬千萬。佛影久不見，虞腸胃亦委頓。善孖已歸，大千暫留平，對二公執贄事，極端歡迎。有新畫仕女照片，不日或寄申，當轉奉也。不復，即頌吟福。承制虞再拜。廿一日

注：1934年作於常州。

以上七通手札錄自北京匡時國際拍賣有限公司2014迎春藝術品拍賣會第1028號"謝玉岑 錢振鍠 詩稿 手札（十四通）"，今由謝稚柳之子謝定偉收藏。

八

默飛詩人大鑒：

聞大喜，適病，固不能有文字綺羅之賀。檢大千畫荷奉呈博笑，知不值錢，而為公喜也。比肩白首，額手祝之。佛影遠行，聞之悵惘。到東（日本），請示通信處為盼。伏枕不成字，即頌春綏。承制謝玉岑頓首。廿四日

佛影千萬致意。

注：錄自裘因《天地入吾廬·母親顧飛和中國傳統書畫》第74頁。1935年作於常州。

致龍榆生書（五通）

一

榆生吾兄先生閣下：

一·二八亂後，聞駕旅申，以嬾倦，未能一謀握手。其後弟有黃門之痛，往返滬常，益悽楚不敢見人，然時於瞿禪處聞兄佳貺，至以為念也。半月前徐哲東來，本擬偕謁高廬，以風雨而止。聞尊著有清末之詞人評傳，能惠一冊藉慰保渴否？古老詞有新鐫版者，是未刊稿抑舊詞？《詞學季刊》，晤玉虎知不日可出版，陳慈老《白石考證》知仍未收入也。春寒不解，維起居保練，不備。弟謝覲虞頓首。六日午

弟仍寓西門路一六五號。吳門金松岑不日來申，兄與之稔否？

注：1933年2月6日作於常州。

二

榆生吾兄先生閣下：

損書奉悉，大著想另寄，尚未到也。詞社準加入。陳慈老《考

證》，弟處係原稿，副本悉交瞿禪，惟聞瞿禪已逕寄常矣。弟明日返常，當索呈台端。天晴遂饒春意，到申當謀趨謁，藉作郊行。恩復不盡懷仰，維起居保練。弟謝觀虞頓首。十八

注：1933年2月14日作於常州。

三

榆生吾兄史席：

手教并《詞學季刊》、尊著《叢稿》拜倒。《季刊》所載大唱，讀之惟有拜倒而已。弟小時多讀清詞，至今不能脫其面目，近年疾疢，益成燕廢，何敢與於作者之林哉？詞社準加入，請紹介。拙作若干闋，勉強錄呈，惟候繩削，然兄如客氣，則弟以後惟有藏拙。鐵錚丈奇嬾，以詞請益，輒擱置也。拙畫不成樣，後當呈正。古老遺詞及《詞剪》能請檢寄，俾排印流傳，亦有功詞苑之事。《語業》及《三百首》如友人情願付印，兄當不拒之也。敝友刻擬陸續印清人詞單行本發行，而不取卷軸繁富者，如蓮生、稚圭、納蘭、鹿潭皆在選列。弟意以西河、船山、翁山之短令合訂一冊，而以國初雲間詞單刻一冊，尊意如何？恩頌大安，弟虞頓首五十。

弟去年來，思撰清詞斷代史，輒以病止，為可歎也。湖帆廣古老《宋詞三百首》已得百餘首，弟擬選《清詞三百首》。

注：1933年4月作於常州。

四

榆生吾兄閣下：

前復計達典籤，自常來得讀大著，欽佩之至。陳慈首先生《白石詞疏證》副本已寄瀋陽。原稿黏綴錯午，茲託友人移錄，先寄去五張，乞發稿，以後陸續寄上。書名《白石道人歌曲疏證》，惟以前兩卷皆樂府，與詞無涉。恐雜誌中不收，故自第三卷錄起，可仍

用《歌曲》名；如兄以為不妥，則改《白石詞疏證》可矣。友人鄭午昌辦一印刷所，欲將彊村老人選之《宋詞三百首》及《彊村語業》翻成仿宋發行，而由著作人抽版稅，不諗彊老後人是否情願？知兄最關懷彊老遺著流傳事，因敢奉瀆，希便代一問見覆。惟《語業》以後未刊之稿，宜亦附入，俾成全集也。弟碌碌，欲讀書而未得，思訪葉譽虎先生一談，亦未能也。恩頌著安。弟謝玉岑頓首。十七午

友人陸丹林欲求大著一冊，乞賜寄為盼。

注：1933年4月17日作於常州。

五

前上一書并陳稿，計達左右，茲續奉十五頁，希收復。天陰，上星期日友人約至暨南看桃花，未果也。有新著否？恩頌榆生吾兄大人著祺。弟謝覲虞頓首。廿六

注：1933年4月26日作於常州。

以上五通手札錄自《近代詞人手札墨蹟·忍寒廬劫後所存詞人書札》，台北"中央研究院"中國文哲研究所2005年版。手札中先生與詞人龍榆生多有探討詞學，尤其關心朱彊村《宋詞三百首》《彊村語業》及陳慈首《白石詞疏證》的出版發行。其中有云："弟去年來，思撰清詞斷代史，輒以病止，為可歎也。湖帆廣古老《宋詞三百首》已得百餘首，弟擬選《清詞三百首》。"先生多年來欲編撰的《清詞三百首》《清詞斷代史》《清詞通論》，輒以病止，真可歎也。

1933年4月1日，龍榆生主編《詞學季刊》創刊。《詞學季刊》無論從內容上還是形式上看均屬品質上乘的一流專業刊物，廣受關注，作者隊伍幾乎囊括了當時詞學界所有中堅力量，當時的文藝界對此刊物評價極高。12月，《詞學季刊》第一卷第3號"近人詞錄"

欄目上刊載了先生的詞三首《小重山•遣悲懷》《長亭怨慢•過半淞園》《三姝媚•偕春渠小梅子健太湖看梅賦》。1935年7月16日，《詞學季刊》第二卷第4號發佈詞壇消息"謝玉岑之死"，並刊載"武進謝覲虞玉岑遺稿"之"孤鷺詞零拾"：《月下笛•曾允元體》《長亭怨慢•魏塘大千庭中見飛鷺作》《玉樓春》《木蘭花慢》《解佩環•三月七日坐滬西兆豐園，緗梅未盡，玉樹已花，宛然春好矣。彭元遜〈解佩環〉萬紅友謂即白石〈疏影〉調也，惟〈疏影〉為仙呂宮宜用入聲韻，而彭押去聲，為不同耳》《滿庭芳•辛未秋日無湖小西湖看荷花已盡矣》《浣溪沙•題丹林紅樹室圖》《浣溪沙•題曼青夜窗畫幀》。詞後有附記："玉岑下世忽愈二月矣，聞其詞未有定本。瞿禪方為搜輯以備刊行，因檢往時寫示諸闋，及陸丹林君所轉錄二令詞，先為印布，猶冀世之藏有玉岑詞跡者，有以助其成也。沐勳附記。"

龍沐勳（1902—1966），字榆生，號忍寒居士，江西萬載人。其詞學成就與夏承燾、唐圭璋並舉，主編《詞學季刊》《同聲月刊》。有《詞學十講》《詞曲概論》《近三百年名家詞選》等。徐震（1898—1967），字哲東，武進人。為章太炎、杜心五、郝月如弟子，是一位文武雙全的大家。有《國技論略》《太極拳考信錄》等。葉恭綽（1881—1968），字玉虎，一字譽虎，號遐庵，廣東番禺人。書畫家、收藏家、社會活動家。陳慈老，即陳思，字慈首。

致陸丹林書（二通）

一

昨晚夜間以應酬遲歸，途與午昌邂近，縱談甚快，惜不克與兄合并也。星期上午十時左右，乞至西門路善孖寓一敘，石遺屏請帶來尤妙。一切面談。即頌丹林吾兄春安。報端大作，累累如貫珠不

絕，可佩！弟玉岑頓首。四日

注：錄自呂學端輯《謝玉岑集外佚詩遺文》，約作於1930年。

二

丹林吾兄閣下：

三日前寄一書并《甲骨考》兩冊，計已入詧。時局卒變，吾儕小民遠士不敢問，惟麵包恐慌，未免乘時而起。弟昨日遷至"西門路一六五號蔣寓"暫居，區局事必不能長，靜候起身。念兄太邱道廣，如有小機緣，能為留意，俾獲一枝，實為盼幸。報載蘇省府改組，董脩甲長建廳，不知是過渡抑永久也。午昌病一週，頃已愈。大千返魏塘，下星期來再轉皖慶母壽。善子已在比鄰，昕夕晤見，深引為樂。贈兄黃山兩畫，需由弟代領寄上否？潭秋處思去書候之。海上驟冷，終日縮手，知嶺南正和煦類春耳。午昌《近百年藝人傳》，聞兄為收輯材料不尠，弟亦稍稍助之。師子、公展此年尚未晤，住法界距南洋中學近，可時觀書，誠一快事。然兄適離申，遂為缺憾，大致友朋聚散亦必有定緣，無可勉強。曼青久不見，寧波同鄉會二十五號又有同人書畫會開幕，於此亂離中，不知結果如何也。並此不盡懷仰，即頌著安。弟玉岑居士合十。十六日

潭秋杭寓，乞再示知。

注：錄自《玉岑詞人悼感錄》書影（玉岑遺札，民國二十年十一月十六日由滬寄粵），1931年作於上海。其時，先生在蘇浙皖區統稅局第三分局任職主任。

陸丹林（1894—1972），字自在，號非素、長老等。齋名紅樹室，廣東三水人。早年加入同盟會、南社。性喜書畫，與美術界人士往來密切，擅長美術評論。曾任上海中國藝專、國立重慶藝專教授，又任《蜜蜂畫刊》《國畫月刊》編輯，及各地展覽會徵集評選委員等。其是蜜蜂畫社、中國畫會、九社的組織者，與謝玉岑、張

大千相交多年，堪稱"鐵三角"，是著名的美術評論家、鑒藏家。著作極富，有藝術論文集、美術史話等。

致董緄庵書·馬山助賑書畫會收件未齊，將展期開會，本報記者昨接上海謝玉岑君來函云

此間集件，未能收齊，而聞常州已定於二十號開會，萬來不及。頃已公函春澍、誦孫及名山諸丈，請延至四月一號開會。此間負責集五百件精品，二十號開會期如已公布，乞先在新聞欄將弟請求遲緩之議，及負責件數披露。聞千券已散去，斷無件不齊而可開會之辦法，已來件之品目價格，明日詳寄發表。玉岑叩。十六

注：錄自1930年3月19日《武進商報》，1930年3月16日作於上海。手札涉及內容，先生的《籌賑書畫會上海集件的一點小報告》有詳盡敘述。

董緄庵（1889—1981），名粹曾，別號三唐石齋主人，江蘇常州人。辛亥後，曾任《武進商報》記者、編輯、主編，並兼任上海《新聞報》駐常特約記者、常州圖書館館長多年，畢生從事地方文獻資料的收集整理工作。著有《惲南田年譜》《三唐石齋》《董緄庵詞存》等。

致沈邁士書

承示大作，巨著琳琅，感佩不已。奉和具上，尚乞指疵。

懶拙雲山真逸品，私藏誓不與人時。

瀟湘神卷今何在，大索冥搜莫厭頻。

西湖風景松年寫，秀色於今尚可飡。

不似浣華圖醉叟，數峰眉黛落齊紈。

鳥華峰巒天外聳，吳興磐礴寫無餘。

　　輕描細染千鈞力，蚊腳蠅頭千灋舒。

　　祖德先生方家左右。弟觀虞，五月十日

　注：錄自沈迦編注《立雪》（自印本，2018年1月），手札時間不詳。

　先生所錄三詩為明人張丑所作。第一首第二句應為"私藏誓不與時人"，第三首末句應為"蚊腳蠅頭八法舒"，先生抄錄時有筆誤。

　沈邁士（1891—1986），名祖德，字邁士，浙江湖州人。畢業於上海震旦大學，海派書畫名家，有《王詵》《沈邁士畫集》等。

致吳湖帆書

　昨賤畫承教，甚佩。款字不？亦歉其不類也。茲請於小箋款中撥付壹百元交吳賓臣兄，餘則俟張旭明持弟函走領為感。此頌湖兄大安。弟承重玉岑頓首。九月十九

　請面交吳先生。

　注：錄自《名家書簡》第21頁（中央書店民國三十八年版），手札年份不詳。

　張旭明，張大千之侄。

致汪大鐵書

　酒樓一別，至今為念。後承枉顧，失迓為罪。弟昨方歸，手書石章，俱已拜登。大千出遊去平，月餘未返，聞有鄂行，不知確否。已通函告知。健秋所續鴛卷甚精，能擷其意作一扇否？求為轉懇。北行何日啟碇？甚念。春晴太湖，風物定佳，困於塵俗，買棹未能。寧免欲採蘋花之歎乎？匆復不盡，即叩大安。四月一日

注：錄自《空谷流馨集》第23頁，民國線裝，手札年份不詳。

與錢易卿書

易弟足下：前在尊處，歸後即感冒小極，故翌日未能到令姊墳上。遷延至廿八日啟行，三十抵滬，上岸方知是清明也。春光洵美，人事都非。回溯前塵，何止隔世。虞於令姊，遺憾不在已病，實在病前。頻年長攖疾疢，夫婦疏隔，為外人所不知，而不免於一孕以成其死，其可悲者一也。令姊有北宮嬰兒之志，自歸寒門，而有兒女之鞠育，家庭之周旋，離別之感傷，貧賤之辛苦，事事足以亡精銷魄，損其天年，其可悲者二也。曩憂我病，至不能舉步，禱天茹素，形神槁悴，今有病者倖存，憂病者遽死，其可悲者三也。去春將自常來，即告我神思昏弱。抵此針鸞井臼，迄未稍休，又無滋補之品助之營養。上醫治未病，我知其病而不之顧，其可悲者四也。我自疑有肺病，西人言此疾易傳染，未早隔離，致病發亦在於肺。念其垂死喘咳之狀，其可悲者五也。客中抑塞，善哀多怒，兒女瑣瑣，每致詬誶。固以令姊之雅量，何嘗以此為不可解之深悲，然萬一有不令我知之隱恨，則使我何以自容？恨不能起九原而問之，其可悲者六也。在令姊之克己好禮，雖至今日，必不願聞我多方尤悔，即令姊能不死，我亦自信終不負人，然而令姊竟死矣。未來歲月，縱有鐘鼎竹帛之名，陶朱猗頓之富，松喬龜鶴之年，極人世之華膴光耀，亦何足迴地下故人之一盼！則其可悲者更無盡也！嘗與令姊言："使吾二人果不能共白首，則與其我去，不如送君。"令姊輒為首肯。良以我死，令姊不能獨生。然未知令姊死，我縱未敢直情以傷其身，而方寸之心靈，又不自知其亦盡也。河梁握手，古人且難；拱木斂魂，達者尚慨。吾身當此，能不淒其！憶自十三歲，兩遭大故，猶以髫年，不甚了了，孤露之苦，過此遭遇，遂無此酷者。德之不修，命之多舛，自貽伊戚，夫復何言！近稍稍作小詩詞，寫哀悼之思。僕文字何足以傳令姊，然為令姊生前所喜，故聊試為之。小山說將來彙刊贈人，則過少不好，尚須稍緩耳。

昨日狂雨終朝，常州不知何如？新墳如有淹卸，希隨時督促司墓者修補。萬一有軍事行動，則最好改堆成大圓墩，免得有移動作防禦用等危險。凡此皆盡後死之責而已，於死者毫無關也。下星期頗思去餘杭一行，往日鹿車未駕，此時孤燕偏來，覺遲遲不願耳！虞頓首。

注：錄自《玉岑遺稿》卷一，1932年清明作於上海。

錢仲易（1909—2005），字易卿，錢素蘗二弟。早年由程滄波介紹，到南京外交評論社工作，後任《中央日報》編輯。抗戰期間，任重慶《中央日報》社編輯部副主任，並兼香港《星島日報》駐渝記者。抗戰後，任上海《新聞報》副總編輯。1949年後，轉業至商界從事財會工作二十年。"文革"結束後，由劉靖基推薦，受聘為上海文史館館員，以高齡九十七歲逝世，走完了報人、學人、詩人三位一體的漫長人生。其主要著作則於身後出版《錢仲易詩文集》。

附　錄

一、玉岑遺稿・序跋

序一 / 符鐵年

曩吾始識玉岑，一見若平生歡。嗣是過從甚密，有所作必袖以相質。余未嘗不歎其好古不倦，而其志高識卓，尤為人所不及。又嘗語玉岑曰："三代鼎彝，兩漢碑版，與夫六朝唐宋以來書翰，後之學者，各有所宗。數彼專工，實尠兼擅。姑論清代，完白、蝯叟最為傑出，更求方駕，殆難其人。吾子目光炯然，當茲盛年，已探奧賾，造詣所屆，奚測方來！鼎力鄧、何，有為若是。"君雖謙讓不遑，然固以余言為知己之論。後復稍稍作畫，則又幽澹逋峭，疏林遠水，松石梅竹，令人意遠。嗟乎！天與以軼群之才，而不與之壽，使君之藝事乃止於此，其能不深悲也邪！王君春渠，君之姻婭而契厚者也，感君之身世，不僅以君之得名於書畫為已足，且欲傳其所作詩文辭，特為搜集遺稿，付之剞劂。王君之用心，可以慰玉岑於地下，而其風誼亦足多矣！余愛君書畫，既論而惜之。其詩文自有見知於世者在，不復具次云。庚辰冬初，符鑄。

序二 / 夏承燾

昔荊公之悼王深甫，以為深甫早死，并其書未具，將無所傳於後。嗟乎！吾友玉岑之遇，不知孰愈于深甫？今略具其書矣。雖早死同深甫，而不酬于身，必將有傳于後，抑亦可少慰歟！玉岑素高曠，所為文辭，不自收拾。平生以友朋為性命，真摯惻怛，令人戀嫪不厭。疾殆時，猶日倚枕作書，乞人為筆面書畫，謂可當枚生之發。言辭稠疊，若不勝情。其得書于玉岑歿後者，往往循誦失聲。夫其受倫紀之見好若是，已足為及身之一樂。文辭之傳不傳，非玉岑所介意。而愛玉岑者，必并愛其文辭，尺紙寸札，珍之如球璧也。玉岑姻黨王君春渠弆玉岑稿草尤多。于其既歿，復刻意搜討，得如干篇，未繕寫而其鄉常州陷。春渠盡燬其家藏，獨攜此冒兵火，走萬里。喘息稍定，手為排比校核，一字一句之從違，必反覆求其至安。世亂楮墨踴貴，又獨力糜金為之版行焉。嗟乎！荊公嘗以真知其人者不多惜深甫。得一春渠，玉岑為無憾矣。玉岑工鐘鼎書，能畫，少學文于名山錢翁，娶翁之長女，先玉岑三年卒。自是益肆力于詞，纏綿沉至，周之琦、項廷紀無以過。世皆謂玉岑撰著，詞為第一。而玉岑猶自恨累于疾疢，未能盡其才也。予以丙寅春始識玉岑于永嘉。別十餘年，書問往復無虛月。其為詞，每俾予先讀。春渠乃謂予知玉岑，屬序其遺書。予念玉岑自足傳，而春渠之高誼則不可沒，爰不以不文辭。玉岑常州謝氏，諱覲虞，悼亡後自號孤鸞。久教授蘇浙間，又嘗浮沉為稅吏，救貧而已。卒于民國二十四年三月十八日，年三十有七，其受命尤嗇于深甫也。嘻噫！民國三十年十月，夏承燾敬序。

序三 / 王師子

海上論交得振奇拔俗之士，武進謝君玉岑蓋其人也。氣節高厲而和易近人。其文章詩詞書畫罔不卓越。談吐雋雅，尤耐人尋味。其論畫有云："退之論文主氣，謂氣甚則言之短長咸宜。余則以為情不可少。韓潮蘇海，起宓千里，氣也。然幽溪曲港，亦足移情，詎非天地間佳景，何可偏廢！文章如此，畫與金石亦如此。畫之妙者，尤系乎有情，宜於詩詞中抽繹情思，可以詩入畫，可以詞入畫。"旨哉言乎！蓋畫能具情感，使人讀之有弦外之音，斯為超超元箸。聞玉岑之說，吾亦因之有悟。商量邃密，樂事孔多。而奈何天奪吾良友之遽也！今欲聆其言論，瞻其丰采，已不可復得，無時不獨坐興歎。幸君之姻婭王君春渠恐其詩文辭不與其書畫並傳於世，於兵燹亂離之中搜其遺作付梓，使余展誦，怳與故人晤對一室，以少塞人琴之悲。因王君索序，爰並述其言論於此，以見其胸次之超曠云。歲祝犁單閼辜月，師子王偉識於墨稼廬。

序四 / 張大千

庚辰之秋，王君曼士自海上遠書抵蜀，謂玉岑遺稿將付剞劂，不可無言以序之。數月來縈緒萬端而下筆嗚咽，輒不能成一語。今當歲暮，傷逝念舊，情不能已。予與曼士與玉岑交好，乃過骨肉生死之間，豈僅縞紵之情？玉岑之歿，在乙亥三月十八日。時予客吳門網師園，其日午夜，先太夫人聞園中雙鶴頻唳，驚風動竹，若有物過其處，意必玉岑魂魄來相過我。後數月，予有北遊，車中夢與玉岑遇荒園中，坐棠梨樹下，相與詠黃水儦華詩。時寒風颯颯，玉岑畏縮，意頗不樂，予問所苦，逡巡不答。數年來時相夢見，夢中談笑如平生歡，豈知有幽明之隔！方予識玉岑，俱當妙年。海上比居，瞻對言笑，惟苦日短。愛予畫若性命，每過齋頭，徘徊流連，吟咏終日。玉岑詩詞清逸絕塵，行雲流水，不足盡態。悼亡後，務為苦語，長調短闋，寒骨淒神，豈期未足四十，遽爾不永其年乎？當其臥病蘭陵，予居吳門，每間日一往，往必為之畫，玉岑猶以為未足。數年來，予南北東西，山行漸遠，讀古人作日多，使玉岑今日見予畫，又不知以為何如。故人一去，倏忽六年，必有新聲離絕人間，意其鸞珮相逢，鹿車雲路，當不復為淒神寒骨之辭。自還蜀中，不復一垂夢。巫峽驚波，青天蜀道，玉岑其怵於太白歌詩，以為果不可飛度乎？今者又將西出嘉峪，展佛敦煌，便當假寵山靈，潤色畫筆，安得起九原為我歌吟？人間天上，守茲同心！大千張爰。

序五 / 陳名珂

余有朋友之樂，自交玉岑始。稱乎端人而又兼賅詩古文辭書畫之美者，厥惟玉岑。不幸短命，余生之寥廓為何如耶！王君春渠今搜集玉岑遺稿，刊以傳世，是能不負死友矣。以余與玉岑交厚，謂不可無一言。顧余不文，不敢贊。但憶乙亥肇建之三朝，余自里門過毗陵，值大風雪，才艤舟，即走訪玉岑於其臥室。見玉岑高談今古，一如平時，而擁厚衾都六七重，熏鑪煖壺三五，猶蜎然不齎，陽氣若竭。深慮其膏明自煎而不能永年。別三月，玉岑果死矣。余亦遂無朋友之樂，更無以如王君之能不負死友也。故人宿草，渺渺余懷。爰記最後一別於此，以示不忘。中華民國二十八年夏曆己卯之冬，江陰陳名珂拜撰於文無館。

序六 / 陸丹林

廿四年春，玉岑長辭賓客。友好感悼之餘，從事蒐采其遺著，謀為刊佈。曼士綜持其事，鉤稽校錄，歷時年餘，甫告蕆事。而戰事遽作，日軍侵略武進，曼士倉皇避亂，文物蕩然，獨抱玉岑遺稿，間關數省，輾轉至滬。篤於風義，世所難能。日者玄黃喋血，海漚山崩，來日茫茫，詎能逆料，盱衡時勢，乃將遺稿授之剞人。積年宿願，一旦以償。玉岑友好讀是編者，其欣慰為何如耶！玉岑駢儷文探源徐、庾，而能馭以奇氣，論議閎闊，與袁隨園為近。詩清麗似王漁洋，沉俊如龔定庵。詞則出入兩宋，在清真、夢窗之間，萬口爭傳，信非私譽。然而才人無命，古今同慨。區區殘稿，得以留存於天壤間，半生心血不致湮沒，斯固後死者之責，玉岑有知，當亦稍慰。余流徙人海，百無一成，溯念昔遊，風流如昨，而前塵夢影，渺不可追。循誦斯編，曷禁涕泗之橫溢也！三水陸丹林序於上海紅樹室。

序七 / 唐玉虬

嗚呼！此吾亡友玉岑遺稿也。夫文章之事，譬之孫吳之用兵，非有天授，雖白首攻苦，徒勞無所成。然有其資矣，不朝夜以究之，併力以赴之，亦不能有所成。有其資矣，朝夜以究之，併力以赴之矣，然德性不堅定，識度不宏遠，意懷不慷慨，則不能希於古之作者。自吾名山師辛亥後隱居里門，聚徒講述，鄰郡之士多從之遊，前後積至千人。然撮其可造者不過十數人。二十年來，所謂十數人者，成者不能三四屈指。或苗焉而不秀，或秀焉而不實，蓋有其資不能朝夜以究之，併力以赴之者也；或德性不能堅定，識度不能宏遠，意懷不能慷慨者也。如虬初亦蒙吾師之期望，然無其資，白首無所成者也。玉岑於文學殆有天授，鍥而不舍，見其進未見其止也。孝於事親，厚於朋舊，篤於伉儷。少孤，事其祖母、母夫人，得其歡心。朋友有急難，雖困，常思解囊以助之。其孺人卒，自署曰"孤鸞"，曰："欲報吾師，惟有努力讀書；欲報吾妻，惟有終身不再娶。"聞其言者哀之。著筆落墨必蘄至乎古人。其德性之堅定，識度之宏遠，意懷之慷慨如此。其駢體文遠踔徐、庾，其書古鐘鼎直溯斯邈以上，其繪事寥寥數筆，海外人至，欲出重金購之。其於新樂府致力尤深。使其多歷世變，出入於金戈鐵馬之中，浩蕩感激，將度越蘇、辛而前矣。乃其近年與虬書有窮經之志，其奮進不止又如此。而年僅止此，豈天不欲斯文之昌，忍絕吾讀書種子耶？何今白葦黃茅之世，此僅有之瑤林玉樹而天必夭折之耶！此吾師所以有"天喪予，天祝予"之痛也。嗚呼酷矣！王君曼士者，憤而起與天爭者也。其爭奈何？玉岑雖已輩聲於當時，海內名公元夫無不知江東有謝生玉岑矣。然自視欿然，所著篇章，多不存稿。茲如干篇，曼士檢於篋笥，詢於朋儕，並搜之於積年報章，親為校勘編次。前年郡城陷於鋒鏑，曼士舍其宮中之琳琅秘帙皆不取，獨抱此稿踰江淮，出徐泗，經汴鄭，歷湘漢，抵粵之九龍以放乎海，水陸數萬里而至滬上。攘之戎馬倉皇之間，奪之波濤蛟龍之窟，而卒付之剞劂。曼士於倚聲與玉岑有同好，固玉岑之鍾期；而為之刊存此稿，又玉岑之程嬰、公孫杵臼也！昔吾鄉黃仲則歿於旅次，洪稚存往收其《兩當軒》稿，風義播於士林。然仲則自有存稿，稚存特為收而上之畢中丞，無有以上之辛勤危難，不得與曼士比。故曼士者，憤而起與天爭者也。玉岑之卒，虯撫膺悲慟，欲上天入地以求之。然顏子、賈生、長吉，千載光氣長存，何嘗短折。自有此編出，而玉岑永與顏子、賈生、長吉輝映天地，而曼士風義亦亘萬古而長垂矣。菱溪之月，九峰之雲，攜手之歡，宛如夙昔。而玉岑在九泉，虯在萬里，干戈塞途，關山難越。何口歸來，重上玉岑宿草之墓？而陶甄久負，朽腐難雕，回顧師門，虯更不能不臨風發慨，擊几自憾也！己卯仲秋，同學弟唐玉虯序於大峨山麓。

序八 / 謝稚柳

岑兄既歿，越二載而世有滄桑，江南沙鶴。岑兄之歿以乙亥三月，余奔走衣食，不遑寧處，搜其遺篋，得詩文若干，悉付曼士。曼士又從而蒐集增益之。當亂離之際，東西流轉，獨岑兄遺稿實附行邁。又一載，遂有斯集之謀。然其平生所作，零亂散漫，點校之勞，永嘉夏君瞿禪、姊丈錢君小山並佐其成。當岑兄之未歿，哀樂中人，死生縈抱，長言嗟詠，勞者自歌，豈復預計傳世行遠之事？則有故舊高情，百年同好，感逝川之無捨，哀清暉之渺然，靈珠荊玉，寶茲一編，池塘春草，生死感零。予零落獨西，棲遲蜀道，巴山秋雨，鶺鴒羣飛，思親有淚，姜被無溫。生離死別之情，蓋人生之至極者矣。岑兄之歿，忽忽五載，往事淒迷，人間寥落，長嘯行吟，飄零悴困，生者之日而已。弟稚。

跋 / 王春渠

右亡友謝君玉岑所為詩文詞，都四卷。君才華絕世，而未嘗自負其能，亦不自意其早死。生平文字，多不存稿。是編所錄，皆君沒後，君弟稚柳及諸友好搜輯之所得也。時余方家居，謬為纂次。既無定稿，然疑間作，研索費時。未卒事，倭難驟作，廬舍蕩然。流徙萬里，挾君稿與俱。既來上海，喘息稍定，重理其事。上海君舊游地，遺墨每有所見，復從而蒐集增益之。得詩文各一卷，詞二卷如右。詩與文余與小山稍為去取，詞乞永嘉夏君瞿禪點定。夏君博學多文，倚聲尤負當代重名，固君生前之所深服也。詞故無集名，余以其悼亡前所作為一卷，名之曰"白菡萏香室詞"；悼亡後別為一卷，曰"孤鸞詞"。兩者皆君自號，余借以名其詞，或不謬於君之旨也。編既成，思刊之木，而人事卒卒，藏之篋笥幾十年。世變益急，河清無日，懼其不能免於烽火之厄也，姑先以鉛活字印成，聊代傳鈔。俟世事底定，更付剞劂，謀久遠焉。嗟乎！余與君之交情如日月之在天，非風雨歲年可得而改也。使君之文而不甚足傳，余猶將為刊而行之以僥倖於不朽；矧其可傳者卓然若此，雖不識君者猶將刊而行之，而況余乎？然則是編之成，余誠自忘其陋而有所不敢辭者矣。嘗謂吾鄉二百年來才人，黃仲則、呂緒承，得君而三。此三君者，才相若，遇相若，早死相若，其可傳者亦相若。他日儻得躋承平之世，當於吾鄉雲溪或菱溪之上，闢地數弓，築屋數楹，祀此三君者，榜之曰"常州三才人祠"，更以是編刊木而藏焉。或亦君之所許乎？與君交二十年，死別亦已一十四載，平生之歡，明明如月。今展卷一讀是編，桑海之悲，年華之感，家國身世之低徊，萬緒蒼茫，一時交集，又奚止鄰笛黃壚之痛而已！己丑清明日，友人王春渠記於滬上寓齋。

二、紀念、傳略、年譜

【紀念】

悼武進謝玉岑覿虞 / 金松岑

竟擲青山去，傷哉此盛年。
書留狂草札，蛻委落花前。
哭婦愁增劇，鈖詞命不堅。
金梁殘月墮，若箇繼詞仙。

注：錄自1936年4月17日《金鋼鑽報》，刊載《藝文·詩錄》1936年第5期，收入《天放樓詩集》卷十七。

玉岑遺著將出版感題 / 葉恭綽

鬼才世早推長吉，鄉彥名應抗兩當。
如此清標付修夜，更誰身手較堂堂。

注：錄自《玉岑遺稿》。

哭玉岑（四首）/ 錢仲聯

君身一病樹，命與藥爐親。四海皆秋氣，丈室難為春。中年哀樂多，何得不傷人。何物賴陶寫，玉軸羅羣珍。徵詩及詅癡，嗜痂意彌真。（君病中以書畫自遣，沒前十日，猶命余書詩扇，遲未報命。）庶為枚生發，起此病榻呻。前月晤鯨丈，（家名山丈，君岳父也。）間疾良逡巡。微言病可慮，酒次蹙其顰。一扇欠前諾，人天遽隔塵。哭君行自念，直下露電身。

昔年柿葉翻，君洒悼亡淚。去年蓮花紅，雲旗又西逝。可憐送死忙，君家遂多事。知君實情種，哀思孤鸞寄。（君悼亡後自署孤鸞。）挾聽紅娘歌，（去春在滬，君挾余聽方紅寶大鼓，君張之以詞。）逢場強作戲。否則有涯生，何以遣此世。長恨化圓冰，讖語吾能記。（君悼亡之詞，有"人天長恨，便化圓冰，夜深伴汝"等句，竟成詞讖。）青山有草堂，（君室名青山草堂。）遂為埋骨地。得死庸非幸，東海波正沸。

勞生共海漚，如魚託同隊。我名畏人知，說項由君輩。樅溪與康橋，文酒幾高會。清談堅城壘，飣坐多耆艾。君如春月柳，捻鼻獨顧睞。一醉袪千憂，相忘形骸外。樂緣曾幾時，此聚竟難再。我去客梁溪，獨謠空慷慨。君返蘭陵城，一瞑了沉瘵。定知長吉心，九死曾不悔。天地非我春，夢痕慘相對。一念逾萬劫，坐閱成與壞。林際春申月，何生通謦欬。

並代數詞人，彊村霜下傑。君實親炙之，從入不從出。（君近年與余論詞，漸尚北宋。）輩流孰抗手？瞿禪差堪匹。（永嘉夏承燾。）笙磬故同音，相許見心折。懷夢後一人，（瞿禪論君詞，以為《金梁夢月》後一人。）公論未為溢。天若假以年，倘躋歐晏列。彼哉託傳衣，牛後君不屑。餘事及書繪，萬靈歸把筆。亦復哦七字，澹秀嚼冰雪。怪君何多能，甯止誇三絕。於乎如此人，云胡不四十？

注：錄自《玉岑詞人悼感錄》，刊載《夢苕盦詩存》卷三。

減蘭 / 夏承燾

玉岑亡後，嘗欲寫其遺詞，逾年予亦大病幾死，傷逝自念，辭不勝情。

荒丘劍氣。一諾猶孤人換世。殘稿青山。玉笛孤雲喚不還。（玉岑有《青山草堂圖》。）　　有涯無益。蠹簡難青頭易白。楚老重逢。後死龔生此恨同。

注：錄自《玉岑遺稿》。

鷓鴣天·吊謝玉岑 / 龍沐勛

歎逝憂生總費辭。十年兩面幾沉思。勉撐金井將枯幹，愁絕春蠶未了絲。　　驚夢覺，念情癡。九重泉路盡交期。騷魂早辦安心法，掛劍荒原倘有知。

注：錄自《玉岑詞人悼感錄》，刊載1935年7月12日《晶報》。

龍沐勛，即龍榆生。

玉蝴蝶·悼謝玉岑 / 唐圭璋

玉岑病中寄箋索書，匆匆未報，遽隔人天。念東坡高山流水之語，不禁辛酸，聊賦此闋，以寄幽恨。

夢斷瑣窗朱戶，吟魂甚處，月暗空山。冉冉寒聲，偏恨雁落江南。彩毫新、西風淚灑，玉樹冷、離曲慵彈。黯無言，鳳樓人去，辜負題紈。　　纏綿。春明綺怨，水流花謝，自誓孤鸞。料理相思，不辭憔悴度華年。念前事、三生詞賦，感舊情、千疊雲巒。鎮難眠。亂蛩疏雨，一晌淒然。

注：錄自1936年3月31日《詞學季刊》第3卷第1號。刊載《夢桐詞》第5頁，江蘇古籍出版社1987年版，有異字。

【傳略】

謝覲虞 / 武進苔岑社

謝覲虞，字玉岑，武進人，詞章家柳湖先生之子也。生而穎異，讀古今書獨具隻眼，為人文雅狷潔，尤為其嗣父蒓卿先生所篤愛，復得外舅錢名山之誘掖，學益進，譽日隆。文詞古豔，動輒驚人，性嗜金石，工篆隸書，直追秦漢，莫不歎之為天才云。著有《白菡萏香室詩文集》，未刊。

注：錄自《武進苔岑叢編·聊園詩壇同人小傳》，甲子（1924）刊本。

謝玉岑 / 詞學季刊

常州詞人謝玉岑先生（覲虞），博通經史，兼工書畫。久居滬濱，恒從彊村老人探究倚聲之學，然不輕下筆。悼亡後題其室曰"孤鸞"，始屢寄情於詞。其精詣之作，論者謂其冰朗玉映，在《夢月》《飲水》之間。病肺十年，卒以本年四月二十日不起。當其病革時，猶伏枕作書與諸至好夏瞿禪、龍榆生之流，托為遍乞海內詞人，乃至閨秀、方外，凡曾從事倚聲者，為書詞箋，云將彙印專集，以紀因緣。其嗜詞如性命，一至於此，其志彌可悲已！

注：錄自《詞學季刊》第2卷第4號，1935年7月。

謝覲虞 / 張惟驤

覲虞，字玉岑，武進人。少孤多疾，聰慧絕人。及長，美風儀，長身玉立。從陽湖錢振鍠學，工詞賦，師深器之，以長女妻焉。覲虞事親孝，教弟妹如師，愛朋友若性命，故舊有急難，常身任如己事。值鄰邑大飢，賑款無所出，覲虞募畫海內名士書畫盡鬻以賑，先後數千金。雖有疾，奔走不稍休。曾遨遊南北，後客上海，所交多知名士。所作駢儷文雅贍典麗，行氣如虹，造詣近小倉山房。以體弱多病，中年輟勿學。篆分書得天授，肆力碑版，上規秦漢，乞書者踵相接。妻錢氏病歿，神傷不解，署別號曰"孤鸞"，益致力於詞，以寄哀思。偶作松梅山水，極似鄒之麟、八大山人，然體益憊。乙亥季春卒於家，年三十有七。聞者惜之。友人搜其詩文輯為《玉岑遺稿》，計詩、文各一卷，《白菡萏香室詞》一卷，《孤鸞詞》一卷。

注：錄自張惟驤編撰《清代毗陵名人小傳稿》下冊第50頁，民國三十三年常州旅滬同鄉會印本。

先兄玉岑行狀 / 謝稚柳

先兄觀虞字玉岑，先父柳湖公長子也。先伯父仁卿公無子，以兄嗣。吾家代有文學，詳見家集。兄早慧，父遠遊，家書至，先王父養田公必令兄朗誦於側，不訛一字，時才八歲耳，故甚為王父所愛憐。遜清光緒丁未，王父歿後四年，父及伯父一歲中又先後歿。時兄年十三，累遭大故，哀毀骨立。又兩歲，火焚其居，累世所藏圖書金石文房之屬蕩焉無存，家以中落。賴先王母、吾伯母及吾母之撫養得以成立。王母，錢名山先生姑也。兄稍長即令遊名山先生門。先生遜清名進士，光緒末棄官自京師歸，講學寄園，從遊者眾。兄及門，三年盡通經史，為文章下筆瑰異，篆分書力追秦漢，不同凡近。名山先生甚奇之，妻以長女，即吾嫂素蕖夫人也。吾家無恆產，生計惟兄是賴。癸亥秋，兄南游永嘉，受浙江第十中學聘，講授文學。弟子數百人，翕然悅服。盡識永嘉、瑞安文學之士，唱酬甚樂。暇日登謝客巖，拜康樂公之墓。永之人以兄之文采，庶幾追蹤康樂，歎為盛事。居永嘉一年，念王母年高，不敢遠游，應王培孫先生聘，來海上主講南洋中學文學。培孫先生雅重兄，館之甚久，然兄體弱不宜教職，多疾疢，醫者數以為言。戊辰冬，以友人招，任職財政部蘇浙皖區統稅局，後又兼國立上海商學院文書主任事。兄素好學，自入世途，益自惕勵，公餘則披閱文史，隨手摘錄成帙，臨池或至深夜不倦。自是學大進，聲譽日起。尤以書法及倚聲，知名當世。海內名士多傾蓋與交。前輩如歸安朱彊村、華陽林山腴、番禺葉遐庵、金山高吹萬、吳江金松岑，皆盛稱其才，結忘年交焉。然兄豐於才而嗇於遇，多病不勝醫藥，嘗患咯血，久之乃愈。少本曠達，不善治生。然天性純厚，事親孝而友於弟妹。既長，自審仰事俯蓄之重，業業不敢自豫。自奔走衣食以來，十餘年未嘗小休。由是體益弱，每歲必數病，既不獲休養，病亦不能盡去，則力疾事事，終年不廢藥石。甫壯而元氣已衰，獨居深念，索然恆有憂思。然兄儀容俊朗，清言對客，終日不倦；或論議風起，莊諧間作，一語既出，四坐為之傾倒。不知者以放達許兄，未嘗知其憂之深也。壬申春，嫂免身得女，不育且病，病日急。時倭賊犯滬，道阻，兄間關歸里，疾已不可為。自此神傷不解，痛悼之情一寄於詞，署別號曰"孤鶯"。畫友為寫《菱溪圖》及《天長地久圖》，兄為哀辭五千言書其上。去歲甲戌五月，王母歿，兄哀甚，體益衰。兄體素偏於熱，自幼多熱病，故用藥皆陰涼，以益其所不足。近歲常患腹痛，便溏泄，怯風畏寒，昔所未有也。友人善醫者勸服朮，逡巡未能信。旋病胃，不食不知飢，食稍多輒病。會夏秋燥熱，感時邪。八月忽患白喉，大進陰涼之劑，喉愈而胃益壞，不能飯。九月杪，力疾赴滬，藥不輟，畏寒，飲食銳減，神氣大衰，猶任事如故。十一月病甚，不得已歸里，畏寒愈甚，疊被至八；服附桂，寒不稍殺。歷冬至春，絕無起色。其間亦復小愈，然不知飢如故，食糜粥稍多即不適，醫以為憂。清明後形日枯槁，延至三月十八夜十時，竟別雙慈、棄弟妹而長逝矣，年止三十七，嗚呼痛哉！病中足不逾閾，氣弱不能多語，然尺牘酬答如平時，書法矯捷無一毫衰病態。彌留亦無所痛苦，且始終不自以為不治。惟日索朋好書畫為樂，求之多且急，則又若自知不起，欲多見故人手迹以當永訣也。惡耗所至，識與不識，莫不痛惜，故舊來吊者皆隕涕。兄於書如有宿慧，幼時涉筆即茂密恣肆。初學小篆分隸，法度既備，進而為大篆及三代金石文字，凡鼎彝尊罍、戈瞿量度、碑碣瓦甎以及殷虛甲骨文、流沙墜簡之屬，靡不致力。故其書氣局閎博，不名一家。近歲喜作晉人行草，俊朗如其人。又以書法寫松梅山水，名手多歎勿如，以為在雪箇、穆倩之間。詞自幼即喜為之，及居滬上，與彊村老人游，時從探討，取徑益高，然不多作，悼亡後始屢為之。其精詣之作，譽之者謂出入兩宋。然兄常自病其詞頗類清人，思力學焉，困於病不果。於詩自以為非所長，然所作近體短章頗為人所傳誦，以為清麗似漁洋，沉俊似定盦云。早歲治駢體文極工，氣機流暢，近簡齋，後宗六朝，取法徐、庾，然用情思太劇，體氣不勝，壯歲屏不復為。兄既無年，終其身復困於病，不能奮志於學，所詣未能盡其才之十一。使兄生長華腴，不以衣食勞其形，不以疾病短其氣，優游文史，怡情翰墨，適其性之所適，以養其生，則其天年豈止於此，而其學之成就亦必有什百倍於此者。天既與之以才，乃靳其遇與年，使不獲竟其所詣。天之生才果何心哉！果何心哉！兄平生所作，多不存稿。近者同學至友將為徵集其全，付刊以行世焉。稚少不更事，不足以知兄之生平，率次其行誼如右，敬求當世文章道德之士，俯念先兄才命竟止於斯，錫以銘誄，以光泉壤，感且不朽。稚敢不九頓首以謝。

期服弟謝稚淚述

注：錄自民國廿四年自印本《訃文》，由唐玉虬之子唐蜀華提供。

謝玉岑小傳 / 錢小山

玉岑沒之三年，歲丁丑，邑中難起。予從姊夫王君曼士挾玉岑遺稿若干卷，歷淮、豫、鄂、粵而之滬。謂予曰："世變不可測，兵火所經，盡為焦土。凡此玉岑嘔心之作，今不亟以授梓，流傳天地間，恐遂散佚，則予負死友矣。子知玉岑最詳，且親，宜述其生平。"予不敢辭。君名覲虞，字玉岑，武進人。祖養田，伯仁卿，父柳湖，皆為邑名諸生，風雅好義。謝氏代有文學，具載家集。君少孤多病，而聰慧絕人。既而火焚其居，累世所藏金石、圖書、文房之屬，蕩焉無存，家以中落。嘗北走燕齊之郊，偶不如意，竟拂衣去。逮清光緒末，吾父棄官自京師歸，閉門授弟子於東郭外之寄園。君及門最早，獨以詞賦雄其曹。吾父甚奇之，妻之以吾伯姊素蘂。癸亥秋，南遊永嘉，盡識其地文學之士，暇日登謝客巖，拜康樂公之墓，見者以為異人。居一年，念祖母年老，不敢遠游，客滬上最久。少工駢體文，於篆分書亦自有天分。又嘗以簡筆寫松梅山水，老手歎勿如。詩自謂非所長，中歲乃出倚聲質當世。一時耆宿如歸安朱彊村、華陽林山腴、番禺葉玉甫、金山高吹萬、吳江金松岑，皆盛稱其才，結忘年交焉。平生淡於榮利，獨居深念，若有憂患。某歲感懷時事，賦《木蘭花慢》云："顫清歌玉樹，夜星爛、最高樓。任曙誤銅龍，雲迷錦雁，舞倦還留。綢繆。鈞天殘夢，賭東風帝子自無愁。衫影初低蛺蝶，胡塵漸迸筌篋。　神州。春事百分休。天意付悠悠。只巢燕飄零，黃昏闌角，銀鑰誰收？應羞。辭林紅蕊，逐春波自在又東流。草木本無情思，明年休望枝頭。"君美風儀，長身玉立。愛朋友若性命，傾筐倒篋不少倦。事親孝，教弟妹如師。故舊有急難，常身任之。鄰縣饑饉之歲，吾父欲施之，無所出，君則為募海內名士書畫，盡鬻以振，先後數千金。雖有疾，奔奏不少輟。流民以之無菜色，皆君力也。壬申春，吾姊以乳沒，君神傷不解，署別號曰"孤鸞"。嘗告人曰："報吾師惟有讀書，報吾妻惟有不娶。"然君自此每歲必病，藥石不斷。以家貧負累重，任事如故，好學且勝於往日。或乞其文字，無不過望。甲戌、乙亥間，食少畏寒，不得已歸里，覆被八重猶不暖，竟不治，年三十有七。吾家與謝氏世為姻親。君祖母為吾父二姑，吾父與君之伯、之父為中表，故相愛若兄弟。其詳見吾父所撰《謝二姑》及《二謝傳》。君既婿吾姊，吾又娶君之妹，兩家過從益密。君之沒，吾父哭之慟。予自姊之喪，見君常無言而悲。曾幾何時，君又不樂其生。轉覺心不能哀，淚不能墮。死別之痛，殆與吾身相終始矣！君有男子三：伯文、仲藹、叔充，女子二：鈿、璉。所著有文一卷，詩一卷，《白菡萏香室詞》一卷，《孤鸞詞》一卷。己卯冬日，同邑錢任遠小山書於滬南桃源村。

注：錄自《玉岑遺稿》。

謝玉岑先生年譜

□ 謝建紅

體　例

一、本譜以《玉岑遺稿》《玉岑詞人悼感錄》《謝氏家集》《毗陵謝氏宗譜》及民國時期的報刊記載、譜主交友手札為基本材料，意在鉤稽譜主一生行跡。

二、本譜譜前摘要及謝氏家族主要成員，俾便瞭解譜主生平、家世淵源。

三、本譜紀時阿拉伯數字繫西曆，漢字繫農曆。無日可考者繫月，無月可考者繫年。

摘　要

謝玉岑，名覲虞，字子楠，號玉岑，以號行。自署曼頏、佛癡、茹闇、瀟闇、藕庵、藕龕、謝大、懶僧、懶尊者、懶香尊者、蓮花侍者、藕花龕主、竹如意齋主、白菡萏香室主、青山草堂室主、周頌秦權室主、求寡過齋主、孤鶯室主等。妻亡後，又號孤鶯。清光緒二十五年己亥七月二十七日（1899年9月1日）生於常州城區東官保巷。1912年入寄園，從名山先生學。1914至1917年就讀上海商校，肄業。1917年加入武進苔岑社任書記員，兩年後成為苔岑社社董。1923年初，應無錫戴溪橋朱氏西席之聘，設硯教書。1925年7月，赴永嘉省立浙江十中任教。1927年3月到上海，先後任職於上海南洋中學、財政部蘇浙皖區統稅局上海第三管理處、上海愛群女中、中國文藝學院、國立上海商學院。民國二十四年乙亥三月十八日（1935年4月20日）卒於常州城區觀子巷十九號謝寓，年僅三十七歲。

謝玉岑為民國時期著名詞人、書畫家、文藝評論家，被時人稱為"江南才子"、"江南詞人"。其一生雖短暫，但在詩、詞、文、書、畫、印方面均有造詣，且交遊甚廣。受業於錢名山先生，尊詩文大家高吹萬、金松岑為師，得詞壇耆宿朱彊村親炙，與前輩曾熙、王一亭、黃賓虹等書畫往來，與葉恭綽、林思進、周企言等成為忘年交，與一代詞宗夏承燾、國畫大師張大千、同門王春渠和唐玉虬結為莫逆知己。生前主要著作有《茹闇詩鈔》《春暮懷人詩本》《白菡萏香室詩文集》《白菡萏香室詞》《孤鶯詞》《墨林新語》《清詞話》。未竟著作有《清詞斷代史》《清詞通論》《清詞三百首》。身後出版著作有《玉岑遺稿》（1949年）、《玉岑遺稿》（影印版，1986年）、《謝玉岑詩詞集》（1989年）、《謝玉岑詩詞書畫集》（2009年）、《謝玉岑集》（2019年）、《玉岑遺稿》（謝玉岑先生誕辰120周年紀念版，2019年）。紀念、研究其主要著作出版有《玉岑詞人悼感錄》（1935年）、《謝玉岑百年紀念集》（2001年）、《玉樹臨風·謝玉岑傳》（2017年）、《謝覲虞年譜》（2017年）、《謝玉岑先生年譜》（2019年）、《謝玉岑詞箋注》（2019年）、《謝玉岑研究》（2019年）。

謝氏家族主要成員

⊙曾祖父謝璜（1822—1860），字玉階。太學生，有《吉羊止止室賸稿》。

⊙曾伯祖謝秉文（1819—1852），字夢葭。邑庠生，有《剪紅軒詩稿》。

⊙曾叔祖謝秉彝（1831—1860），字香谷。太學生，有《運甓小館吟稿》。

⊙祖父謝祖芳（1850—1907），字景熹，一字養田，號祖芳。邑庠生，好古通今，博學多能，有《寄雲閣詩鈔》四卷。

⊙祖母錢蕙蓀（1854—1934），字畹香。有詩才，有《雙存書屋詩草》。

⊙父親謝泳 (1878—1911)，字仁湛，號柳湖。邑庠生，有《瓶軒詩鈔》《瓶軒詞鈔》。

⊙母親傅瓊英（1880—1939），字湘紉。傅頌霖之次女，有詩作。

⊙伯父謝仁 (1876—1911)，字仁卿，號蕚卿。邑庠生，有《青山草堂詩鈔》《青山草堂詞鈔》。

⊙伯母吳英（1877—1901），吳玉振之三女，有詩作。

⊙繼伯母潘氏（1877—1961），潘振莖之四女，好詩文。

⊙大姑謝靜華（1881—1898），性絕慧，有詩作，人以為謝道韞復生，十八歲患瘵疾卒。

⊙二姑謝靜薇（1888—1893），早慧，四歲識字，能辨四聲，六歲患瘵疾卒。

⊙弟謝稚柳（1910—1997），名觀禹，又名稚柳，字子棪，晚號壯暮翁等。現代書畫大家，古書畫鑒定家。

⊙大妹謝汝眉（1901—1997），字青若。二十歲嫁錢名山侄子錢靖遠。

⊙二妹謝亦眉（1902—1921），字緘若。二十歲病逝。

⊙三妹謝月眉（1904—1998），字卷若。工筆花鳥畫聖手，有詩稿，終身未婚。

⊙四妹謝介眉（1907—1993），字蟠若。二十歲嫁錢名山長子錢小山。

⊙業師、岳丈錢振鍠（1875—1944），字夢鯨，號名山，常州陽湖人。清光緒二十九年（1903）進士，官至刑部主事。1912年起在寄園授徒講學二十餘年，被稱為"江南大儒"。有《名山詩集》《名山文約》《名山集》《課徒草》《良心書》等。

⊙妻錢素蕖（1900—1932），名亮遠，字素蕖。錢名山之長女，喜讀書，善書法。

⊙長子謝伯子（1923—2014），名寶樹，字伯文，號伯子。著名畫家、特殊教育家。有《謝伯子詩詞》《繪事簡言》《九秩初度•謝伯子先生談藝錄》《謝伯子畫集》等。

⊙次子謝仲邁（1924—2016），名小岑，又名恒，字仲邁。畢業於復旦大學教育系，一生從事報業工作。

⊙三子謝叔充（1930—　），名充，字叔充。大學學歷，教師職業。

⊙長女謝鈿（1921—　），名殿臣，又名鈿，字荷錢。畢業於廣州中山大學，教師職業。

⊙次女謝璉（1928—2006），名蓮，字荷珠。肄業於滬江大學，一生從事教育工作。

正　文

一八九九年（光緒二十五年　己亥）一歲

◎七月二十七日酉時，生於常州城區東官保巷，繈褓期間克乳。名觀虞，字子楠，號玉岑，以號行。

◎是年四月初一，張大千生於四川內江。

一九〇〇年（光緒二十六年　庚子）二歲

◎自小失調養，身體羸弱。

◎是年正月十一，夏承燾生於浙江永嘉謝池巷。

◎是年六月二十五日（7月21日），錢素蘗生於常州菱溪。

一九〇一年（光緒二十七年　辛丑）三歲

◎過繼伯父謝仁卿。

◎是年十月二十一日，王春渠生於常州馬山埠。

◎是年十一月九日，伯母吳英病逝。才過百日，伯父之子謝亮殤。

◎是年，大妹謝汝眉生。

一九〇二年（光緒二十八年 壬寅） 四歲
◎始識字，且早慧。
◎是年，祖父謝祖芳輯《雙仙小志》，刻印成書。
◎是年，二妹謝亦眉生。

一九〇三年（光緒二十九年 癸卯） 五歲
◎隨祖父、嗣父、父親遷入常州城區天王堂弄內新建的一座四進院宅。
◎是年前，父親謝仁湛在本鄉設帳授徒。
◎是年，表伯錢名山中進士，後刑部主事用。

一九〇四年（光緒三十年 甲辰） 六歲
◎上私塾，讀書癡迷。
◎是年正月，父親始遠遊楚地，有詩《甲辰正月楚行別內》。
◎是年八月十五，三妹謝月眉生。

一九〇五年（光緒三十一年 乙巳） 七歲
◎讀書知索解。
◎隨祖母錢蕙蓀回菱溪錢寓，見表妹錢素蘂，心存好感。

一九〇六年（光緒三十二年 丙午） 八歲
◎父遠遊，讀父信，不訛一字，甚為祖父愛憐。
◎是年，錢向杲為《謝氏家集》作序。

一九〇七年（光緒三十三年 丁未） 九歲
◎能作詩、對偶。
◎是年七月七日，祖父祖芳公卒。嗣父仁卿、父親仁湛立志刻《謝氏家集》，以竟公志。
◎是年，四妹謝介眉生。

一九〇八年（光緒三十四年 戊申）十歲
◎父遠遊，有書信寄奉。

一九〇九年（宣統元年 己酉）十一歲
◎是年前後，吟詩作文。
◎是年，錢名山辭官還鄉。

一九一〇年（宣統二年 庚戌）十二歲
◎是年三月二十九日，弟謝稚柳生於常州北直街天王堂弄謝寓。
◎是年八月，父親移寓湘潭，有詩《蓮花街，湘潭之平康里也》。

一九一一年（宣統三年 辛亥）十三歲
◎累遭大故，哀毀骨立。有立言："三年願讀父書，百世期繩祖武"，以表心志。
◎是年三月，父親在湘潭得腹病。四月抵家，久痢不治。五月初一，以虛脫而病逝。
◎是年六月，嗣父因痢疾診治無效，七月初十病逝。

一九一二年（民國元年 壬子）十四歲
◎入寄園讀書，為名山先生最早及門弟子。
◎是年，錢名山為《謝氏家集》作跋，並刻印傳世。

一九一三年（民國二年 癸丑）十五歲
◎與名山先生之長女、表妹錢素蕖訂婚。

◎長身玉立，且事親孝，教弟妹如師。
◎婚議以星家言中阻，祖母錢蕙蓀以"男女八字不合"為由罷婚議。然其不願他婚，素蕖亦不願他嫁。
◎歲末，火焚其居，累世所藏圖書、金石、文房之屬蕩焉無存，家以中落，舉家由天王堂弄遷至北門斗巷。
◎是年七月，錢名山輯《毗陵三少年詞》刊行。《毗陵三少年詞》由謝仁卿、謝仁湛、呂緒承三人詞彙編成冊，名山題簽封面"毗陵三少年詩餘，振鍠書耑"。仁卿詞、仁湛詞錄自《謝氏家集》卷十、卷十二。

一九一四年（民國三年 甲寅） 十六歲
◎在堂叔父謝仁冰的資助下，考入上海一所商業學校。

一九一五年（民國四年 乙卯） 十七歲
◎上海商校讀書，因長身玉立，自署"曼頎"。後一度癡迷上佛經，又自署"佛癡"。

一九一六年（民國五年 丙辰） 十八歲
◎應同學索求，作詞多首，清詞麗句，同學咸驚其才。
◎祖母錢蕙蓀急為議婚，然因其看不慣社會上女子多浮華虛榮之習，不願就婚他族，又不敢向祖母表白其意，惟默誓獨身，有詩《綺語焚膽》多首。
◎秋，商校未畢業，由謝仁冰攜至北京入銀業學徒，因不願侍候業主磨墨，僅一月即別謝仁冰忿而南歸。途中停留金陵，有詩《南歸》《金陵夜泊》《南下次金陵》寄懷。原想回上海商校續讀，因名山先生反對，終棄學堂。

一九一七年（民國六年 丁巳） 十九歲

◎春，再入寄園隨名山先生遊，研讀經史子集、詩文書畫。

◎7月18至21日，在武進《晨鐘報》發表"春醒十憶詞十闋，代唐鼎元作"十首。

◎7月，以署名"蓮花侍者"，在武進《晨鐘報》發表《綺語焚賸》七律十六首和七絕十二首。

◎8月，為武進苔岑社首批社員。

◎9月16日，武進《晨鐘報》刊有"苔岑社第一次公舉職員題名錄"，其列為書記員，余信芳列為總編輯。

◎有詞《百尺樓》《偷聲木蘭花》《蝶戀花·荷花》等。

一九一八年（民國七年 戊午） 二十歲

◎11月12日，在武進《晨鐘報》發表《徵同人東林看菊小簡》《暮春致友人書》《致姑蘇友人告致鄧尉書》三文。

◎12月13、14、30日，在武進《晨鐘報》分別發表《哭許佛迦》詩四首、《哭許佛迦文》和《代徵懷瑜館詩詞題詠》，以紀念同窗三年別後一年的殉難同學。

◎12月，有《吳劍門先生詩集序》收入《苔岑叢書》創刊本。

◎是年，與鄧春澍、唐玉虬、錢煒卿等六七人發起成立"梅社"，有駢文《新建梅花吟社小引》等。

◎是年起，在《苔岑叢書》《武進苔岑社叢編》發表詩詞、楹聯多首，駢文、序跋多篇，題簽封面、扉頁多種。

一九一九年（民國八年 己未） 二十一歲

◎3月18、19、20日，在武進《晨鐘報》發表《上父執高少卿大令書》。

◎5月29、30日，以署名"蓮花侍者"在武進《晨鐘報》發表《糜家塘塾師毛某恨史序》。
◎春，業師錢名山岳丈費鐵臣逝世，有《祭玉虹樓費公》之作收入《苔岑叢書》。
◎冬，與錢素藁結婚，自署"白菡萏香室主"，有詩《密語》等。
◎列為武進苔岑社社董。
◎是年，名山先生有言："（玉岑）三年盡通經史，為文章下筆瑰異，獨以詞賦雄其曹。篆分書力追秦漢，不同凡近。"

一九二〇年（民國九年 庚申） 二十二歲
◎春，加入俞鷗侶等人在常熟創辦的虞社。冬，參加社集，有詩《虞社消寒雅集和鷗侶韻》。
◎有詞《陌上花》《滿江紅·題玉虬憶昔詞》《甘州·戲詠紫玉簪》等。
◎作《秋風說劍圖》。
◎與唐玉虬、錢靖遠結黨，自謂"江東三少年"。
◎有與其他苔岑社社董、核心社員合影《苔岑雅集圖》，刊載《苔岑叢書》庚申年刊。
◎有駢文《金粟香先生八秩壽言》，收入《苔岑叢書》。
◎是年前後，擅寫駢體文，詩文喜藻飾，為書喜古文，為同學、鄉党所稱讚。
◎是年，《苔岑叢書·苔岑吟社庚申尚齒錄》有載："謝覲虞，字子楠，號玉岑，現年二十二歲，江蘇武進人，現住常州大北門外斗巷。"
◎是年，大妹謝汝眉與錢名山之侄錢靖遠結婚。

一九二一年（民國十年 辛酉） 二十三歲
◎1月18日，長女謝荷錢生，名殿臣，後上小學為其更名"鈿"。
◎春，為屠掄自刊本《保粹齋印存》題扉頁，並作《保粹齋印存後序》。

◎7月9日，岳母費墨仙病逝，有駢文《祭外姑費安人》。

◎7月，在周瘦鵑主編《禮拜六》週刊，以署名"白菡萏香室主"發表《綺懷焚賸》七絕、七律各四首，和《密語·洞房紅燭，戲語舊情，不禁莞爾，成二十八字書綺懷草後》詩一首。

◎10月，有《放如齋詩序》收入《苔岑叢書》。

◎有《青山草堂鬻書圖》。

◎是年，二妹謝亦眉病逝。

一九二二年（民國十一年 壬戌） 二十四歲

◎夏，在武進《蘭言報》刊登多次鬻書啟事。

◎秋，為顧景炎填詞《高陽臺》於其藏吳觀岱《晴窗讀畫圖》卷之上。

◎九月初八，遊吳門（今蘇州），有《壬戌重九前一日訪周怡庵丈吳門，同遊某遺老園，賦此為別》詩二首。

◎與王巨川結交，後往來頻繁，成為益友。

一九二三年（民國十二年 癸亥） 二十五歲

◎年初，應無錫戴溪朱氏西席之聘，在戴溪橋設硯教書，從此挑起家庭重擔。教書期間，有詩《溪橋初夏雜詠》《苦旱》，詞《解語花》《南樓令》《蝶戀花》《臨江仙》《金縷曲·題聊園志盛集，壽吳我才先生六十，用彈指詞韻》等。

◎5月25日（四月初十），長子謝伯子生，先天失聰。名寶樹，小名枝珊，字伯文，號伯子。

◎6月，有詞《木蘭花慢·珊兒彌月，賦懷素君》。

◎自署"茹闇"，有《茹闇詩鈔》。

◎作《白菡萏香室填詞圖》，陳名珂為之填詞《謝池春·題白菡萏香室填詞圖，謝為常州錢夢鯨婿，有才名，夫婦俱工篆書》題詠。

◎是年，謝家由城區北門斗巷遷居觀子巷十九號。

◎是年起，與高燮（吹萬）開始長達十餘年的書函往來，尊其為師。

一九二四年（民國十三年 甲子） 二十六歲

◎2月，受金松岑之邀，與鄧春澍、唐玉虬等至虎丘冷香閣觀梅，有詞《疏影•甲子上元後八日，吳門金松岑丈招飲虎丘冷香閣觀梅。松丈有詩，賦此奉和，並寄吹萬丈閑閑山莊》。

◎秋，有詞《疏影•秋月在壁，索夢不成，有懷冷香春遊，賦寄鶴望、吹萬兩丈》。

◎10月18日，次子謝仲邁生。

◎10月，《苔岑叢書•聊園詩壇同人小傳》刊行，其中載有"謝覲虞"。

◎10月，軍閥混戰。安置謝、錢兩家老小避居離常州二十餘里之南鄉淹城，直到翌年上元節前返里。

◎是年，有托王巨川向吳昌碩、王一亭為其訂定"潤例"。

一九二五年（民國十四年 乙丑） 二十七歲

◎暮春，避亂返里。與唐玉虬、陸孔章、王春渠、程滄波、錢靖遠、錢易卿聚集玉波酒樓，有詞《甘州》。

◎3月25日，《新武進報》刊載啟示"謝玉岑篆隸潤格"。

◎4月2日，《新武進報》發表金松岑《題玉岑青山草堂鬻書圖》詩一首。

◎春，往梁溪（無錫）梅園吊梅，有詞《垂楊》《虞美人》。

◎夏，有長詩《溪橋三十四韻答嚴大伯僑見懷，並謝橫山探梅之招，時乙丑律中中呂之月》。

◎七月，應伍叔儻之邀南遊永嘉，執教省立浙江十中（師範學校）。

◎是年有詞《甘州》《龍吟曲》《菩薩蠻》等。

一九二六年（民國十五年 丙寅） 二十八歲

◎2月，歸途中作詩《海上聽雨，有懷素君》二首。

◎3月，結識夏承燾，兩人遂成一生莫逆知己。

◎春，有大篆題簽扉頁"台州府志弩議，謝覲虞書耑，中華民國十五年春刊"。

◎七月，與奚旭、王春渠、程滄波合為恩師名山先生刊印《名山詩集五卷》（初版），並以篆書分別題簽封面"名山詩集五卷"、出版信息"丙寅七月浙江瑞安刊印"。

◎仲夏，接到上海南洋中學校長王培孫寄來的聘書。

◎九月，與鄭曼青同客春江，合作《葫蘆圖》。翌年，有題畫詩二首記之。

◎永嘉教書之餘暢遊浙江，盡識當地文學之士。期間，有詩《永嘉雜詠》，詞《鷓鴣天》《燭影搖紅·小西湖晚眺，湖在永嘉城南》《南浦·丙寅仲夏臨發永嘉，賦示諸生》等寄懷。

一九二七年（民國十六年 丁卯） 二十九歲

◎3月，執教位於龍華路外日暉橋的上海南洋中學。

◎是年起在上海與朱彊村、冒廣生、陳石遺等前輩詩文唱和，與王一亭、黃賓虹、葉恭綽、張善孖等藝壇前輩書畫往來，與吳湖帆、鄭午昌、陸丹林等同輩切磋藝事，積極參與海上藝苑活動，加入各種藝苑團體和組織。

一九二八年（民國十七年 戊辰） 三十歲

◎3月10日，次女謝荷珠生。

◎6月，有作品選送藝苑繪畫研究所，為募集基金在寧波同鄉會舉辦現代名家捐助書畫展覽會。

◎7月18、19、20日，在《武進商報》發表《呂蟄庵先生七十壽序》。

◎10月19日，書函夏承燾，談及正在收集資料，準備撰寫一部《清詞史》，並為夏承燾正在編著的《唐宋詞人年譜》搜集各種詞集、詞話材料等。

◎秋，參加秋英會，當場作詩填詞，被稱為"江南才子"。與張大千相識，從此成為莫逆知己。"大千畫，玉岑詩"傳為佳話。

◎11月12日，參加秋英會第一次書畫金石展覽會活動後，有詞《過秦樓·題秋英會同人合作春花中堂，為英賓兄賦》等。

◎11月，秋英會展覽會後，隨同錢名山、吳觀岱、黃賓虹、謝公展、謝介子、王西神、楊清磬等，旋赴無錫遊太湖，又有南京、揚州之行，歷時半月。

一九二九年（民國十八年 己巳）三十一歲

◎1月，致函夏承燾、唐玉虬、邵潭秋，囑為《青山草堂鬻書圖》題詠。

◎1月14、15、16日，在《申報》發表《寒之友集會讀畫絕句》三十首。

◎3月10日，第一屆全國美術展覽在上海南市新普育堂舉行，有鐘鼎文《秦公敦》書法作品參展。作品圖片刊載4月13日《美展》特刊。

◎3月31日，以署名"懶尊者"在《申報》發表記事散文《大風堂萍聚記》。

◎春，為張大千三十歲《大千己巳自寫小像》圖上題詠。

◎7月，有作品參加"藝苑名家書畫展覽"。

◎12月30日，加入由鄭午昌、陸丹林等組織的蜜蜂畫會，為基本會員。

◎12月31日，有函致夏承燾，謂上海課務甚忙，不宜讀書。

◎是年前後加入鳴社，為上海藝苑朋友作題畫詩詞多首、書畫評論多篇。

◎是年伯母潘氏、母親傅瓊英五十壽，囑友人作詩文。

◎是年至1932年，協助王春渠徵集、編輯、出版《當代名人書林》。

一九三〇年（民國十九年 庚午） 三十二歲

◎1月24日，人文藝術大學改名中國文藝學院，聘為兼職教員。

◎2月25日，中國文藝學院招生，聘為教授。

◎3月10日，在《申報》發表《昌明藝專觀光記》一文，闡明了自己的藝術觀點。

◎3月21日，在《蜜蜂》發表詞《浣溪紗·題曼青夜窗畫幀》。

◎3月，接友人李孟楚函邀去廣州中山大學任教，因祖母年高未赴，有詩寄懷。

◎3月31日至4月4日，以署名"謝大"在《武進商報》發表連載記敘長文《籌賑書畫會上海集件的一點小報告》，為馬跡山賑災募得海上名家書畫四百餘件。

◎6月11日，在《蜜蜂》發表《昌明畫風之我聞》一文。

◎7月，有詩《七月一日聽玉筍清唱，即席賦贈》四首。

◎7月31日，三子謝叔充生。

◎夏，為南洋中學學生畢業紀念冊題辭"自強不息，庚午級同學畢業紀念冊，謝玉岑題"。

◎夏，為唐玉虬詩集《慧麓懷古》，以篆書題簽扉頁"慧麓懷古"，行書署款"坿苦詠三十訣亡故，庚午夏日，謝覲虞"。

◎夏，作《水仙花》圖，在圖上抄錄李商隱詩《水天閑話舊事》，並自題詩一首。

◎10月，曾熙病逝。加入張善孖、張大千等發起之"曾李同門會"。

◎10月，得白喉返常州養病。為三妹謝月眉《芙蓉花鴨》等四幅工筆花鳥作題畫詩四首。

◎11月19日，在《武進商報》發表《病起憶永嘉舊遊，口占六絕句，自歸滬上已五年矣》。

◎11月23日，有函致夏承燾，謂上海教書結束，欲在京、浙謀事。

◎12月23日，在《申報》發表《魏塘賓筵小記》一文，記述張大千太夫人七十壽宴盛況和諸人壽聯內容。

◎冬，病中得謝稚柳從南京來上海探望，並一起參加張大千於安徽會館舉辦的個人畫展。

◎冬，以友人推薦，任職於財政部蘇浙皖區統稅局上海第三管理處主任。是年，有以署名"懶尊者"書贈蔣君稼對聯。

一九三一年（民國二十年 辛未） 三十三歲

◎2月8日，以署名"藕庵"在《申報》發表《西堂說夢》一文。

◎初春，攜妻子素蕖、次女荷珠、三子叔充赴上海客居滬東，司炊飪。

◎4月6日，在《上海畫報》發表《記名畫家馬萬里先生》一文。

◎4月19日，在《申報》發表《大風堂送別小志》一文。

◎秋，有詞《滿庭芳·蕪湖小西湖荷葉如雲，花已盡矣》《憶舊遊·秋懷》等。

◎10月15日，《武進商報》刊登"謝玉岑廉潤鬻書啟事"。

◎10月，有篆書題箋"南洋中學三十五周年紀念冊"，隸書署款"校友會出版，民國二十年十月，覲虞"。

◎10月，護送妻兒女返常州。

◎11月，遷居上海法租界西門路西成里（今自忠路）一六五號二樓蔣寓，與張善孖、張大千兄弟、黃賓虹比鄰而居，為張氏兄弟作題畫詩詞多首，與黃賓虹詩文書畫唱和。

一九三二年（民國二十一年 壬申） 三十四歲

◎1月24日，在《申報》發表《記墨稼廬》一文。

◎"一·二八事變"時，在滬得三妹月眉來函，謂素葉即將生產。

◎3月5日，費盡周折，從水路趕回家中。

◎3月11日（二月初五），錢素葉病逝。

◎3月27日，錢素葉靈柩置於祖墳，有詞《燭影搖紅·二月二十二日，送素君柩葬菱溪。舟中望寄園，淒然欲涕》遣懷。

◎3月28日，返上海，途中方知是日清明，有詞《木蘭花慢·二月廿三至上海，方知是日為清明也》。

◎4月，有函《與錢易卿書》致妻弟。

◎4月，張大千、鄭午昌作《天長地久圖》《菱溪圖》；方介堪、朱其石、汪大鐵分別製印"孤鸞室發願供養大千居士百荷之一"、"惟將終夜長開眼"、"昨夜星辰"。

◎4月，有悼亡詞《疏影》《雙雙燕》《玲瓏四犯》《小重山·遣悲懷》《木蘭花慢·感事》《長亭怨慢·過半淞園》等。

◎4月，在《天長地久圖》上題詩一首；在《菱溪圖》上題詩文，哀辭五千言。

◎春，應黃賓虹弟子顧飛邀請，與黃賓虹、張善孖、張大千等遊浦東顧氏園觀桃花，皆作書畫，并多作題記。

◎5月，在徐悲鴻《張大千三十四歲畫像》上，題五言長詩。

◎暮春，訪張大千魏塘，有詞《渡江雲·宿大千魏塘齋中，曉枕聞布穀賦》《長亭怨慢·魏塘大千庭中見飛鷺作》。

◎6月，與馬萬里、朱大可、朱其石、符鐵年等在上海天津路慈安里《金鋼鑽報》報館內發起"藝海回瀾社"。之後，舉辦各類書畫展覽多次。

◎6月，有詞《遺佩環·六月二十三日，晨醒不能成夢，念明日素葉生辰矣。悽然賦此，即題大千居士為畫白荷丈幅上。"睡老鴛鴦不嫁人"，畫中錄天池句也》。

◎8月21至9月30日，以署名"孤鶯"在《金鋼鑽報》發表八篇《墨林新語》。

◎10月3日，在《金鋼鑽報》發表《讀樓辛壺畫展》一文。

◎10月23至12月5日，以署名"孤鶯"點校原作《大風堂書畫展存目》並序，刊載《金鋼鑽報》（共十四期）。

◎10月28日，在《金鋼鑽報》發表《南巡圖稿》一文。

◎10月29日，以署名"孤鶯"在《申報》發表評論文《談談大風堂所藏書畫展覽會》。

◎秋，重游金陵，有詞《甘州·玄武湖打槳歸賦》遣懷。

◎秋，轉入愛群女子中學任教。

◎11月11日，在《金鋼鑽報》發表《馬萬里先生小傳》。

◎12月，中華書局發行《當代名人書林》。後有多次重印，目錄有"謝覲虞，字玉岑，近號孤鶯。武進人，隸書臨楊淮表紀。"

◎是年，自署別號"孤鶯"，自鐫私章"孤鶯"，有散文《亡妻行略》，有言："報吾師惟有讀書；報吾妻惟有不娶。"

◎是年，有索趙古泥為長子謝寶樹十歲製白文方印"謝寶樹印"。

一九三三年（民國二十二年 癸酉） 三十五歲

◎1月，與張善孖、張大千、吳湖帆、彭恭甫、陳子清等赴蘇州參加正社雅集，在《灌木樓圖》長卷上題詩並跋。

◎2月至4月，返常州養病期間與龍榆生多次往來信函，探討詞學。

◎4月，為《禮拜六畫報》作《松樹》，並篆書題辭"特立獨行。禮拜六報十周紀念獻辭祝。癸酉四月，玉岑居士題"。

◎5月至7月間，轉入國立上海商學院任教，並兼文書主任。

◎七月十七日，有詞《玉樓春》，詞序云："夜夢素葉，泣而醒，復於故紙中得其舊簡，不能無詞。癸酉七月十七日。"

◎七月二十七日生日，有詞《阮郎歸•生日坐商院》遣懷。

◎中秋前，受張大千之邀，赴網師園客居多日。有題長詩《集大風堂，與大千、曼青合作歲寒圖，寄瞿禪湖上》，有詞《祝英臺近》寄情，有為《大風堂兄弟畫集》題簽封面。《畫集》收錄張善孖、張大千兄弟作品二十件，其中有題詩者十八件。

◎10月1日，應金松岑之邀，與張大千、蔣石渠、王蘧常、錢仲聯等赴吳門惠蔭園參加秋禊雅集，有詞《一萼紅》記之。

◎10月13日，有函致高吹萬談及惠蔭園秋禊雅集內容，並有請吹萬師為其祖母錢蕙蓀八十壽辰作詩文。

◎十月十六日，謝仁冰、錢名山、鄧春澍等來自寧滬錫宜二十位名士為其祖母錢蕙蓀八十祝壽。翌日，暢遊艤舟亭後，鄧春澍作《艤舟亭雅集圖》，錢名山在圖上題"艤舟亭雅集圖"六大字，另有多人題詠。

◎12月，在《詞學季刊》第1卷第3號"近人詞錄"欄目發表詞三首《小重山•遣悲懷》《長亭怨慢•過半淞園》《三姝媚•偕春渠、小梅、子健太湖看梅賦》。

◎是年，有悼亡詞《燭影搖紅•清明》《浣溪紗》《玉樓春》等多首，有詞《珍珠簾》《清平樂》，有為《鄭午昌山水畫集》《趙古泥印集》題簽封面、扉頁等。

◎是年，上海郁葆青編輯並題耑，陳鶴柴選詩並序的《滬瀆同聲集》出版，其中收入《茹閤詩鈔•溪橋消夏八首》。

一九三四年（民國二十三年 甲戌） 三十六歲

◎1月，首屆中國美術展覽在德國柏林普魯士美術館展出，有三件書法作品參展，每件作品售價為四百金馬克。

◎4月29日，負責籌備中國女子書畫會舉行的第一次同人大會。

◎4月30日，以署名"孤鶯"在《申報》發表《論張大千畫》一文。

◎4月30日，在《金鋼鑽報》發表《記大風堂弟子》。

◎4月30日，有詞《清平樂·四月三十日偕小山、稚柳聽方紅寶梅花鼓詞再賦，並索兩君和》。

◎6月28日（五月十七日），祖母錢蕙蓀逝世，返常州奔喪。

◎8月，患白喉，大進陰冷之藥，喉愈而胃益壞，少食畏寒。

◎冬至，返常州養病。

◎12月25日，在《北洋畫報》發表《記畫家張善孖兄弟》一文。

◎是年，為《金鋼鑽月刊》（一卷八期）扉頁隸書題署"金鋼鑽月刊，玉岑居士署"。

◎是年，與朱大可、顧佛影、王瑗仲、錢小山、錢仲聯、陳器伯、莊呂塵、徐澄宇等在上海發起吟社"雞鳴"，後更名"變風"。

◎是年冬，張大千多次從蘇州來常州探望。期間，多有為大千題畫，並令長子寶樹（伯子）拜大千為師。大千含淚允諾。

一九三五年（民國二十四年 乙亥） 三十七歲

◎1月7日，在《中央日報》發表詩《寄大千居士》。

◎1月，與張善孖、張大千、湯定之、符鐵年、王師子、謝公展、鄭午昌、陸丹林九人共同發起組織的"九社"成立。符鐵年《九友歌》有讚語："玉岑撫篆墨池枯，晉人隸草風姿殊，畫境簡逸追倪迂！"

◎正月，囑託錢仲易在報端發表一篇張善孖《南遊日記》。

◎1至3月間，發函友人索詩詞、書扇、畫扇等，以當枚生之發。

◎3月5日，徐悲鴻致函代求名山先生書聯，並作花卉扇面。

◎4月20日（三月十八日）夜十時，因肺病逝於常州家中，年僅三十七歲，安葬於武進政成橋東老松墳。張大千題其墓碑"江南詞人謝玉岑之墓"。

三、謝氏家集

總　序

　　妹夫謝子養田出先集示嚮杲，嚮杲受而讀之，曰：嗟乎！謝氏之先人，吾先君子之友也。謝氏之先，兄弟三人，夢葭最長，才氣俊邁，於詩尤長，其弟玉階、香谷皆受學於夢葭。夢葭以一秀才走京師，授經時貴某第至久，卒以瘵疾卒於京師。而先君子與玉階、香谷踪跡至近，交情至深，庚申粵賊之難，玉階、香谷殉焉；而先君子遂婿玉階之子，即養田也。今先君子沒三十年矣，讀夢葭兄弟詩，歲月之遷流，家門之代謝，人世滄桑陵谷之感，盡赴於目前，此嚮杲與謝氏子孫所俱哀傷感懷而不能自已者也。嗟乎！以夢葭兄弟之才，卒不得志於世，或死於客，或死於寇，生平楮墨，不全十一，僅得存於兵火之後，孰得謂其遇之不窮也！雖然，夢葭兄弟既以詩名其家，而養田自少工詩，至老不衰，諸子亦能不墜其家學。人間富貴，恒不百年，而謝氏得以風雅世其家，可不謂難能而可貴者乎！爰爲之序，且以記吾先君子之交際焉。光緒丙午，陽湖錢嚮杲。

謝氏家集總目

卷一	剪紅軒詩稿	謝夢葭	卷八	雙存書屋詩草	錢蕙蓀
卷二	吉羊止止室賸稿	谢玉階	卷九	覆瓿遺文	謝君規
卷三	運甓小館吟稿	謝香谷	卷十	青山草堂詞鈔	謝仁卿
卷四	寄雲閣詩鈔	謝養田	卷十一	青山草堂詩鈔	謝仁卿
卷五	寄雲閣詩鈔	謝養田	卷十二	瓶軒詞鈔	謝仁湛
卷六	寄雲閣詩鈔	謝養田	卷十三	瓶軒詩鈔	謝仁湛
卷七	寄雲閣詩鈔	謝養田			

謝氏家集 卷一
剪紅軒詩稿　毗陵謝秉文夢葭

過潤州
買得蘭陵棹，來經古潤州。
水波廻曲岸，山色送行舟。
柳暗臨江渡，旗翻賣酒樓。
吟成天已晚，潮落片帆收。

雜詩（三首）
天地肅殺時，草木瘦不肥。
一遇陽春澤，萬物仍芳菲。

君子善處世，必先慎其微。
元氣融融然，太和□□□。

善畫每多子，善弈後人稀。
問其所以然，生機與殺機。

蓮蓬人
舞衣無復舊時紅，水國傳神亦自工。
爲問此心何太苦，不堪消瘦怨西風。

紫玉簪花
別有秋光三徑存，捲簾一見便銷魂。
金鈿是否驪山拾，尚帶些兒血淚痕。

秋夜即景

秋色清如此，良宵辜負難。
風來停扇受，月上捲簾看。
露滴蛩吟細，涼侵鶴夢寒。
深談忘夜久，北斗已闌干。

雨中王坦之見訪

自與君離別，經今匝月期。
忽聞門剝啄，不斷雨淒其。
未罄談心雅，翻嫌握手遲。
臨行仍訂約，約我月圓時。

邀玉階二弟看花

東風一夜闌干曲，吹遍千紅并萬綠。
寄語詩人及早來，賞花莫待花開足。

雨中喜玉階二弟至，因相與縱談而別

三日雨不休，心懷殊悒怏。閉關無別事，兀兀對書幌。
舟不子安乘，駕無呂公枉。取酒還獨傾，有花對誰賞。
忽聞剝啄聲，使我心惝怳。未知來者誰，先聞屨聲響。
風雨故人來，此樂真堪想。況兼手足親，雖雨意亦爽。
語及會面歡，相與各拊掌。聽雨喜不孤，敲詩幸有兩。
方期敘綢繆，相憶慰疇曩。豈意遽告辭，飄然更他往。
雨腳仍不斷，此心愈惘惘。欲去不可留，後會子其倘。

夜醒枕上作

無端街柝一聲聲，驚得良宵夢未成。

逼我吟懷燈半壁，亂人意緒雨三更。
誰甘文字空傳世，未有英雄不好名。
心事紛紛如蜩集，那堪直到曉雞鳴。

感懷

慷慨雄心把劍看，備嘗世味總鹹酸。
韶華誤我年年易，貧賤依人事事難。
勝賞漸稀詩債少，閒愁莫遣酒杯寬。
儒生自有澄清志，一任迂疎笑謝安。

勝棋樓

太祖無遺土，將軍尚有樓。
元勳開一代，垂像凜千秋。
風虎當年遇，湖山此日留。
我來甘下拜，暮靄擁靈騶。

下第

又是槐花夢醒天，龍門雷雨化何年。
壁非面久難成佛，丹到還時便得仙。
百不如人容我懶，一無善狀倩誰憐。
文章顯晦尋常事，立志須磨鐵硯穿。

論詩（三首）

詩到無人愛處工，此言未免欠圓融。
何曾寶劍遭埋沒，夜夜豐城紫氣沖。

釘餖群書未足誇，空疎又覺氣難華。

我將字學參詩學，骨月停勻是作家。

吾自紓吾錦繡胸，休言步步要追蹤。
驪珠雖被前人得，尚有重淵熟睡龍。

郊行
暝色下汀洲，微煙淡不收。
雪消山露骨，風掠樹低頭。
鴉補空林葉，鷗緣罷釣舟。
長歌遣清興，新月已生鉤。

題李縞裙女史《點雪樓印譜》並序

  縞裙李姓，名宜月，母本丐婦，餓死花山之下，縞裙哭之哀。有姑蘇妓東東娘者，過而憐之，埋其母而携以歸，號曰墜紅，爾時縞裙年尚幼也。及長知其事，悲泣不欲生。至花山下尋母屍，不得，入古寺欲投井死，寺僧救之，居瓊李山房，因姓李氏，易名曰縞裙。既而東東踪跡得之，奪以歸，居點雪樓二年，後有金陵賈以千金聘爲妾，縞裙聞其期，遁去，自是漂泊江湖者有年。戊戌之夏，因識問花子於毗陵，未幾至永州，東東娘追及之，縞裙拔劍呼曰："昔者救我於花山之下，恩莫大焉，吾願爲汝家婢，不願爲商人妾也，若不見憐，有死而已。"東東娘將許之商人，不可，遂奔長沙至汨羅江，出古美人名印六十二方，囑漁父寄問花子，乃作歌以自沉，其詞曰："月將落兮良夜未央，命既薄兮安用心傷。所思之難就兮，采芙蓉以爲裳。誰自思而誰戀兮，隔天水之茫茫。托屈子以爲媒兮，付清流而望東皇。"卒年二十一，問花子爲之傳，囑余題詞，因錄其始末如此。

生長花山死汨羅，空將幻夢廿年過。
不堪苦雨淒風夜，淪落江湖喚奈何。

蓬飄根斷不須論，肝膽惟餘一劍存。
悽絕長沙薄命曲，何曾剪紙爲招魂。

幾行篆刻女中賢，心事分明鐵石堅。
臨別贈君君記取，好將鴻爪認前緣。

昂藏俠骨倩誰知，話到傷心祇自悲。
幸有三生狂杜牧，爲君珍重護零脂。

和徐靜山韻
凭闌細數暮鴉還，指點斜陽山外山。
有酒且拚今日醉，無求便覺此身閒。
白生虛室心俱徹，綠滿空階草不刪。
明月多情來伴我，徘徊已在斗牛間。

榜花
奇葩一朵冠群芳，誰使移栽近玉堂。
開處共誇桃李艷，看來真覺姓名香。
痕濡墨汁猶含潤，根託瓊林每向陽。
多少名流藉題品，春官合擬號春皇。

落葉（三首）
踈風冷雨釀秋情，一夜蕭蕭滿禁城。
墮地恍如開眼夢，打窗猶作斷腸聲。
望來有缺山都瘦，念到無依鳥亦驚。
翠柏蒼松留晚節，問渠何事亂縱橫。

何人望斷月明中，搖落心情付晚鴻。
尚有餘恩沾夜雨，不堪瘦影對秋風。
幾番漂泊踪無定，如此繁華夢亦空。

還恐題詩添悵惘，莫隨流水到深宮。

過眼榮枯事渺然，疎枝殊覺少人憐。
淒涼誰憶桓司馬，蕭瑟空悲王仲宣。
落月啼鳥成別夢，夕陽流水了塵緣。
綠陰縱有重圓日，無奈飄零又一年。

送洪彥哲之浙東
一肩行李走風塵，雪滿旗亭暗愴神。
最苦天涯初作客，況逢歲暮去依人。
前期尊酒相思在，故國梅花入夢頻。
倘過赤松山下路，煩君爲我訪仙真。

題陸文泉（初望）《懷白軒詩鈔》
不到肱三折，安能手八叉。
機雲初入洛，詞賦早名家。
夜雨摧黃葉，秋濤捲白沙。
一時奔腕下，來助筆生花。

無題
東風花外小紅樓，不耐撩人燕語柔。
舊夢重尋金約指，春情暗上玉搔頭。
淺斟卯酒扶些醉，半捲丁簾放却愁。
繡罷鴛鴦成底事，愛拈彩筆畫毗仇。

自笑
自笑生涯類拙鳩，呦呦徒作楚人愁。

破書暫補仍堪讀，退筆無鋒未忍投。
詩債償餘聊遣日，硯田耕盡不逢秋。
可憐雙鬢黯然黑，贏得星星白上頭。

演禽言

情急了，情急了。春花落盡仍秋草。春花秋草自年年，紅顏容易成衰老。郎不聞，花間鳥。

行不得哥哥，行不得哥哥。人間無地不風波，風波叵奈何。

得過且過，饑時吃飯倦時臥。靜裏方知日月長，閒中始覺乾坤大。人生不樂也徒然，勸君早把愁眉破，彭籛有幾個。

子歸子歸，父望子兮倚柴扉，母望子兮處庭闈。千金一刻三春暉，子兮子兮胡不歸。

昔年楊柳枝，與君長別離。今年楊柳枝，與君長相思。相思令人老，楊枝年年好。妾身不作楊花飛，閨中自有流黃機。妾心願作楊花飛，飛飛點上征人衣。

偶成

繁華事散逐香塵，（成句）吹老東風又一巡。
燕子不知人意緒，喃喃似說去年春。

挽繆少薇（徵甲）先生

胸羅列宿氣如虹，底事青衫竟負公。
滄海無情留小劫，文章有命哭秋風。

（卒以秋闈，報罷三日。）

豪懷空膽微時劍，焦尾誰憐爨下桐。
此後吟魂渺何處，思量應在杏樓中。

（卒前數日夢至一所，榜曰"杏樓"，一人捧書籍囑抄錄。）

秋感

蕭蕭木葉落無邊，漂泊西風又一年。
雙鬢從新添白髮，孤燈依舊守青氈。
文人慧業同芻狗，薄俗虛名等石田。
賦罷秋聲悄無語，蟲吟四壁月當天。

北行別靜三

頗憶古人語，長安未易居。
守株難待兔，緣木且求魚。
獻賦心仍在，論文願已虛。
吉祥窗下月，此後更何如。

三十自述二十首

光陰卅載去如風，回首前塵似夢中。
心力枉拋緣早慧，頭銜未改是冬烘。
家徒立壁原非病，架有藏書不算窮。
寂寞蕭齋過生日，夜深相對一燈紅。

徘徊四顧欲何之，獨立蒼茫有所思。
枯槁形容空膪劍，蹉跎歲月只添詩。
閒伸繭紙聊填恨，媿畫蛾眉不入時。
身未成名親已老，故書堆裏強支持。

半肩襆被走燕關，彈指流光一瞬間。
堂上雙親添白髮，閨中少婦惜紅顏。
消磨意氣因為客，整頓琴書好自閒。
可奈鄉心忘不得，吟詩只唱念家山。

畫樓東畔小窗西，最是無情落月低。
一紙家書千里雁，萬重客夢五更雞。
仙居休問桃花水，禪境聊參柳絮泥。
也識不如歸去好，聲聲空聽子規啼。

尊中有酒且高歌，休向人前喚奈何。
已恨吟詩奇氣少，不堪論世熱場多。
丹方重試曾烹藥，棋局猶留未爛柯。
盡日閉門無個事，好將清淡養冲和。

昨夜乘風返故鄉，依然歡笑侍高堂。
豈知客子還家夢，竟是仙人縮地方。
事到求工心轉拙，人常多暇意偏忙。
別離況味相思苦，自歎年來已飽嘗。

搔將短髮省前非，空自踟躕對夕暉。
緣木頻年魚未得，看花幾輩馬如飛。
風光轉眼三春盡，朋舊論心兩地違。
差幸上書蘇季子，青衫猶着故時衣。

鷓鴣聲裏憶離家，小閱匆匆一歲華。
鄉思濃於初釀酒，人情賞到未開花。
虛名枉想留皮豹，入世偏多畫足蛇。
聊滌冰甌烹活火，綠槐影裏點新茶。

未能投筆學班超，苦抱陳編慰寂寥。
國色不應傷晚嫁，秋花終覺讓春嬌。

悲歌又擊燕山築，乞食曾吹吳市簫。
惆悵年來成底事，雄心暗逐篆香消。

也曾幾度到蓬萊，恰被罡風又引回。
知己有人憐國士，斯文無命枉良媒。
前修相勉終虛負，壯志猶存未肯灰。
一曲移情琴罷後，刺船空望暮江隈。
（謂潤州司馬連心齋夫子。）

魚魚鹿鹿究何因，呼馬呼牛且任人。
山水有情添畫本，鶯花無恙健吟身。
精神到處徵文福，機械消時見性真。
靜對南華經一卷，不如門外馬蹄塵。

韶華南國近何如，來往唯憑尺素書。
丁令未能歸化鶴，馮驩幸免食無魚。
且將強飲中山酒，莫漫思乘下澤車。
解識浮生如夢幻，此身合伴武陵漁。

燕臺久繫似懸匏，細數鄉風足自詨。
豆熟公孫收翠莢，花開姊妹拆紅苞。
過牆新竹春雲護，窣地重簾夜月捎。
今日窮途成蠖落，思量一一等閒拋。

山光晴處鳥相呼，又是天開一畫圖。
壯志枉思吞北海，清游終覺負西湖。
煙霞欣賞成新主，歲月遷流剩故吾。

閒折名花作清供，琉璃瓶養玉盤盂。

消盡胸中炭與冰，漸無五岳起嶙嶒。
豪門僕隸尊於主，久客情懷嬾似僧。
幻夢已拚同覆鹿，雄心還想效摶鵬。
誰家唱出江南曲，頓使羈懷百倍增。

那堪出處兩無成，百事因循悔此生。
非狷非狂非俠烈，不仙不佛不公卿。
長年苦被蟲魚誤，何日間尋猿鶴盟。
一穗孤燈黯相對，剔殘蘭燼夜三更。

鄉關靄靄白雲封，迢遞羈愁一萬重。
失策已同秦氏鹿，登門還望李膺龍。
彎弓見獵心仍喜，作嫁依人性慚慵。
何日吳江憑返棹，此心曾証百年松。

直將孤憤棄儒冠，羞對先生苜蓿盤。
驥尾可能千里附，豬肝空戀十年餐。
胸無城府論交易，骨有豐稜入世難。
何日風塵諸事畢，得隨雞犬事劉安。

蕭然琴劍伴零丁，世味酸鹽我慣經。
人不如花紅月月，髮還似雪白星星。
久閒漸與書相熟，偶病偏教藥有靈。
淨几明窗了無事，細研香墨寫黃庭。

少年已過又中年，一度思量一黯然。
廿載燈窗懷祖訓，三生衣缽愧師傳。
士無知己何須恨，人不求名便是仙。
孤館吟成誰屬和，空教擘盡薛濤箋。

補遺 （見《粟香五筆》卷二，集中未收）

懷友

風定霜初下，月高星漸稀。
晚鐘和漏斷，孤鶴帶雲歸。
良夜憑誰遣，故人與我違。
遙憐賞音者，同此思依依。

附錄

湯秋史（成彥）《聽雲仙館西游吟草》

及門謝茂才秉文（夢葭）以授經依文露軒師邸第，累試秋闈，懷才不遇，今夏以瘵疾卒。

已作龔生夭，猶傳謝客吟。
研京佳什播，入夜少微沉。
盛漲歸遺襪，幽閨搗斷砧。
廣陵誰繼作，絕調付桐琴。

朱錫卿《浣薇仙館詩稿·哭謝夢葭》（二首）

關河千里雪，旅襯一孤舟。
兄弟臨江哭，家山落日愁。
浮名傳日下，舊雨散風流。

何事風塵裏，長安七載留。

戎馬西山緊，賓朋東閣稀。
故人空有夢，往事漸知非。
風月收遺稿，乾坤老布衣。
我生逢盛世，鎮日掩柴扉。

跋

祖芳幼侍先君子，嘗聞述伯父夢葭公學行甚詳，蓋公幼而穎悟，有神童之目。九歲爲文章，曾大父春塘公見之，歎曰："吾家千里駒也！"弱冠入邑庠，益沉浸百家。丁未之都，授經文露軒蔚少司農邸第，秋闈累薦不售，遂以抑鬱成疾，遽捐館舍。方公之北行也，越三載（祖芳）始生，及長，恒以不得一接儀容爲恨。迨庚申粵寇之變，先世手澤蕩焉無有存者，每一念及，輒自欷歔。辛未春得公《三十自述》詩二十首於菱溪錢氏，癸酉秋又得公《剪紅軒詩》一卷於雉皋張氏，并先君子《吉羊止止室詩》若干首，先叔香谷公《運甓小館詩》若干首，喜而不寐者累日，蓋亂前先叔館於張氏所手鈔也。先君子幼好學，與先叔皆嘗問業於伯父，長而以家計困難，兼治商業，終未肯廢讀。性喜爲詩，每有所得，必相與商榷，一門之內，怡怡相唱酬，至樂也。惜乎吾伯父之才，淪落不得志，卒以客死。庚申之亂，吾父及叔父又皆殉於難，數十年來，迄未得稍爲表彰之，而僅留此零爪片羽，付之後人，倘更有所散失而湮沒焉，是則（祖芳）之罪大矣。先後所得詩，卷帙零亂，文字亦間有殘闕，因重加編次，匯錄成冊，以付剞劂，庶幾使先人遺跡傳之子孫，世世勿墜可耳。光緒丙午閏四月，祖芳謹跋。

謝氏家集 卷二
吉羊止止室賸稿　毗陵謝璸玉階甫

贈徐靜三（蓉鏡）
白雲停高岡，舒卷閒無心。
微風泠然來，六合將為霖。
徐君田野士，中懷江海深。
讀書兼作畫，下筆如有神。
飲酒不知數，往往夜達晨。
結交十餘載，況乃葭莩親。
平生愛古調，落落誰知音。
惟我徐夫子，悠然愜素襟。
勖哉修令德，蒼生猶待君。

秋興與夢葭大哥聯句（四首）

蕭然萬籟清，危坐到三更。風弄燈無力，（夢）砧敲月有聲。
天空孤雁度，（玉）草短百蟲鳴。多少悲秋者，難消此際情。（夢）

境僻塵俱遠，山深雨亦佳。蒼苔緣古壁，（玉）黃葉響空階。
風月攜詩侶，（夢）琴尊適野懷。晚庭閒散步，時見落松釵。（玉）

秋色滿長天，秋光劇可憐。野花開紫菊，（夢）香稻熟紅蓮。
為愛幽居僻，（玉）渾忘俗慮牽。欲知無限意，消息塞鴻邊。（夢）

閒居物外心，即景便成吟。樹古秋逾瘦，（玉）山深晴亦陰。
借書聊引睡，（夢）掃石為彈琴。悟徹靜中趣，時聞幽澗音。（玉）

秋日郊遊（三首）

扁舟出郭蕩波凉，秋色佳哉引興長。
最好艤舟亭上坐，桂花開處熟菱香。

故人有約放輕槎，同訪元都道士家。
一種清幽忘不得，紅梅閣上試新茶。

雙槳歸途疾似梭，琳宮寶刹望嵯峨。
吾鄉寺觀應無數，見說南朝敕建多。

送香谷四弟之雉皋（四首）

分手匆匆去，無言各黯然。
團圝纔匝月，離別動經年。
親老家貧累，浮名薄利牽。
何時重返棹，同坐醉花前。

□□□□□，鴻飛更繫思。
每當花月夜，最憶笑談時。
遣悶聊依酒，興懷且詠詩。
相逢一江水，南北寸心馳。

弟頗能除俗，磋磨仗友生（謂蓮村）。
襟期原磊落，心迹最澄清。
暇每耽詩酒，貧難薄利名。
幾時婚嫁畢，結伴采芝行。（弟有《采芝圖》小照）

聚首天倫樂，無如手足長。

艱難關痛癢，離合繫心腸。
春草池塘夢，秋風鴻雁行。
人生有三樂，即此亦羲皇。

得夢葭大哥都中書
三千里外一封書，昨夜因風寄敝廬。
書罷殷勤猶是問，高堂杖履近何如。

風雨夜歸
橐筆依人年復年，未能朝夕侍親前。
今宵愁殺風和雨，歸省高堂已早眠。

感事
丈夫墮世三十有餘載，落落風塵數知己。不能爲國作干城，徒令鄉黨稱善士。烽煙滿目不得息，坐見城闕走蛇豕。安得孝侯斬蛟長劍射虎矢，天下廓清庶可俟。不然生平學何事，枉被人笑夸毗子。

補遺（見《夢蟾樓遺稿》卷首題辭，題乃編者所擬，詩前署款"同邑謝秉誠玉階"。）

題《夢蟾樓遺稿》
板屋寒燈擘素箋，不平動爲古人憐。
此才豈合生閨秀，瘦句應羞賈浪仙。

謝氏家集 卷三
運甓小館吟稿 毗陵謝秉彝香谷甫

踏青晚歸口占
終朝詩酒作生涯，到處尋春足自誇。
恰好晚歸助吟興，半輪新月上窗紗。

花下獨酌
花下一盃酒，銷愁愁更多。
深恩慚未報，壯志敢輕磨。
貧賤依人苦，飄零奈我何。
流光容易逝，身世兩蹉跎。

偶筆
閱歷深時眼界寬，備嘗世味總辛酸。
人間到處風波險，須要平心着意看。

七夕（二首）
獨向中庭看女牛，天邊新月已生鉤。
不知何處飛烏鵲，賺得秋閨一夜愁。

河漢無聲淡不波，金風玉露奈情何。
儂家也隔江南北，應比雙星離恨多。

落花
東風一夜雨如麻，回首園林祇自嗟。

誰使春歸仍落去，不如春至不開花。

有感（二首）
胸中冰炭未消除，愧我人前百不如。
縱有孟嘗能愛客，馮驩難免食無魚。

一年一度一歸期，江北江南兩繫思。
最憶月明人靜夜，一燈刺繡伴吟詩。

秋日雜興
一片秋光萬籟清，蕭齋寂寂四無聲。
閒拈禿管臨行草，靜對殘英寫性情。
小步每從新雨後，知交多是舊時盟。
無聊偶倚闌干望，望見天邊雁字橫。

臨發如皋口占示同好諸君
秋風颯颯奈情何，匝月韶光一瞬過。
兩度歸帆君莫羨，算來還是別離多。

有懷錢廉村（鈞）（二首）
記得尋春鎮日遊，桃花深處小橋頭。
一從買棹蓉湖後，最憶清談薛氏樓。

清娛書屋最怡情，一載相思此日傾。
每到無言各分手，滿窗花影自縱橫。

自題小似

天涯逢歲暮，重展昔年圖。
似我原非我，今吾即故吾。
形容期自見，牛馬任人呼。
試問蒼蒼者，生予有意無。

靖江旅宿

薄暮投茅舍，無聊且浪吟。
狂風號四野，冷月逼孤衾。
壯歲飄零意，離人感慨心。
一時愁欲絕，何處覓知音。

春日到家作（三首）

破浪乘風又到家，迎門笑語鬧窗紗。
圖書四壁皆陳跡，牆外一枝紅杏花。

昨日尚為羈旅客，今朝喜是故鄉身。
窗前幾樹花含萼，有意遲開待主人。

風雨連朝倍有情，聯床無日不深更。
漫言別樣風光好，燈火堂前分外明。

附錄

錢廉村（鈞）《佳樂堂遺稿·夢謝香谷自賊中歸》（二首）

故人意外得生還，十載相逢夢寐間。
今夜亦疑仍是夢，摩挲淚眼認容顏。

蕭蕭落葉打幽窗，回首流離欲斷腸。
如豆孤燈黯無焰，一庭涼雨話滄桑。

呈香谷（從孫丈靜安書中補錄）（三首）

君從江北至，我正浙東行。
客思三秋集，鄉心一夜生。
兵戈滿天地，豺虎日縱橫。
良會恐成誤，回帆覓舊盟。

別緒千重積，相逢一語無。
新詩呈腹稿，勝景問西湖。
來日方如夢，浮生且自娛。
連朝分手處，街鼓送歸途。

雅集更番訂，雲西復一清。
只愁君欲去，翻送我先行。
霜月三更夢，淒涼一日程。
後期知不遠，無那此時情。

寄雲閣詩鈔序

僕曩攝蘭陵，官舍多暇，名流碩彥，禮接襟裾。謝君養田，潛曜是邦，夙膺盛譽，顧足音闃然，未之一見也。今年僕復權暨陽，君介楊子雪嵒以詩見諗。羅虬百首，已足名家；應物五言，獨推絕妙。觀其心穎密抽，言泉細酌，吹彼天籟，止乎眾心。芳草懷人，寤寐發其真想；高邱寄躅，蘿薜喻其奇悰。固知希逸之飲徒，惟招風月；勿興之雅致，乃在山林。嗣美君家，無媿色矣。又況高柔賢耦，徐淑賦才，刻燭聯吟，研脂互寫。一門風雅，盛傳香茗之編；

十笏林亭，並擬小山之作。偕隱可卜，煩憂且忘。是可以寄物外之嬰孁，謝塵中之棲屑已。白雲在望，雞鳴不已，惆悵卷還，附志景慕。光緒二十有四年季秋之月，合江李超瓊惕夫拜序。

曩余登錢鶴岑中翰九峰閣，爲序其稿，即稔知謝養田茂才亦工於詩，蓋與鶴岑姻婭而常以詩唱和者，爲著錄於《粟香五筆》中。既養田以詩稿見示，其自序云："學漢魏唐宋詩，各得其性情之所近，以自抒寫其性情。"余謂怡情適性之詩如陶淵明，如白香山，如陸放翁，三公於此體爲最多，由其性情高曠則措語自俊也。養田著學官弟子籍，即不樂仕進，李紫璈太守所謂"潛曜是邦，夙膺盛譽，謝塵中之棲屑，寄物外之嬰孁"者，故其爲詩不事藻繪，妙契自然，蓋得乎乾坤清氣爲多。末附德配錢夫人詩，媲美秦徐，一門風雅。近歲哲嗣聯鑣蜚序，蘭玉多才，雛鳳飛聲，且有以大昌其詩者，質之鶴岑，當以余言爲可操券乎？光緒壬寅七月，金武祥。

癸卯孟陬，謝君養田以《寄雲閣詩鈔》見眎，於時塵務坌集，神劬形瘁，夜方半，挑燈讀之，心怡然而曠，意悠然而暢。宛如炎暑方歊，臥北窗下，風颸颸拂几案，不自知其與境相忘也。集中紀遊多余所身厯，而蓉湖、惠山尤少小釣遊之地。君以登臨所及，時時見諸歌詠，輒往復留連而不能置，未嘗不羨君天懷高曠，即一邱一壑之微，依然知水仁山之樂也。其他感事之作，聲情悲壯，如讀少陵詩史，益徵君學養之粹。余來常州忽忽八載，以性疏懶，交遊絕少，如君者雖未識面，心嚮往之矣。金匱華世芳若溪書於取斯堂。

天下事有所利而爲之者不長，以時文論之，方其盛也，率天下豪傑而誦習之，至於窮老盡氣而不衰；及其廢也，泯焉若冬蟲夏冰之無留遺也。何也？其爲之也以利，利去則不復爲。自（振鐸）之識文字也，見有為《說文》之學者，而世人競為之；有為駢儷文之學者，而世人競為之。方其始也，大都一二大老倡之於京闕，既乃天下皆學焉，及夫倡之者死且退，則為之者亦熄矣。由是以至於今，崇尚者益奇怪，為之者益熾且張。雖然，吾知其不長也，為其有利焉。風雅之事出之於天，發之於性情，入於人心，中於物理，為之者無所利也。然而三百篇以來，作者至於今不絕，何也？彼其詩之初也，不過發於天理人情之不得已，雖先王聖人，固未嘗懸一格於天下以求如是之文也。然則先王聖人之所不能興，而末世薄俗又烏能廢之也哉！故曰為之不以利，則為之也長，吾之言其信矣。夫今之人能為無所利之學者，亦寡矣。姑丈謝養田先生好詩，少即以詩鳴庠序間，既屢困於有司，遂棄舉子業弗為，惟詩則未嘗輟也。今且老矣，詩日富而日工，若先生者，非所謂無所利而為之者歟！吾見其為之無所利，而知其傳之者遠也。（振鍠）學詩少於先生二十年，先生之詩自少而熟之，見其清真宕逸，不假修飾，不為險異，動合自然者，心焉好之。今年走京師，求祿養，先生以書徵（振鍠），曰："吾詩且梓，獨以序文待若。"（振鍠）不敢辭。嗟夫！生今之世，吾寧隨先生之後為先生之無所利而為之之學乎？抑逐世人之後為世人有所利而為之之學乎？有道之士，必能辨之矣。光緒乙巳九月，侄錢振鍠謹序。

謝氏家集 卷四
寄雲閣詩鈔卷一　毗陵謝祖芳養田甫著

登惠山（二首）

一逕穿雲去，尋幽入翠微。
巖泉噴石罅，嵐翠撲人衣。
塔影窗間落，湖光樹杪飛。
山僧邀試茗，拄仗候松扉。

不憚窮幽僻，遨遊列嶂中。
雲生群岫白，日落半湖紅。
寺古鐘迎客，壇荒鶴護宮。
我來最高頂，長嘯倚天風。

惠山昭忠寺古樹歌

我聞孔明廟前有古柏，枝幹崔嵬二千尺。又聞陶侃鎮武昌，軍中植柳紛成行。區區樹木何足數，古人遺愛難為忘。惠山蒼蒼九峰峙，殿閣巍峨碧雲裏。褒忠天語何煌煌，庶幾湖山與終始。我來巖壑生春寒，古樹參天枝鬱盤。咫尺如聞風雨至，頗疑中有蛟螭蟠。左挹龍眼泉，右拂聽松石，山中俎豆足生色。拏雲心事自家知，老閱空山人不識。空山無人年復年，童童翠蓋凌蒼煙。將軍大樹照青史，後先輝映山川間。噫嘻乎！天地生材不世出，生材不用良足惜。梧桐常為燕雀巢，枳棘翻成鸞鳳宅。不如寄跡深山深，雷霆風火全其生。君不見澗底長松自古今，鬱鬱常作蛟龍吟。

謁張中丞廟

江淮千里寄孤城，大節昭然日月明。
雀鼠亦應分俎豆，美人何幸作杯羹。
風塵早絕援兵望，旦夕猶聞橫笛聲。
難得同仇賢太守，一般祠廟壯飛甍。

裁衣曲

東方月出光團欒，金壺漏滴夜未闌。
良人前年戍玉關，相思不見凋朱顏。
關城八月天早寒，胡霜蕭颯衣裳單。
欲製征衣下剪難，手握刀尺摧心肝。
摧心肝，淚霑臆，羅襟紅染胭脂色。

新柳

渡江幾日便纏綿，消息東風最可憐。
踠地纖腰才學舞，窺人倦眼已三眠。
曉鶯乍轉樓頭月，朝雨初飛笛裏天。
聞道洛陽春信早，青袍未染上林煙。

秋柳

慣把長條掃麴塵，祇今無復舊豐神。
流年空擲隋堤水，瘦影誰憐漢苑春。
夜月啼烏清夢遠，秋風歸燕別愁新。
疎枝莫怨輕攀折，走馬章臺有幾人。

秋思

落葉何蕭索，江山入暮秋。

黃花沽酒客，紅樹賣魚舟。
幽意輸長笛，閒情付野鷗。
不勝搖落感，竟日自悠悠。

月夜

花外嬋娟月，分明白玉盤。
遙憐閨閣內，同此倚闌干。
衣薄知秋早，窗虛怯露寒。
緘將今夕意，持以報平安。

立春書懷

春信一何早，羈懷掃不開。
孤燈村外柝，殘月隴頭梅。
舊業荒兵火，奇材半草萊。
歲除無幾日，爆竹漸相催。

春夜喜家兄至，仍送別

正切池塘夢，扁舟載月來。
相逢離緒散，未語笑顏開。
以我同漂梗，春風況落梅。
明朝揮手別，依舊隔崔嵬。

寄筠坡舍弟如皋

祇為家貧寄客邊，梁溪雉水各經年。
池塘有句吟春草，雲樹無情接暮天。
別夢定隨江並遠，歸心常與雁爭先。
區區升斗緣何事，今日思量輒惘然。

湖西看荷花

白雲壓樹日將少，山色湖光相映碧。

湖上夫容千萬花，花花開作紅霞色。

我來打槳湖山頭，清香一片隨風發。

蒼茫不見采蓮人，時有歌聲起寥沉。

月夜

萬籟寂無聲，青天月倍明。

美人隔雲漢，秋思滿江城。

零露空庭集，輕煙平楚生。

高樓凝望處，竟夕不勝情。

菱溪夜泊留別唐欽昭

此地一尊酒，臨歧各黯然。

荒城寒鼓角，斜月淡秋川。

遊子今宵夢，孤燈獨夜船。

明朝江上去，流水自潺湲。

南山詞

南山有虎，白額斑斕。

鋸牙鉤爪，視人眈眈。（一解）

出則風生，退則負嵎。

威不可假，假者維狐。（二解）

其食維何，爰有倀者。

人亦何辜，白骨盈野。（三解）

彼獵者徒，暴虎張皇。

雖則暴虎，安得殺倀。（四解）

枕上次君規四弟立秋韻

漫說年華似水流，秋來正好月當頭。
世情却向閒中見，書味還從靜裏求。
黃菊滿籬終日醉，青山如畫幾人遊。
相思深夜難成寐，漏轉江城第五籌。

題《表忠錄》並序（二首）

宋德祐元年，元帥渡江逼常州，和州防禦使劉公師勇登陴扼守凡五十餘日，城破，從間道赴行在，率所部兵扈二王至海上，見時事不可為，憂憤縱酒卒，葬廣東赤溪廳治西南之鼓山。淮生先生權赤溪廳事，著《表忠錄》一卷，以彰忠烈云。

將軍百戰地，終古有餘悲。
北虜乘城日，孤臣喋血時。
江山愁縱酒，風雪憶題詩。
青史分明在，吾鄉合建祠。

溪是何年赤，惟公血淚流。
生寒胡虜膽，死葬鼓山頭。
節並三忠峙，名原萬古留。
淒涼一抔土，有客訪炎陬。

讀史（二首）

銷鐵焚書怨已賒，更從何處覓丹砂。
仙人若進長生藥，親見山河屬漢家。

入關三尺竟亡秦，漢帝當年自有真。
誰使天驕終弱漢，可憐劉敬說和親。

歲莫之梁溪口占贈友

攜手河梁上，江干雪正深。
贈君無別物，一片歲寒心。

得欽昭上巳日書卻寄

春光九十景無窮，多半蹉跎送客中。
杜宇啼殘三月雨，梨花落盡五更風。
論心各抱依人感，放眼誰爲命世雄。
拾翠年年曾有約，相思依舊負青驄。

秋山

門外一峰瘦，蒼然自古今。
夕陽秋數點，涼雨瀑千尋。
僧臥白雲冷，鳥飛紅葉深。
徐熙新粉本，平遠帶疏林。

過西膠山追憶某道士

數間茅屋兩三峰，門外桃花帶雨紅。
一自淮南仙去後，至今犬吠白雲中。

寄友

七月涼風至，無邊雲樹稠。
偶然懷舊雨，況復入新秋。
以爾隔山岳，憑誰互唱酬。
相思不相見，日夕一登樓。

自君之出矣

自君之出矣，目斷古長堤。
願化相思草，行行襯馬蹄。
自君之出矣，何處不相依。
一心如明月，夜夜照君衣。
自君之出矣，愁如江海潮。
君行向江海，朝莫隨征橈。

陶靖節先生像贊

衡門之下，可以樂道。
委懷琴書，聊敦夙好。
五斗非輕，折腰非傲。
孤雲何依，采薇是傚。
北窗高臥，南山閒眺。
一觴獨進，五柳自號。
吁嗟先生，固窮獨抱。
陋巷簞瓢，庶幾同調。

過趙氏約園廢址有感

名園兵火後，零落葛葵深。池草仍春色，夕陽空鳥音。
滋蘭九畹意，（主人好植蘭。）報國一生心。（粵匪陷常州，全家三十餘口同時赴池水死。）感舊情何極，潸焉涕滿襟。（祖芳幼時嘗侍先君子遊此。）

奉挽外舅錢廉村（鈞）先生

伊昔遭喪亂，崇川始識荊。心如止水靜，身與古人爭。瀹茗嘗終日，藏書擬百城。（先生喜買書，有《坐擁百城圖》。）少貧還棄讀，為養力謀生。濟麥圖賢哲，（先生好施與，嘗繪范文正公子麥舟濟人事，奉以為法。）還金隱姓名。（先生少赤貧，嘗於路拾得遺金，訪其人還之，弗告以姓氏。）故園淪劫火，廣厦費經營。（庚申兵燹，親友資以為生者不可勝數。）善不求人見，（兵燹後，如煮粥、掩骼、發穀種，興復協濟善堂，給發四乩，先生皆獨捐巨貲，而不自以為功，故人或有不知者。）言常戒自盈。衷腸疑是佛，鄉里信如衡。義重兼師友，情親況舅甥。婿方慚玉潤，翁不愧冰清。苦被參苓誤，俄驚泰岱傾。春風悲執紼，夜雨泣銘旌。高行垂桑梓，（先生義行，采入《武陽桑梓潛德錄》。）遺詩方杜蘅。蘭陔看後起，蕊榜振先聲。（先生次子福蓀，乙亥恩科中式。）輟樂羊曇誼，招魂宋玉情。從今溪水上，（先生家菱溪。）空對月華明。

再過約園廢址疊前韻

寂寞荒園路，重來秋草深。
奇峰猶太古，池水尚清音。
臺榭空陳迹，風雲識苦心。
可憐三尺土，憑弔一沾襟。
（園有主人骨塚。）

田家雜詠，與欽昭聯句

覆隴黃雲晚稼香，（欽）牧童騎犢趁斜陽。
數家雞犬成村落，（養）十畝田園足稻梁。
歲稔不妨終日醉，（欽）官輸幸免一身忙。
天寒且喜農工畢，（養）學作漁翁釣野塘。（欽）

春遊

記得年時載酒嬉，波光如黛柳如絲。
春風似解遊人意，飄出花間賣酒旗。

郊居即事

微風生秋涼，槭槭響庭樹。
小雨夜來晴，落葉不知數。
清池路幾曲，苔滑不能步。
開軒面原野，時見飛白鷺。
閒持一卷書，餘事不復顧。
庶幾平生心，聊用愜吾素。

書張江陵傳後

聞道安危仗老成，曾從青史弔生平。
兩朝相業權尊主，一代勳名誤奪情。
富國轉因蠲積賦，綏邊豈為設援兵。
文孫繩武獨千古，合祀睢陽壯有明。

與君規四弟登黃山觀海

九月西風木葉凋，千林黃紫白蕭蕭。
眼前滄海浮天地，劫後青山話寂寥。
秋草依然高下壘，夕陽終古去來潮。
故人只在湮波外，家住崇川舊板橋。

歲暮雪窗無事漫成

準擬椒花獻頌來，鼕鼕臘鼓漫相催。
溪山晴擁連番雪，天地春回數點梅。
偶落蠹魚搜典籍，笑看野馬拂塵埃。
紙窗竹屋閒無事，聊把新詩侑酒杯。

題竹石畫幅

一片崚嶒瘦復奇，數竿修竹也相宜。
伴渠明月清風裏，石是吾兄竹是師。

喜筠坡三弟回里

相見各疑夢，池塘春草生。
曉風啼杜宇，細雨做清明。
歡笑談前事，平安問客程。
莫如兄弟好，痛癢總關情。

喜友人至

故人不速至，慰我十年思。
到日清明近，江南細雨時。
却疑鬢髮改，還道別離辭。
分付前溪柳，扁舟好護持。

送別

昨日相逢今送行，離歌一曲不勝情。
桃花春水帆千疊，楊柳關河笛數聲。
我向青山懷舊雨，爾從黃鶴眺新晴。
扁舟此去剛三月，鸚鵡洲邊芳草生。

黃田港夜泊

入暮爭投宿，帆檣列萬千。
各言風水便，都被利名牽。
纖月城頭落，疏星樹杪懸。

與君為舊好，彈指已中年。
（時與張君慎安同舟。）

江頭漁舟

雪花爭似浪花多，身世飄零一笠簑。
潮去潮來都不管，何儂生小慣風波。

馬洲道中

行行春色裏，極目浩無邊。
斷港垂楊合，孤篷落照懸。
荒村亂雞犬，深竹聚人煙。
日暮鄉心切，臨風一惘然。

泰興道中

茅屋疏籬十畝間，綠楊橋下水潺潺。
輞川圖畫分明好，只少江南數點山。

如皋道中（二首）

野泊清溪曲，時時望雨晴。
小橋橫獨木，終日轆轤聲。

數里一村落，蕭然無世情。
春風二三月，處處紙鳶鳴。

登君山石亭（山有石，文曰"忠義之邦"）

片石空山裏，登臨試一捫。
田園經亂改，忠義至今存。

野戍風雲壯，寒濤日夜奔。
孤亭憑望遠，舊事漫重論。

感事（二首）

海外無端蠻觸爭，議和議戰竟何成。
旌旗日落黃花戍，鼓角霜飛細柳營。
上將艱難悲白髮。（謂彭、左。）深宮涕淚說蒼生。
三山門戶稱形勝，愁煞寒江嗚咽聲。
（副都御史張公佩綸馬江敗績。）

城上風雲列戍雄，羽書絡驛馬蹄中。
雪花亂灑刀環白，海色驚飛炮火紅。
浪說渡河還殺賊，爭教割地請和戎。
先皇戰伐超前古，要使遐荒震武功。

謝氏家集 卷五
寄雲閣詩鈔卷二　毗陵謝祖芳養田甫著

夢景規四弟，時客河南三載矣
昨夜西堂夢，分明渡洛濱。
休疑關塞遠，幸得笑言親。
以我貧如洗，憐君志未伸。
別離已三載，況值歲華新。

人日生辰
五年客裏度蕭辰，壯志蹉跎愧未伸。
竹葉自斟人日酒，梅花又報草堂春。
論交難免嵇生懶，乞食何妨陶令貧。
一片冰心誰得似，敢將明月證前身。

詠史（六首）
一飯從來不負恩，千秋長樂事酸辛。
淮陰自古稱豪傑，生死區區兩婦人。

狂奴故態說生平，甯使羊裘累大名。
一自富春歸釣去，客星長傍釣臺明。

書生西出玉門關，欲取封侯萬里間。
但使樓蘭先破膽，匈奴不敢望天山。

龐公高隱占山林，棲宿還如魚鳥心。

采藥自携妻子去，白雲一片鹿門深。

東籬尊酒若平生，解組歸來事耦耕。
一枕羲皇心獨遠，先生畢竟未忘情。

捫虱高談自不群，臥龍去後更何人。
九原相見應相惜，枉說君臣遇合神。

新豐晚泊

早過雲陽驛，長堤復短堤。
潮枯愁岸削，帆近覺橋低。
落日盤鷹隼，秋風健馬蹄。
十千沽美酒，繫纜市樓西。

渡江

漫擬乘槎入斗牛，東南形勢望中收。
白雲常護三山影，碧草空餘六代愁。
西去帆檣通楚蜀，古來戎馬說孫劉。
荻蘆聲裏秋如許，滾滾長江日夜流。

京口舟次

木葉自蕭蕭，扁舟臥寂寥。
夕陽京口樹，風雨海門潮。
江闊佔帆集，山空劫火消。
蒼茫煙水上，何處教吹簫。

登金陵妙高臺

江山留得妙高臺，我逐孤雲亂後來。
猶作鐃歌聲一片，大江日夜走風雷。

登虎阜

昔年駐蹕地，泉石媚幽姿。
芳草真孃墓，青山短簿祠。
壑虛風到易，壁仄月來遲。
劍氣銷沈盡，登臨有所思。

贈江陰畫士吳冠英

橐筆京華二十年，一時裙屐快流連。
歸來白髮干戈後，老去青山杖履邊。
顧盼欲空天下士，蕭閒應號地行仙。
園林點綴猶餘事，（喜植花木。）道子丹青海內傳。

書懷示唐欽昭

君不見班定遠，萬里從軍走鄯善。又不見周孝侯，彎弓射虎南山頭。丈夫立志苦不早，身名埋沒隨腐草。安能叱咤風雲一世間，傾吐奇氣開懷抱。噫嘻乎！我生四十復何求，少不努力徒煩憂。百年三萬六千日，不如嘯傲凌滄洲。三尺劍，一尊酒。行當濯足扶桑流。高歌爛醉黃鶴棲，與爾同銷骯髒抑塞之奇愁。

梅雨

斑鳩啼處濕雲堆，山色空濛掃不開。
五月江南寒未斂，一天肥雨做黃梅。

寄園主人招飲

幽居苦炎蒸，散髮北窗睡。
隨意手一編，悠然與古會。
寄園饒林木，結構超塵外。
主人不好飲，招我花間醉。
入門不知暑，一徑綠陰碎。
窗落九峰雲，野含千畝翠。
座客飲既酣，高歌清且脆。
歌聲雜鳥聲，不覺日西墜。
扁舟歸去來，清風拂衣袂。

夜起步月有懷

夜暑不能寐，開軒步清池。
林深月將墮，草密露未晞。
所思在天末，況乃音書稀。
秋風颯焉至，曷以慰調飢。

張官渡晚泊

百里雲陽道，行人此繫船。
朔風騰野燒，落日淨湖煙。
歲歉田仍稅，村荒戶尚編。
明朝京口去，一覽盡江天。

京口夜宿

旅泊依江渚，明河夜未央。
犬猜千戶月，人語一篷霜。
山氣連空翠，潮聲接混茫。

由來天塹地，往事盡堪傷。

丹陽曉發
丹陽河水涸，歸棹候潮行。
月落孤篷曙，霜團老屋晴。
兵戈傷往事，燈火憶平生。
咫尺家門路，西風一日程。

古意
孟冬饒飛霜，草木日以槁。
蒼蒼松柏林，柯葉長美好。
借問何能爾，歲寒常相保。
灼灼桃李花，容華何窈窕。
春風曾幾時，奄忽成衰老。
從來松柏心，繁華非所寶。

雪後簡周雪樵
芒鞋踏凍步斜曛，望遍山巔與水濆。
宿鳥歸飛千嶂雪，疏鐘搖動一溪雲。
寒憑尊酒還憐我，香到梅花只憶君。
詩料奚囊應不少，灞橋清景要平分。

登君山寄懷景規四弟河南
一峰高插白雲隈，到此真教眼界開。
江柳欲將春信渡，海潮直挾雨聲來。
關河千里書常梗，燈火平生志未灰。
況是登臨逢歲暮，聊憑驛使寄寒梅。

風雪由澄江之梁溪

江頭潮落片帆低，鄉樹蒼茫望欲迷。
底事殘年不歸去，一天風雪又梁溪。

元旦試筆示兩兒

朝陽東方生，五色散如綺。
乾鵲語高枝，似報新年喜。
隨例頌椒花，一杯斟綠蟻。
寒梅發窗前，幽蘭香磵底。
逢時俱欣欣，物理固如此。
方今海宇清，萬里若桑梓。
男兒志四方，家食諒堪恥。
崑山有美玉，要之雕琢始。

獨酌

獨酌憑誰論主賓，數枝冰雪迥超塵。
若教醉倒寒香下，人與梅花一樣春。

送唐欽昭之奉天

盡此一杯酒，前途正汗漫。
地濱遼海大，山接薊門寒。
祇以貧愁久，甯知道路難。
臨歧折楊柳，爲爾勸加餐。

欽昭改道黑龍江，將由天津繞日本而去，再贈長句

五月江深送客槎，河梁執手思無涯。
地經析木風濤壯，天入扶桑道路賒。

三疊不辭勸杯酒，一枝休惜寄梅花。
憐君萬里投荒徼，只恐相逢鬢已華。

懷欽昭

朝霞海上升，山水氣磅礡。
却眺長天雲，依依在寥廓。
故人萬里別，慷慨赴戎幕。
五月寒猶嚴，千山道彌惡。
行人渺相絕，黃沙自漠漠。
自來豪俠士，弗遑計苦樂。
況復扶桑邊，舟車日相續。
君今從此去，矯首看日浴。（君乘輪從日本而去。）
相與談瀛洲，庶幾曠心目。
所惜道路長，何以訴衷曲。
舉杯還獨傾，浩哥振林木。
鴻雁時南翔，慎毋吝金玉。

夏夜大雷雨

今年三伏暑鬱蒸，坐愁無術驅炎氛。手搖大扇北窗下，終日汗雨還紛紛。驚風吹雨忽飛鏑，雲氣垂天天漆黑。咫尺晦冥不見人，但見金蛇時一掣。斯時巢鳥幕燕一一皆屏息，雷聲轉厲雨益急。恐是群龍夜戰馮夷宮，鯨奔鼉吼紛相從。又如倒翻廬阜瀑，奔流直下青天中。幾疑大地亦漂泊，何論山村與水郭。本來身世同浮漚，漂搖他必問所托。須臾風息雲為開，碧空如掃無纖埃。明星搖搖月華白，頓覺秋意從空來。吁嗟乎風雲變幻偶然耳，古來萬事皆如此。不信但看東海頭，昔日桑田今海水。

七夕

如此良宵可奈何，一年風露一相過。
鍾情便是神仙侶，偕老何妨離別多。
銀漢夜深橫碧落，瑤階秋早試輕羅。
祗憐嫁得牽牛婿，織女機絲未罷梭。

新秋

昨宵一葉下庭柯，便覺秋光滿薜蘿。
青嶂雲生屏乍合，綠波月上鏡新磨。
美人自古無愁少，名士從來不遇多。
此意茫茫誰會得，酒酣起舞影婆娑。

京口晚眺

此地分吳楚，蒼茫入望遙。
江聲來北固，山色辨南朝。
戍遠聞清角，城高隱麗譙。
海門深不見，日夜走寒潮。

江行風雨

荻花蕭瑟奈秋何，潮落空江煙雨多。
若問行人在何處，扁舟一夜聽風波。

四十自述十二首

物換星移四十年，人生萬事總堪憐。
身危幾困圍城裏，山亂曾經滄海邊。
讀《易》頻參簪盍契，誦詩長廢蓼莪篇。
草堂又報梅花發，細數經過一憫然。

問天生我竟何如，空向春風嘆索居。
骨相應教梅比傲，衷懷自與竹同虛。
門無車轍聊容膝，家有簞瓢且讀書。
匣裏龍泉吟底事，幾回搔首獨踟躕。

風塵淪落幾經秋，自笑呶呶類楚囚。
貧尚買書期子讀，性尤嗜酒累妻憂。
論交敢下陳蕃榻，作客還登王粲樓。
獨立蒼茫憑四顧，儒生枉自說封侯。

男兒意氣欲千霄，四十無聞志漸消。
詩思清於鰲嶺月，文心壯似浙江潮。
少時同學多貧賤，末路論才半市朝。
至竟功名還誤我，空令節序等閒拋。

少小曾誇席上珍，一番奢願付因循。
等身未改青衫舊，搔首平添白髮新。
投筆誰憐懷壯志，上書休道免清貧。
此生只合爲漁父，大雪寒江理釣綸。

書生結習太疏狂，矻矻窮年祇自傷。
醫俗未能三洗髓，憂時空復九回腸。
也知身世同遊戲，且把鶯花爲主張。
他日東山賦招隱，一邱一壑細評量。

聞道仙人不可期，漫將黃白學希夷。
愛蓮自守濂溪說，采菊閒披彭澤詩。

有志何須傷晚歲，不才祇覺負明時。
一簾疏影三更月，坐對中宵有所思。

數竿修竹子猷居，帶索行歌亦自如。
人到中年心轉怯，事當錯節慮常疏。
時艱畢竟憂無益，才短翻教樂有餘。
解識浮生如稊米，任他得失與乘除。

歲月堂堂去復來，半生未遇亦佳哉。
女能識字從爺讀，婦喜吟詩就婿裁。
敢信陶潛無俗韻，漫言郭隗有奇才。
要知得失曾何定，一樣梅花先後開。

搖落甯知庾信悲，池塘春草最堪思。
惠連自是超群季，康樂由來字客兒。
老大徒傷增馬齒，瞻依終覺抱烏私。
青氈舊是吾家物，一任清貧未忍離。

讀罷《南華》思悄然，胸中塊壘未能蠲。
心腸過熱翻招謗，筋力徒勞敢乞憐。
世態休嗟蟬翼薄，人情苦被繭絲纏。
於今悟徹浮生幻，十笏蒲團學老禪。

一番閱歷一番思，苦辣酸鹹祇自知。
器量我慚黃叔度，交遊誰是鄭當時。
前因休問三生石，世事原同一局棋。
見說五湖煙水闊，扁舟隨處訪鴟夷。

得欽昭書以紀程諸作見示,作二律答之

休唱臨風出塞歌,迢迢萬里奈情何。
江流黑水人煙少,(黑龍江舊名黑水江。)
山接紅崖冰雪多。(紅字崖在吉林界,群山萬壑,千里相接。)
惜別永懷公瑾酒,撫時思挽魯陽戈。
會須一眺扶桑日,曉策鰲魚東海波。
(君從日本航海而去,有《扶桑日出》詩,故及之。)

風光一一寫邊庭,譜入新詩信可聽。
日月自臨中國土,山川應續《大荒經》。
看雲萬里頭爲白,積雪三春草未青。
波浪極天不可即,有人矯首望滄溟。

舟次

二月春江水拍堤,扁舟送客古梁溪。
柳梢城郭遠還見,花裏人家近却迷。
身逐浮雲排岫出,心如倦鳥戀枝棲。
東風驛路青無際,一片蕭蕭班馬嘶。

寄景規四弟河南

匹馬中州去,浮雲少定居。
計程千里外,惜別五年餘。
山遠音書斷,家貧骨肉疏。
子規啼徹耳,歸思竟何如。

枕上偶成

細雨瀟瀟逼短檠,一編辛苦記平生。

夢回深巷人初靜，猶聽鄰家夜讀聲。

贈丁曜仙（瀾）茂才

丁生丁生爾毋乃令威之後身。長身玉立如野鶴，望之矯矯難為群。淪落人間三十載，痛飲狂歌傲流輩。去年相遇梁鴻溪，獨垂青眼風塵外。君言富貴如浮埃，功名兩字心寒灰。名教之中有樂地，丈夫鬱鬱胡為哉。我聞斯言重太息，眼前蠻觸爭何力。秦皇漢武一抔土，不如且進杯中物。吾家謝朓有青山，醉邀明月開心顏。白雲無心自來去，綠陰滿地非人間。君家溪水頭，我家青山麓。（時與君同寓梁溪之堰橋。）咫尺遙相望，晨夕還相逐。酒一斗，詩百篇。科頭赤足仙乎仙。明星落落月皎皎，歸來爛醉船頭眠。

山月吟和梁溪友人作

誰為山月吟，月照深山深。
明月幾圓缺，青山自古今。
浩歌山互答，清酒月同斟。
安得月常滿，鑒此在山心。

秋山雜詩（二首）

著意吟詩無意成，秋來詩思十分清。
中宵月色涼於水，臥聽閒階促織聲。

屋後荒園半畝斜，昨宵一雨足清華。
鄰家秋色無人管，露出牆頭扁豆花。

舟次

落日一臨眺，孤篷蒼莽間。

野煙低羃水，村樹近遮山。
靜識遊魚樂，歸憐飛鳥閒。
牢愁如秋草，糾結未能刪。
（時痛次女靜薇之殤，故云。）

惠山放舟
水落湖堤露石痕，扁舟侵曉入雲根。
山中近日西風緊，黃葉蕭蕭打寺門。

風雪送岑雪侄之楚
風雨一相送，山川路幾千。
養親翻遠別，去國況殘年。
漠漠吳江樹，冥冥楚塞煙。
勿辭行役苦，猶勝走幽燕。

詠懷
月月忽如邁，我行殊未央。
驅車出門去，欲往從何方。
維侯澹蕩人，四海清風揚。
來去孤山中，口嚼梅花香。
早從赤松遊，拂衣辭帝鄉。
帝鄉日已遠，歸路江湖長。
高山時仰止，載詠心彷徨。

雪夜有懷
風雪空山夜倚樓，故人遙在水東頭。
扁舟盡有剡溪興，門外寒江凍不流。

浙遊雜詠（二首）

梁溪山水足清娛，一樣春來似畫圖。
更買扁舟向何處，故人有約到西湖。

天公怪我好清遊，却使朝朝遇石尤。
一路青山看不厭，始知有意阻行舟。

光福虎寺看山

虎山寺前山幾重，爛然朵朵青夫容。
山深盡日無人到，時有白雲飛古松。

柏因社古柏

也受皇天雨露滋，如何日夜走蛟螭。
欲推甲子應無據，除是緱山老鶴知。

曉行山中

侵晨移屐翠微邊，石徑參差樹杪懸。
只道山深清露重，白雲如絮壓吟肩。

遊鄧尉山

我到山中已落梅，屐痕一路印青苔。
若逢鄧尉應相笑，要看梅花須早來。

遊靈巖山

靈巖山上白雲浮，靈巖山下清溪流。
溪光雲影依然好，不見吳宮妃子遊。

示同遊諸子

與君一路訪名山，鄧尉靈巖次第攀。
明發扁舟向何處，太湖七十二峰間。

舟抵嘉興，登落帆亭

吳江煙雨曉冥冥，一路風濤送客舲。
日暮孤篷風雨歇，落帆來訪落帆亭。

雨中登煙雨樓

二月鴛湖水，風生瀲灩波。
樓臺過客少，煙雨入春多。
遠渚飄楊柳，孤城長薜蘿。
翠華臨幸地，懷古意如何。

（純廟南巡臨幸，有御製詩。）

蘇小墓

孤山花落自冥冥，遺塚何人問小青。
輸與錢唐蘇小小，香名千古占西泠。

岳王墳

趙家遺恨尚何論，一樹冬青空夕曛。
惟有青山終古在，白雲常護岳王墳。

西湖

我生夙好在巖谷，西湖十載縈心曲。
東遊乘興至錢塘，始識西湖真面目。
西湖山水清且奇，湖波窈窕山逶迤。

六橋煙柳絲絲碧，三竺孤雲片片飛。
一路看山山莫辨，一峰纔轉一峰變。
峰迴路轉千百重，踏遍空山不辭倦。
一鞭斜日馬蕭蕭，踏青齊過西泠橋。
岳王墳上南枝樹，遊人猶自說南朝。
就中韜光更奇絕，翠崖丹谷重重入。
一線江光天際來，始知身在雲中立。
仙人一去幾時回，白雲猶護煉丹臺。
下方金碧知何限，曾見當年劫火來。
青蘿嫋嫋掛絕壁，山深盡日無行跡。
何處飛來瀑布聲，綠陰夾徑風蕭瑟。
憶昔覽古石頭城，掛席曾向三山行。
江南江北山多少，不及西湖山水清。
湖光缺處孤山麓，聞說林逋此結屋。
屋外梅花發古香，門前湖水浮碧玉。
梅花開落自紛紛，千樹萬樹香氤氳。
更携鴉嘴鋤明月，來與先生結比鄰。

冷泉亭

樹裏疏鐘冷夕陽，孤亭一角倚青蒼。
人生到處多煩惱，欲乞靈泉洗熱腸。

飛來峰

朝入雲林遊，暮別雲林去。
一身在靈境，渺焉息萬慮。
奇峰忽當面，矗突掃煙霧。
洞壑幽且險，石泉瀉滿路。

日月不到地，但見一線露。（上有一線天。）
伊誰弄狡獪，刻畫拈花趣。
現出如來身，仿佛祇園住。
茲峰信奇詭，惜無濟勝具。
我欲問山靈，飛來自何處。
一十二萬年，此理不可喻。

立秋歸舟

秋風颯焉至，浩然思故關。
河聲疑挾雨，雲勢欲排山。
鳥沒蒼煙外，舟行暮靄間。
沙禽似相識，一路送人還。

夢欽昭自漠河歸，作五古寄之

白雲浮滄溟，之子在何許。
嘉序坐流嬗，相思一何苦。
誰知夢寐間，咫尺還遇汝。
茅屋清池邊，朱藤掛當戶。
淥水池中流，巉巉石可數。
問君何時還，顏色何容與。
我有一尊酒，同君花下語。
庶幾平生歡，中懷各傾吐。
何處一聲鐘，忽焉良會阻。
良會雖云阻，此情應記取。
落月滿空庭，為君一延佇。

招曜仙飲（二首）

蓬門寂寂為誰開，惟有清風掃綠苔。
如此湖山如此夜，扁舟那不載詩來。

別後嬋娟兩度圓，相思況是早秋天。
盤飧只為無兼味，自買鱸魚向釣船。

甲午雜感（八首）

甲帳樓船一炬空，扶桑千里海雲紅。
相公自有和戎策，諸將何須論戰功。

爭說朝廷練海軍，威加海上壯風雲。
如何徐福求仙去，卻為逍遙避寇氛。

從來擒賊要擒王，空自紛紛議海防。
草野不知軍國事，偏師直欲搗扶桑。

朔風動地雁飛鳴，迢遞邊城未解兵。
昨夜羽書遼瀋至，雪深三尺漢家營。

箕子遺封東海邊，衣冠正朔自年年。
從今莫說三韓事，夜夜枝頭叫杜鵑。

海上風雲慘不開，赤嵌南望使人哀。
無端盡把藩籬撤，從此開門揖盜來。

孤臣萬里謫邊庭，海內爭傳戇直聲。

聖主自能知汲黯，雷霆雨露一般情。

誰策和戎誤聖明，趙家遺恨總難平。
爭教一疏干嚴譴，贏得松筠黨錮名。

病中

十日空齋臥，心頭集百憂。
蟲聲愁入夜，樹色怕經秋。
舊業拋三徑，清遊夢九州。
人生貴適意，無那病勾留。

謝氏家集 卷六
寄雲閣詩鈔卷三　毗陵謝祖芳養田甫著

元妙觀訪某道士不遇
清遊任所適，言訪赤松家。
曲徑緣芳草，閒門鎖落花。
道人乘白鶴，何處煉丹砂。
借問歸來日，三山道路賒。

寄懷唐欽昭
人生能得幾知音，一別無端歲月侵。
大漠雕盤萬里夢，小園花發十年心。
酒酣慣擊牀頭劍，調古頻彈爨下琴。
欲把相思通尺素，迢迢山海阻重深。

夢景規四弟
春風池上來，芳草淒以碧。
之子在他鄉，荏苒六年隔。
去年夢君歸，明月照顏色。
今年夢君歸，顏色同明月。
千里寄君書，如何屢相失。
我年將知非，鬢髮星星白。
君年亦逾壯，毋乃倦行役。
我兒俱弱冠，學古未有獲。
富貴非所期，任彼通與塞。
庶幾一尊酒，與子樂昕夕。

歸去來山中，山中有泉石。

舟中作
坐憶平生事，推篷一嘯歌。
詩緣刪更少，書恨讀無多。
野店橋支木，山村屋補蘿。
便須買蓑笠，隨意釣煙波。

田家
榆柳成陰桑四圍，布穀朝朝暮暮催。
大兒腰鐮刈麥去，新婦剝繭繅絲來。
今年蠶比去年好，去年麥比今年少。
東家麥穗搖雲黃，西家蠶繭作甕小。
夜來水底送輕雷，知時好雨應黃梅。
天公不用桔槔力，千頃萬頃琉璃堆。
秧歌四起斷復續，風剪新秧一片綠。
不惜泥塗胼胝勞，只願秋風秔稻熟。
歲歲年年老瓦盆，眼前行酒皆兒孫。
一身不曾入城市，焉知世有王公尊。
我生未學樊遲稼，不識耰鋤與罷亞。
安得附郭十畝田，笑就田翁結茅舍。

小園有殘菊數本，同人戲拈為題，余亦作二絕
三徑分明已就荒，數枝猶自傲風霜。
洛陽三月花多少，爭似東籬晚節香。

慣同霜露斗精神，開過重陽又小春。

不是此花偏耐冷，淵明家世本清貧。

先伯父夢葭公才名噪一時，而秋闈累薦不售，遊京師以療疾卒。庚申粵寇之變，先世手澤盡付劫灰，僅得公《剪紅軒詩》一卷，先君子《吉羊止止室詩》數首，先叔香谷公《運甓小館詩》數十首，匯錄一冊，將付剞劂，而表兄徐伯聞（士彥）直刺謀與其尊甫靜三先生暨朱錫卿先生詩合刻，蓋皆公與先君子生平契友也，感而賦此

才華絕代竟何成，迢遞燕關隔死生。
劫後可憐傳著作，身前應悔論功名。
百年鄉里空魂夢，（伯母李，今尚在堂。）五字池塘有弟兄。
難得南州徐孺子，名山重訂歲寒盟。

夜宿甯遠樓憶家

一曲思歸引，高樓夜氣清。
湖冰霜後解，山雪樹頭明。
醉眼看長劍，幽懷付短檠。
離家才百里，歲暮若爲情。

歲暮雜感（四首）

海上日多事，中原方隱憂。
如何鴻雁侶，只爲稻粱謀。
身世餘長劍，高寒入敝裘。
蕭蕭風雪夜，直到五更頭。

閶闔天門遠，雲中不可望。
纍臣猶雪窖，名將自炎荒。
草木空山晚，龍蛇大澤藏。

一般水可濯，清濁問滄浪。

鼓角聲何壯，幽懷百感并。
四夷方倡處，異學況爭鳴。
才短思朋友，家貧遠弟兄。
一尊須盡醉，雑誦見深情。
（往余內子除夕寄詩云："寄語客中須盡醉，明朝又是一年春。"）

舟車九萬里，此局古今殊。
山海通星使，衣冠入賈胡。
奇聞矜博物，蠻語譯媕娿。
何似鴟夷子，浮家向五湖。

望杏樓題壁

內兄鶴岑中翰痛其幼子杏寶之殤也，築樓寄園中，取漢武望思之意，顏曰"望杏"，並爲繪《披書坐落花圖》。既而設乩樓上，杏寶降焉，叩以生前事，歷歷不爽，一時悲喜交集，然後知東坡說鬼殆非誑語。余紀其事，書之樓壁。

花落難招畫裏魂，斯樓千古幸長存。
憑君勘破東坡說，笑煞人間無鬼論。

元夕書懷

草堂燈火夜通明，聞道遼陽已罷兵。
風色漸舒天地凍，月華自照管絃清。
故人萬里官荒徼，同氣多年滯洛城。
共把一杯酹令節，也應說著故鄉情。

送人之楚

寥落孤舟夜，含情苦未申。

憐君不得意，垂老更依人。
故國梅花早，長途柳色新。
何由通問訊，三十六魚鱗。

苦雨歎

去年春寒苦多雨，二月枝頭花未吐。
今年春寒雨更多，河水瀲灩生新波。
白頭老農向余說，清明已過三月節。
雨腳不斷如絙縻，麥田高下同澤國。
麥苗離離徑寸長，久雨難免根荄傷。
田家二麥資播種，十室八九無餘糧。
我聞斯言頗耿耿，楚飢齊溺況相警。

（去年秋，湖北鄖、宜、施屬苦旱，今年山東歷城、章丘等處堤決。）

吳中苦雨復傷農，只恐萑苻狡焉逞。
苦雨苦雨空長歎，書生憂樂良無端。
生年五十不自量，圖上流民宰相看。

曉登支硎山白雲寺

筍輿侵曉入山林，石上泉流自古今。
舊是支公棲隱地，鐘聲遙在白雲深。

天平山謁范文正公祠

鬱鬱長松萬古聲，名園高義說天平。
四夷莫道中原弱，老子胸中富甲兵。

三河口舟次

河口風光好，遙鄰山水清。

淡煙桑柘色,細雨鵓鴣聲。
大雅久淪落,(謂李申耆先生。)
故人殊死生。(謂李子康孝廉。)
經過一回首,悵觸不勝情。

秦望山舟次

侵曉經秦望,推篷雲氣生。
乍晴驗風色,過雨聽溪聲。
江近通潮汐,山空閱戰爭。
野田方布穀,不用更催耕。

野望

木落川原闊,層陰生遠天。
溪鐘遙暮雨,山鳥下寒煙。
飲酒思陶令,吟詩愧謫仙。
門前車馬客,擾擾正無邊。

米貴謠

江南從古稱膏腴,今歲粒米如真珠。
吾鄉五月方播穀,青黃不接良堪虞。
田家辛苦供稅租,富家積穀奇貨居。
鴻雁哀鳴滿中澤,長吏日夜憂萑苻。
我聞上古太倉粟,陳陳相因垂史書。
聖朝土地日以廣,豐年往往多黍稌。
而況盜販懸厲禁,奈何舉國憂空虛。
方今商戰開奇局,火輪鐵軌窮海隅。
商人重利輕性命,將毋斛法爭錙銖。

朝來府帖張通衢，太守平糶開倉儲。
倉中儲穀知多少，可憐升斗徒區區。
吁嗟乎！
水旱偏災古今有，年豐啼飢古則否。
安得關吏不愛錢，永杜販夫出海口。

寄懷景規四弟河南

多病嗟予季，文章獨冠群。
青衫頻入洛，白日每看雲。
身喜依蓮幕，書應托雁群。
十年不相見，離思鎮紛紛。

村居雜詠之二

閒來往往說歸耕，茅屋垂楊無世情。
知否田家東作苦，黃昏猶是桔橰聲。

十家婦女九蠶桑，剝繭繅絲事事忙。
織得綺羅千百匹，不曾自製嫁衣裳。

詠懷（三首）

白日如奔電，金風扇清秋。
元蟬號日夜，蟋蟀聲啁啾。
君子感時物，中心懷百憂。
身名愧未立，華髮將盈頭。
百年會有盡，差與草木儔。

幽蘭生空谷，山深人不知。

偶逢采樵者，移根傍玉墀。
灌溉亦已勤，風雨常護持。
及至花開日，不如在山時。
借問此何故，物各有所宜。
人生天地間，資稟常不齊。
山林與廊廟，位置不可移。
所以巢由輩，長與世相遺。
明月入高樓，清輝滿窗几。
推窗理瑤琴，有風颯然起。
緬彼陶淵明，高風不可企。
不求絃上音，自得琴中旨。
庶幾同心者，悠悠千載裏。

我生寡交遊，落落無所偶。
屈指同心者，一身萬里走。
勿言萬里遠，令德積逾厚。
何以慰寂寥，賴有一尊酒。
袖中尺素書，藏之經歲久。
相知在一心，庶幾長相守。
淼淼江海潮，朝去暮復來。
盛衰雖有異，消息常可推。
自非信不渝，安知江海懷。
人生苟無信，何以立塵埃。
流雲多變態，水月無定姿。
人心尚機械，對面同九疑。
巧言舌如簧，誰能辨是非。
維彼臧與否，禍患相因依。

我懷阮步兵，畢生以爲儀。

登西湖最高峰
蒼茫立馬亂峰頭，絕頂真教臨九州。
東望雲山疑地盡，西來江海極天浮。
夫容花落湖波冷，雅雀聲喧祠宇秋。
賸有趙家遺恨在，六陵風雨不勝愁。

錢唐觀潮
錢唐秋八月，江上候潮生。
不辨水天色，但聞風雨聲。
險疑翻地軸，勢欲灌山城。
總爲厓山恨，滔滔未肯平。

舟夜
月落船頭露氣寒，五更夜色自清閒。
依稀殘夢隨波去，一路蟲聲到滸關。

蒼蒼嶺上松
蒼蒼嶺上松，枝柯高百尺。
上有白雲飛，下有清陰集。
歲寒心不移，任彼霜與雪。
雙鶴何躑躅，飛飛在林樾。
梅花發古香，相對忘言說。
清風有時來，濤聲滿泉石。
豈不愛芳菲，容華易衰歇。
天寒歲雲暮，萬木凍欲折。

惟此後彫姿，四時常不易。
寄語桃李華，春風不相識。

歲暮懷人詩

百尺孤桐樹，終爲琴瑟材。
先生負大志，有子況奇才。
幻想求仙去，閒情說鬼來。（見所刻《乩談》。）
寄園雲一片，終□在樓臺。（錢鶴岑中翰。）

磊落吳夫子，平生迥不群。
高談常迕俗，小坐亦論文。
李白耽長醉，魯連善解紛。
知君懷古意，直欲躡清芬。（吳繩甫明經）

漢水三千里，相思靡有涯。
憐君猶作客，經歲未還家。
老止陶潛酒，閒烹陸羽茶。
孤山遊興好，曾共訪梅花。（韋少涵參軍）

唐子耽風雅，吟詩我不如。
一官羈絕漠，三載斷音書。
弟死愁歸櫬，親衰苦倚閭。
與君俱老大，何日賦歸與。（唐欽昭大令）

千里皖南北，長江直下流。
聞君從此去，爲客楚江頭。
才大應難遇，家貧未解愁。

白門秋色好，何日復同遊。（錢幹夫茂才）

君是雲中鶴，孤標無與論。
善書傳草聖，愛酒謫仙人。
友直何妨賤，官卑祗爲貧。
富陽遊宦地，應見鈞臺春。（李靜之大令）

少日聞錢起，孤寒劇可憐。
孀親悲白髮，舊業困青氈。
夜月秦淮渡，秋風京口船。
與君為旅伴，彈指十餘年。（錢光越茂才）

之子丰神好，翩然鸞鶴班。
一從遊白下，幾度隔青山。
杉闒移家去，石門攜好還。
慇懃機上錦，爲爾損朱顏。（馮熙生茂才）

公瑾交如酒，相逢每醉回。
春燈吟草閣，夜舫話蘇臺。
白雪愁難和，青氈自可哀。
平生況有分，同采頖芹來。（周雪樵明經）

之子吾鄉彥，家貧常晏如。
寄懷彭澤菊，得意率更書。
以我風塵阻，憐君踪跡疏。
欲知交厚薄，八載卜鄰居。（龔效良茂才）

閉門陳正字，自著養生論。
欲辨膏肓疾，因呼肺腑言。
功名身外置，文字篋中存。
大隱原居市，安知城市喧。（陳毓真茂才）

歲暮有感

歲晚意不適，柴門終日扃。
輒浮三大白，相對一燈青。
時局成孤注，人情患獨醒。
由來田野士，只合在郊坰。

謝氏家集 卷七
寄雲閣詩鈔卷四　毗陵謝祖芳養田甫著

五十生辰示兩兒

身似鷦鷯寄一枝，星星雙鬢漸成絲。
梅花香裏過生日，爆竹聲中送暖時。
大地山河春有信，草堂燈火夜題詩。
盤蔬巵酒情如舊，未報劬勞自可悲。

五十年華一擲梭，平生自許竟如何。
東籬未得淵明趣，茅屋空吟子美歌。
海外神山知有路，月中桂樹喜交柯。
讀書本是吾家事，我為風塵誤已多。

哭景規四弟（二首）

去年曾寄阿連詩，猶恐天涯雁到遲。
（此詩下二句先君積久未屬，故付闕如。男仁謹識。）

阿母龍鍾雪滿頭，（弟嗣族叔，嗣母尚在堂。）寡妻弱女寄中州。
歸來衣食從何出，未去安排先自愁。

中秋到家即事

一年幾度木蘭舟，借著湖山作客遊。
歸路前番逢七夕，到家今日又中秋。
閒持貝葉臨虛室，為買奇書典敝裘。
醉踏月明歌水調，瓊樓玉宇不勝愁。

新年隨筆（二首）

始識家居好，天倫樂事真。
老妻閒共語，稚子笑相親。
才大終爲累，詩多不救貧。
菜根有至味，珍重歲寒身。

入歲多佳興，春風送暖來。
梅花新得句，竹葉細傾杯。
白髮頻看鏡，黃金又築臺。
爾曹應濟美，蘭玉世相推。

書淩母貞孝事

京江山水天下奇，中有不死女貞枝。
枝高不辭霜與雪，自有馨香發四時。
淩母淩母奇女子，生平節操類如此。
十五深閨舞彩衣，曹娥卓卓播鄉里。
十七于歸拜舅姑，入門一面藁砧死。
呼天一慟淚淋浪，鐵石人聞亦斷腸。
妾身一死何足惜，晨昏誰爲奉高堂。
彌留一言猶在耳，寸心已許不可忘。
從此朝朝與暮暮，一身爲子兼爲婦。
窗下時聞札札機，陌頭羞見青青柳。
省識詩人似續心，忍教堂上終無後。
吁嗟乎！
淩母貞孝絕世無，割股療父還療姑。
一割再割無完膚，毀容冒刃差相如。
人言母心苦蘗苦，不知母心枯井枯。

我與文孫交莫逆，索我題詩淹歲月。
安得生花筆一枝，重把幽光闡萬一。

寄雲閣小坐

且復乘餘暇，於茲暫息機。
風塵人漸老，山水願終違。
不覺中年過，方知昔日非。
祇憐遊釣地，回首輒依依。

庚子七月二十一日恭紀

平沙莽莽走千官，一帶河山勢鬱盤。
不是鑾輿輕出狩，天廻北斗指長安。

四夷犬性總難馴，（彭剛直公詩語。）走馬來朝西入秦。
猶是漢家畿輔地，不應天子怨蒙塵。

京口舟次

風急中流雪浪生，我來擊楫助高吟。
江山終古稱天險，雲物無邊接地陰。
繞郭千家京口舊，孤帆一片海門深。
六龍西幸長安去，回首燕關歎陸沉。

俄人搆兵，漠河等處相繼淪陷，欽昭吉凶未卜，作此以寄憂思

雪窖冰天久別離，忽驚烽火阻歸期。
道旁消息原難信，亂後存亡未可知。
落月何因來入夢，緘書無處寄相思。
君家骨肉君休問，九曲廻腸欲斷時。

榆關東去路漫漫，拔地千峰積雪寒。
萬里生還原有日，五年舊約本無端。
（欽昭初別，約五年南歸。）
竄身豺虎經三月，垂老流離累一官。
方信田家真個樂，白頭從不識艱難。

喜欽昭歸並小飲

萬里傳君死，生還喜可知。
容顏驚漸老，鬚鬢各成絲。
且復同杯勺，何須怨別離。
結交三十載，歲晚好相期。

紀異

惟歲在辛丑，中春日庚戌。挑燈夜掩門，人語方寂寂。
狂飆動地起，窗戶齊觥觩。星月耿不明，終宵聲撼壁。
晨興步中庭，飛沙如霰集。四顧天茫茫，日高黯無色。
三日氣乃清，始放林巒出。我聞燕山下，清明嘗飛雪。
又聞津海頭，黑風吹海立。風吹越三宿，雪飛深數尺。
亡何烽燭天，殺氣纏郊邑。都城棄不守，六鷁飛蒼赤。
洛陽古名都，銅駝臥荊棘。至今甘泉宮，變作豺狼窟。
欲語不成聲，兩眼紛雨泣。東南繁庶區，山水亦清絕。
胡兒口流涎，匪伊朝與夕。水旱庶無愆，干戈斯安戢。
自從臘尾來，兩度見圓月。時節及清明，杏花斷消息。
河水日夜枯，行旅愁感額。嗸嗸于飛鴻，哀哀鳴中澤。
西北況多難，氛祲未消歇。舉首白雲中，為詩志月日。

自題《扶桑濯足圖》(五首)

聞道扶桑高接天，迢迢弱水路三千。
好携九節仙人杖，破浪乘風到日邊。

水雲一片捲成堆，雲水光中濯足來。
黃葉江南家萬里，却從海外望蓬萊。

彷彿銀河八月天，乘槎我欲問張騫。
此身如坐支機石，恐有牽牛到渚邊。

欲跨長虹渡海隅，扶桑枝上看金烏。
平生放浪無人識，喚作煙波一釣徒。

長吉新詩氣吐虹，一泓海水瀉杯中。
願分點滴杯中水，併滌生平磈礧胸。

望湖樓晚眺

春風嫋嫋水濚洄，燈火千家聚水隈。
好是黃昏斜月裏，望湖樓上望湖來。

和王徙南道士（至殿）五十生朝，感懷二律（並序）

　　道士隴東人，少讀書遊庠，後遂棄孺入道，遍遊名山大川，足跡殆踰萬里，近歲棲鶴鄂武當宮。五十生辰嘗作七律二章，徵海內和作。余羨其方外閒適，因亦酬之。

五十年華萬里遊，男兒何用覓封侯。
三生早悟邯鄲道，一鶴高飛鸚鵡洲。
隴坂雲孤鄉夢遠，江城花落道心幽。

前身合住蓬萊島，幾度銖衣拂石頭。

五岳逍遙一散仙，風吹珠玉落吳天。
身歸白社王摩詰，室養丹砂葛稚川。
滄海橫流終古痛，高樓黃鶴幾時還。
楚江渺渺三千里，願結山中文字緣。

秋日述懷

涼颷幾日掃炎蒸，爽氣西山分外增。
野渚月明蘆荻水，空原露濕稻花塍。
貧猶好學原天分，老益多情或壽徵。
落落半生攖世網，寸心敢擬玉壺冰。

有書可讀即生涯，贏得清貧亦大佳。
少日飄零休墮淚，暮年骨肉最關懷。
生當末世才何用，交到名場趣已乖。
誰道向平心願了，先人祠墓費安排。

打窗風雨攪人眠，一夜牀頭百慮牽。
自愛談禪非佞佛，偶思招隱敢求仙。
名山詎有千秋業，附郭曾無十畝田。
何日鑾輿廻北極，小民重睹太平年。

檢點生年感不禁，閉門長抱十年心。
蒲團未許雙趺坐，華髮先從兩鬢侵。
酒爲憂時頻痛飲，詩緣即事漫成吟。
書中滋味無窮盡，差喜兒曹解惜陰。

感事

江城木落氣蕭森，有客停盃感不禁。
滄海儼成羅刹市，空山獨抱歲寒心。
曾無寶劍决雲霧，敢向銀河問淺深。
四顧極天秋草綠，王孫歸路信沈沈。

梁溪舟次

歲暮重行役，天寒生野陰。
風騰帆腳重，雪沒馬蹄深。
虛白通禪境，冰霜鍊客心。
青山如有意，一路伴清吟。

哭堯孫（二首）

偶然四歲作而翁，悲喜分明在夢中。
若使再生緣可續，芝蘭記取舊芳叢。

孩提失母正堪悲，誰料含飴淚更揮。
痛極癡心聊慰藉，夜臺母子定相依。

送欽昭之甘肅

君是徐霞客，從來愛遠遊。
十年羈大漠，萬里又涼州。
顏色豈常好，時光不可留。
人生貴適意，經得幾離愁。
天末秋風早，關山又幾程。
塞鴻昨夜至，江月五回明。
莫聽伊涼曲，能傷旅客情。

粵西方苦戰，群盜日縱橫。

市中見殘菊作
不是西風做泠遲，本來天氣薄寒時。
菊花市散無人問，賸得零星霜露枝。

滬上晤諸弟侄
踏遍輪蹄海上塵，天寒風雪竟何因。
出門一步猶千里，弟侄相逢分外親。

人日為內子五旬稱觴，是日余生辰也
安排春到草堂來，（初八日立春。）早把紗窗六扇開。
笑祝梅花趁人日，共傾柏葉舉深杯。
蔬緣地隙分畦種，衣為家貧親手裁。
有子讀書妻執爨，更從何處羨瑤臺。

步外原韻
畫堂明日送春來，窗外紅梅次第開。
舉案好排人日宴，當筵同醉百花杯。
家貧自得天倫樂，韻窄勞將詩句裁。
笑看兒孫歡繞膝，一門和氣集樓臺。

敬步家大人原韻（仁）
梅花枝上報春來，却喜今朝霽色開。
椿樹八千剛益算，萱堂五十共銜杯。
傳家幸有圖書富，律己常將奢惰裁。
菽水承歡分內事，熙熙還覺似春臺。

敬步家大人原韻 （泳）

小春移到早春來，（家慈十月中生辰。）好趁椿庭宴並開。
萱草蔭濃人日節，梅花香滿紫霞杯。
敢將多病勞慈慮，自喜吟詩創別裁。
他日雲程應不隔，承歡直欲上金臺。

東風送煖入簾來，曲曲屏風向曉開。
佳節却先春一日，歡顏還進酒千杯。
梅花著樹雜紅碧，楊柳成絲費剪裁。
最好椿萱佳蔭茂，四時和氣勝瑤臺。

（亡妹華、薇降乩詩有"四時花滿瑤臺上，只爲春風和氣多"之句，故云。）

立春即事

春風一夜到吾廬，坐擁梅花自讀書。
文字幾人傳絕業，科名今日是窮途。
閉門欲臥袁安雪，歸隱常思張翰魚。
滄海橫流時世改，不如林下賦閒居。

元宵飲蓉湖舟中

金尊美酒木蘭舟，絃管聲喧水上頭。
如此湖山如此夜，教人何處著閒愁。

自題鏡中小似

不信生平意態雄，鬚眉都改少年容。
朱顏自逐風塵老，青眼偏憎禮數重。
收拾湖山詩卷裏，消除魂礧酒杯中。
何時却踐漁翁約，淺水蘆花一釣篷。

初夏即事

四月江南已斷霜，雨餘樹色自生涼。
故人一去綠陰滿，啼鳥數聲清晝長。
詩味正如茶味淡，鈔書權當著書忙。
神仙仕宦無儂分，閒與山妻話稻粱。

病中答友人

故人寄我數行書，遠道慇懃問起居。
近日文園方病渴，藥爐香滿小窗虛。

中秋玩月

盡掃星河一鏡開，平分秋色上樓臺。
回頭五十三年事，不負今宵有幾回。

北方

北方有佳人，遙在青雲巔。
容華豔朝日，被服何翩翩。
樓闕八九重，車馬聲喧闐。
左右多列侍，燦如星斗躔。
奈何千里隔，但見雲與煙。
狂飆從西來，高浪駕層天。
海若紛斂迹，五岳空連綿。
佳人終不見，淚下如流泉。

湛兒之楚，作詩示之

黃鶴高樓自古今，爾行不是為登臨。
文章欲得江山助，少壯應教閱歷深。

物候漫興游子感，平安時慰倚閭心。
落梅一曲千秋誦，正要樓中玉笛音。

清明得湛兒京口書，知有湘中之行
桃李花繁鳥弄聲，眼前時節又清明。
三春風雨寒猶重，一夜江湖水驟生。
游子喜傳京口信，征輪已過石頭城。
楚南風雅由來舊，沅芷湘蘭大有情。

得湛兒漢陽書
漢陽城郭大江干，一紙家書慰百端。
還恐庭闈思子切，更於函外署平安。

夏夜偶話
語要近情方可信，事非到眼總懷疑。
銀河夜夜橫天半，幾個人知出沒時。

內子近作有"請君預作悼亡詩"之句，長夏無事，作十絕句答之
錦瑟年華鬢漸蒼，累卿中饋費商量。
朝來忽唱驚人句，笑索新詩賦悼亡。

日日吟詩費剪裁，似君纔是不凡才。
千秋閨閣詩多少，此意何人道著來。

閨中生性喜幽閒，未識姑嬋每自憐。
垂老心頭無別願，他年先我去遊仙。

家世梁鴻悵式微，同心黽勉最堪思。
孟光舉案齊眉日，早有清芬播口碑。

夫婿浮雲少定居，深閨教養正相須。
無端已被人傳播，夜夜書聲滿敝廬。

秋風兩度客秦淮，依舊青衫亦大佳。
早識槐花空一夢，不教頭上拔金釵。

三更明月酒家樓，記向城南市上遊。
夜半醉歸兒女睡，一編女誡誦低頭。

少年生性愛交遊，每到歸遲累汝愁。
最是一燈風雪夜，綠窗數遍五更籌。

我未成名君漸老，鬢絲各有雪霜痕。
當年課子紗窗下，今日窗前已課孫。

等是仙人謫九垓，與君同去亦同來。
分明天與雙飛翼，生死鶼鶼總不開。

暮秋感懷（二首）
九月霜初肅，天寒木葉零。
平疇香稻熟，老圃晚菘青。
征斂頻年急，豺狼滿地腥。
書生空自負，獨立望蒼冥。

落葉紛如積，西風日夜吹。
荒畦寒蝶瘦，古樹暮鴉飢。
憂患催人老，容顏逐歲移。
鹿門好棲隱，早與白雲期。

南郊即事

南陌春如許，芒鞵幾度過。
草深講武地，柳暗護城河。
歲稔流亡少，時危伏莽多。
況堪遼海上，蠻觸弄兵戈。

（時東三省日俄有戰事。）

初得墓田

人生一世內，忽如水上漚。百年能幾日，逝者不可留。
生則居華屋，歿則歸山邱。貴賤雖不同，終歸土一抔。
一抔雖云小，奚啻連城求。朝出城南門，暮入城東樓。
邂逅值寸土，不辭重價酬。長河流遠脈，大阜臨前頭。
方春二三月，隴上青草幽。風吹石楠樹，飛鳥聲啾啾。
他年此歸骨，白雲共悠悠。我聞北邙下，古墓犁爲疇。
感彼豈不悟，營營甯少休。人情類如此，一笑還自尤。

空山

空山一曲清響微，蒼茫勿謂知音稀。
餘子落落何足數，白雲悠悠胡不歸。
幼孫讀書知索解，老妻酌酒聊共揮。
平生作詩有夙好，他日笑罵或庶幾。

燈下與內子話

雨雪兼旬久，春寒不肯消。
夜談燈有味，獨酌影無聊。
身被虛名累，心緣多病驕。
曰歸歸未得，華髮日蕭蕭。

五瀉涇阻風有感

春雨孤篷徹夜聲，九峰重疊絮雲生。
誰憐咫尺高平堰，五瀉風波不可行。

小僕

只為飢寒迫，其如齒稚何。
驟憐言語少，轉使護持多。
好弄情猶怯，驚呼應每訛。
一般是人子，貴賤偶殊科。

小北門歸途作

隴樹蒼茫接暮雲，行人棲鳥各紛紛。
荒城落日風蕭颯，黃蜨一雙飛野墳。

舟夜

深宵不辨路，彌望樹層層。
山暝猶銜月，溪寒始結冰。
霜淒殘夜柝，風閃隔窗燈。
辛苦吾生分，孱軀自不勝。

祝灶日雪之梁溪

爆竹催年盡，出門心暗傷。
一天鏖白戰，萬戶祀黃羊。
老羨人多暇，貧憐我獨忙。
今宵愁不寐，轉輾結中腸。

湛兒之萍鄉，疊寄數函，因成二律

少年恥家食，辛苦事長征。
地過四千里，塗經十日程。
欲紓堂上念，但遣客中情。
自爾出門去，何曾白髮生。

風土萍川別，書來每細論。
瘴深山霧重，江濁水波渾。
靜輒研醫學，閒惟詣客言。
盤飧知適口，不異在家園。

苦雨望湛兒書作

五月寒猶重，經旬苦積陰。
暫晴雲黯黯，入夜雨沈沉。
游子音書斷，相思寤寐深。
家居貧亦好，此味耐人尋。

書懷

弱齡苦喪亂，零落風塵裏。日月成古今，倏如東流水。
憶昔總角時，入塾讀書史。堂上謂我才，謂兒無廢弛。
此願殊未償，此言猶在耳。粵寇江東來，蒼黃奔海涘。

門庭嘆中落，痛哭失怙恃。兄年甫二九，弟妹皆齯齒。
可憐阿母心，恨不相從死。顧此藐諸孤，未亡忍坐視。
一日九回腸，淚痕常如洗。我生亦有涯，思親何時已。
一言罔極恩，四座應流涕。老妻感我言，為我脫簪珥。
僶俛三十年，常恐習驕侈。膝下兩男兒，不解治生理。
十年誤讀書，空言博青紫。楠孫有夙慧，常得我心喜。
他年架上書，庶幾付之耳。茅屋三兩椽，風雨聊棲止。
雖無儋石儲，貧也原非恥。吾家昔在晉，風雅有前軌。
至今千餘年，敢云世濟美。我年已周甲，我力日已靡。
平生意常多，拳拳望後起。

預作六十自述二首

六十年華彈指間，壯懷自覺漸闌珊。
名無芳臭都為累，壽補蹉跎苦未閒。
風雨一編聊縱酒，畫圖四壁當看山。
老妻檢點新詩稿，花下商量幾度刪。

小橋西畔是幽居，咫尺烏衣舊草廬。
（余家青山里，舊宅祇隔一橋。）
室有芝蘭香自遠，胸無書卷俗難除。
孫方屬對能聯句，婦每攜鋤學種蔬。
如此春光不歸去，問余何事尚踟躕。

（《書懷》五古一章，《預作六十自述》二律，先君子棄養前數日作也，讀之淚隨聲下矣。男仁泣血敬注。）

補遺（斷句二則見《粟香五筆》卷二）

澄江
畫角臨江戍，疏燈賣酒樓。

懷韋少涵
春風江山歸鴻少，夜雨尊前別恨多。

附錄

祭文

維光緒三十三年秋九月之朔，在制侄錢振鍠敬致祭於姑丈謝公之靈曰：

惟余小子，運際閔凶。自遭大故，又失我公。
吾父之喪，公實治理。曾不一載，遽痛公死。
唯公之生，實感我私。公今已矣，請得言之。
惟公之生，好古通今。博學多能，清才霏霏。
文字珠璣，而其餘事。陶朱計倪，昔維我祖。
中道棄世，我父恢廓。不曉生計，實惟我公。
顧我家事，幾入幾出。至於歲終，籌算牛毛。
以累我公，時或不繼。涸轍待蘇，公為方略。
劑其盈虛，凡我父子。凡我兄弟，不織而衣。
不種不饑，無求於時。昂首伸眉，養其氣骨。
壁立嶔崎，孰為成之。我公之貽，口雖不宜。
心則自知，斯世汶汶。何以富貴，報公無期。
而況公死，嗚呼哀哉！憶我總角，公正少年。
廣座置酒，豪飲爭先。我自塾歸，問我課詩。

我道其語，公亟相許。夜溪坐風，叩我古賢。
我應如響，公為莞然。我應童試，送我入場。
見我試出，攜我筥筐。昨日朗朗，逝水湯湯。
我已非少，公竟卒亡。公之絕學，實唯韻言。
不醜而姸，不險而安。讀之匪艱，作之唯艱。
疇昔之歲，命我作序。序成稿定，梨棗待付。
孰知我公，忽焉棄去。千秋之業，公不自睹。
唯公之生，數奇不遇。闈試者三，如投雲霧。
一時文風，痞塞晦盲。公之文字，玉潔珠光。
侘傺累北，公亦自傷。今者公死，傳公為神。
下士驚疑，我謂必真。唯公文字，得天之清。
而公忠信，天德克明。人世憒憒，天豈如之。
若有神仙，非公其誰。望公不見，讀公之詩。
如聞謦欬，如接光儀。為公招魂，若或遇之。
嗚呼哀哉！尚饗。

謝氏家集 卷八
雙存書屋詩草 陽湖錢蕙蓀畹香

春日寄外
小園花柳又清明，門掩東風燕子聲。
一幅蠻箋千種意，好憑雙鯉寄離情。

送別蘭姊
小住纔三月，扁舟又送行。
庭花含別恨，堤柳綰離情。
握手言翻少，牽衣淚欲傾。
莫輕回首望，白髮倚柴荊。

秋日和外韻（二首）
簾幕秋風細細生，羅衣如縠夜來更。
儂家十里菱溪水，抵得書中一片情。

蓮花紅冷井梧幽，月照空庭影欲流。
知否故園鱸膾好，也應歸思動扁舟。

與湘蓀三妹登寄園九峰閣
一家終日在樓臺，（用成句）雲影山光入座來。
已過端陽天氣熱，綠槐風裏石榴開。

偶成（二首）
庭院新秋萬籟清，金風颯颯嫩涼生。

晚來繡罷閒無事，坐向紗窗待月明。

今宵且喜雨初晴，欲作新詩句未成。
坐到夜深無一語，不知花外已三更。

春日歸舟（二首）

忍淚別高堂，輕帆十幅張。
一篙春水綠，兩岸野花黃。

儂自愁難說，兒偏喜欲狂。
倚閭終日望，阿母髮蒼蒼。

與蘭蓀大姊夜話

各有心頭事，相逢細細傾。
一燈羅幕底，無日不深更。

哭湘蓀三妹（三首）

十年血淚透重襟，苦在心頭病易深。
遮莫丹青妙天下，應無奇筆畫君心。

去年蟲語早秋時，曾向西風話別離。
記得臨歧猶握手，道君珍重莫相思。

天上人間事渺茫，可憐情義總難忘。
只今阿姊歸來日，空對遺容一斷腸。

哭靜薇次女（五首）

一言一語最難忘，病裏分明說短長。
腸斷五更聲欲絕，回頭猶是叫爺娘。

六年枉此掌中珍，僅作曇花一現身。
說甚壽夭還有相，面如滿月想丰神。

也防生小恃聰明，到死方知有夙因。
除是散花為侶伴，人間何處著兒身。

瀟瀟暮雨打窗紗，點滴心頭恨轉加。
浪說女兒身是累，霎時摧折一枝花。

常教阿姊作先生，指點吟詩字字清。
一片寒蟲聞不得，可憐猶認背詩聲。

與外夜談戲作

年來多病減容姿，雙鬢菱花漸似絲。
偶爾戲言身後事，請君預作悼亡詩。

哭長女靜華

欲寫傷心下筆難，病中光景總心酸。
筆尖和淚不成字，便是也仙人怕看。

一去乘鸞不復回，相攜重上小蓬萊。（見《雙仙小志》）
篋中針線兼書卷，蛛網塵封不敢開。

怪儂割臂太無端，惹出仙凡事萬般。
若使龍華儂有分，何時攜手會仙班。(見《雙仙小志》)

寄外書
攜爐烘硯撥寒灰，燈下裁書封又開。
近日小窗風雪裏，梅花已有暗香來。

小園
閒踏春泥覽物華，小園新綠上窗紗。
一春強半風和雨，多少枝頭未放花。

題外《扶桑濯足圖》
日出扶桑紅，何處蓬萊島。
不見古仙人，煙波自浩浩。
君去扶桑邊，濯足扶桑水。
為君引鳳皇，並駕三山裏。

兩兒赴金陵試憶之
拚將辛苦博科名，一月秋風住石城。
知否倚閭心更苦，朝朝屈指算歸程。

五十初度和外人日稱觴原韻（二首）
畫堂明日送春來（初八日立春），窗外紅梅次第開。
舉案好排人日宴，當筵同醉百花杯。

家貧自得天倫樂，韻窄勞將詩句裁。
笑看兒孫歡繞膝，一門和氣集樓臺。

與家二嫂及侄女夢龜宴趙氏約園呈園，主趙夫人三首

難得名園攜手遊，西風水木正清秋。
一聲啼鳥穿林去，落葉蕭蕭池上頭。

草堂正對曲池開，彷彿仙家住綠臺。
如此清幽如此福，問君修得幾生來。

杯酒相逢倘夙因，樓臺劫後半成塵。
憑君細話園中事，儂亦三生舊主人。
（園爲謝氏故址，至今猶有呼謝園者。）

看菊

到眼秋花色色新，似同春色鬪精神。
誰言不及春花豔，滿把寒香自可人。

寄外

欲寄心頭事數行，幾回擱筆費商量。
急流勇退君須記，何苦風塵空自忙。

富貴無如貧賤好，菜根滋味勝膏粱。
阿儂自愛田家樂，茅屋秋風秔稻香。

吟秋海棠

淡煙一角護芳叢，休認相思淚點紅。
寂寂空階秋欲晚，為扶殘醉倚西風。

秋日寄園作

秋入園林似畫圖，偶來閒步足清娛。
風翻紅葉如蝴蜨，引得兒童拍手呼。

補衣

清明時節正芳菲，簾外東風燕子歸。
祇為春陰寒未減，下簾還補舊綿衣。

春陰

二月輕寒晝漸長，米鹽終日笑儂忙。
偷閒細數蘭花朵，惱殺春陰減却香。

謝氏家集 卷九
覆瓿遺稿　毗陵謝植範君規甫著

送易孝廉入都序

　　光山易君文初領光緒乙酉鄉薦，是年冬入都赴禮部試，會余於梁園，並示以所為文，讀之如遊名山，如食佳果，如觀古名人圖畫，幾於愛不忍釋。察其色，亦溫潤而澤，無枯槁容，余知其此行必有得也。雖然，士君子懷抱利器，當葛巾布衣時，其名已出人上，及一旦掇巍科，擢高位，往往聲譽頓減，甚或受人唾罵，至求若其向者不出庭戶而不可得，豈科名之足以累人與？抑人自為科名累者？余不知其為何說也。昔范文正作秀才，即以先憂後樂自任，故能為第一流人，況不止秀才者哉！余不敏，無可為贈，因舉平日所疑且勉者，質諸文初，未識文初以余言為何如。

與仲琴叔書

　　六月間紫卿晉省，接誦手教，殷殷以器識文藝見期，緣乏便使，闕然久不報，幸賜鑒原。夫本朝二百餘年間，擅古文者無慮數十家，惟望溪方氏獨嚴義法，則欲問津者固宜以桐城為宗。然論者謂國初侯、魏、汪三家實開風氣之先，姚姬傳輯《古文辭類纂》，歸熙甫後祇取方劉，不免存門戶之見，而長洲王芑孫又曾謂韓、柳皆嘗從事於東京六朝，望溪宗法昌黎，心獨不愜於柳，亦由其所涉於東京六朝者淺，故不足以知之。據此二說，又似不必拘泥桐城，且宗派之說，後人尚之，前人必更尚之矣。何以姬傳親受業於海峰，而又自言不盡用海峰之法？更何以惲子居之文人，謂其得力於韓非、李斯，而其自言則又謂皆自司馬子長出，子長以下無北面者？侄本不文，何敢希古，顧嘗管窺蠡測，竊以為宗派不可不明，亦不必過明，能如海峰、姬傳，自能上繼望溪，能如望溪，自能上繼熙甫。義法不可不講，亦不必遽講，能馳騖於沈博瑰麗之塗，而後能範圍乎規矩繩墨之內。是以如侄之至愚極陋，擬先涉獵諸子百家，而後徐究宗派義法，然未得博雅君子相與往復而辨論之，敢質之吾叔，不敢為外人道也。南豐乃曹文定生長之鄉，劉君瓣香先哲，又深得博約之次第，自宜登桐城之堂而嚌其胾，惜不獲為之執鞭，悵悵曷已。至遠到為宗族光寵，侄何敢望？但於身世之大端、末俗之流弊，未嘗不三致意焉。吾叔能時時辱教之，則幸甚矣。

與屠琴軒書

征鴻北向，引到青鸞，得一紙書，賢於十部從事矣。展誦至尾，知雄師再舉，預計安營。植與足下以孔李通家，兼朱陳戚好，豈不願勉效曹邱！第蓬戶貧姝，依人作嫁，自媒不暇，安能顧及鄰家！雖已於二三知己前逢人說項，不識陳蕃榻果能為徐孺子下否。里中人眼小於豆，疑數千里外皆金穴銅山，聞我輩偶借一枝，以為處安樂國矣。豈知得尺失尺，得寸失寸，攻城野戰，終不如退守老營。足下浪遊二年，周歷萬里，諒已了然於胸。江東雖小亦足王，盍思亭長言耶！馬上琵琶，久成廣陵絕散，勤生書中猶以此遙諷，為我寄聲，勿學鸚鵡饒舌。

復徐勤生書

誦來書，悉種切。我輩天生傲骨，如貧戶弱女，不屑倚門賣俏，博十萬纏頭，宜蝶使蜂媒都往他處飛也。近日程氏門前，報有立雪者否？漢史郭泰、李膺同舟而濟，人望之如神仙，僕豈不豔羨！顧潮來雨急，野渡無人，即喚煞邛須，何哉？戰敗後掩旗息鼓，日坐臥於藥爐茗椀間，幾不知人世間有行樂事。八字眉久不畫深淺時樣，更覺茫然。間或學為六朝唐宋文，又若越裳貢使，不得指南車，難免徘徊歧路。近與友人唱消寒詞，得句云"胸藏血性斯真熱，腹有文章便不枵"，非曰能之，願學焉。

與徐勤生書

去冬果老還鄉，附上尺素，似不致厄於洪喬，迺征鴻一去，聲斷衡陽，豈凡我友人皆有中散癖耶？頃接裕生書，知琴軒、賓用，一魯一楚，已分道揚鑣。論男子志在四方，原不當老死牖下，然愁天難補，塵海無邊。琴操舟中，孰是鍾家樵子；桐焦爨下，難逢蔡氏中郎。宇宙雖寬，側身無所，其不為大阮痛哭者幾人哉！即如植者十年雌伏，未遂雄飛；三載離鄉，依然故我。縱一枝暫借，較勝三匝無依。而萱草在堂，日盼抱孫之喜；荊釵在室，徒登望夫之山。言念及此，能不憮然。其尤可恨者，蛟龍失水，魚鱉相欺，營營青蠅，遽集於此。挹西江之水，莫湔不白之冤；斬佞人之頭，誰借上方之劍。此又足為知者道，難為俗人言也。夙承雅愛，用敢略陳，幸勿以牢騷笑我。

庾嶺憶梅賦，以"南枝已落北枝方開"為韻

試一想兮，香噴峭壁，影浸寒潭。有情有景，半開半含。凍結嶺而未解，春到梅而已酣。知有詩人，寄懷渭北；如何宦跡，羈住江南。於是情往如贈，悲來轉思。鄉愁一片，意緒千絲。嶺何高而不見，梅何寄而猶遲。逢驛使兮無日，問芳信兮幾時。怨煞煙雲，遮將翠岫；願生羽翼，飛上花枝。猶憶息影蓬門，棲身梓里。嶺樹非遙，梅花依邇。約浮鷗以訂盟，飼瘦鶴為肖子。門無雜賓，室名居士。香溫爇爐，帳冷搴紙。永夕永朝，可已則已。底事風塵，無端飄泊。既灞岸兮騎驢，復揚州兮跨鶴。草長西園，苔封東閣。嶺口孤淒，嶺頭寂寞。不知春去春歸，誰報花開花落。那不情牽，何堪目極。來雁亭前，叱馭樓側。曉日迎紅，濕煙掃黑。本冒雪而多

姿，羌臨風而出色。是天地心，不煙火食。纔想像於嶺南，更游神於嶺北。況乃壁立千仞，月明半規。有影皆畫，無聲亦詩。即空即色，若合若離。和山光而訝重，恍俗態之能醫。到九齡家，十里五里；攢六祖塔，千枝萬枝。莫不秀韻可匊，幽思難忘。入三更夢，迴九曲腸。賦擬摹宋，詩學裁唐。修幾生其得到，念餘情其信芳。胡地隔兮千里，竟天各兮一方。已焉哉！大庾嶺兮春又回，游子去兮久不來。對茲千里月，負此百花魁。葡萄美酒，竹葉新杯。幾時歸嶺上，共索笑顏開。

題詞

金縷曲 / 錢振鍠

　　傳世無多筆。總要自、天機發處，心苗透出。巧借宮商傳豔語，字字摹神見骨。便墮到、泥犁不恤。淮海屯田還不是，李江南、變相無人識。令讀者，魂銷絕。　　風流似爾還難得。不過是、逢場作戲，襟懷擺脫。不似阿儂生性劣，到處泥沾絮濕。大懺悔、而今何及。博得寸心冰樣冷，洗雙眸、不解看春色。讀君句，感疇昔。

謝氏家集 卷十
青山草堂詞鈔 陽湖謝仁葯卿

卜算子
星眼暈嬌波，眉黛無心掃。眉眼盈盈劇可憐，最惜青春小。　驀地見生人，強歛桃花笑。忽把春山淡淡顰，平白將人惱。

生查子
眉短恨偏長，雙臉桃花綻。隨意挽慵妝，自有天然豔。　私語隔窗低，一語剛聞半。忽地把燈吹，羞與郎相見。

長相思
柳梢青，憶王孫。湘月闌干萬里心。巫山一段雲。　剔銀燈，訴衷情。燭影搖紅錦帳春。孤鸞戀繡衾。

豆葉黃
金鞍玉勒七香車。載得盈盈姊妹花。翡翠花翹金鳳釵。夕陽斜歸去，紅樓第五家。

如夢令
一幅銀紅箋紙。寫上許多鄉思。寫罷便題封，某月日時緘寄。安慰。安慰。添上平安兩字。

憶江南（三首）
當年事，今後莫重提。薄命桃花隨水去，無情柳絮過牆飛。便想也非非。

年來事，去住總無情。纔見楊花飛作雪，旋隨溪水化為萍。借問是何因。

將來事，花落定誰邊。老去嫁為商賈婦，不如早作步非煙。難得是髫年。

生查子
長憶別君時，握手臨歧路。一葉趁西風，儂向吳中去。　　長想待儂歸，翦燭和君訴。只恐見君時，反覺無多語。

女冠子
宜顰宜笑。豆蔻梢頭春小。不勝衣。燕瘦還嫌瘦，環肥又太肥。　　臉波方曉月，纖手露春荑。拋與雙紅豆，未曾知。

減蘭
蛾眉淡掃。小字也應呼好好。弱不勝衣。風韻偏宜薄醉時。　　含情無語。一點靈犀羞欲吐。臨去秋波。此後相思可奈何。

菩薩蠻
今朝又見桃花面。纖穠更比曩時豔。嫩臉暈朝霞。香雲堆鬢鴉。　　眼波迴復矚。似覺郎顏熟。阿母立身旁。無言暗忖量。

南鄉子
真個好風光。澹月疎星夜未央。何處歌聲風送至，霓裳。十里紅樓盡掩窗。　　金粉粲成行。鬢影釵光巧樣妝。酒力不勝歸未得，商量。笑倩吳姬代主張。

菩薩蠻

海棠顏色夫容面。玉環才調今猶見。忽地眼波橫。相看無限情。　桃根真國色。桃葉尤嬌絕。一樣嬾雲妝。蘭花鬢上香。

賣花聲

生小漸知愁。剗地含羞。臉霞紅暈睇星眸。每向畫眉窗下過，作意低頭。　海市起層樓。好夢悠悠。伯勞飛燕各相投。簾底銀釭亭畔月，轉眼都休。

賣花聲

猶記到昏黃。醉倚銀床。殷勤含笑立身旁。一盞新茶親檢點，試著溫涼。　離別最堪傷。惆悵春光。明珠十斛費商量。此後夜窗燈影畔，不用添香。

賀新涼

粉額香雲覆。甚生來、珊珊秀骨，十分消瘦。買笑生涯儂未慣，爭怪眉尖長皺。況戎馬、關山奔走。說到南來漂泊苦，忽無言、忍淚佯低首。痛心事，可知否。　當年舊事休重究。撥琵琶、斜遮半面，頻揮纖手。一串鶯喉珠宛轉，俗耳初驚雅奏。似羌笛、曲中楊柳。酒力醒時歸去得，約明宵、月上黃昏後。君記取，休辜負。

摸魚子·新蟬

又無端、一春韶景，盡隨風絮飛去。迷離愁恨知多少，蛻後已無憑據。凝思處。看柳綠槐青，依舊當年樹。何妨小住。問復育前生，蟪蛄今世，汝可也知故。　薰風裏、一曲瑤琴自譜。般般心事如訴。偏他先到羈人耳，惹起番番愁緒。誰其語。歎窈窕華年，一誤休重誤。魂銷幾許。想驛路斜陽，漢宮黃葉，往事不堪數。

臨江仙・詠西府海棠，為歌兒作

柳絮丰神梅品格，把來勻作芳姿。也宜清瘦也宜肥。華年是否，碧玉破瓜時。　韓壽風流卿得似，偷香却未曾知。煖風無力懶垂絲。春陰可借，好護此花枝。

金縷衣

家住虞山右。似當年、錢塘蘇小，獨鍾靈秀。含笑低鬟嬌不語，初解閒愁時候。是二月、梢頭豆蔻。瓜字韶華才過了，好時光、切莫輕辜負。怎長把，翠蛾皺。　回思棗樹花飛後。正懨懨、玉容憔悴，脂蔫檀口。今日相逢油壁裏，模樣百般依舊。恰分得、燕環肥瘦。一抹紅樓紅十里，卷珠簾、省識春風否。俗脂粉，盡人鬥。

西江月・題友人菱花橫幅

作伴常依荇藻，同心只有芙蕖。銀塘風靜月明初。恍見凌波微步。　悄影乍深乍淺，清香疑有疑無。柔絲摘處問何如，怎似碧蓮心苦。

念奴嬌

溫柔情性，便寫生妙手，也難描畫。憨態羞容渾不定，令我心神欲化。鵶鬢輕勻，蛾眉淡掃，隨意都風雅。一腔心事，滿栽紅豆盈把。　最好並坐燈前，殷勤問字，宛轉央儂解。忽地靈犀驚悟處，一笑千金難買。靜婉丰標，絳仙品格，不寄人籬下。青樓多少，如卿才調應寡。

金縷曲・悼亡

因果無憑據。問人生、生離死別，是誰做主。早識今生緣易盡，不合金閨羈旅。空添出、離愁幾許。一夜東風催返棹，惜芳魂、不肯爲儂駐。傷心事，不堪數。　　孤鸞鏡裏難教舞。回首處、藥煙蘭息，一絲半縷。原識聰明能損壽，枉自爲君愁慮。又轉悔、從前多誤。此別竟成千古恨，即營齋、營奠誠何補。相思也，朝還暮。

念奴嬌·又

今生已矣，問來生有否，也難逆料。說到絮蘭蹤與迹，翻惹清愁多少。瑣碎釵鈿，零星筆墨，檢點傷懷抱。忍將眼淚，背人一一藏好。　　偏是夢醒清宵，床頭燈燼，輾轉天難曉。回首當初言笑處，今後不堪重道。窗月依然，鏡花無恙，觸處成煩惱。畫圖空省，歸來環珮終杳。

臨江仙·又

記得窗前臨古帖，墨痕常在櫻脣。雲鬟半側悄無聲。蝦鬚簾下，握管自凝神。　　寫罷還教郎月旦，看來骨肉停勻。簪花體格衛夫人。為君珍重，惆悵已零星。

菩薩蠻·又

一封殘札桃花紙。模糊尚認君名字。細讀札中辭。憶君君早歸。　　當初歸省後。尚有還家候。從此見應難。除非魂夢間。

念奴嬌·哭亮兒

四年光景，向軟紅塵裏，匆匆緣了。偏恨曇花多一現，惹下百般悲悼。榻畔衣衫，床頭棗栗，檢點心如擣。相逢阿母，（兒死距其母喪才百日。）慰他岑寂多少。　　記得口授新詩，枕邊背誦，朗朗宮商調。（其母口授唐詩五七言絕句，五六過即能背誦，音節不差累黍。）今後歸家空吊影，（時余客吳下。）耳畔不聞啼笑。樹上環探，浦邊珠返，此事誠難料。結成魔想，願伊來世重到。

醜奴兒

翩翩濁世佳公子，秋水為神。明月前身。粉墨場中有幾人。　朝秦莫楚年年慣，絃管風塵。湖海飄零。花落江南正暮春。

念奴嬌

雛妓文卿，三年前蘇臺之舊相識也。友人於海上寓書為言文卿大魁花榜，不禁狂喜，自翊眸子不盲，因填此解，以志今昔之感，且為文卿祝也。

榜花開矣，問狀頭畢竟，被誰占得。二十四番芳信至，恰喜舊時相識。體讓環肥，姿憐燕瘦，柔媚應如昔。蘇臺人去，青樓脂粉無色。　回憶微雨初晴，小春時候，曾把名姝覓。彈指光陰三載易，萍水何年重值。簾啟蝦鬚，印留鴻爪，往事猶能說。憑君傳語，為言儂苦相憶。

水調歌頭

獨夜起幽思，倚檻慣移時。迷離心事何限，消息總依稀。只看昨宵今夕，才說東君歸也，風景便非非。薄霧濕飛絮，涼月怨空枝。　流蘇掩，銀蒜啟，綠窗低。下階微步，弄影花落滿香泥。怪底踏來渾軟，深淺約將寸許，剛沒鳳頭鞋。春色僅餘此，無語鎖雙眉。

滿江紅

楊柳樓臺，猶倒影、一池寒碧。空惆悵、去年崔護，重來難說。銀蒜半垂窗半掩，讓他燕子歸時覓。又斜陽、芳草落紅天，春無色。　桃花面，曾經識。蓬萊路，從今絕。看沈沈庭院，茫茫消息。料得綠陰成陣也，枝頭梅子都堪摘。悔當初、底事盡魂銷，將何及。

憶江南

相思處，鬢影翳燈光。握手回眸心暗怯，忍羞強語口生香。明月一簾霜。

清平樂

華年三五。羞臉將花妒。眉眼盈盈凝視處。不覺歌差金縷。　阿儂以客為家。與君同是天涯。別有傷心無數，盡教撥入琵琶。

菩薩蠻

歌雲一縷屏山後。曲中情味曾知否。握手問卿年。月兒剛上絃。　嬌憨偏解事。婉轉隨人意。生小不知愁。凝妝樓上頭。

減蘭

清歌妙舞。屈指秦淮當獨步。家住揚州。廿四橋西古渡頭。　華年錦瑟。一柱一絃良可惜。暗摘郎衣。悄問今宵歸不歸。

念奴嬌·花朝後二日，為亮兒周年，有觸於懷，遂成此闋

不聞啼笑，算一年彈指，匆匆過盡。去歲花朝微雨裏，悔把歸裝遲整。百樣前情，驀然追憶，墮淚紛如綆。汝今知否，此時此際光景。　當日口授新詩，近還能得，字字從頭詠。浪說再生緣可續，絕少指環堪證。絮果蘭因，有無形迹，約摸都非準。難消遣處，醉餘夢醒人靜。

清平樂

畫簾垂地。陰雨偏難霽。應有綠窗芳草繁，遮莫阿儂頻嚏。　搖搖燈焰將殘。沈沈魂夢闌珊。多少心頭愁恨，方他春草無邊。

菩薩蠻

柳棉吹盡春將去。問誰為我留春住。一片杜鵑啼。滿城花亂飛。　去年春去日。儂作蘇臺客。今歲小亭前。春歸無幾天。

憶江南

晶簾底，依約是君容。低眼顰蛾閒刺繡，膩紅淺綠檢香絨。知否柳腰慵。　雙飛燕，檻外掠春風。情緒千頭難自主，游絲百尺漾晴空。無語悶心胸。

點絳唇

花底初逢，雕欄南畔芳心許。怕人偷覷。忽作驚鴻去。　不道而今，春色歸何處。牢記取。臨行說與。楊柳門前路。

金縷曲·題金丈淮生所輯《宋和州防禦使劉師勇事略》後

危堞棲鶗鴂。（師勇守常州，元師有鶗鴂亡，集城上，請以善馬金帛贖之，師勇不予，於是元師遂並力攻城。）想當年、氣吞強虜，滿腔熱血。半壁東南烽火後，誰訪毗陵遺跡。痛海上、孤臣死節。射塔題詩空寄恨，（師勇嘗經江陰悟空寺，時烈寒冰血，膠手湯解之，射一箭於寺塔，意氣慷慨，復題詩於壁上而去。）付老兵、刼淚閒評說。（師勇死後，常州城下有老兵，聞談師勇守城事，淚隨聲下。）今幾換，紅羊劫。　丹心長照溪流赤。（師勇死，葬赤溪之鼓山。）望厓門、三忠祠宇，峨峨相接。百戰餘生愁縱酒，可耐金甌碎裂。（師勇於常州失守，從間道赴行在，見時事不可為，憂憤縱酒卒。）但留得、鼓山馬鬣。卻笑浪傳劉太保，讀殘碑、疑案千秋釋。（赤溪廳治西南五十里，舊有公祠，俗稱劉太保廟，金丈考諸碑文，始知廟地即師勇葬處，足為《宋史》及《厓川志》之證。）閱青史，淚橫臆。

蝶戀花・病起寄湛弟

病起心情偏惡劣。才說花朝，又過清明節。春水池塘春草碧。淺深染遍離愁色。　　海上鶯花憑甲乙。眼底韶光，恰好剛三月。客裏吟懷應似昔。驟寒驟暖須將息。

柳梢青

柳棉零亂。驀驚春去，心情渾倦。無限情愁，只憑濁酒，把他消遣。　　須知姹紫嫣紅，早晚被、風吹雨濺。作个蜂兒，長拚一日，繞花千遍。

如夢令

堤畔垂楊幾縷。新綠風前亂舞。樹底紡紗忙，只恐春晴又雨。　　且住。且住。屋外鷓鴣聲苦。

浪淘沙

又見月當頭。卅度中秋。歷思往事只堪愁。豪氣元龍呼負負，百尺高樓。　　文物付東流。一霎都休。蒼茫天地等浮漚。此後塵寰乾淨土，尺寸難求。

百尺樓・花朝

微雨杏花天，喚醒江南夢。去歲花朝病起初，春色平分送。　　花信背東風，剗地香泥凍。今歲花朝較去年，只覺春寒重。

踏莎行・真娘墓

三尺殘碑，半堆芳草。桑田滄海經多少。興亡往事不堪論，夕陽影裏空啼鳥。　　只有西泠，橋邊蘇小。吳山越水堪同調。古來紅粉豈無人，劇憐都是秋孃老。

如夢令·題畫

指點遙山疎樹。滿地夕陽人語。茅舍自翛然，秋色不知幾許。　且住。且住。好個結廬去處。

點絳唇

買醉天涯，且將磈礧都澆去。酒家何處。茆屋疎燈雨。　落拓風塵，只為青衫誤。君且住。故山紅樹。歸讀《閒居賦》。

浣溪沙

簌簌嫣紅繞砌前。幾絲煖雨漏晴天。一春除是燕相憐。　新麥上場時尚早，小荷浮水夏偏先。櫻桃爛熟小梅酸。

如夢令

四野蒼然欲暮。雲罅月光微露。曲水碧通橋，轉處却疑無路。　人語。人語。前面渡頭爭渡。

浣溪沙

四壁青青掛薜蘿。數間茅屋俯晴波。閑中此地幾來過。　半榻茶烟新睡覺，滿池荷葉雨聲多。聲聲葉葉奈愁何。

百字令·題金丈湉生《思忠錄·王忠藎公事略》後

國家已矣，痛長江天險，一朝盡失。十萬貔貅拋甲走，遺憾平章賈賊。空卷難張，雙刀抱恨，（忠藎公善舞雙刀，軍中呼為雙刀王。）慷慨王安節。吐花凝處，莨宏留瘞碧血。（忠藎殉節，土人為具衣冠葬常城西門內。）　前代四世賢孫，死還祔葬，在城西河側。（前明正統時有王伯璵為常州訓導，忠藎公四世孫也，死葬忠藎墓側，今郡之臨川里有王伯璵家祠。）馬鬣蒼涼碑漫漶，忠孝千秋不滅。暴骨城頭，填屍濠下，不異睢陽烈。臨川祠宇，至今父老稱說。

百尺樓
小院足清幽，簾底翻紅袖。隔岸樓高看未真，驀地輕招手。　　殘照咽秋蟬，牆畔鬖鬖柳。近水花扉傍晚開，月色林間透。

菩薩蠻（三首）
香雲斬斬初齊額。臉波皎皎如秋月。薄暈上眉梢。無言魂暗銷。　　回眸微一顧。粲粲匏犀露。嬌小太堪憐。添香夜未眠。

可能容我銷魂否。含情欲語還吞吐。低首看花枝。微風亂鬢絲。　　使君原有婦。柔媚如春柳。儂是路邊花。難栽王謝家。

携來蓮炬因風滅。背人悄就燈前說。宛轉倚郎懷。臉霞羞更佳。　　喁喁相耳語。忽地猶佯怒。抵死叩芳心。沈沈夜已深。

蝶戀花
記得去年相見處。目已成時，心亦深相許。欲寄相思通尺素。娟娟秋水門前阻。　　轉瞬春風將又莫。蝶雨梨雲，只道渾無據。今日相逢勞記取。夢魂長繞秋千路。

減蘭·集稧帖
清娛未老。爲樂自當年及少。放誕風流。昔日情懷今在不。　　蘭因修短。俛仰初終殊足感。浪迹春時。此後相期豈可期。

憶少年
小屏殘篆，小樓殘月，小窗殘夢。相思了無益，取參差吹弄。　　紅豆春來開一捧，悔當初、把他栽種。蘅蕪舊庭院，只落花煙重。

清平樂
行雲流水。落落渾無意。花徑初逢無可避。一笑低鬟而已。　春情撩亂如絲。年時瘦損腰肢。百結愁腸難解，除非蝶使能知。

醉太平
花陰洞房。藤陰曲廊。柳梢殘月昏黃。教蕭郎斷腸。　松風半窗。茶烟半床。這回沒個商量。是愁長恨長。

菩薩蠻
情深不覺翻成妬。命宮魔蝎天生注。盼到牡丹開。春心多半灰。　倚闌閑佇立。遙想憑空結。料得綠窗人。背燈眉暗顰。

采桑子・白下
南朝刼後繁華歇，金粉塵埃。楓荻樓臺。醉裏淒涼唱落梅。　群山蒼靄遙將夕，日沒城隈。岸闊天開。浩蕩江聲萬馬來。

少年遊
無端脈脈芷蘭思，凡百不相宜。強酒澆愁，最難銷處，將醉乍醒時。　而今麗日融鴛瓦，春在小梅枝。不似當時，海棠秋雨，幽怨沒人知。

蝶戀花
蓬島沈沈春幾許。百尺高樓，上有仙人住。玉貌花膚姑射侶。人間脂粉如泥土。　曾記清譚揮玉麈。不覺桃花，十度飛紅雨。此會輕輕隨蝶去。再來翻被罡風阻。

少年遊·金陵即事

南朝金粉風流盡，悲淚洒新亭。野曠天低，樹繁若薺，山氣夕將凝。　山城獨夜投誰宿，鼉鼓戍江汀。馬背濃霜，鐙邊殘月，醉酒未曾醒。

鬢雲鬆令（三首）

鬢雲鬆，眉葉皺。一枕初醒，夢境模糊透。窗外芭蕉亭畔柳。雨雨風風，只是難禁受。　博山爐，香燼否。舊恨新愁，拈弄相思豆。擘盡紅箋終不就。草色天涯，一樣同消瘦。

鬢雲鬆，長袖舞。一闋陽關，響遏行雲住。珍重加餐勞記取。尺幅紅綃，漬透梨花雨。　月初三，光乍吐。待得圓時，人面嬌相妒。金雁斜飛瑤瑟柱。膽怯空房，沒個商量處。

鬢雲鬆，剛睡醒。六曲屏山，心字香初燼。簾外星河秋弄影。摵摵庭柯，風葉飄金井。　沒人知，愁耿耿。暗約腰圍，爭似當時緊。斜倚欄干宵漏永。冷月無聲，已過芙蓉頂。

清平樂

心花意蕊。一味憨憨地。鬥草簸錢都可喜。不解題紅緘淚。　無言背坐窗紗。鶯釵鬢畔欹斜。搗取海棠霞汁，芬芳釀入梨花。（梨花，蜜名。）

補遺（刊载1917年4月16日武進《晨鐘報》）

百尺樓·題《黃昏月上圖》

心許已多時，密約今宵就。寄語檀郎趁夜來，月上黃昏候。　簾影上銀鈎，細數花間漏。笑說嫦娥劇可憐，寂寞如何過。

百尺樓·題《畫樓風雨圖》

滿擬赴佳期，準備黃昏後。怪煞天公太不情，風雨偏相湊。　好事合多磨，寂寞今宵夠。兩地情懷一樣心，莫把天公咒。

謝氏家集 卷十一
青山草堂詩鈔 毗陵謝仁蓴卿

秦淮即事
晶簾高捲月如鈎，絃管秦淮第一樓。
酒力不勝歸未得，美人扶上木蘭舟。

白門即事
短衣窄袖逞豪情，手握鞭絲出石城。
一片綠楊三千里，夕陽滿地馬蹄聲。

馬嵬坡驛
六軍不發復奚言，畢竟楊妃未負恩。
千古傷心馬嵬驛，梨花滿樹玉環魂。

舟中口占
扁舟幾度過吳山，笑啟蓬窗看翠鬟。
一樣青青斜照裏，往還要作兩般看。

即事
盡他杜宇喚頻頻，儂自無愁不效顰。
莫管東皇歸也未，有花開處便成春。

題畫
一灣流水一漁舟，數點歸鴉數點鷗。
還乞畫工添上我，煙蓑雨笠萬峰頭。

姑蘇雙塔寺

一雙殘塔草萊中，幾樹霜楓夕照紅。
記取煙脂橋下路，兒家門巷是朝東。

舟夜聽雨有感

蘇臺客況感飄蓬，回首前遊迹已空。
最是鄉愁難遣處，篷窗燈火雨聲中。

姑蘇返棹途中口占

匆匆又與吳山別，回望蘇臺一惘然。
枕底潮聲篷背雨，連宵鄉夢未能圓。

秋感

庭柯識秋氣，落葉紛池曲。
霜楓夕照紅，堤草仍春綠。
美人傷遲莫，幽懷誰可告。
悲風起蕭條，百感徒根觸。
明時不可期，甯免泥塗辱。

古意

去年見卿時，惘惘罹百憂。
今年見卿時，盈盈鸞鳳儔。
見人將避面，還復回星眸。
爲言少小事，雙臉起嬌羞。
行年已十九，無語常含愁。
此心默相許，此身終不猶。
甯爲添香侶，何嫌衾與裯。

俟妾身分明，爲君展眉頭。

秋夜書懷

耿耿星河秋夜長，沉沉庭院風露涼。
鳴蟲滿地斷還續，鄰家機杼聲斷腸。
愁人此際眠不得，徘徊時把青萍拭。
烈士莫年心尚雄，何處堦前地盈尺。
眼觀時局憤不平，濁世安忍言功名。
黃鐘南呂久毀棄，吁嗟瓦釜爭雷鳴。
不如閒種陶潛柳，放浪形骸聊縱酒。
不然逃俗學林逋，梅妻鶴子長相守。
顯晦窮通各一途，天爵人爵相懸殊。
林泉嘯傲致足樂，風塵奔走胡爲乎！

無題

池上雙鴛鴦，交頸鳴相將。
兩兩不獨宿，夢繞蓮花香。
自妾逢君後，一日九廻腸。
百勞與飛燕，東西各一方。
期君君不來，深坐怯空房。
不如不相識，相識難相忘。
不如不相見，不見不思量。
當初劇談笑，謂且樂未央。
何當忽分手，令妾心悚傷。

哭仁章四弟

人生墮地時，憂患即從始。天命本無常，有生必有死。

死者亦何悲，生者亦何喜。悲喜胥交忘，百年等如是。
吾弟經濟才，行年三十耳。傷哉胡忍言，短命如顏子。
憶從楚江頭，莫春返故里。相見各歡然，情話不能已。
秋風颯焉來，陡驚歲月駛。方期送君行，驪歌忽變徵。
兄弟有十人，同祖如臂指。客秋三弟喪，今秋君又爾。
死生雖在天，得不傷逝水。友朋且欷歔，況我屬連理。
悲呼淚如泉，而今長已矣。

寄仁湛二弟萍鄉

閉門罕人事，寂寥寡歡趣。同學多少年，謀新趨如鶩。
臭味各差池，格格不能吐。吾弟尚行役，欲歸難自主。
魚雁頻相通，爲余道甘苦。去年小春時，弟行吾病處。
彈指又秋風，轉瞬歲將莫。爲此感索居，惘惘不知故。
安得二頃田，與君偕隱去。樂同木石居，寧爲鹿豕伍。
此願何所償，中心勞洄泝。

友人王君浦生（倬）從蝦夷歸，以日記見示，即題二絕於上

離奇堪續《大荒經》，東望扶桑海氣腥。
夷島尚知經國事，中朝醉夢未曾醒。

無題

說與相思故不知，而今忽地解相思。
依人飛鳥堪憐處，最是搴幃問病時。

蘇帖載蔡君謨絕句一首，用"尖"、"添"二韻，詩近《香奩》，余絕愛誦之，用和其韻（三首）

天然雅淡憐嬌妒，風韻全堆眼角尖。

增則太長減則短，生來真態不能添。

百樣心情都是懶，悶來微點鳳鞋尖。
十分風韻堪憐處，雙臉徐紅酒暈添。

萬種閒愁何處着，心頭眼底與眉尖。
問儂愁緒能多少，春草長堤簇簇添。

歲莫憶湛弟（二首）

傲骨天生遭白眼，吾家長物剩青氊。
江湖作客頻年慣，貧賤依人只自憐。
歲莫音書遲驛使，天涯風雪聳吟肩。
故園光景都如舊，祇少寒梅窗外邊。
　　（紅梅三株，今年夏季均枯死。）

歲云莫矣意彷徨，檢點家常黯黯傷。
客舍星霜游子恨，故鄉風味菜根香。
一甌濁酒澆愁壘，半畝青山築草堂。
　　（吾家住青山里，故名青山草堂。）
長向遠天翹首望，何時夜雨話聯床。

偶作

一年容易又將過，時序催人感慨多。
入座新醅浮綠螘，滿亭晴雪沒青莎。
檻梅春小香猶凍，硯水冰微墨帶磨。
四壁圖書供流覽，驚聞時事熱心窩。

除夕憶仁湛二弟

今歲聿云莫，回思眉暗顰。
一尊除夕酒，千里未歸人。
去國原非計，辭家爲養親。
綺窗梅數點，先逗草堂春。
一年盡今夕，歲月又將新。
顧我身多病，憐君志未伸。
一燈殘雪夜，孤館異鄉身。
兩地同翹首，相思淚滿巾。

除夕遣懷（宣統元年）

匆匆容易又除夕，太息光陰不我居。
兩字癡獃何處賣，一腔塊礧未能除。
絕無賈島詩堪祭，只有韓非憤可書。
吾弟風塵尚行役，遂初何日賦歸與。

不寐口占

玻璃窗外天如水，殘月簾櫳花影搖。
茗竈藥鐺聲細細，一燈如豆可憐宵。

讀丁特起《靖康孤臣泣血錄》十二日事因題

秘書省內官如鼠，御史臺前吏若狼。
只有中丞秦御史，獨排眾議詆邦昌。

秋日病起感懷（二首）

池草何青青，秋來仍春碧。
兄弟本無多，況廼久行役。

行役胡弗歸，中心長戚戚。
庭前明月光，天涯應不隔。
持此念遠人，遠人亦相憶。
明月有缺圓，兩心無盈昃。
庶幾握手時，欣然共相質。（有懷湛弟。）

人生天地間，窮達本自然。
百年須臾耳，凡事如雲煙。
功成者自去，四時遞推遷。
貧賤安足恥，富貴亦可憐。
緬彼肉食者，何事昧性天。

雜詠（二首）

時燠悶不舒，解慍無瑤琴。開軒面原野，金烏欲流金。
南山殷其雷，隆隆欝若瘖。瀰漫布雲氣，崔嵬積層陰。
劃然風雨來，洒然滌煩襟。川原如新沐，濕翠浮遙岑。
田家共歡笑，溝澮亦已盈。須臾開霽色，夕照澹平林。
主人性嗜酒，飲我瓊玉巵。我性不宜飲，有酒亦弗辭。
謂可澆磈礧，且得解愁思。一斗開心顏，三斗便不支。
青蓮真仙才，斗酒百篇詩。灌夫太無賴，罵座又何爲。
人生百歲耳，行樂須及時。不見天邊月，昨圓今已虧。
不見庭中花，昨開今已飛。花飛有開日，月虧有圓期。
人老弗能少，漆髮將成絲。恍然悟終始，飲酒奚復疑。
西風振梧桐，策策鳴不已。琤然一葉落，大地更秋氣。
羲和鞭白日，疾急弗可恃。萬感無端來，廼遽集於此。
我有一張琴，徽絃俱在理。古聲久塵埋，未由見非是。
降心逐時趣，和光亦可恥。我有一尊酒，藏之已久矣。

淵明吾師乎，犀首空無事。浮生多其逢，生死固一軌。
盜蹠享大年，顏回促其齒。持此質造化，因之悟終始。
兀坐長太息，芳時任蕭索。笑語亦無聊，寒暄多約略。
故事漸成愁，新歡復何樂。阿連事遠行，鄉里更寂寞。
顏回居陋巷，陶潛祇獨酌。盟心有飛鴻，國事類指鹿。
是非信何常，知止庶弗辱。安得二頃田，青山長負郭。
天下本無事，庸人自擾之。爲治不多言，肉食者弗知。
論語用半部，此語大可思。介甫行青苗，民生實彫疲。
小人道日長，國祚隨傾夷。曰若古帝舜，垂裳自無爲。
群峰鬱蒼蒼，雨霽浮淨綠。低鬟若含笑，潑黛如新沐。
危磴絡薜蘿，天半懸飛瀑。嵐光漾樹顚，泉聲咽幽谷。
依依晚炊煙，隱隱出茅屋。我心寄閑雲，世事醜蒼鹿。
遂令巢由儔，於焉謝塵俗。

偶然獲古帖，相對樂不疲。一朝忽忘去，轉輾長相思。
後此亦有得，中心終弗怡。因之念故人，方弗以爲期。
舊交雖云疏，寤寐感我私。新交雖雲密，臭味總差池。
賢哉晏平仲，庶幾或遇之。

行路難

出門行路難，寸步難求安。

富貴弗可必，歧路尚漫漫。

淮陰不免惡少辱，步兵亦有窮途歎。

英雄自古多潦倒，數奇李廣將軍老。

長安冠蓋馬如龍，苞苴暮夜夤緣工。

黃金論斗珠論串，木難火齊紛相炫。

顚倒黑白爭時趨，文章貶價功名賤。

行路難，歸去來，山中酒熟梅花開。

壽金粟香丈七十（二首）

先生自是地行仙，金粟香中證夙緣。
花好月圓人壽日，五朝四代七旬年。
掛冠彭澤同今古，隨筆容齋媲後先。
末世侏儺誠可歎，尚書還賴伏生傳。

江左耆英大雅希，著書歲月閉巖扉。
百篇雜憶成今詠，一代風流亦古稀。
大岸（先生所居）林泉同不老，鄉邦文獻闡其微。
磻溪行入賢王夢，自有弓旌到釣磯。

僧樓小飲贈福浤上人

舍舟入古寺，尋話上僧樓。
把酒論今日，臨風散別愁。
雲開餘落照，雨過入新秋。
此地一憑眺，因之念昔遊。

卓女吟

陽鳥南天翔，雌雄鳴相呼。雄者罹矰繳，雌者一生孤。
微禽尚知義，奈何人弗如。彼哉王孫女，新寡守空房。
青春正窈窕，顏色如花王。朝聞彈絲桐，暮夜作鴛鴦。
甯爲酒家婦，當爐炫新妝。舊歡付逝水，新歡熱中腸。
一旦富貴至，夫也竟不良。忍情割恩愛，金屋將嬌藏，
當年白頭吟，今日成黃粱。犬子雖薄幸，文君亦不祥。
風流屬放誕，女德終虧傷。

得舊歙硯一方縱八寸，橫三寸有半，厚二寸許，重可十餘斤，羅紋細緻儼若雪浪青鐵色，理極膩金星爛然，洵佳品也，喜爲之銘

秋雲泠泠，碧天初星。

羅紋疊雪，卷舒空青。

與墨不鬥，瀼瀼露零。

爾金爾玉，惟吾德馨。

志圓行方，拳拳服膺。

曩客蘇臺，函勸夢鯨入京供職，夢鯨以世上無餓死人爲答，追憶前言，因得二十八字

結屋青山遠市塵，草堂闃寂可容身。

平生一語欽錢起，世上原無餓死人。

小廊

小廊周匝曲闌斜，亞字窗櫺護茜紗。

一種秋光春不及，滿階紅煞海棠花。

鳳皇

丹穴有鳳皇，毛羽成文章。

飢啄琅玕實，倦集梧桐岡。

不與雞鶩爭，不與鴉鵲翔。

奮翅青雲間，所托殊非常。

聖王弗復作，絕跡岐山陽。

彼哉藩籬鷃，嗤嚇亦何傷。

除夕感懷岑雪二哥洙洲、仁湛二弟湘潭，是夕雷

一年今夕盡，轉眼歲華新。

把酒送殘臘，驚雷破早春。
音書遲驛使，兄弟各風塵。
顧我無聊賴，青氈依舊貧。

演農謠

高田只怕闌時雨，低田只怕送三時。
今年闌時送時都有雨，嗟哉天心未可知。
五風十雨盛時事，近年每復不如斯。
高田往往盡涸製，低田漠漠成洿池。
四月五月農人忙，割麥未已快插秧。
水耕火耨苦復苦，天若降災誠可傷。
但願闌時送時弗爲害，高者不旱低不潢。
人意天心一樣平，高低上下盡收成。

哭仁湛弟（三首）

生別已耿耿，死別長惻惻。生別得相逢，死別無見日。
憶昔己酉秋，吾弟將遠遊。欲留不可得，送爾申江頭。
萍川多瘴癘，往往爲弟憂。今春二三月，臥病在湘寓。
孟夏方抵家，撒手竟仙去。行年三十四，積稿半尺許。
男女多成行，安排弗易處。老母心悲傷，欲慰辭難措。
門戶勉支持，予手嗟拮据。思之斷人腸，酸楚終無期。
宇宙任悠悠，抱痛將何之。

流水向東去，落花從風飛。花飛難上樹，水去無還期。
人生天地間，所欠惟一死。自古皆有然，只爭遲早耳。
吾弟恥家食，飢驅四千里。歸來方抱病，謂可弗藥喜。
誰知踐妖夢，纏綿竟不起。吁嗟可奈何，兄弟本無多。

一旦斷手足，痛淚忽滂沱。回思廿載前，同學常促席。
奇文必共賞，疑義恒同析。秉性異流俗，弗爲名利羈。
嫉惡如仇敵，道合如連枝。吾弟實奇才，視我百過之。
時或余弗知，爲我剖其微。時或余所難，爲我解其圍。
從茲隔終古，余心永哀哉。哀哉復哀哉，憂懷何時開。
池塘有春草，春來萋以碧。一夜西風吹，未秋芳信歇。
吾弟遊萍川，地氣苦下濕。誰知顏子年，因茲竟以卒。
白丁吾父憂，至今痛未輟。不道今年夏，雁行忽分折。
友朋有死喪，此心尚怒怒。況我屬同氣，能毋長戚戚。
相彼精衛鳥，畢志銜木石。況我手足親，茲恨甯有極。
嗚咽問穹蒼，肝腸迸酸裂。

蒼天何悠悠，大地何修修。陰霾塞四隅，慘慘痛淚流。
嗟余獨可辜，罹此畢世憂。昔歲遭大故，與君痛未休。
自從志學日，過庭靡不聞。堂前白髮母，自昔多苦辛。
憶從垂髫日，提攜至成人。吾弟擅才調，允爲邦族耀。
嗟哉罔極恩，庶幾爾能報。一朝攖微疾，天乎竟不吊。
折我連埋枝，傷心莫可告。無父將何怙，無弟將何友。
隻身影煢煢，奚以慰吾母。煩冤胡得言，冥心思其疚。
昨夜夢君歸，見君顏色好。問君何所苦，含笑從我道。
此去亦云樂，所念惟遺草。爲我嚴刪訂，爲我付梨棗。
依稀尚有語，驚醒殊難了。孤檠慘不輝，方弗精魂造。
蟲聲咽空院，怪鴟啼樹杪。思之可奈何，此心怒如擣。

謝氏家集 卷十二
瓶軒詞鈔 毗陵謝泳柳湖

蝶戀花・送春
不覺天涯芳草徧。到耳驚心，時鳥音初變。樓上日長簾不卷。落花風裏歸來燕。　曲曲愁腸難自遣。準備新詩，好把東皇餞。牆外桃花紅色淺。向人猶作春風面。

菩薩蠻・七夕
天風吹冷銀河渡。碧霄夜靜雙星遇。自過鵲橋來。今宵第幾回。　人間兒女伴。休替雙星怨。此後萬千秋。相逢日更多。

蝶戀花
負手階前還久佇。庭院微涼，滿地留殘雨。瞥見火螢流不住。濕光閃閃花深處。　萬里茫茫看碧宇。羅袖生寒，夜靜多風露。淡月一鉤雲一縷。明星飛過天河去。

念奴嬌・書亡妹靜華、靜薇事，語詳詩草中
瑤臺遊戲，問前生底事，雙雙墮刼。骯髒紅塵真苦惱，却喜今番解脫。寫到天書，修成善果，上界重來日。翩然去矣，世人又恨離別。　最好玉殿瓊樓，仙花古木，風景銀河側。一片心頭塵俗念，都向雲中拋撒。天上神仙，人間姊妹，此事真奇絕。古來有否，千秋留此傳說。

過龍門・又
瓊宇隔雲煙。姊妹翩翩。一番塵世苦纏綿。到底不如天上好，

多少清閒。　　詔下第三天。歸省年年。重陽佳日暫流連。便是仙人情未斷，何況人間。

醉花陰·冬日

眼前騰景頻催送。漸覺春光動。冷透紙窗前，驚破枝頭，點點梅花夢。　　陰雲散去原還擁。薄晚寒逾重。殘雪未全消，淡淡牆頭，一角斜陽凍。

賀新涼

唐公欽昭客漠河逾十載，今秋旋里，途中爲俄兵所困，歸後以所繪《息肩圖》命題。

萬里長征去。十餘年、龍沙寄跡，艱難辛苦。塞外江山冰雪重，此處原難久住。回首望、故鄉雲樹。客裏行裝頻檢點，向干戈堆裏尋歸路。爲公誦，閒居賦。　　勸公息影休遲誤。莽中原、烽煙時起，海氛如霧。世事如今渾不似，到此應思退步。更何必、營營馳鶩。憶否江南風月好，且歸來消受林泉趣。圖中意，誰能喻。

滿庭芳·自題小影

二十四年，窮居鹿鹿，青山舊是吾廬。詩書堆裏，生計近何如？辛苦無涯楮墨，儘紛茫、走兔飛鳥。徘徊處，幾番顧影，只覺太清臞。　　江河悲日下，舉頭四顧，短歎長吁。有許多、痛淚灑向寰區。一任乾坤旋轉，這面目、總未模糊。笑年來，閉門抱膝，豪氣未消除。

壺中天·方修之萍鄉，緯雯之武昌，買舟同行，賦此贈別

驪歌忽起，正杏花開候，濛濛春雨。辜負江南風景好，贏得離愁幾許。鄂渚煙波，萍川山水，屈指征夫路。囊中詩卷，應添多

少佳句。　　茫茫千里長江，濤聲日夜，客子中宵去。筆墨生涯奔走慣，那更臨歧回顧。廿載家居，一編株守，我自無情緒。空懷壯志，遨遊思遍寰宇。

鬲梅溪令

藕花香裏罷蟬吟，雨聲聲。恰好立秋時候，半陰晴。暑光流欲清。　　白羅衫子水雲紋，着身輕。一枕松風涼處，酒初醒。晝長詩夢成。

貂裘換酒・岳墓題壁

把酒臨風酹。看巍然、豐碑兀峙，精忠髣髴。身墮昏昏三字獄，死後沉冤終雪。只遺恨、黃龍未滅。太息班師成底事，想英魂地下還應泣。當年事，真堪惜。　　賊臣誤國何須說。怕提來、風波亭上，忠臣遭劫。畢竟千秋青史在。遺臭遺芳誰值。也教他、奸雄膽裂。却怪瓊山饒舌處，把是非顛倒成何物。應添鑄，階前鐵。

荊州序・過蘇小墓

惆悵西泠草綠。黃土沉沉埋玉。小字竟千秋，不算紅顏命薄。　　回首青樓夢熟。往事那堪寥落。多少冶遊人，誰訪西陵松柏。

金縷曲・靈隱寺飛來峰

蕭寺來閒步。忽當前、奇峰聳翠，照人眉宇。萬丈玲瓏塵外物，飛向雲林深處。看秀色、蒼然庭戶。仄徑彎環探古洞，望沉沉、一線天光露。（峰側一洞，中有一線天。）靈闢地，饒幽趣。　　此間邱壑真清楚。是寰中、神仙世界，蓬萊懸圃。斜倚欄干亭子上。（冷泉亭、壑雷亭、皆倚峰而築。）仰見半空碧樹。更俯聽、泉聲如雨。

靜對能教除俗念，歎浮生、長被浮名誤。眼前境，難留住。

滿江紅•唐公欽昭有新疆之行，餞之以詞

歸不多時，（庚子秋，公歸自漠河，方一載，又赴保陽。今自保陽返，才一月耳。）又聽到、驪駒歌起。比當年、班生投筆，雄心未已。去訪河源星海上，來看明月天山裏。望玉門、關外萬重雲，公行矣。　渭城曲，從新製。西征賦，重來擬。幸邊陲風靜，兵戈盡洗。久客不辭行路遠，（公前客漠河十餘載。）壯遊未許吟肩憩。（公曾繪《息肩圖》。）說刀環、有約待三年，休忘記。

蝶戀花

歲晚匆匆時候促。料理棉衣，翠袖應嫌薄。斜倚碧紗屏六曲。拈針無語黃昏獨。　月滿空階霜滿屋。纔算初冬，已覺寒生粟。隔院時敲更斷續。剪刀聲裏燈花落。

點絳唇

晨起雨雪零亂，盆梅含英欲放不放，天寒甚矣。

珠蕊瓊枝，琉璃盆凍青泥冷。芳魂無影。已在春風頂。　雪檻冰階，清曉誰來省。幽齋靜。苦吟人病。傳個寒梅信。

金縷曲

謫星公車赴河南，書歸備述道途之苦，感賦此闋，付之郵筒。

橐筆三千里。莽天涯、塵沙風雨，一肩行李。躑躅輪蹄青草外，回首家山雲裏。儘受盡、征途況味。末世功名牛馬走，歎銷磨、多少英雄氣。遊程遠，爲君計。　京華作客思前事。憶當年、黃金臺畔，幾回攬轡。偏奈黃粱留好夢，今日重新做起。渾不是、邯鄲舊地。春滿汴洲城下路，添一番、懷古淒涼意。應更寫，梁園記。

望江南·閨中雜事詞（三首）

深閨裏，曉夢繞重樓。總爲眠遲難起早，慣因人倦怕梳頭。還不上簾鉤。

深閨裏，斜靠碧雲窗。戲把金錢穿絡索，約描花樣繡鞥幫。風煖日初長。

深閨裏，無事莫愁煩。笑看郎詩評甲乙，爲臨碑字界絲闌。難得繡餘閒。

采桑子·楚江客次寄內（二首）

長堤芳草含愁碧，細數行期。莫問歸期。空寫新詞訴別離。客心最是難忘處，針繡停時。燈火明時。攜手窗前夜讀詩。

行蹤漂泊還無定，才卸輕舟。又上行舟。何處天涯王粲樓。（時至漢，擬夏適岳。）閨中半月音書斷，愁遍眉頭。猜遍心頭。遮莫洪喬誤也不。

木蘭花慢·晴川閣

古晴川高閣，攜遊屐、試登臨。看煙絮漫空，風帆貼浪，樹色遙岑。茫茫怒濤千里，悵江河無限倚欄心。到此客愁欲淡，揮杯莫自停斟。楚天風物正春深。勝蹟未銷沈。有山對龜蛇，洲連鸚鵡，懷古傷今。橫吹一枝玉笛，唱新詞驚起蟄龍吟。指點隔江黃鶴，白雲千載難尋。（黃鶴樓已改置，並其名易之。）

鷓鴣天

內子書來，以尺幅箋折疊至寸，封緘甚密，戲得一解，書之函背。

親手裁書託遠鴻。香痕鈐口印泥紅。料因怕與旁人拆，故意從頭密密封。　　愁疊疊，思重重。天涯一紙抵相逢。休嫌方寸無多物，百樣心情在個中。

念奴嬌•與黛影夜話，各有所觸，相對淒然

晚涼天氣，正茶餘酒後，論心把臂。從古才人多缺陷，也算千秋憾事。思子臺空，悼亡詩苦，舊恨君還記。（君昔歲賦悼亡，並殤二子。）悄然不語，碧天殘月風起。　　最是作客天涯，羈懷根觸，排遣渾無計。我亦迴腸嗟百結，怕賦平原歎逝。柳絮風寒池塘夢，冷一樣淒涼意。（予二妹一弟，皆先後卒。）憑闌相對，與君同灑清淚。

賀新涼•題女表兄《雲在軒浙游吟草》

去泛杭州棹。紀遊踪、六橋三竺，新編詩草。收拾一枝生花筆，來替湖山寫照。貯幾許、錦囊材料。兒女英雄留勝蹟，盡臨風灑墨閑憑吊。（稿中有錢王廟、蘇小墓諸詩。）盥薇誦，揚清藻。　　酒痕襟上渾忘了。向樽前、迴環展卷，恍如重到。詞客千秋蘇與白，今日多應壓倒。還更羨、北窗同調。（女表弟有《北窗吟草》。）舊是春明仙侶伴，有雲蓮冊子緋梅稿。（乩語：女表兄弟，前世皆天仙，有《雲蓮詩草》《緋梅吟》。春明為天上宮殿名。）雙姊妹，聯吟好。

湘月•與仁齋舍弟合照小影，寫詞於上

漢皋雲樹，問阿連生計，七年浪迹。草綠晴川三月雨，我也今番為客。市上吹簫，樓頭作賦，同把離愁結。蓼花堤外，扁舟來往咫（平叶）尺。　　太息遼海波濤，中原烽火，棋局紛紛劫。目極江山空有淚，杜宇聲聲啼急。雁陣分飛，魚書寥落，惆悵東西隔。（諸兄

弟或客湘、客滬。）不如歸去，相期高臥泉石。

虞美人（二首）

群仙觀女劇，有雛伶小桂芬者，年可十二三，素靨明眸，秀態可掬，歌喉清脆，高響入雲，千金聲價。知永新之善歌，幾度低徊；笑劉楨之平視，數遍梨園。仕女讓爾班頭，看來漢上煙花都無顏色矣。戲爲長短句兩首以記之。未審小紅亦解唱柳屯田"曉風殘月"否？

雲鬟玉臂容光倩。自昔何曾見。年華約摸近何如。恰稱娉娉嬝嬝、十三餘。　小名錯記煙花部。合在群芳譜。天香那許俗人聞，好向廣寒宮裏、問前身。

紫雲奏罷當場技。我欲移情矣。座中休說杜司勳。不解銷魂人也、要銷魂。　平章分付騷人筆。花底吟成闋。旗亭風景酒闌時。只恐無人愛唱、阿儂詞。

鳳凰臺上憶吹簫（二首）

夢鯨書來，憐予抑鬱，有不如歸去之喚，答簡意有未盡，補之以詞。

半個年頭，一千里外，秋來羈客心腸。感故人情重，尺素械將。堪歎風塵骯髒，劇憐我、底事他鄉。叮嚀語，催儂歸去，莫負重陽。　茫茫。晴川水闊，看一片東流，比似愁長。況江山如此，有甚商量。容易梅花開候，收拾起、馬背行裝。還珍重，新編詩草，穩貯吟囊。

沒甚來由，算無聊賴，生憎打入愁腸。儘人心薑尾，世路羊腸。多少酸鹹苦辣，今番也、滋味都嘗。須還我，來時面目，莫費端詳。　蒼茫。隔江雲樹，看落葉秋山，不是家鄉。灑酒邊清淚，點點衣裳。歌到陽關一疊，真個是、曲犯凄涼。（夢鯨以新撰道情械示，中有《作客》一首，讀之惆悵。）回頭處，名心忽冷，遊興都忘。

賀新涼（四首）

匹馬天涯路。問行蹤、囊琴襆被，漢江之滸。生小未曾離故國，那慣羈愁別緒。望親舍、白雲何許。昨夜平安書一幅，說朝朝、倚徧門閭苦。長自盼，兒歸去。　　殷勤更憶良朋語。菊花天、與儂相約，休教辜負。只恐還鄉時候也，顏色風塵淒楚。羞見他、釣遊舊侶。怕學迴車狂阮籍，沒來由、痛哭途窮處。但恨煞，桃源阻。

近況誰憐汝。傍江邊、空齋獨臥，聽潮聽雨。燈影蛩聲涼霧醒，夢也零星無據。悵落葉、西風倦旅。雲外秋鴻同是客，把離情、欲寫難成句。還根觸，憑欄處。　　銷磨歲月添新箸。題不盡、牢騷心事，傷時恨語。刻意工愁張平子，無賴狂歌李杜。笑詞客、閑情幾許。莫怪阿儂多感慨，放吟懷、一例同今古。渾忘却，作詩苦。

冷眼睜來大。未甘心、將身付與，名韁利鎖。漫學疎狂名士派，阮嘯嵇琴都可。便笑罵、由他說我。醉後摩挲三尺劍，好鋒铓、鑄就終難挫。切莫把，雄心墮。　　晴川風物閑中過。閉松軒、空山岑寂，且來高臥。白藕花開湖水闊，分付釣筒詩舸。（月湖當夏秋之際，白蓮盛開，棹舟花間，恍入仙境。）還共約、吟朋幾個。（殷子黛影、傅子方修。）閣外長江臺上月，（晴川閣、伯牙臺。）倚闌干、得句還相和。清興足，愁懷破。

斗南生於楚，年四十矣，未嘗識故鄉，今秋因事旋里，曾譜《江南好》六闋，余聞其歸，將有以賀之，因題一首於其集。

家本歌黃葉。最憐君、浮花浪蕊，楚天寥闊。生長明妃村尚在，指點兒時踪跡。（斗南生於宜昌之明妃村。）何處是、故園風月。一棹蘭陵城下路，乍歸來、細把行程憶。翻錯認，他鄉客。　　百年前記先人宅。已難訪、烏衣門巷，陶潛松菊。只有尋常秋燕子，却比儂還相識。四十載、空悲離別。夢醒耳邊啼杜宇，聽聲聲、似唱江南闋。新詞句，爭傳說。

踏莎美人

楚俗中秋節凡女郎嫁後未生子者，親戚例以瓜果使童子捧至其家，擲其床頭，名曰送瓜。又女伴每於是日至藩署前摸石獅子，名曰摸秋，皆宜男之兆也。戲以紀之以當竹枝。

明月圓時，個儂嫁了。含羞未種宜男草。一天喜色上雙眉。報導鄰家女伴、送瓜來。　　翠袂輕盈，弓鞋嬌小。行行笑倩郎扶好。衣香簌簌夜深歸。知是今朝佳節、摸秋回。

虞美人影

曾記晴川三月暮。瞥見那人眉嫵。近在溪頭住。猜他却是誰家女。　　消息探來真也誤。喚作綠窗鸚鵡。荳蔲苞才吐。阿鬟年紀輕如許。

闌干萬里心

小名碧玉是排行。耳畔輕呼兩字香。苨經出典不曾忘。試猜詳。却已模糊第幾章。

南鄉子

爲訪苧蘿村。輕款雙扉細語聞。誰也一聲低問處，開門。笑臉羞紅背轉身。　　花影悄無痕。簾角秋波暗覰人。恰被座中狂杜牧，留神。忽又回頭整翠裙。

一斛珠

問儂家住，多年不到西陵去。相逢同在天涯路，紅袖青衫，一樣憐萍絮。　　佳節今宵剛十五，中庭拜月無人處。見卿算已來三度，只是匆匆，傳個眉梢語。

百媚娘·鳳仙

猜是霓裳仙子。驀被罡風吹墜。謫到人間香國裏，太息今生作婢。桃李輿臺同一例。多少紅顏淚。　　小小鳳芽鸚蘂。好個女兒名字。恨煞惜花儂有意，花却無心憐爾。便化身爲蜂與蝶，也沒尋芳計。

偷聲木蘭花

夢中更覺愁懷苦。夢醒思量臨別語。叮囑天涯。放着心兒莫憶家。　　知卿懶寫平安稿。極目江頭魚雁少。細檢來書。還是新秋七月初。

金縷曲

潘子霞青春初同客滬上，旋公車之汴。予亦來漢，嗣君捷南宮，赴都廷試，改官中州，請假省親，道經漢濱，相見歡然，別時春色，今將歲闌，細話離悰，遂成此解。

二月春分節。買輕橈、吳淞江畔，波濃草碧。君向梁園偕計去，我向晴川彈鋏。恨舊雨、天涯遙隔。忽地雙鳧來漢上，快相逢、共把離情說。旅人況，都如昔。　　今番晝錦還鄉日。問功名、馬卿獻賦，毛生捧檄。吟到少年同學句，自愧傭書記室。看花滿、河陽城邑。祇爲養親求五斗，便淵明、腰也何妨折。待聽取，鳴琴績。

金縷曲·海棠校書席上

楚地煙花俗。怪今宵、偏疑來到，瑤臺群玉。瞥見紫雲風度好，那禁多情杜牧。携手坐、珍珠簾幕。兩字芳名歌扇上，記分明、喚取休教錯。且聽唱，琵琶曲。　　酒闌臨去丁寧約。試重尋、枇杷門巷，幾番相熟。家住揚州橋廿四，自訴生涯飄泊。便儂也、江湖落魄。眼底河山拚一醉，莫等閑、辜負當前樂。卿爲我，斟醽醁。

金縷曲·留別漢上諸君子

曾記元宵節。掛征颿、半肩行李，滿天風雪。却向吳山吳水外，作個狂歌楚客。悵無那、依人乞食。指點來時楊柳岸，怎匆匆、又見梅花發。歲將晚，思家切。　　良朋幾輩論金石。與諸君、他鄉一例，萍踪絮迹。酬遍晴川芳草句，踏遍漢皋煙月。是名士、風流契合。難得相逢盡知已，說歸期、轉覺傷離別。好預約，重來日。

風入松·漢上歸舟

天涯歲暮景淒涼。杜宇喚人忙。客邊況味頻年慣，登程去、翻似離鄉。檢點歸裝多少，添將詩卷盈囊。　　三千里路這般長。縮地恨無方。江山依舊來時路，匆匆也、換了時光。累煞深閨盼望，燈花夜夜銀釭。

蝶戀花（二首）

黛影四十無子，其夫人歸甯宜昌，爲買妾而返，詞以賀之。

梁孟生涯同賃宅。連理枝頭，梅子甜如蜜。一棹夷陵歸去日。爲郎千里迎桃葉。　　豔福盡君消受得。不費明珠，穩住藏嬌室。我爲名花應擊節。幾生修到才人妾。

廿載深閨聯詠樂。詞客風流，慣賦言情作。恰好玉梅花放足。聽君真個銷魂曲。　紅袖焚香依翠幄。添個清娛，爲伴良宵讀。還恐林逋嫌寂寞。明年定有孤山鶴。

滿江紅‧寄懷夢鯨都下（二首）

雙鯉飛來，隔滄海、三千里路。捧瑤箋、回環細誦，清談如晤。怪我鄉書長斷絕，憐君宦況真清苦。問邯鄲、塵夢幾時醒，歸休誤。　燕市月，江南雨。懷故國，傷離緒。破無賴、看化攜酒，命儔嘯侶。性愛買書何論值，興來作字還橅古。笑一官、未改舊生涯，誰如汝。

雞肋功名，空寂寞、一官郎署。也隨人、腳靴手版，亦趨亦步。把酒未忘彭澤菊，論詩且誦雲樓句。道幾莖、傲骨鐵錚錚，還如故。　休再憶，茂陵雨。休更說，漢陽樹。試回首、去年此際，相思吳楚。盼我乍廻江上棹，送君又遠天涯路。算良朋、總是別離多，愁何許。

清平樂

傷春獨臥，忽感前遊，舊恨新愁，不覺重疊，因以詞遣之。

春殘柳絮。零落閑庭戶。苦被東風欺壓住。只是欲飛無主。　愁來醉夢方酣。隔簾消息誰探。惱煞一雙燕子，背人故故呢喃。

蝶戀花‧第二解

門外落紅誰是主。暗底韶光，偷換知何許。只恐鸚哥瞞不住。幾回悄向窗間語。　前度踏青還記取。準擬重遊，舊約今番阻。草綠天涯濃似霧。迷離遮斷行人路。

金縷曲·題宜興蔣兆蘭香谷《青蕤盦詞》

風雅荊南聚。溯華宗、竹山詞客,千秋樂府。却有青蕤傳一脈,三徑吟盦舊住。寫幾卷、宮商新譜。賦罷蘭陵成絕唱,問時人、識得清真否。(集中《蘭陵王·詠秋柳》極工。)環誦也,潄薇露。　騷壇此日傷無主。盡紛紛、侏儷異曲,鉤輈蠻語。文士生涯寥落甚,比似晨星可數。正愁煞、雞鳴風雨。指點長溪溪水上,喜今番、結個忘年侶。歌乍闋,請君顧。

金縷曲·去臘得黛影書,並惠寄懷之作,原韻奉答

風雨江南道。怪匆匆、敲殘臘鼓,又今年了。隔歲良朋書未盦,燈下重吟贈稿。喜一種、情詞俱妙。檢點宮商酬白雪,奈枯腸、都被愁絲繞。翻舊譜,意顛倒。　前宵曾訪桃花廟,(在月湖東。)記分明、逢君湖上,依依素抱。別後天涯長入夢,幾度黃昏清曉。願留取、春光休老。約摸杏花開過也,試商量、好買晴川棹。芳草地,倘重到。

東風第一枝·用梅溪韻

草織煙絲,榆舒露莢,軟紅一片香土。數聲啼鳥憑欄,滿地落梅閉戶。閑尋春色,却早在、花旛深處。只幾日、柳已成條,低壓短牆千縷。　剛賦罷、感時恨句。偏引起、踏青芳緒。好携酒盞詩囊,待約吟朋醉侶。乍晴天氣,怕不是、明朝風雨。日暮也、獨立門前,細數亂鴉歸去。

沁園春·鶴琴同譜,自楚歸省,旬日即行,賦此以贈

莽莽塵寰,青眼高歌,如君幾人。想梁園攬轡,珠江皷枻,瀟湘聽雨,鄂渚吟雲。萬里征途,廿年浪迹,琴劍關河七尺身。休辜負,這心腸磊落,肝膽輪囷。　携樽往事重論。記客裏、相逢倍覺

親。歎世情冷暖，都成幻相，書生潦倒，只合長貧。僕本恨人，公真健者，珍重天涯莫愴神。匆匆也，且今宵共醉，盡此殘春。

滿庭霜‧南笙客京口，別一載矣，昨夢相見，因填此闋以寄

蒜巔停雲，萍川落日，計程遙隔三千。昨宵清夢，樽酒話纏綿。無賴蟲聲四壁，紗窗下、驚破孤眠。離情遠，回頭細數，秋思又經年。　吟邊風雨夕，零星舊稿，試檢燈前。有故人、貽我幾幅瓊牋。唱到梅花一闋，愁腸亂、欲和難填。（篋中南笙贈稿，有臘梅詞一闋，索和未答。）憑欄處，知音寂寞，新雁唳長天。

念奴嬌‧自萍鄉歸，方修以詞餞瀟湘舟次，悶坐無賴，填此奉答

端陽近矣，望故鄉遙隔，萬重雲樹。料理塵裝江上棹，剛是一番風雨。舵尾濤聲，船頭山色，相送儂歸去。夢中不覺，計程應抵何處。　回首分袂萍川，驪謌唱罷，多少傷懷句。三載天涯同作客，把卷哀吟陟岵。我賦言旋，君猶行役，一樣憐孤露。臨歧叮囑，平安兩字傳語。

望江南‧歸途雜譜（三首）

鄉心急，今日又何時。千里江山嫌路遠，一肩行李到家遲。幾遍數歸期。　湘江上，終古浪沄沄。斑竹猶凝妃子淚，佩蘭空弔大夫魂。落日黯愁雲。

歸程便，來泛洞庭槎。貼水烟鬟妝黛髻，浮空雪浪滾銀花。風送一帆斜。　巴陵道，憑弔水之涯。百尺高樓仙已去，一杯荒塚玉長埋。惆悵託吟懷。（岳陽樓在岳州沿江城內，小喬墓在焉。）

江程速，風急送蘭橈。到眼乍驚歸路熟，囘頭不覺異鄉遙。客思未全消。　江南好，古調試重吟。山色迎人如舊友，鳥聲入耳似鄉音。抛却客邊心。

賣花聲·庚戌二月望日爲舅母吳太夫人六十壽辰以詞爲祝（二首）

甲子歲星廻。玳瑁筵開。龍華阿母降塵來。剛好百花生日也，春滿瑤臺。　有子是奇才。氣壓蓬萊。清時不用賦歸來。却向天倫尋樂地，詩詠南陔。（表兄夢鯨觀政秋曹，去歲兩上書不報，遂歸。）

生小渭陽依。曾住菱溪。垂髫光景試重提。慣與諸郎同戲笑，學舞斑衣。（泳生於外家，與諸表兄同學。菱溪，外家所居地。）　作客贛江西。鄉夢迷離。四千里外杜鵑啼。自酌村醪題韻語，遙祝期頤。

如夢令·三月二十九夜

客裏光陰草草。容易三春盡了。已覺太匆匆，偏又剛逢月小。　懊惱。懊惱。愁煞五更天曉。

金縷曲

蟲語窗間暝。奈無端、小樓秋雨，相如又病。漫道不須愁內熱，偏是蔗漿嫌冷。怕簾隙、風絲吹緊。鎮日桃笙斜倚徧，對藥爐、煙裏人聲靜。翻惹起，舊時恨。　扁舟江上行期訂。忽今番、憪憪無賴，掃除游興。拂鏡自憐容太瘦，拚把文章抛盡。何況是、海波不靖。一任黃梁光景好，夢魂兒、不到邯鄲枕。閉門讀，養生論。

柳梢青

病餘清瘦。秋宵人倦，正眠時候。睡思難成，愁心還湧，怎般消受。　牆邊蟋蟀聲聲，越把箇、人兒醒透。燈影三更，疏櫺風靜，空階雨後。

虞美人·桃花便面

瓊枝渲染胭脂露。扇底春光舞。意中人面問崔郎。一樣東風含笑、曉霞妝。　憐他薄醉嬌羞臉。鏡裏曾經見。替翻樂府拍紅牙。不唱桃根桃葉、唱桃花。

揚州慢·閉戶獨居，感懷時事，拈毫拂素以誌煢憂

江海成池，華夷破界，九州黯淡煙塵。歎中原臥榻，鼾睡讓他人。看多少、鐵車飛電，甲船磋浪，繞遍寰瀛。替乾坤、造劫豺狼，滿地紛爭。　予生恨晚，百年前、史筆猶新。記東獻奇琛，西呈方物，歌譜星雲。眼底螗蜩羹沸，櫼槍焰、何日銷沈。問長安歸去，鋪張依樣昇平。

洞仙歌·自題《琴臺懷古圖》

水仙彈罷，望漢江縹緲。更寫高山入幽操。想成連去後，鍾子相逢，賞心處、難得當年同調。　茲臺誰更築？弦斷琴埋，落落千秋古歡渺。天壤幾知音，拍徧闌干，歎今昔、傷心多少。但湖上、煙波碧茫茫，看野鳥閑鷗，也來憑吊。

疏影·又

荒臺夕照，歎古來勝蹟，空賸衰草。流水高山，此曲千秋，鍾期去矣誰曉？涼波百尺琴魂醒，料只有、湘靈同調。更夜深、化作游魚，飛上一枝紅蓼。（月湖有小魚形似琴，土人相傳伯牙碎琴所化，故名琴魚。）　我亦焦桐爨下，知音難再得，惆悵憑弔。辜負天涯，鸚鵡晴川，閑煞風光多少。蒼茫寂寞無人境，獨自寫、登臨懷抱。聽遠空、隱隱樵歌，回首數峰青繞。

江城子·友人囑題貧女縫衣便面，意有所感得此

闌珊籹束態清貧。畫中人。手拈針。辛苦生涯、十指不曾停。珍重千行衣上線，愁縷縷，淚痕痕。　天生碧玉在蓬門。歎風塵。眼誰青。笑說阿儂、家近苧蘿村。慣與浣紗鄰女共，曾學得，好眉顰。

淮甸春·秋日感懷

酒酣耳熱，歎胸填磈礌，廿年潦倒。擊碎唾壺成底事，獨自欷歔懊惱。阮藉窮途，王郎拔劍，一例傷懷抱。推書撲筆，仰天忽地長嘯。　幾回搔首西風，不平心事，說與誰知道。鼠目麞頭都得意，眼底人才一笑。爨下焦桐，郢中白雪，只恐知音少。蜩螗世界，縈憂心更如擣。

沁園春·又

咄咄書空，黯黯悲歌，秋風慘悽。想座中景略，高談捫蝨，床頭士稚，起舞聞雞。破浪乘槎，請纓投筆，昔日英雄幾見之。還長歎，歎古人如此，我獨何為。　斜陽門巷烏衣。笑落拓、青衫尺澤鯢。況天津橋下，虎鵑怕聽，邯鄲道上，好夢休提。讀萬卷書，行萬里路，此願酬償未有時。窮年困，把蠹魚堆裏，當做泥犂。

滿江紅

措大生涯，三百甕、黃虀消得。抱青氈、經營辛苦，文章著述。費盡千斤斑管力，嘔將幾斗心肝血。笑他年、傳否定何如，還難說。　真局促，泥中蟄。真寂寞，褌中蝨。看黃衫玉筆，少年詞客。遙集空囊徒自歎，和凝有稿無從刻。怪新吟、多半是悲秋，愁重疊。

金縷曲

江陰金丈淮生權赤溪廳時，訪知宋和州防禦使劉公師勇祠墓，爲之考證，並纂輯公事略名《表忠錄》，以徵文字，爲賦此。

烽火厓門赤。最傷心、鼎湖龍去，乾坤碎裂。未到攀髯公已死，太息倉皇扈蹕。看姓氏、三忠並列。射塔題詩譚往事，剩江頭、古寺寒潮咽。青史上，標芳烈。　　和州防禦爭傳說。說當年、晉陵城下，曾留戰績。尚有祁連高塚在，血化皺山土碧。千百載、精靈不滅。瘴嶺蠻溪荒徼地，有人來、憑弔摩殘碣。待揚闡，孤臣節。

生查子

長空雁影踈，幾片輕雲白。新月上天時，還帶斜陽色。　　西風日日吹，到夜還猶歇。閑立向空階，蟲語多如織。

謝氏家集　卷十三
瓶軒詩草　毗陵謝泳仁湛

題亡表弟錢夢鯉所畫墨龍（二首）
描寫神奇擅勝場，長留圖畫令人傷。
憑空幻出真龍影，墨沉淋漓紙一張。

鱗角崢嶸筆墨奇，平生手蹟最堪思。
留將一卷煙雲在，傳到乾坤混沌時。

殘秋
雨斜風急掩疏櫺，落葉蕭條滿戶庭。
秋已將殘花漸歇，嫩黃開到滿天星。

讀表兄錢謫星詩文集
十載編摩意最深，愛君卷帙每披吟。
奇才偏易遭人謗，妙語先教得我心。
李杜詩名應減價，韓歐文字漸無靈。
茫茫人世空陳迹，誰有雄懷闖古今。

望杏樓題壁
登臨如此好樓臺，快意人間有幾回。
樹密四圍高過屋，風聲如雨半天來。

項籍（二首）
事業於今倏已亡，烏江東去水洋洋。

傷心帳下悲歌日，兒女英雄淚兩行。

回首烏江水一隅，故鄉衣錦定何如。
說來還是天亡我，到死英雄氣未除。

司馬相如
琴邊青眼太殷勤，酒店生涯太苦辛。
不是年來工獻賦，教儂何以答文君。

春暮久雨
眼前光景一春過，陰鬱朝朝可奈何。
今歲農家應自苦，養蠶時候雨偏多。

閨中雜詠
倦來停繡坐深閨，窗下清吟手並攜。
儂是多時詩不讀，偶然忘處要郎提。

雙仙曲
戊戌七月，長妹靜華病瘵死，越數日以乩召之，忽與五年前所殤六歲妹靜薇同至，言吾姊妹皆天上人也，今劫滿當歸矣。繼以重九日復降，言奉帝旨三年之內遇重九得以歸省父母，過此則不復至人間矣。問其姊妹近居何處，曰三賢山。山有玉殿紫樓，仙花古木，并言仙家層級共有三天。第一天玉帝及諸真仙所處，第二天則予姊妹前世供職之所，今所居三賢山固第三天也，待十歲後方可還第二天。縷述天上事，語皆可記，序所不詳，詳之以詩。

神仙之說何可無，吾家女弟迹更殊。
死別悠悠生者苦，一朝忽通天上書。
問其何所住，云是三賢山。
山中何所有，紫樓玉殿相廻環。

仙花古木長不壞，風景約略非人寰。
在天掌何事，繕寫天上書。
囊中靈飛十二事，筆底五嶽真形圖。
前生主掌在此職，姊妹同歸舊時列。
紅塵墮落未多年，十年還登第二天。
第一天中不易到，上界多少真神仙。
仙家自有修真訣，煉藥燒丹太奇僻。
但勸家中修善行，長生之藥不可食。
天意憐人別離久，詔許歸來省父母。
借問歸期在幾時，天上人間望重九。
惜哉重九之約只在三年中，過此異數不再逢。
曙光瞳瞳天色新，遙空朵朵飛紅雲。
窗前鵲語聲不絕，爐中香篆霏氤氳。
來家方卯去時午，白鳳青鸞難久駐。
翹首青天正寂寥，無限人間淚如雨。

記己亥重九華薇第二次歸省（四首）

參差樓閣住羣仙，舊侶相逢笑拍肩。
爭說別來無幾日，那知世上已多年。

最好樓居在上清，許多仙侶下階迎。
分明記得前身事，自向雲中辨姓名。
(華、薇言至洞天第二有白玉樓，樓上懸榜，有白雲繚繞之，彷彿我姊妹姓名。)

五色仙雲五色霞，瓊宮珠殿望無涯。
阿儂元旦朝天日，跨鶴曾遊五帝家。

始信仙源未易探，人間天上路漫漫。

羨他忠孝傳千古，也作神仙一例看。

（天府聯語曰：惟忠孝允超凡界，舍清淨難語仙緣。）

寒天

今朝天乍冷，窗外北風嘶。

凍雀依簷語，歸鴉帶雪飛。

記庚子重九華、薇第三次歸省（四首）

上清佳境說三賢，為有神人住此間。

天上又添新姊妹，山名應更喚雙仙。

花滿瑤臺萬古春，五雲樓閣絕纖塵。

玉清聖母重相見，原是儂家舊主人。

（乩言：領神女仙者為玉清聖母。）

大藥金丹莫妄猜，問君何福住蓬萊。

仙家原有長生術，除是精修善果來。

小劫輪廻未失真，春風銀漢隔紅塵。

乩頭歷歷前身事，萬古千秋記夙因。

附乩詩（三首）

前身原是上清仙，劫滿重歸第二天。

只有親恩還未報，朝朝稽首彩雲邊。

從來世界本微塵，偶入輪廻了夙因。

莫信仙家有大藥，但修善果即長春。

欲識仙家景若何，五雲樓閣傍銀河。
四時花滿瑤臺上，只爲春風和氣多。

雪夜
獨自無聊且朗吟，圍爐小坐意淒清。
泠風入戶燈無色，凍雪成珠夜有聲。
詩思催成嫌句澀，酒懷消後覺寒生。
陰陰天氣教人悶，未識朝來可放晴。

哭蔣南棠茹聖
嗟君橐筆走風塵，莽莽乾坤七尺身。
一別淒涼樽酒後，五年生計楚江濱。
那堪貧病長爲客，纔信文章困煞人。
見說淩霄仙籍在，好從天上證前因。

題茹聖求拙齋遺詩
千里遨遊楚水頭，一枝彩筆未曾投。
才華灑落今難得，翰墨零星幸尚留。
客況頻年添著作，（君詩半皆楚遊所作。）
苦吟多半爲窮愁。與君數載長相識，
珍重遺編篋裏收。

豪懷常作不平鳴，醉後高吟滿座驚。
可惜奇才偏早世，空將遺稿換微名。
杜陵佳句囊中貯，漢水飛濤筆底生。

今日修文天上去，群仙隊裏奪先聲。

晚涼曲

空庭無人初過雨，碧草纖纖才寸許。
梧桐枝上蟬不鳴，蓮葉叢中蛙獨語。
闌干日暮爽氣來，竹徑松窗最幽處。
明月欲上東南峰，涼雲壓住天朦朧。
濕螢着煙飛不起，風過星星墮簾底。

悼蔣細樹方七歲，樹聲子也

死日分明話不虛，（死前一夕與母言："明日當去。"）
前身來歷定何如。慣憐生小常多病，
應悔聰明早讀書。嬉戲有時閑弄筆，
笑啼猶憶手牽裾。此行天上逢而父，
寄語良朋尚念渠。

贈花鋤

閉門讀奇書，遨遊結賢士。論學兼取友，古人已如此。
嗟我不出門，幾人是知己。舊侶趨世好，踪跡忽不似。
索居太寂寥，相思隔雲水。儲君信多才，丰神玉山比。
圖書供蒐羅，文字逼古體。憶昔遊暨陽，與君識面始。
旅舍敞疏軒，桐陰設筵几。涼飈灑前楹，明月上階址。
聆君啜茗譚，靜言發妙理。意氣堅金石，胸襟絕塵滓。
如逢黃叔度，不見心生鄙。別久盼君來，君忽家難起。
爲痛骨肉凶，反復遭蠆尾。（花鋤有妹爲翁姑以非理致之死，
花鋤兄弟欲直其事，反爲所陷。）抑鬱遂遠行，悲君非得已。
故人長安歸，爲我道儲子。班荊燕市中，青眼各相視。

快論杯酒空，吐氣劍光紫。謂君憂患多，撫膺皆磊塊。
謂君志沉潛，讀易守素履。浩歌易水頭，慷慨世無幾。
七月渡黃河，作客梁園邸。功名得與喪，何榮復何恥。
聞君消息真，云胡心不喜。願君重自愛，毋徒增怨誹。
神州方洶洶，薦食盡蛇豕。五岳昏塵煙，八埏蔓荊杞。
天乎生我曹，豈終蓬蒿死。寄言各努力，河清定可俟。

贈夢鯨

我家住城中，君家住東郭。數日不相見，便覺憂離索。
才高多謗傷，志大驚庸俗。攬轡黃金臺，獻策登華屋。
門前車馬喧，君懷正澹泊。歸來掩松扉，鉛槧盈箱籠。
經營蔣詡徑，雅慕陶潛躅。勖哉故人心，一言還相告。
才難古所嗟，當今更誰屬。造物生君心，豈遂終隱伏。
馳驅會有時，得志可翹足。勸君勿忘世，甘心處幽獨。

歲暮喜花鋤至（二首）

離索頻年正繫思，者番握手尚嫌遲。
憐君家難倉皇日，恨我行裝頓促時。（予將有楚行。）
十里扁舟同訪戴，（訪夢鯨。）一窗涼月坐談詩。
眼前多少良朋在，杯酒相逢樂可知。（謂肖琴、霞青。）

天涯遊子歎奔馳，千里歸來歲暮時。
梁苑星霜燕市月，故鄉魂夢客邊詩。
文章自喜逢知己，雲樹無情又別離。
愧我臨行何所贈，好將金石比相思。（鐫小印兩方以贈。）

甲辰正月楚行別內

揮手晴川去，江山隔幾重。
今宵半窗雨，明日一帆風。
客路天涯近，離愁酒後濃。
臨行何所慰，無賴託郵鴻。

別友

東風草長江南路，柳色青青傍官渡。
檢點行裝不復遲，一棹扁舟楚江去。
丈夫得志當四方，家居株守空徬徨。
前年曾買杭州棹，到眼湖山盡詩料。
去年匆匆海上頭，煙花市上還勾留。
淮水鍾山好風月，客況者番怕相憶。
文章無用勿復言，一病歸來臥床席。
閉門忽忽半載餘，養生時誦靈蘭書。
昂頭擲筆身自健，驥足忽復思馳驅。
晴川閣上琴臺側，浩蕩江山壯詩筆。
良朋獻賦走大樑，路歧南北牽人腸。
前途爲我得且住，江樓一爲斟霞漿。
錢君郊居意空闊，今歲新營種花宅。
東籬拉雜菊種多，惜我頻年空作客。
相思還有儲公子，（謂花鋤。）家住長溪水中沚。
客歲遣君詩一紙，索君贈言書不至。
落月蒼茫滿江水，明日相望忽千里。

滬上寄內（三首）

憐君病體竟如何，愁聽驪駒疊疊歌。

寄語閨中珍重好，旅人心事近來多。

此去江山又幾重，勸君莫盡數行踪。
洞庭春水瀟湘月，如此天涯不負儂。

小樓明月下簾旌，閑倚窗前話別情。
不信此時身是客，夢中光景太分明。

過彭澤縣
江山城市畫圖開，宦隱仙鄉亦快哉。
可惜風塵皆俗吏，眼前都爲折腰來。

登琴臺
我來江上訪知音，弔古登臨意自深。
不信鍾期難再得，倚欄彈徧七絃琴。

即事
乘興縱遊覽，胸懷萬象開。
自攜謝公屐，閑上伯牙臺。
風雨人千里，江山酒一杯。
良朋欣滿座，多半故鄉來。

書家書尾
在家小兒女，朝夕長相依。嗟予遠行役，如何能勿思。
去家幾千里，百事苦不知。昨者家書來，一一相告語。
稚兒日隨母，已能解詩句。小女才四齡，識字日四五。
一女尚在抱，聞說已斷乳。嬉戲自成群，鎮日學跳舞。

不是引人笑，那便令人怒。數月不見之，長成又幾許。
嗟哉遠行客，兒女久別離。在家長相依，如何能勿思。

感懷

襟懷骯髒鬱難開，拔劍高歌聲更哀。
酬世文章諛墓體，趨時人物畫眉才。
眼看大地棋千劫，笑指長星酒一杯。
昔日青山今在否，元暉招隱擬重來。

登黃鶴樓

一上高樓眼界清，晴川鸚鵡對前楹。
仙人一去空祠宇，詞客千秋有姓名。
笛裏梅花尋劫火，江頭樹色擁層城。
還憐黃鶴飛何處，渺渺煙波弔古情。

憤世吟

四座且勿嘩，聽我憤世吟。
廢書擲筆仰天歎，拔劍擊柱悲填膺。
紅塵昏昏白日暮，夢中螻蟻何時醒。
天壤雖云大，出門一步皆荊榛。
儒生經濟直芻狗，餓死溝壑空無聞。
讀書但學干祿法，握管欲續錢神論。
坐中有人長太息，千里無端來乞食。
置身齷齪塗炭中，憤氣欲伸伸不得。
舉扇自障元規塵，倚門怕售馮驩鋏。
途窮思廻阮籍車，青山山下尋吾廬。
不如歸營十畝田攜萬卷書。

羹藜飯菽豈云苦，養親課子聊自娛。
何須落落不偶合，寄人籬下空踟躕。

雜憶（四首）

封書意短紙偏長，為底無言慰遠方。
此後休教提筆懶，平安兩字不嫌詳。

稚子聰明喜可知，吟詩識字性嬌癡。
若教小阮今還在，正是同行上學時。
（亮侄三歲殤，與楠兒同年生。）

風光別後費疑猜，時把家書讀幾回。
聞說故園人寂寞，書齋靜掩客稀來。

搗衣砧畔思悠悠，無語挑燈憶遠遊。
最愛膝前三歲女，笑啼能解阿娘愁。

思婦曲

郎在楚江頭，妾在深閨住。
相思道路長，綿綿妾心苦。
常將尺素寄天涯，不辨天涯在何處。
朝朝空自倚西樓，望裏模糊隔雲樹。
妾心願隨天上月，夜夜西來照顏色。
郎心還如江水長，東流千里到故鄉。
東去西來兩相憶，月光照水水映月。
妾願江水長不波，郎願月圓長不缺。

郎去已多時，郎歸在何日。
歸期渺渺不可說，遙祝平安望天末。

夏日
炎氛鬱鬱日方長，難得清閑到睡鄉。
屋外好山青入座，客中書卷亂堆床。
松濤不雨聲常急，湖水無風氣自涼。
眼底熱中人幾許，阿儂獨抱冷心腸。

閨怨（二首）
登樓極目思纏綿，怕說天涯路幾千。
但向夕陽紅處望，前頭應是楚江邊。

說着他鄉便愴神，鏡中眉樣帶愁顰。
背人細把時辰掐，數徧歸期總未真。

七夕
唱罷陽關唱懊儂，羨他牛女又相逢。
茫茫一片長江水，更比天河遠幾重。

懷古感賦（三首）
澤畔行吟恨未平，紉蘭空自寄芳情。
江山寥落心誰會，讀罷《離騷》淚有聲。

少年奏草上公車，禮樂還思變漢家。
畢竟鋒鋩嫌太露，千秋人惜賈長沙。

才華幾輩動公卿，李杜韓蘇未可輕。
辛苦文章忙底事，看來多半爲浮名。

得岑雪家兄洙洲來書

不盡王孫感，相思江上波。秋風天末泠，兄弟異鄉多。
淚爲依人灑，詩緣遣恨哦。幾時重握手，歸計定如何。
木落洞庭波，羈愁一樣多。感懷驚歲月，滿地況干戈。
少婦深閨夢，征人行役歌。不如賦歸去，相約訪槃薖。

費鐵臣姻丈赴奉天

樽酒追陪愜素心，墨花珍錫比球琳。
長翁經術淵源在，杜老詩篇寄託深。
遼海波濤新擊楫，漢江風月舊題襟。
臨行還乞先生筆，爲譜高山一曲琴。(丐題《琴臺圖》。)

曉發

市遠更初歇，疏星曉尚明。
村雞催月落，野鳥喚舟行。
帆腳輕風滿，船頭宿霧橫。
水光山色好，春景記郵程。

虎邱（二首）

虎阜千秋勝，登臨興不辭。
泉枯留斷井，水涸剩荒池。
衰草真娘墓，斜陽短簿祠。
停橈憑弔處，遺蹟費尋思。

極目荒涼境，尋幽曲折行。
講經臺已廢，試劍石猶橫。
敗壁留溪額，殘磚認塔名。
清遊殊未倦，蕭寺暮雲平。

赴漢

獨有飛鳴志，乘風健翮輕。
自憐爲客慣，無復別離情。
風月添新稿，江山憶舊程。
臨歧相送處，珍重一聲聲。

贈李鏡澄

騷壇寥落幾人尊，得遇知音快共論。
千里江山懷北固，一編詩草衍西崑。
如公豪氣鯨吞海，愧我微才蝨處褌。
却喜相逢同是客，寄情酬唱酒盈樽。

題丹徒李鑑三先生遺稿，先生以咸豐庚申殉難常州

咸豐十年歲在庚，櫬槍夜指毗陵城。
紅巾蔽地烽火赤，白骨枕野煙燐青。
豈無忠孝義烈士，同歸朽腐誰知名。
是時督臣棄職逃，列營東潰如奔濤。
莫笑書生膽如豆，此時氣節干雲霄。
吁嗟李公真志士，殺身成仁有如此。
我生公後數十年，得睹遺稿心淒然。
墨痕慘淡字不滅，誰知中有萇宏血。
讀罷公詩淚如雨，令我追思痛吾祖。

吾祖當年殉難時，流離家室江之滸。
劫後重將骸骨收，一抔猶喜歸鄉土。
落日荒煙墓草寒，只今碧血未曾乾。
零星殘稿空收拾，一樣傷心不忍看。

三十雜述（六首）

售世徒誇席上珍，乾坤落落向誰陳。
身無媚骨難諧俗，腹有奇書未救貧。
懶向人前談世故，喜從閑處養天真。
清風明月相羊處，此境何如懷葛民。

欲結人間山水緣，自慚塵俗未能捐。
秋風曾泛西湖棹，春雨閑烹慧麓泉。
虎阜池臺尋舊蹟，晴川煙月寫新箋。
回頭細把遊踪數，幾度追思一憫然。

東望鄉關月一鉤，無端離思上心頭。
女能識字隨孃讀，兒解修書慰父愁。
故里青山新卜宅，荒江涼月獨登樓。
嗟予陟岵歌行役，只是傷心淚不收。

長安北望黯雲浮，一局殘棋劫未收。
滄海腥羶流正急，中原瘡孔勢難瘳。
傷時怕灑新亭淚，愛國空懷漆室憂。
何處青山乾淨土，一篇招隱賦從頭。

惱人心緒鼓笳聲，風景淒涼獨倚楹。

平野雲低腥雨重，空山月落瘴煙生。
故鄉有夢懷知己，異地多情感弟兄。
如此天涯太寥落，管城深處是愁城。

漢江回首憶前塵，今日重來贛水濱。
親老那堪翻作客，家貧無奈且依人。
異鄉漸覺方言熟，孤館頻添旅夢新。
記取萍川四千里，自斟濁酒過生辰。

聞夢鯨鄉居養魚

鄉居無事課村民，十畝池塘養細鱗。
莫道濠梁空寄興，此中亦是有經綸。

思親篇

家貧謀衣食，橐筆走四方。頻歲楚贛遊，堂上鬢已蒼。
去秋喪吾父，泣血摧肝腸。遄歸未及見，沒世永心傷。
苫居不百日，重復整行裝。臨歧慈母訓，鄭重不可忘。
爲言而父死，家計殊淒涼。所期兒輩賢，努力志顯揚。
慎毋墮先德，爲人議短長。要知兒在外，母心日彷徨。
迢迢四千里，魂夢隨兒旁。別來懷母訓，久久中心藏。
昨者家書來，道母健且康。啟械讀未已，喜躍殆欲狂。
兒今慣羈旅，寄聲慰高堂。顏貌不覺瘦，眠食都如常。
結交多風雅，客路皆康莊。跬步必自重，曷敢踰閑防。
毋爲長相憶，朝夕倚門望。

寄家兄（二首）

道遠音書滯，郵程半月經。

好將故鄉事，說與旅人聽。

無賴詩難遣，多愁夜獨醒。

遙知故園裏，花放滿天星。

客況傷寥落，披書倦欲停。

殘碑臨嶽麓，舊志訪昭萍。

（萍鄉一名昭萍，以楚王渡江得萍實得名。）

修竹穿牆綠，群山隔座青。

更無消遣處，對景感離情。

乘肩輿入城即景

十里入城去，行行聽鳥啼。

遙村穿樹見，曲徑轉山迷。

瓜架支當路，桐車響隔溪。

（即桔槔也，形如車輪，以桐木爲之，能自轉不用人，湘贛處處有之。）

蒼茫斜日下，一抹暮煙橫。

哭仁章堂弟（三首）

噩耗驚飛漢上波，猜疑猶恐是傳訛。

思君昨夜緘書去，細問秋來病若何。

萬種哀懷不自持，兄亡妹死不多時。

（去秋岑林三兄亡，今春靜媛幼妹殤。）

剩將點滴天涯淚，和墨重吟哭弟詩。

三十年華幻影過，人生到此可如何。

四千里外諸兄弟，一樣傷心涕淚多。

（時予客萍川，岑雪二兄、岑咸五弟同客湘潭。）

中秋偕貢玉、方修小集鏡澄齋中

山齋臨絕頂，雅會記桐坡。
（所居在山頂，土名桐梓坡。）
明月難常好，良朋不厭多。
怕逢佳節至，無賴客中過。
盡此一尊酒，高吟意若何。

除夕雜感（九首）

風滿疏林雪滿天，蕭條旅館傍萍川。
空山未見梅花發，客夢迷離又一年。

風雨尊前感慨多，兩番除夕客中過。
年來嘗徧依人味，如此天涯不奈何。

一杯濁酒路三千，彈鋏高歌獨自憐。
山館風光夜岑寂，挑燈誰與話殘年。

迢遞家書入夢難，離情不奈五更寒。
篋中多少家書在，檢向燈前子細看。

弟兄少小共吟哦，惆悵年來兩地過。
君奉高堂儂作客，家貧無奈別離多。

天涯歲月漫經過，懶把情懷付咏歌。
細數囊中新得句，今年不及去年多。

槖筆生涯未改貧，阮囊羞澀歎風塵。

送窮我已愁無術，何況飢寒海內人。

鼎湖北望黯迢迢，大地煙雲翳未消。
回憶年年風雪裏，萬家歡樂是今宵。
（時值國恤，停止慶賀。）

空山寥落旅人情，燭炧香銷又五更。
都道明朝好風景，閉門無事說昇平。

元旦得家兄書(己酉)

尺素遙相貺，開械喜可知。感君無限意，示我隔年詩。
爲報高堂健，休教旅客思。小園梅幾樹，正好是花時。
十日書三至，殷勤慰我思。傳來無別語，只是問歸期。
風雪添愁夜，家山入夢時。今宵況佳節，惆悵酒盈卮。

雜感

時世蛾眉樣，憐予病未能。熱心嫌太赤，雙眼悔都青。
豈有穿墉鼠，何來止棘蠅。他鄉四千里，風雨感飄零。
滿座忘形客，何勞扇障塵。論交君子淡，酬世性天真。
詎料心如面，常疑我負人。迷陽經過處，匝地是荊榛。

感時

常嗟臥榻逼羶腥，厚祿諸公夢未醒。
野客豈能憂世事，牆頭夜半看長星。

山齋雜詠

寓齋在萍鄉之安源，環山重疊，去城可十數里。萍地僻陋，勝蹟無多，深山之中，氣候不同，風物尤異，耳目遊賞，別有光景。旅居無賴，拈韻成詩，聊遣客興，亦藉以誌遊蹤所歷云。

獨自遊山屐懶攜，偶尋勝蹟過城西。
停車指點黃花渡，名與千秋鹿洞齊。
（黃花渡在萍鄉城西三十里，宋朱子道經於此，止宿焉。）

東坡藤樹吾鄉在，山谷青松此地留。
草木也如人遇合，得逢知己便千秋。
（萍鄉城南寶積寺有羅漢松一株，不甚高，而枝幹拳曲，古色蒼然，爲山谷手植。）

一片鑼聲雜鬼呼，夜深燈火請神巫。
隔牆驚醒覉人夢，道是鄉村打野胡。
（鄉間風俗，有病輒延巫師禁咒，夜則集十數人，或負偶像，或令童子戴假面具，持火鳴鑼，爭相叫呼作鬼聲，至曠野或近水處而返。詢之土人，所以逐鬼，蓋即古之儺云。宋趙彥衛《雲麓漫抄》："儺，俚語謂之打野胡。"）

更無桃李笑東風，回首江南景不同。
一種天涯春色好，萬山開徧杜鵑紅。
（三月間，山中杜鵑盛開，俗稱映山紅，亦間有黃色者。）

燕子來時獨倚楹，一春過盡未聞鶯。
山中四月才交夏，愁聽窗前蟋蟀聲。
（山中鳥聲，畫眉、竹雞兩種最夥，此外如鴉鵲、燕子之類，則不多見，鶯聲實數年來所未嘗聞也。蟋蟀夏初即鳴，秋則轉少。）

刈葛編棕更績麻，天然物產好生涯。
秋來忙煞鄉村女，一路深山去採茶。
（萍鄉土物，夏布其一，葛與麻皆本地產，而山中棕樹、漆樹、茶樹尤多。茶至秋結實，大如梅子，色青，采之榨油，利甚溥，鄉間女子爭入山採摘。花白，微香，葉不可食。茗飲之茶，別是一種，此間亦有之，而不佳。）

客夢驚醒月向西，空齋愁聽夜風淒。

雛雞生小才盈握，已解催更喔喔啼。

（小雞羽毛未齊，啼聲已高。魚如鯉魚之屬，長僅三四寸，而子已滿腹，想亦地氣使然。）

壁間蟢子大如盂，蚊比蜻蜓竟不殊。

更有夜深燈畔鼠，模糊還當是狸奴。

（蚊至九、十月間甚大，壁蟢大者不常見，鼠則甚多。）

萍川竹枝詞

僕來萍鄉，先後四載，土風習俗，聞見較稔，擇其可詠，記以小詩。

兒家舊住在萍鄉，幼讀《摽梅》第幾章。

儂是十三郎十五，阿侯生已枕頭長。（萍俗嫁娶最早。）

閫教從來廢《柏舟》，雌鳴求牡不知愁。

笑他牀笫如傳舍，偕老何人共白頭。

（萍俗不重婦節，有婿死而父母為其女擇配者，有子死而翁姑為其媳招贅者，至於再適、三適多有之，不獨鄉間為然也。）

不解盤鴉墮馬妝，梳成蠻髻異尋常。

阿儂自愛調羹式，腦後橫拖尺許長。

（萍鄉婦女髻長近尺，形如羹匙，俗呼調羹，腦間有圓者，謂之巴巴腦。）

禿鞋高底布伶仃，如此雙翹眼未經。

鳳嘴雀頭都不似，裝成却似馬蹄形。

傾城士女競登高，鬢影衫光翠嶺坳。

聞說年年重九節，買將柚子滿山拋。

（萍俗：重九婦女爭買橘柚，登山拋之，謂之拋柚子，蓋亦祓除不詳之意也。）

盤中果品最堪誇，風味清芬沁齒牙。

一種瓏瓏渾不識，道儂親手製橙花。

（妓家見果品味香甘而脆，名曰橙花，係採橙柚之青者，以刀切薄片，隨意鏤空，作各種花樣，漬以糖，晒乾藏之，可以耐久。）

送郎何日盼郎回，一曲清歌酒十杯。

結得五陵年少客，被人爭說吃鹽來。

（萍妓有能唱俚曲如《十送郎》《十杯酒》者，以曼聲歌之，亦復可聽。又，凡妓與客交情親昵者，俗謂之吃鹽。）

壽金丈滙生七十

淵源家學嗣風流，碩望鴻才信寡儔。

蒐探叢殘成五筆，（丈所著《粟香隨筆》，今《五筆》矣。）

闡揚忠孝足千秋。（丈刊《思忠錄》，爲宋王忠蕭公事，且爲之建祠修墓，並請於大吏奏入祀典。）

田園松菊懷陶令，塵海滄桑抱杞憂。

但有名山能壽世，人生何必貴通侯。

雲箋飛下墨痕新，自寫生平見性真。

學問無慚文苑傳，宦遊曾記赤溪濱。（丈嘗權赤溪廳事。）

五朝耆舊推前輩，一代靈光屬此人。

笑說漁洋生日好，桂花香裏證前身。（丈與漁洋同生日。）

蓮花街，湘潭之平康里也

庚戌八月，移寓湘潭。

梧桐街後是蓮花，閑步涼宵趁月華。

曲巷周廻行徧了，依稀記得幾人家。

曲院風光湘水濱，誰家今夜管絃新。
門前看取題名處，小坐無須熟識人。

行路難

家兄寄近作，有《行路難》一首，悵然賦和。
行路難，難如何？
甯讀《閑居賦》，莫作《行役歌》。
飢來驅我出門去，腳跟蓬轉無甯處。
昂頭冷面不入時，交疏金盡空奔馳。
墨磨硯穿筆盡折，敝裘破帽寒氊裂。
只餘傲骨還錚錚，却被風霜煉成鐵。
行路難，難如何？
六州茫茫荊棘窠，天涯處處生風波。
災涼世界太骯髒，污人但覺塵沙多。
京華冠蓋交輝映，麏頭鼠目爭趨競。
黃金買得顯者書，杯酒時從貴家飲。
天半風雲咳唾生，一朝烜赫聲華盛。
行路難，思悠哉！
半生讀書悔已晚，一錢不值徒何爲。
故鄉迢迢幾千里，顏色憔悴心如灰。
行路難，歌聲哀！

附錄

哭表弟謝仁湛文 / 錢振鍠

予中表弟以仁湛爲最才。昔我先王父之世，姑丈養田公贅於我，表弟仁卿、仁湛皆先後生於吾家，既雖賃居於城，往還舅氏至密，予兄弟至城惟知適謝氏。仁湛少予三歲，嬉戲誦讀靡不共也。既讀書，仁湛質學而好文，出語倜儻，人以爲出乃兄上。凡余所讀書，仁湛靡不讀；予所議論，仁湛靡不力贊；予所爲文字，仁湛靡不喜而記誦。而仁湛積爲詩詞，予見之未嘗不欣然而喜也。而或不以爲然，則曰："謝氏學東門。"其志趣相近如此。近歲以來，予覺向者所學無用，乃始貽仁湛書於楚曰："吾與若向之所學，輕煙弱柳耳，自是以後當留心道學事功，以致實用。"仁湛覆書大韙之，凡予近年積草甚多，久欲望仁湛歸而商定，乃仁湛歸而病，病而氣短畏人，竟未能一論所學而死，悲哉！仁湛長身，貌晳而多病，顧以無財，不樂家食，遂游於楚。始客漢上，繼客萍鄉，又客湘潭。予癸卯通籍時，供職於都，每春而往，秋而返；而仁湛則或終歲不歸，歸亦不相值。

丁未之夏，先姑丈以疾卒，仁湛自江西奔喪，予亦以丙午丁父艱，兩家方抱終天之痛，相見不論文字。而仁湛不兩月復出，姑母嘗爲予言："欲得近地處仁湛，無事汲汲三千里外。"予亦甚願得與仁湛朝夕講論以相長。顧予以六品官，不合於時，無由得一館以招仁湛，而仁湛今竟死矣。仁湛自今春在湘潭得腹病，三月而痢，四月抵家，始服清藥，頻取快而痢迄不止，偶進醫溫燥劑，痛刮腸。向能服補劑，以正月始病腹，日僕人沖膏滋藥進，意不欲食，勉進之，自此凡甘藥皆大厭之，而久痢法不能不補，竟以虛脫而死。

嗟夫！仁湛聰明，又通醫藥，竟不能永其年，難言之矣。人世傷心無如作客，有父母不能事，有室家不能好，有子女不能撫摩而噢煦。凡其一家之人，心懷遠人，目不能見，不啻若存而若亡，而又況不幸而死，永無以償累歲生離之若此，誠人世之至痛，而謂天倫之間何以堪之！夫天下功名事業，未有不出戶而能成者也，而不幸至於死，則足以短人志氣而無可言者矣。人生中歲興致漸衰，復欲如昔日與仁湛清談放論，同聲讀書史，抗音歌古詩，步出東郭門，酌酒登高，仰青山而送白日，自非來世其可得耶！雖然，生今之世，夫奚悲！洪水猛獸之患未艾，肉食者無復廉恥，我儕讀書人，異日書其門曰某國順民，將以何面目見三光！我自問不知作何等死法，今表弟若有畏難之意，則死於今日枕席之上，未為失也，而奚悲？表弟詩詞甚富，當為選定而付刊焉。人生固有死，而不知吾仁湛之速也，哀哉！

附詩（五首）

漢水湘江紀客程，長將客館度平生。
傷心兒女離爺慣，未改長年笑語聲。

歲歲長將樹核栽，向陽灌溉未成材。
瑤林玉樹多摧折，獨立斜陽掩淚來。
（春間喪吾友呂緒承，未三月也。）

人生何事客他鄉，世上天倫孰肯忘。
十首新詩九傷別，一開君卷斷人腸。

惟爾作詩好才筆，颯若天風吹快翻。
他人讀者胸懷開，而我讀之腸斷絕。

與君少年同誦習，與君長年久離別。

今日思君可奈何，思君自恨心非石。

挽聯

君羈楚漢，我客京華，總角溯從遊，已恨中年多遠別；
舌吐波瀾，胸羅珠玉，斯文正衰歇，當爲今世惜人才。

哭表弟謝仁卿文

嗚呼悲哉！尚何言哉，尚何言哉！蓋自仁湛死百日，而吾仁卿又死矣，嗚呼悲哉！尚何言哉！仁卿自幼魁梧，而氣實不足，不耐醫藥，猶記其十餘年前，脛生疔，服瀉毒藥二劑而大困。丁未丁父艱，偶病，服醫藥又大困，其爲狀恒氣短而語微。今歲閏六月二十二日患痢，大汗日三，易衣，遺洩，心跳，手護腹，舌黃而薄脉不數，予訪之，已服一醫藥，第二醫已至，余謂始病而汗大出，此虛象也，醫藥不勸子矣。醫藥者皆青陳皮、檳朴、查麯之類也。七月四日，予又得仁卿書，痢如故，復訪之，則仁卿又服醫藥二劑矣，神益瘁，舌益黃濁，脉轉數，且其病不裏急，不後重，名爲痢，其實泄耳。入夜仁卿疲乏不自勝，觀者相視無奈，予固勸其服補劑，先以棗湯進，仁卿飲棗湯，亟稱快，又加熟地、沙參，是夕稍振。明日爲七月五日，予爲定方係藥，棗地、芍斛等物。是日仁卿渴，偶思西瓜，予與一，醫以其舌黃脉數，不妨小試，仁卿遂以西瓜一片嚼，且吐未下咽也。既而覺有冷氣直達腎部，急服棗湯而解。其明日予始知之，遂思此症脉雖數，舌雖黃，而不勝西瓜之臭，非熱症也，而予藥有芍斛，宜無功，遂用朮藥、棗地、蓮苓六物，是夕服下，極相合，便疏而水長，是日七月六日也。明日以書告余，大喜。然是日未有續進，日昃痢復頻，親族以余用地，固已噪之，是日遂改他方，自是予不忍言之矣。雖然，醫何足責，獨當責我。我七月四日即純以朮藥、棗地進，早一日見效，眾人亦當不置喙，而仁湛之病我亦以不勸其一試耆尤爲悔。

嗟乎！先君子若在，不使謝家有此禍。先君子之主持溫補，若寇準之贊親征，于謙之決城守，不肖見識才氣不能勝衆人，惟當銜恨入地矣。予備書其事，所以重仁卿之死也。仁卿少予一歲，幼相愛，至親中無與比。詩詞倩麗，好蓄書籍玩物，書賈、骨董客到門無虛日，書畫友至，則備紙墨，授筆以寫，布紙滿地，予嘗以其居爲風雅之林。仁卿既篤志好古，是時爲時世之學，皆足以博多金，或爲仁卿惜，仁卿曰："吾能食粥。"君弟仁湛雖就食於外，或以世所謂學堂教習請者，輒拒之。嗟呼！君之兄弟，今世豈可復得哉！仁卿爲人，急公好義，凡予事皆得其助，而仁湛尤純孝，昔吾姑母病目幾盲，仁湛爲母舐目，一月乃愈。嗟乎嗟乎！就其文字以觀，尚不足以見其今日之爲人，況乎他日之所到乎！

自今以後，入以侍吾大母，則失君兄弟無以樂其心，見吾姑母則難爲言，出門一步無所適，鄉里尊酒無與爲懽。蓋世功名，思君兄弟輒短人氣，讀書無以相考質，歌詩無以示人，金石藝事無與相賞。嗟哉！吾其已矣，吾當寬其悲哀，以事吾大母、吾母，終其天年，覓一灑血之所，以從子兄弟於天之上地之下矣。嗚呼！

附挽聯

痛何言哉，孀親白髮，嫠子麻衣，君獨胡爲與一個同胞相從地下；
死先後耳，神州陸沈，生民艱食，我尚不知此滿腔熱血灑向何方。

跋

姑丈謝公養田詩學，其略見（振鍠）所爲序。疇昔之日，公總其詩，將并其先世遺什梓之，未果。公卒時在光緒丁未之七月，兩表弟靡年不言刻先集，以竟公志。仁湛遠客，編錄皆出仁卿手，與予商論體例，蓋非一日。去歲，仁湛卒，仁卿嘗謂予曰："弟遠客歸，滿望長夏可與弟共校先集，不謂弟竟先死。"予彌痛其言，曾不過百日，仁卿又卒。

嗟呼！嗟呼！世道極亂，天理之不可徵竟如此乎？是年八月，予遭大故，國亂遂亡，予不死猶死，且甚於死矣。哀哉！痛哉！今年春，姑母呼予，謂之曰："謝氏家集，爾姑夫在，欲刻不果而死，仁卿兄弟又不果刻而死，今又不刻，我又將死。世雖亂，我欲見吾書一日成，盍爲我謀？等貧也，終不以不刻書而富矣。雖費，吾不恤矣。"予奉命，遂卒成之。

哀哉！謝氏之集而成於吾之手，天下之事，可料也哉！今釐爲十三卷，姑丈先世詩三卷、姑丈詩四卷、姑母詩一卷、姑丈季弟君規遺文一卷、仁卿兄弟詩詞凡四卷，以壬子三月畢役。嗟哉！天地變易，道德滅亡，忠孝廉節不信於今，梟獍不已，將爲介麟。《詩》曰："民今方殆，視天夢夢。"（振鍠）孤立人世，吞聲山阿，殆無以開口向人一論其平日所誦習與激昂之素心，雖國亡家喪，然而終不忘仁卿兄弟矣！今年三十八歲，回首前日，何事不空！舉首惟有鳥聲樹色，無異尋常，不知人世之改、我心之憂也。存者且偷生，死者長已矣。謝集告成，予於文字之業，亦可已矣。錢振鍠跋。

參考文獻

1. 《雙仙小志》，謝祖芳輯，線裝刻本，上海圖書館登記號碼518063，1902年
2. 《謝氏家集》，毗陵謝氏刻本，1912年
3. 《毗陵謝氏宗譜》三十八卷，謝承恩纂修，寶樹堂，1917年
4. 《錢氏菱溪族譜》，愔彝堂藏板，己巳重修，1929年
5. 《苔岑叢書》《苔岑叢編》，苔岑社編，1917年至1931年
6. 《玉岑詞人悼感錄》，陸丹林編，謝夢鯉印行，1935年7月
7. 《玉岑遺稿》，王春渠、夏承燾、錢小山編，仿宋鉛印本，1949年
8. 民國時期《武進晨鐘報》《武進商報》《新武進報》《武進苔社·蘭言報》《申報》《金鋼鑽報》《晶報》，以及各類出版刊物等
9. 《名山詩集》（四冊），錢振鍠著，謝稚柳敬題，1986年影印版
10. 《張大千年譜》，李永翹著，四川省社會科學院出版社，1987年
11. 《謝玉岑詩詞集》，錢璱之輯，常州市文學工作者協會編印，1989年
12. 《謝玉岑集外佚詩遺文》，呂學端蒐輯，錢仲易題署，自印本，1994年
13. 《謝玉岑百年紀念集》，錢璱之編，京華出版社，2001年
14. 《二十世紀上海美術年表》，王震編，上海書畫出版社，2005年
15. 《黃賓虹年譜》，王中秀編著，上海書畫出版社，2005年
16. 《中國美術年鑒·1947》影印本，王扆昌等編，上海社會科學院出版社，2008年
17. 《謝玉岑詩詞書畫集》，錢璱之、謝建新編，作家出版社，2009年
18. 《夏承燾致謝玉岑手札箋釋》，沈迦編撰，國家圖書館出版社，2011年

19.《夏承燾年譜》，李劍亮著，光明日報出版社，2012年
20.《永恆的記憶》，謝鈿著，謝建紅編，自印本，2012年
21.《九秩初度·謝伯子先生談藝錄》（修訂版），謝建紅編，中央文獻出版社，2013年
22.《唐玉虬詩文集》，黃山書社，2014年
23.《青氈雜記》，錢璱之著，常州日報社，2016年
24.《玉樹臨風·謝玉岑傳》，謝建紅著，上海書店出版社，2017年

跋

丁酉歲末，偶識建紅先生，玉岑公孫也。即授所撰玉岑公傳一冊，公之《遺稿》並補輯具附焉。歸而讀之，神搖搖為所動。顧以《遺稿》流傳甚罕，僅附傳行，殊覺未愜。而建紅先生告以新編集甫就，續有增補，將於玉岑公百二十冥誕之歲刊行。聞之不勝喜，語諸同人，於是天下引領待之矣。今歲書將刊，先以相示，囑作跋文。亟讀之，與舊編全異。集分四卷，次為《青山草堂詩》《白菡萏香室詞 孤鸞詞》《周頌秦權室文》《竹如意齋手札》，詞集用舊名，詩文集胥冠玉岑公齋號，雖非公原題，與文體自甚相合也。詩詞文中屬題跋者皆別出，而聯語附詩，《墨林新語》附文。體例或未純，然後人追編，求無遺落，固無能苛求也。新編之勞，將饜天下之望矣。玉岑公以詞人名，詩文非其長，然泛泛者不能作也。其文具《選》學之功，得性情之近，哀豔清麗，不求工而自饒韻致。其詩則運近代之甜熟，化晚唐之蘊藉，長短句之風神，先發於此。蓋玉岑公以天賦之美，為詞人之勝，旁求博采，正於詩文中見。無其才，尤無其學，安能作？固願讀者不為公之詞名所掩也。錦因識建紅先生，得附名集末，藉之而傳，是何幸焉。謹沐手敬寫，庶玉岑公不之罪爾。

己亥正月十一日 鍾錦恭跋

後 記

　　《謝玉岑集》以《玉岑遺稿》《謝玉岑詩詞集》《謝玉岑詩詞書畫集》《謝玉岑集外佚詩遺文》《玉岑詞人悼感錄》等書為基本文獻來源，又對民國時期報刊書籍相關資料進行了細緻的搜羅，從而匯輯編注而成。全書釐為四卷及附錄，詩、詞、文、手札各一卷，分別以玉岑先生的室號命名，各卷內容排列基本以寫作前後時間為順序（亦有少數以文體類別為序者），通過校勘考證，注明作品繫年和文獻出處，以求盡可能勾勒作者的人生與創作經歷，也為方便研究者的查尋和讀者的閱讀與理解。附錄由《玉岑遺稿‧序跋》《紀念　傳略　年譜》《謝氏家集》三部分組成，是選輯民國時人對玉岑先生的紀念、評介，以及編注者對其一生行跡和家世家學的研究。編注此集，前後用了四年時間，基本實現了編者多年來的願望。

　　在編注《謝玉岑集》過程中，時而興奮不已，時而望而生畏。興奮的是，披覽玉岑先生的作品，猶如聆聽他動情地述說他的經歷，他的追求，他的情趣，乃至他的心酸。有一次，竟然恍惚間看見他身着長衫，玉樹臨風地向我走來；生畏的是，由於玉岑先生的駢文、聯語、手札、集古和題畫詩詞中多有異體字、生僻字，即便請教專家、學者，有時亦難以確定，令人費解，只能待書出版後，祈請方家和讀者不吝賜教和匡正了。

　　在編輯、裝幀設計《謝玉岑集》過程中，得到了許多朋友的幫助，如採納了張戩煒、葉鵬飛、彭玉平、鍾錦、魏新河、汝悅來、文祥磊、朱堯的建議，段曉華、陳雪軍、薛玉坤三位教授審讀了全稿，並提出了修改意見，張戩煒、彭玉平、鍾錦三位學者分別作序、跋，上海师范大學研究生李培龍提供了相關民國報刊資料，華東師範大學出版社傾力出版等，在此一併致謝！

己亥夏　謝建紅記於常州臨風樓

圖書在版編目（CIP）數據

謝玉岑集 / 謝建紅編注. — 上海：華東師範大學出版社，2019
ISBN 978-7-5675-9699-3

Ⅰ. ①謝… Ⅱ. ①謝… Ⅲ. ①謝玉岑（1899—1935）－文集 Ⅳ. ①I216.2

中國版本圖書館CIP數據核字（2019）第191596號

謝玉岑集

編 注 者	謝建紅
責任編輯	時潤民
封面題簽	集謝玉岑字
裝幀設計	謝建紅

出版發行	華東師範大學出版社
社　　址	上海市中山北路3663號　郵編 200062
網　　址	www.ecnupress.com.cn
電　　話	021-60821666　行政傳真 021-62572105
客服電話	021-62865537　門市（郵購）電話 021-62869887
地　　址	上海市中山北路3663號華東師範大學校內先鋒路口
網　　店	http://hdsdcbs.tmall.com

印 刷 者	上海景條印刷有限公司
開　　本	787×1092　1/16
插　　頁	8
印　　張	28.25
字　　數	220千字
版　　次	2019年9月第1版
印　　次	2019年9月第1次
書　　號	ISBN 978-7-5675-9699-3
定　　價	98.00元
出版人	王　焰